学衡

【第一辑】

主编 乐黛云
分册主编 胡士颍 潘静如

北京联合出版公司

目 录

| 学者演讲

002　春天正是读书天
　　——谈谈读书与藏书
　　辛德勇

| 学衡讲座

016　惠栋的经学史研究与经学史中的惠栋
　　谷继明

044　从先秦儒学看工夫
　　王正

| 经学专题

078　获麟解：孔子的革命时刻
　　朱雷

100　"调和"还是"创新"
　　——对孔颖达《周易正义》研究理路的思考
　　吕相国

114　智旭以禅解《易》理路刍议
　　张克宾

126　略论清代的严格意义上的经学大师
　　徐到稳

135　乾嘉学术形成的内在逻辑与外部原因
　　张沛

144　朝鲜金泽荣对《诗经》《论语》等若干问题考论
　　王成

学术前沿

156 "《中庸集释》编撰"的缘起、综述与内容
杨少涵

166 清代官修经学文献出版及价值述略
任利荣

174 西方中国逻辑思想研究初探
崔文芊

182 斯宾诺莎《梵蒂冈抄本》与"伦理学"问题的疑难
毛竹

研究文章

192 张载的太虚、太极与太和
彭荣

204 朱子之"戒惧""慎独"观与邹守益之"戒惧"说比论
钟治国

222 语言的现象学分析:以胡塞尔的《逻辑研究》为例
赵猛

266 论爱情:从柏拉图到茨威格
——一个有关爱情观念史的考察
尚文华

学人述忆

278 汤一介先生哲学思想研究回顾
杨浩

283 在汤一介哲学研讨会上的发言
乐黛云

286 追随汤一介先生
金春峰

288	汤氏哲学之三向六度
	——总结汤先生的"之间学"
	张耀南
292	健顺中和，永不停息
	张学智
296	关于推进汤一介先生思想研究的想法
	干春松
299	汤先生把我引上知识论的研究道路
	胡军
302	继续做好道教研究工作
	强昱
306	《山东文献集成》易籍提要续录
	胡士颍
319	CONTENTS
321	编后记

Academic Speech | 学者演讲

春天正是读书天
——谈谈读书与藏书

演讲者：辛德勇*

时　　间：2019 年 4 月 11 日 19：00
地　　点：建投书局·北京国贸店

各位女士、各位先生、各位朋友：

大家好。尽管今年的春天，寒冷异常，即使是在刚刚过去的艳阳三月，有时候也会刮起数九天的风，但天总是会变暖的，一到这个时候，日子总是一天更比一天长。日行黄道，这是天道，是天理，是谁想挡也挡不住的事情，是怎么挡也挡不住的必然结果。所以，我还是很高兴在这个暮春时节，来到建投书局设在京师重地的它的第二家旗舰店——北京国贸店，和大家谈谈有关读书与藏书的"闲话"或是"雅话"。

各位看一看表。考虑到现在讲话的这个特殊的时刻，我感觉自己仿佛是在享受一种超庶民待遇，甚至让我很有些激动。

大家要是问我，为什么要在这里、在这个时候谈这些？我会告诉大家：这建投书局是一家享誉国中的好书店，其北京国贸店这一爿店，在今天刚刚开张，而建投书局创立于 2014 年 4 月 23 日，这个日子，是五年前的那个世界读书日；再过十几天，今年的世界读书日就要到了，也就要迎来建投书局的五周年华诞喜

---

*　辛德勇（1959—），北京大学历史系教授，主要从事中国历史地理学、历史文献学研究。

庆纪念日了。读书日里诞生的好书店,在五周年庆典前又在首善之地京师开了家新的旗舰店,不谈读书与藏书的话,又在这里谈什么?——这显然是一个天经地义的话题。

清朝初年褚人获在所著《坚瓠集》中讲道,当时人讥讽那些不想读书的懒蛋说:"春天岂是读书天,夏日炎炎正好眠。夏去秋来冬又到,且将收拾过残年。"其实种地的农夫都懂得"一年之计在于春"。人生也是春种秋收,春天正是读书天。明末人陶汝鼐有一篇《四时读书歌》,诗中吟咏春天读书的意味说:"春日读书元气多,左图右史春风窝。生香不断研席暖,万物于我真森罗。兴来独往溪山上,振衣濯足何其旷。夜深敛坐月照花,三十六宫春一样。"(陶汝鼐《荣木堂诗集续编》卷二)这是何等洋洋自得,宛如天地万物的主宰一般。

明治十一年京都文石堂翻刻清光绪刻本《纫斋画胜》

述及读书与藏书这一话题,首先我们需要澄清,在所谓"读书"与"藏书"二者之中,在绝大多数情况下、对于绝大多数人来说,"读书"永远都是第一位的,也可以说是居于核心地位的,而"藏书"则是"读书"活动的附庸,是整个读书过程中的一部分,或者说是大多数读书人自然延伸出来的一个结果。

谈到"读书"二字,人们首先要提及的问题,多半会是我们为什么要读书?世界很大,人也很多,每个人都会有自己的说法,有的相同,有的不一样。我的看法,大致可以归纳为这样两个词、就四个字:一是求知,二是养性。

几乎从书籍甫一产生那个时刻开始,所谓"求知",就是一件带有很强世俗社会功利性的事项。

在中国,最早教学生读书的孔夫子,口口声声地讲什么"学而优则仕",即已清清楚楚地说明白了这一事实。因为检验一个人读书读得好还是坏的标准,就是所获知识的多与寡，也就是"求知"效果的优与劣。到了科举时代，更是满天下学子都把读书作为当官做老爷的"敲门砖"，而通过场屋试卷来权衡高下，以致单词跨语，字比句栉，还是在做同样的检验。

像这样为"功名"而读书，从普遍意义上来说，直到今天，仍然是人们用功读书最强大的动力。现在的"高考"，虽然不是直接选拔官员，最终有机会进入官场的也只是中式者中很小一部分人员，但专业资格的获取和被社会认定，在获取优越社会地位这一点上，同当官入仕，并没有实质性的差异，同样都是位欲高而学。通观古往今来读书活动的历史演变，可以清楚看出，当今中国呈现这样的局面，尽管由于其他某些时代的特色而显得有些过分，有些变态，但从本质上来说，是合理的，也是必然的。

不过这并不是历史的全部，也不是现实的全貌，至少有一部分人，从来都不完全是这样。下面我想以我个人的经历为例，直观地向大家说明这一点。

我大学本科，是77级。在座的各位年轻的朋友，恐怕很多人听到这个年级是完全无感的，没有什么特别的地方。大学里就这样，按照入学时间分年级，77级又咋样？跟2017级不就差了四十年么？但我的同龄人和比我更年长的人就不会这样想。

因为我们这个年级考上大学的人，绝大多数人是不会想到为上大学而读书的，更不会为升官发财而读书。当时，大学已经多年没有正常招生，社会上讲究的也只是根正苗红，或谄媚逢迎，让有司觉得可信可赖。在那个荒诞的岁月，读书获取知识，不仅与功利无关，往往还会遭受苦头，甚至蒙受灾难，即所谓"知识越多越反动"也。

生逢这样的年月，还要读书，首要的原因，就是想要获取知识，想要多了解一些自己身处的世界。

对于每一个真正具有求知欲望的人来说，小学、中学以至大学的课堂教学，其知识含量总是太少太少，学校的课本总是太薄太薄。从小学，到大学，在老师讲课之前，我基本上都已经预先读过课本上的内容，也已经领会了这些内容。老师们对我都很好，在很多方面，也都对我给予了巨大的帮助，但单纯就增长知识这一点来说，其中的绝大多数内容，我都是在老师讲授之前就已经通过自己的阅读掌握了。

这样，也就为自己取得了主动权，让我能够自由自在地"放飞"自己，随心所欲地阅读课外书籍。比如，中华书局繁体竖排的《史记》和《汉书》，就是这样，在中学时代就大致翻阅过一遍。很多朋友可能要问：为什么要看这样的书？——什么也不为，只因为觉得有意思，只是想知道这样有名的历史书里到底写了些啥。兴趣和好奇心，就这么简单。这就是求知，除了求知，啥也不为。

正因为是为求知而读书，当中学毕业后到大兴安岭西林吉林区短暂参与伐木工作时，我才能够在零下三十多度、接近零下四十度的气温里，在一天辛苦的劳作之后，在帐篷里烤着火仍然去读那些看起来似乎"毫无用处"的书籍。

77级大学生和后来所有年级大学生最大的不同，就是在上大学之前就普遍具有这种强烈的求知欲，或者说我们求知欲是大大压过功利心的。当然那并不是一个美好的黄金时代，而恰恰是一个极端荒唐的年代。这种求知意愿虽然很超凡脱俗，但不管是对于社会整体、还是对我们那一代人来说，都并不正常。

正常社会里正常的人，每一个人都理所当然地会有自己功利的追求，只要是付出诚实的努力，就都是合理而且是正义的。具体就读书这一行为而言，最佳的状态，是让自己主要阅读的书籍同本人谋生处世的职业结合为一体，读喜欢的书就是工作，读喜欢的书就是职业。

茫茫大千世界，能够做到这一点的，其实只是很少很少一小部分人；至少在中国就是这样。像大学教授，本来绝大部分都应当属于这样的幸运儿。然而中国这个国家的实际情况，却并不是这样，大多数教授似乎更喜欢当官儿，更想去当大老板（可惜既没有这两方面的能力，更没有那个机会）。这些人看起来俨乎其俨地像是在做学问、搞研究，其实对读书求知毫无兴趣，所以一有机会就会去做官儿，去弄钱，起码也得混个不三不四的"学官"。

一个真心求知，一个以求知为人生乐事的学人，不但会以自己选择并且从事的专业为享乐，倾力阅读相关的书籍，不断充实专业的知识；同时，还会积极阅读专业领域之外的书籍，以不断扩充自己的知识。这样的做法，就更多地体现出了求知的意愿，并减少了功利的色彩。

就我自己读书的经历而言，由于更愿意多学到一些知识，多弄懂一些自己原来不懂的知识，我就在自己本身的专业之外，阅读了很多"跨界"的书籍。

我正经授学的专业，似乎是一个很小的学科，叫作"历史地理学"，就是研究历史时期各项地理要素的形态及其变化过程。但历史很长、地理也很广，历史地理学实际包含的知识范围很大，要想切实学好这一学科的知识，并不十分容易。我对这门专业知识，掌握的情况虽然不是很好，几十年来，也是一直持续不断地在付出努力。

在学习和研究历史地理问题的过程中，不可避免地还会涉及其他许多邻近学科的知识，求知的欲望，常常带着我向这些新的知识领域走去。不懂，想学，就读书；边读边想，就逐渐变完全不懂为多少懂得一些。

前几天日本朝日新闻的记者来采访我对日本新年号的看法，言谈间述及我的专业方向，弄得我就颇显窘迫，不知道怎么向人家介绍自己的研究领域是好。向学读书，读书问学，完全是这种出于探求究竟的兴趣，把我带到古籍版本、碑刻铭文、古代天文历法和政治史等知识领域，并尝试着写出一些论著，引起很多人的关注。比如近年我出版的《建元与改元》《制造汉武帝》《海昏侯刘贺》《发现燕然山铭》和《学人书影初集》等，就都是这样读书求知的结果。

当然这些内容大致还都在古代文史的范畴之内，从大的学科格局来看，还算不上越界。像中国社会科学院历史研究所已故的杨向奎先生，既是先秦史的大家，同时又是清史大家，更了不得的是他还写过一批研究"场"的学术论文，而且都七老八十了还继续写。这可是很高深的自然科学问题，虽然我看不懂杨向奎先生在这方面的研究水平高低，但毕竟都在专业的学术期刊上发表了，至少是达到一定的专业标准了。这就完全是出自探索的兴趣。

明末人徐𤊹对这种读书乐趣描述说：

> 余尝谓人生之乐，莫过闭户读书。得一僻书，识一奇字，遇一异事，见一佳句，不觉踊跃，虽丝竹满前，绮罗盈目，不足喻其快也。六一公有云："至哉天下乐，终日在几案。"余友陈履吉云："居常无事，饱、暖、读古人书，即人间三岛。"皆旨哉言也。（《徐氏笔精》卷七"读书乐"条）

这种书呆子的乐趣，真是只可与知者道而不可与不知者言的事儿。

为求知而读书，求知越多，读书的范围越广。为便于阅读，自然需要购买书籍。因为只有手边书多，才能随时取阅，随时扩大自己的知识范围。这样就要不断地买书。书越买越多，在很多人看来，就颇有几分"藏书"的味道了。

建投书局为我们这次活动所做的广告，采用了一幅我在书房里的照片。这幅照片，是一位中学生小朋友近日刚刚帮我拍摄的。照片拍得很好，我很喜欢（因为很喜欢，年内即将出版的新书《生死秦始皇》，我就会把它印在卷首）。除了摄影艺术之外，这张照片好就好在反映了书房的实际状态，或者说是反映了我的住房和整个生活的基本状况——到处都是书，而且还有一些古刻旧本线装书。

在自己的书房（王滑摄）

其实我购置的书籍，不止是这些与所从事专业相关的文史书籍。我对知识的欲求，有些奢侈，有些贪婪，甚至曾经想要窥视所有自己感兴趣的东西。譬如，至今我对英文还是完全不懂，但在年纪不这么大时，还是买下一些英文的原版书籍，想要等到哪一天学会英文时再慢慢捧着读，一点儿一点儿地品味。像这次建投书局国贸店开张庆典的文宣材料里，提到了莎士比亚《皆大欢喜》中的一段著名的台词——"人生的七个时期"，而我就收下过不止一种英文版的莎士比亚全集。

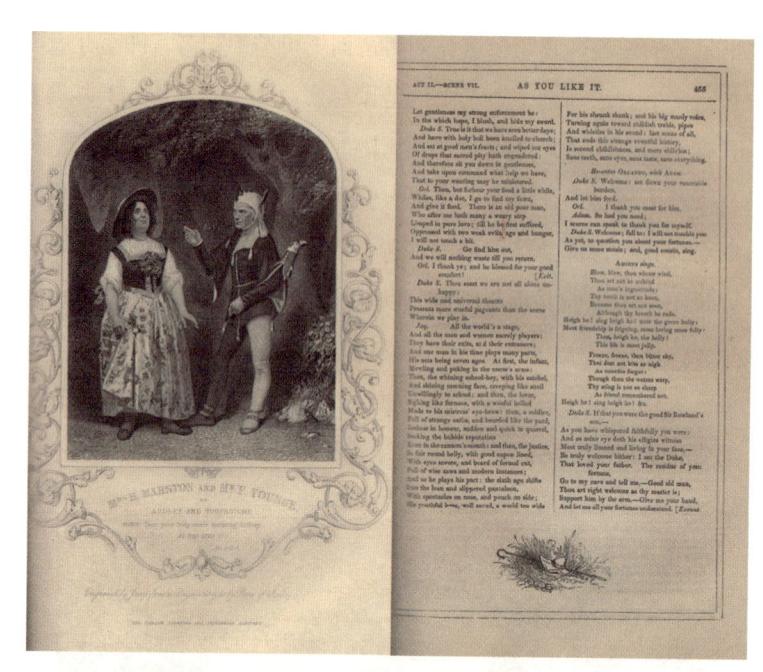

英文原版《莎士比亚全集》

英文原版《莎士比亚全集》

正是基于这种不大正常的状况，一些人便把我看作是"藏书家"。这种看法，是完全错误的。大家可以说我有藏书，甚至可以说我有很多藏书。这张照片透露出一些真实的情况，我最近出版的《学人书影初集》也体现了这种情况。

然而我并不是藏书家。这不是矫情，而是一般人藏书和藏书家藏书确实具有内在的差异。关于这个问题，过去我在几个场合都详细做过说明，这里就不展开叙说了（相关文章主要收录在九州出版社此前帮助我出版的《搜书记》那本书里）。简单地说，是藏书家的书不仅多，还有很多特别的讲究，而我没有。我买书、藏书只是为了阅读，为了学取相关的知识，为了我的研究，总之，基本上还在固守读书的初衷，即藏书服务于读书。像上面提到的英文原版《莎士比亚全集》，在我的书房里一直束之高阁，现在看起来好像是纯粹的收藏品，可我的本意，是想有朝一日学会英语后来读的（同时也可以通过这样的实物，了解西方出版印刷的历史）。遗憾的是我太笨了，尽管现在还想学，心向往之，可一直也没学会。非常遗憾，也没有办法。

这种藏书一定要说有什么收藏上的特色的话，或许也可以说是在看似寻常的书籍中去发现其不同寻常的特色的话，这种所谓不同寻常的特色，主要就是其在内容上的独特价值。认识这一点，需要更多内在的知识，而不仅仅是表面上的形式；或者说在购买这些书籍时要更在意读这些书、用这些书，而不是藏有其书、观赏其书。我多买书，甚至买古刻旧本，只是为多读书，为多学得一些知识，为更好地学到这些书中载述的知识。这就是我的"藏书"。对古刻旧本感兴趣的朋友，看这本《学人书影初集》，看里面收录的书影，读我的序言和对每一种古书所做的具体说明，应该很容易看明白这一点。

今天早晨，有朋友在我的微信公众号留言，问我："如果遇到民国印的古籍，和明代的刻本（虫蛀但不影响看），您会买哪个？"这就是只从书籍的外在形式上看待其价值，把我看成了所谓"藏书家"，没有理解我买书的基本着眼点和藏书的根本宗旨是什么。

上面谈的，是我作为一名"专业读书人"怎样超越功利的束缚和局限而扩展自己读书范围的事儿，其实社会上各行各业中都有那么一批人，在自己功利性的生活、也就是个人和家庭的生计之外，还有很大数量或是很大深度地在阅读一些与自己的职业、专业毫无关系的书籍，藉此来学得那些自己感兴趣的知识。

这些年来，我不管是在北京大学给学生讲课，还是到外边做讲座，都有一些非专业的人士，非常认真地听讲。他们有的是在读的学生，但专业与文史无关；更多的是社会上从事各行各业工作的人，来学些他们想学的东西，有的人甚至年龄已经很高，到了颐养天年的岁数。这些朋友共同的动力，就是兴趣，就是想学一些自己感兴趣的知识。听我讲，听其他专家学者讲，当然只是这些朋友求知活动中的一部分内容，更多的，必定是自己的阅读，阅读那些他们自己感兴趣的书籍。

社会上这些非专业人士在业余时间集中来学取某一方面的专门知识，其中有一部分人，因其兴趣浓郁，精力旺盛，会在某一特定方向达到很深很专门的层次，并做出具有一定水平的学术研究。像历史学研究中的地方史、家族史，特别是某些历史人物、历史遗迹和历史事件的研究，这些非专业研究者，可以大大弥补专业人员无暇顾及或无力触及的空档，甚至做出比专业研究人员精彩很多的成果。

随着社会经济的发展和人们的生活日渐安逸，像这样的读书活动，必然越来越兴盛，而且若是把读书看作是求知的一种主要途径，那么，其阅读的范围，是相当广阔的。从很前沿、很尖端的当代自然科学和这些自然科学的历史，到花花草草、猫猫狗狗，还有更加日常的饮食男女，都有门道，都有讲究。所谓"世事洞明皆学问"这句话，完全可以藉用它来描述现代社会生活的方方面面都需要具备相应的知识。这些知识都不是与生俱来的，都需要专门去学，并尽可能让所学所知更加系统。

这就都需要读书。读书求知的范围越广，与人们日常生活的关系越密切，书店的作用也就越大。多有一些像建投书局这么好的书店，就能够更好地适应和满足社会的这种需求。不过除此之外，各个学科专职的学者们，也承担着更大的社会责任。

这种责任，我想大致应包括如下这样几个方面。

第一，是把高深的学术研究成果，以通俗的形式表述出来，让更多的非专业人士能够比较容易地理解和接受。这一点大家都很容易理解，毋须多做说明。

第二，有相当一部分学科的专业研究人员（譬如我所从事的古代文史研究），学者在选择研究的问题时，就应该更多地考虑社会大众迫切需要了解的内容，最好再能以更容易让读者理解、讨读者喜欢的形式表述出来。这些学科，本来就是社会文化学科，故自觉地面对社会的需求，是理所当然的事情。现在学术界很多人研究的问题，到底为什么研究，到底是不是个问题，我是深感怀疑的；甚至很多问题更像是研究者自己假想的问题，实际上并不存在，当然也就写出来亦无人理睬。

第三，在合适的条件下，与那些愿意深入探究或是深入了解相关学科领域知识的社会非专业人士建立直接的联系，相互沟通，帮助他们更好地探究，更好地了解。这个问题比较复杂，三言两语说不清楚，在当下话尤其没法讲，在此姑且按下不表。

总而言之，通过读书以求知，也不是那么简单的事儿。人在江湖，就什么都不仅仅是关起门来也能够做的事儿。前人讲"雪夜闭门读禁书"，那是因为黑暗的旧社会没有思想自由、出版自由，为探求知识，追求真理，不得不偷偷摸摸地读书。现在，晴天朗日，大好春光里百花齐放，我们就要在一个普遍的社会层面上来认识这一问题，理解这一问题，这样我们才能读好书，读懂书，从中获取更多我们需要的知识。

最后我再简单谈谈读书的另一重意义，这就是除了求知求学之外，读书还是养心养性的重要手段。这一点，说起来很简单，没有什么深刻的道理，但在时下的中国，我觉得却是需要大声疾呼予以强调的一个重要问题。

不用说专业和本职工作以外的业余阅读，就是各级各类正规的学位教育，绝大多数求学者一心想要的，恐怕只是赖以生存以至飞黄腾达的技能，但一个人读书受学，本不该如此；古人读书，也一向不是这样。

记得很多年前，我看到在一部明末汲古阁刻本的《论语注疏》上钤有一枚印章，文曰"从此须做天下第一流人物"，给我留下了很深很深的印象。这显然是读者在读过《论语》之后所表述的效法于圣人的人生志向。阅读好书，养人心性，在这方印章上体现得清清楚楚。在我手里的一本古书上，带有一枚类似的闲章，文为：

> 书是开心药
> 道即定南针
> 读书闻了道
> 不在外头寻

"书是开心药"闲章

这部书上另外还盖有一方"小亭藏书"朱文藏章，疑属清代藏书家韩泰华号小亭者所钤。这条印文所讲述的开心闻道的意境，理应是每一位读书人心底里更为根本的追求。

有，还是没有这样的追求，在相当层面上，并不影响一个人获取生存混世界的技能，没有甚至还会混得更好，更得意。可是这样生长出来的技能，由于缺乏基本的文明伦理观念，就像一头没心没肝的却又威猛强壮的野兽，荼毒世界，祸害他人，乃是必然的事情，前一阵子中国南方那位活喇喇地炫技造人的"科学家"，就是其典型代表。

另一方面，回顾人类文明发展的历史，可以看出，几乎在所有方面，一个人的技能，达到一定层次之后，是不是能在更高级的阶段取得更大的发展，乃至跃升到最高的顶端，在我看来，关键还是取决于人生境界的高低。

我在最近刚刚出版的《学人书影初集》这本书的序文中，曾经引述过一段清人焦袁熹的话，说是"气象最不可强，须是涵养到，则气象自别"（焦袁熹《枝叶录》）。读书往心里去，往血液循环系统里走，就会成为涵养这种"气象"最好的养分。干旱贫瘠的沙漠上，终究还是难以长出参天的大树。这也很好地体现了我在这里所讲的读书求知与读书养性这两点的融通化合。

崇贤馆复制本《十竹斋笺谱》

各位朋友，我们用心读书，在生活中就会多怀有一些社会理想。然而现实的社会生活，与书中的理想往往会有很大反差。中国古代的读书人，当他们遭遇现实生活的困窘时，往往讲究要"尚友古人"。这幅《十竹斋笺谱》的画面，体现的就是这样的意境。所谓"尚友古人"，就是效法书中载述的那些先贤，而不向世俗屈服。

我们好好读书，我们求知养性。动心用情去读书，自然能够明辨是非黑白，即使是身处最黑暗的境地，黑暗就是黑暗，最黑暗时也就更黑暗，怎么看它也还是黑暗。因而我会始终坚守对光明的追求，不会向黑暗妥协，更绝不与黑暗和解。

谢谢各位，谢谢大家。

Xueheng Seminar | 学衡讲座

惠栋的经学史研究与经学史中的惠栋

主讲人：谷继明[*]

主持人：杨　浩（北京大学《儒藏》编纂与研究中心助理教授）
评议人：李畅然（北京大学）、王丰先（北京大学）、甘祥满（北京大学）、吕明烜（中国政法大学）、孙国柱（中国政法大学）、朱雷（中国社会科学院哲学所）、秦晋楠（北京大学）、常达（北京大学）、郜喆（北京大学）
笔谈人：徐到稳（中国历史研究院古代史所）、胡士颖（中国社会科学院哲学所）、李元骏（暨南大学）
时　间：2018年10月15日（周一）14：00—17：00
地　点：北京大学《儒藏》编纂与研究中心三楼会议室

一、经学史中的惠栋

学界对惠栋的主流认识是：清代朴学大师、考据学的代表或领袖。根据在于，惠栋说过一些类似的话："经之义存乎训，识字审音，乃知其义。故古训不可改也。"[1]比如漆永祥把清代考据学分三派：惠派、戴派、钱派。[2]又如陈祖武

---

[*]　谷继明（1986—），哲学博士，同济大学副教授，研究领域为易学、宋明理学。
[1]　（清）惠栋：《九经古义·述首》，载《松崖文钞》，《续修四库全书》第1427册，第269页。
[2]　漆永祥：《乾嘉考据学研究》，中国社会科学出版社，1998年，第121页。

说:"离开文字训诂,乾嘉学派将失去依托。"是以文字训诂为最根本的标志。又说:"戴学毕竟发展了惠学,它并不以诸经训诂自限,而只是以之为手段,去探求六经蕴含的义理,通经以明道。"[1]这句话暗含着,戴震学是求义理的,惠栋是"以诸经训诂自限"。

但是陈黄中说他"识趣高迈,又雅不欲仅以经师自命"(《惠定宇先生墓志铭》)。可见所谓的小学,并非惠栋的志向。如何看待这种理解或定位的偏差呢?

还是回到问题的根本,即传统的经学史、学术史乃至思想史建构。传统的学术史、思想史,将理学看作是宋明的主流,将考据学看作是清代的主流,同时又将学术史看作具有一条脉络乃至"规律"。此做法肇端于梁启超的思想史研究。虽说他这种叙述方式和概括有当时不得已的苦衷,筚路蓝缕也值得敬重。但不得不说它还是给思想史和学术史带来了迷惑和拧巴的后果。"从理学到考据学""明清之际转向"以及"from philosophy to philology"这样的问题,都来源于这个研究模式。学界纷纷给这个转向提供解释,比如理学反动说、内在理路说、社会经济转型说。

然而在某种程度上,这是不是一个偏见,或者是伪问题?这种根深蒂固的观念,使得我们把惠栋当成了考据学家的代表。

二、狐狸与刺猬之间的戴震

对以考据学概括清代学术的叙事,学界并非没有反对的声音。最主要反例是戴震。戴震自己便说过,他一生最关键的不是声韵学、名物度数之学(比如算术、《考工记》研究等),而是义理之学,他的代表作是《原善》《孟子字义疏证》,是"正人心之要"。[2] 余英时在《论戴震与章学诚》中还借以赛亚·柏林刺猬和狐狸的类型分析,认为不能用考据学家来看待戴震;戴震是迫于考据学压

---

[1] 陈祖武:《乾嘉学派吴皖分野说商榷》,《贵州社会科学》1992年第7期。
[2] (清)戴震:《戴震文集》,中华书局,1980年,第241页。

力，伪装成考据学家的思想家。[1]他最自负的恰恰是钱大昕认为"不必传"的哲学著作《孟子字义疏证》。但不管把戴震看作考据学、语文学还是义理之学的大家，我们都可以说戴震是"用语言分析来讲哲学思想"的一个学者（或思想家？）。从学于戴震的段玉裁、王念孙等，也是真正地要走向小学独立的道路。

如何看待宗师戴震与考据学弟子高邮二王、段氏诸人的不同？或许我们过多地强调了考据与义理之间的矛盾，而忽视了其中的共同点。共同点即在于，二者都从以经为中心，转向了以"字"为中心。戴震归纳群经中某字的用法，推出某字的哲学意义；二王归纳群经中某字的用法，推出某字的语文学意义。虽然旨趣不同，但方法其实无歧。

戴震自名著作曰《孟子字义疏证》，"字义"恰恰是宋学的写作体裁，戴震借用这一体裁，不过是把考据放在里面。但仍然继承的是以字（概念）来讲思想的路子。这意味着什么呢？也就是说，他做的是独立的语言学、独立的义理学（哲学）。正因戴震以字为本位而非以旧训为本位，在传统的学术史叙述中，戴震被奉为考据学宗师，水平比吴派高；因戴震关注概念的哲学义涵，在传统的哲学史研究中，戴震的地位也高得不可想象，甚至被认为是与理学系统的朱子和阳明相颉颃的大思想家。

但惠栋完全是另外一种思路。我们也当然不能用考据学家来看惠栋，惠栋用以表达其哲学思想的，不是语言分析。

三、义理如何承载和呈现

宋代的理学家程颐等曾经将学问划分为三类：文章之学、训诂之学、儒者之学，并且认为最真实的学问是儒者之学。[2]训诂之学即对应于考据学。儒者之学即义理之学，在宋明是道学，在戴震那里虽以反道学的姿态出现，但讨论的方式仍是宋学式的。

---

[1] 余英时：《论戴震与章学诚》，三联书店，2000年，第142页。
[2]（宋）程颢、程颐：《二程集》，中华书局，2004年，第187页。

把汉唐的学问归纳为训诂之学，当然是不公允的。但这种归纳背后，仍表现了一种方法论上的实质分歧：汉唐是以解经为主，宋明以明道为主。人们不免会质疑：解经不就是为了明道吗？宋人明道又何尝不根据于经书呢？这么问似乎有道理，可我们还是要正视它们形式上的不同。明道只是"根据"于经书，经书为我所用，我先有天理（道）在心中。解经则把经书看作一个全体，平平稳稳地解读下来——道理经由经文的脉络而展现。朱熹曾经说：

《语》《孟》《中庸》《大学》是熟饭；看其他经，是打禾为饭。[1]

表面看来，这是个时效长短和转换效率的问题，实际上则缘于方式的不同。理学依据于四书，直面问题，单刀直入。提出问题，以群经贯穿。解经之学先不管是否实用，先把经典的意思逐句逐章解释明白，再返归自己心性和现实，当然是"打禾为饭"。但"打禾为饭"是否就没有义理呢？当然不是。这涉及义理承载方式的问题。

在经典形成的时代，人们还都比较质朴，直接的论断和辩难不多。他们有对于义理的思考吗？当然有，只是展现为制度、政治观点、具体的道德训诫等等。诗、书、礼、乐是具体的教育门类，也是文化门类。既没有道学，更没有哲学。但不能说诗、书、礼、乐里面没有义理。当时的教育，便是要人在政治事件、诗歌吟咏、礼仪规范的实践中，体悟义理。即便到了孔子，他也不像《周礼》那样，去凭空讲一个制度，而取鲁国史，借事明义，作《春秋》。所谓："见之空言，不如行事博深切明。"[2]

但到了东周，王权失坠，官学下移，百家之学兴起，进入《庄子》所谓"道术将为天下裂"的时代。诸子发表议论，自然要论点鲜明，或称引《诗》《书》，如儒、墨；或晓以利害，如申、韩；或善譬喻，如庄周；或苛察缴绕，如公孙龙、惠施。不论以何种辩论风格，都要采取议论的形式——也正是在这个意义

---

[1]（宋）黎靖德编：《朱子语类》，中华书局，1986年，第429页。
[2]（清）苏舆：《春秋繁露义证》，中华书局，第159页。

上,出现了系统的义理表达以及"准哲学"形态。胡适、冯友兰等以此时为中国哲学史的开端[1],是有理由的。

自此,义理以两种书写方式展开,一种是诸子传下来的直接讨论的传统,一是注释经典来阐发义理的传统。自汉代开始,注经占据主流。注经如何呈现义理呢?当时的经生儒士研究经典,是作为平时的工夫。遇到国家要讨论重大的制度、行政、伦理问题,便根据经义来断。可以说注经是体,经义决事是用。

既然要讨论经义,就必然涉及讨论以及义理体系的构建,把这种讨论和构建连篇累牍地附在经注中,便有些不得体。当时五经博士的章句繁衍到解说经文几个字都花费三万字,引起当时学者的厌恶。其实以后世的学术文章来衡量,解释一个哲学概念花费几万字、一两本书的,比比皆是。所以问题不在于几万言的写作可不可行,而在于把这几万言放在注释中不得体,朱熹所谓的"不可令注脚成文"。[2]但当时注经既是主流,许多学者不愿放弃直接单独说解的做法,最直接的办法就是减省章句——或者干脆废弃掉章句,重新换成更清简的注解。东汉后期马融、郑玄的崛起,便是这种经注革命的代表。

郑玄、何休以清简的风格注经,并没有放弃义理。相反,他们有更强烈的一以贯之的义理品格,要把一以贯之的思考融铸到经注中。但意思被分解到经注中,要遵循经文的脉络,所以仅仅读他们一两段的注释,根本无法了解他们一以贯之的思考。乔秀岩将"结构取义"定为郑玄的第一原理。其实不止郑玄,何休也有明显的义理构建。

或许有人会质问:你们这些经注家,为何这么别扭,把自己的意思分散到经注里,非得读完全经和全部经注,才能明白你们的意思呢?这种质问忽视了一个问题:经注家一以贯之的理论,是根据经典研究得来的;如果没有先读经典,就无法理解经注。对于礼学经典(《仪礼》《周礼》)和《春秋》学经典(《公羊》《穀

---

[1] 冯友兰以孔子为私人著述之始,故为中国哲学开山。见氏著《中国哲学史》,华东师范大学出版社,2000年。胡适以为从老子开始。见氏著《中国哲学史大纲》,商务印书馆,2011年。
[2] (宋)朱熹:《朱熹集》,四川教育出版社,1996年,第3886页。

梁》）来说，尤其如此。此与汉代经学义理的品格有关。彼时的义理还很少直接脱离具体的制度、伦理来直接发挥抽象的义理。制度的安排有义理的考量，当然属于义理之学。但制度必须考虑现实和历史传承，就不能纯粹抽象地去谈，而是深入具体性和经验之中，又能从中跳出来。

伏生、郑玄、何休们的注解，当然可以称作"训"。但这些"训"要与两种学问区别开来：一是纯粹的文字、音韵、训诂（小学）之学；一是由分析语义、辨析概念而引申出的概念哲学。

四、古训是式

惠栋着手恢复这种"训"，即经义体系。他称之为"古训"。他解释"古训是式"：

> 《诗》云："古训是式。"汉时谓之故训，又谓之诂训。诂训者，雅言也。《鲁语》曰："诗书执礼，皆雅言也。"周之古训，仲山式之；子之雅言，门人记之。《尔雅》以观于古，故又谓之《尔雅》。俗儒不信《尔雅》，而仲山之古训、夫子之雅言皆不存矣。后之学者，省诸《尔雅·释故》《释训》，乃周公所作以教成王，故《诗》曰："古训是式。"[1]

这个口号极易被误解，即把此段话看作清代学术转向文字音韵训诂之学的标志。徐复观就评价道："遵法先王之训典，乃周公的常教，此参阅《尚书》中所录周公之言可见。毛、郑、孔的解释，以训诂为可据，于义理为明顺。乃惠氏转一个弯以'古训'为解文释字的'诂训'，为'训诂'，于是仲山甫在西周便遵法了清代汉学家所提倡的训诂之学了。这种牵强附会，轶出了常识范围，但居然发生了影响，被钱大昕、陈奂们所信服。"[2] 考据学家们以惠栋此语而引为同道，

---

[1]（清）惠栋：《左传补注》卷三，《文渊阁四库全书》第181册，第172页。
[2] 徐复观：《中国思想史论集续编》，广西师范大学出版社，第365页。

徐复观因惠栋此语而作为批判考据学的靶子。他们的共同点就是理解反了惠栋的意思。

惠栋首先说《烝民》的"故训"就是汉代的"诂训",貌似是用清代语言学意义上的训诂学来解释《诗经》的"故训";但接下来惠栋却又用"雅言"来解释"诂训"。雅言,即《诗》《书》等经典。[1] 任何一个有常识和基本国学素养的人,都不可能将《诗》《书》等经典与作为语言学的训诂学等同起来,惠栋更是绝不可能。所以在这里,惠栋其实不是要用狭窄的"诂训"去定义《诗》《书》,而是用《诗》《书》来解释"诂训"。惠栋恰恰是要展示他所从事的"诂训"不是狭窄的语言学,而是古代的典籍、先王的教训。

进一步细读可发现,惠栋一再申说的"诂训""故训"等等,强调的重点在于"古",而非语言学意义上的"训"。他把"古训"与"雅言"并提,相对于雅的是俗,相对于古的是今。他由此宣告了他的学术是要追求古雅,遮拨今俗。

五、惠栋的经学史研究

"古训"的核心不是作为考据学的训诂,而是师法(家法)。惠栋说:"经之义存乎训,识字审音,乃知其义,是故古训不可改也,经师不可废也。"[2] 以往对这段的解读,主要是关注"识字审音"。然而更值得关注的是,松崖强调古字、古言,将之与经师传承和口授联系起来。师法所传,明显不仅仅是虫鱼之学。因此,这不是把经学化约或还原为考据学意义上的"故训",而是要把"故训"扩大为追求经义和大道的诠释。微言和大义,皆存在于历代经师的授受之中,因此他特别重视师法、家法而反对靡所依傍、师心自用。我曾经指出:"二程子的决断,使他上承孔孟,建立了道统的谱系;松崖的决断,则使他上承两汉(有师法的)大儒,进而至于七十子、周孔,建立起师法的谱系。两种谱系之后,是思想

---

[1]《论语·述而》:"子所雅言,《诗》《书》、执礼,皆雅言也。"
[2](清)惠栋:《九经古义·述首》,载《松崖文钞》,《续修四库全书》第1427册,第269页。

之表现与传承方式的差别。"[1]

"求古"之学的实质，是要恢复整个汉代的经学特别是经义系统，进而上溯先秦。它不是依托着独立的"字义"来讲的。"字义"意味着从经义系统中剥离出来，回归到原典本身，依据作者自己的哲学思考来重新组织其体系。惠栋强调"师法"，就是要恢复原有的整个经义系统。

惠栋在这方面典型的代表作，专题性的如实呈现汉代师法，是《易汉学》；依经作注，重新建构汉代经义的师法，是《周易述》；阐发其哲学与政治理想，是《易微言》与《明堂大道录》。

考据学者可能十分畏惧或厌烦听到微言、大义、大道这样的词。可惠栋一发全用了：《易微言》《易大义》《明堂大道录》。

惠栋讲的微言和大义，是一个精心建构（或恢复）的系统。如果简要地表述，就是：《周易》的"爻变之正成既济"（元亨利贞）（《周易述》），即《中庸》的"天地位、万物育"（惠栋有《易大义》，即《中庸注》之别名，漆永祥已辨析），即《公羊》学的"致太平"，即《礼运》的"天下为公"（惠栋有《礼运注》，今佚，可见他对此文献及理念的重视），即《月令》讲的"明堂之政"（《明堂大道录》）。

"明堂"是政治的施设形式，"天下为公"是政治指导理念，"致太平"是政治目标，《中庸》的"天地位、万物育"是天道（宇宙论）支撑，《周易》的"爻变之正成既济"是这些所有道理的象数化表达。惠栋的著作不是心血来潮，而是有目的的、精心安排的。

由是，《易汉学》不仅仅是一部考据学或者易学史著作。惠栋的汉代易学史研究，就是要恢复出整个汉易的师法体系，再通过裁断，上推至七十子的大义，乃至于孔子的微言。由此再衡之以己心，推出自己对于形上学和政治的构想。经学史（易学史）研究是惠栋建立自己思想的阶梯。惠栋既然强调经义系统，强调师法，就必然恢复师法——这就是他经学史研究的缘由。《易汉学》完成后，必

---

[1] 谷继明：《惠栋易学的定位问题》，载《道家文化研究》第三十一辑，中华书局，2017年，第447页。

然有后面这一系列"微言""大义""大道"的著作。在师法考证和恢复中,"由词以通其道"并没有什么地位。

戴震贬低《明堂人道录》,由此也不难理解了。戴震说:"晤惠定翁,读所著《明堂大道录》,真如禹碑商彝、周鼎齐钟,薶藏千载,班班复睹。微不满鄙怀者,好古太过耳。"[1]他看不清楚这个貌似"好古太过"其实一点都不过,因为惠栋的全部政治理想皆寄托在此,而戴震则茫然不知其用,仅仅把它当作一个古玩。换句话说,惠栋是真得汉学精神的人(甚至更古典),而戴震则是现代性的头脑。

六、略评高邮王氏对惠氏易的批评

由此就可以重新审视高邮王氏《经义述闻》的《周易》部分对惠栋的批评。此书的《周易》部分,常常批评惠栋。但检视其中条目,可以说王念孙、王引之根本理解不了惠栋。当然我们也不能说王氏父子对《周易》的解释就是错的,但王氏与惠栋根本在两个频道,批评不到点子上。

王引之在与焦循的通信中抱怨:"惠定宇先生考古虽勤,而识不高,心不细。见异于今者则从之,大都不论是非。"[2]但王引之与焦循也不相同。就易学而言,王氏父子以《易经》文辞训诂为中心(可以算上朱骏声);[3]惠栋以师法经义为中心;焦循直接离开文本和师法,师心自用,自建象数体系。

梁启超便跟着王引之等来批评惠栋。他把惠栋看作是"整理旧学",说他"凡古必真,凡汉皆好",实是踵袭旧说。甚至说"苟无戴震,则清学能否卓然自树立,盖未可知也",[4]则完全没理解惠栋的旨趣。

---

[1](清)戴震:《戴震全书》第七册,黄山书社,2010年,第149页。
[2](清)王引之:《王文简公文集》,凤凰出版社,2000年,第205页。
[3]当代高亨、李镜池的《易》学,就是走的王念孙的路。这个路可能不通。因为《易》的象辞结构决定了它没办法完全以辞为中心进行分析。许多辞就是不符合逻辑的、跳跃的。
[4]梁启超:《清代学术概论》,上海古籍出版社,1998年,第34页。

面对梁启超、胡适等人的批评，陈伯适等人有所辩护。[1]但这种辩护是什么呢？梁启超等说惠栋没有求是的精神，不讲逻辑、"不科学"，陈伯适就竭力证明惠栋是讲逻辑和科学的。——这种辩护，还是纯粹地落到别人的窠臼中。惠栋的经义之学，根本就不是按照现有的逻辑和科学来写的，靠这种思路也理不清惠栋。

真正理解惠栋的，是张惠言与曹元弼，尽管张惠言对惠栋有所补正。

最后，附曹元弼的一段话（王欣夫《松崖读书记序》）：

> 鸿儒巨制，阐明绝学，诂释群经，统系相传，直追两汉师承。而尤以婺源江氏、吾吴惠氏为群儒宗。两先生皆兼通五经，博极群书。而慎修先生尤精于《礼》，松崖先生尤精于《易》。……余不揆梼昧，治经数十年，于《礼》由江氏之传，以达郑君神恉；于《易》由惠氏之传，以究郑、荀、虞三家微言。庶几上窥先圣元意，而下整百家不齐，以正人心、息邪说，维六经彝训、天秩人伦于不敝。

附：《经义述闻》举例

1. 乾、师、颐、坎、既济言"勿用"

乾初九：潜龙勿用。

○惠氏定宇《周易述》曰："大衍之数虚一不用，谓此爻也。"引荀爽注"大衍之数五十"云："潜龙勿用，故用四十九。"（小注：《正义》引荀曰："卦各有六爻，六八四十八，加乾坤二用，凡有五十。乾初九潜龙勿用，故用四十九也。"）

○家大人曰：荀意谓乾之初爻言勿用，故不在所用之列。案坎之六三，亦八纯卦之一爻，其辞曰"来之坎坎，险且枕，入于坎窞，勿用"，

---

[1] 陈伯适：《汉易之风华再现》，文史哲出版社，2008年，第1075页。

与乾之初爻言"勿用"同。何以不在不用之列？荀说殆不可通。

引之谨案：荀以用九、用六备四十九之数，亦不可通。用九、用六统乾坤六爻言之。昭二十九年《左传》"《周易》有之，在乾之坤，曰见群龙无首吉"，杜注曰："乾六爻皆变"是也。何得以用九、用六与每卦之六爻并数乎？惠氏不能厘正而承用之，非也。

继明案：归纳排比，凡是文字上相同的就认为应该一样，完全不管义理的安排，王氏父子与经学家的逻辑根本不同。

2. 后得主、主人有言、遇主于巷、遇其配主、遇其夷主

《坤·彖辞》：君子有攸往，先迷后得主。

《周易述》曰："震为主。序卦曰：主器者莫若长子，故受之以震。是震为主也。剥，穷上反下为复。复，初体震，故后得主。"

引之谨案：长子主器，但可谓之器主耳，岂得便谓之主？坤之六爻皆可变而为阳，何独举初爻之变言之乎？惠说非也。细绎经文，上言"有攸往"，下言"得主"，盖谓往之他国，得其所主之家也。又案睽九二"遇主于巷"，亦谓所主之人也，所主之人谓六五也，二将往归于五，五已来交于二，故不期而相遇于里巷。丰初九"遇其配主"，九四"遇其夷主"，亦谓四为初所主，初为四所主。配也，夷也，匹敌之称也。主之取象，专谓远适异国所栖止之家，故坤与明夷皆承有攸往言之，而其他可以类推。不然，则相识之人多矣，经何不言得友遇友，而曰得主、遇主乎。

继明案：按震为主，虞翻说（睽卦）。震为主，不仅仅是取"主器"之辞为象，而且是看重一阳为群阴之主的象。王引之此处的焦点，其实不在于震能不能为主，而是他以爻位相应的诠释方式，来代替取象的解释方式。其实还是按王弼思路走下来。

评议与讨论

李畅然：谷继明老师的讲座很精彩。我认为：

1. 讲座的优点

反映中哲界开始关注清学（远因——诠释学热，近因——国学热中的儒家经学热）。尝试跳脱义理、考据二分模式。像偏义理的《四书大全》收录大量关键性原典，《孟子集注大全》关于"万取千焉，千取百焉"即引《汉书》，明弘治间有《大全》传本至清陆陇其三鱼堂读本等又大量收录了宋元儒的考据内容。谷老师看到语文文字范式与哲学（义理学）的连续性（所以戴震的"由字以通其辞"，是用一般来理解个别，至少是解码个别）。

2. 存在的问题

（1）整体的理论架构尚不鲜明。中国哲学主要是经学的附庸，"义理"专指经书所揭示或可以从中体会出的义理，以致《太极图说》也要以《周易》为本。无论考据见长的学者还是义理见长的学者，都遵守着经书等于真理的预设。至于学术著作，自然选择立言中更可以不朽的方面、学科，不妨碍对经学两只脚中另一只脚的尊重。语言，三岁儿童即可完善掌握，包括三段论；童子读经，基本的训诂皆可以掌握，因此汉宋学的起跑线差距不大。朱子学主要是正面推动考据，阳明批评沉迷训诂，不是指汉（古文）学，而是元明以来的倾向；所以没有义理企图的那类汉学，不妨认为是对研究课题的约束。强调经书原文和强调义理，都可以导致思想解放。

戴震等强调语文方面，似乎与新教改革，与中国传统的古文经与玄学联手，都有类似的思路——通过回到原典，以求廓清独断，也即梁启超的"以复古为解放"。语言文字学研究的就是日常语言的概念，哲学偏重理念，而理念就是概念中的一类。因此，戴震"由字以通其辞"是用一般来理解个别。读汉人著作与读先秦原典，甚至读宋明人书，读明清小说，均离不开语言文字，似乎不宜将语文学的应用理解得过窄。我还是提示、强调语言和言语的区分。古典学是面对言语的，倘叫"探研字义的"，似乎未尽古典学之妙，因为叫"字义"就疑似于语言文字学了。传统经学以言语为断，而语言文字则可以表达任何思想倾向，包括儒学的对立面。

（2）具体的认识也有可商榷之处。如继明大作中说焦循直接离开文本和师法，文本是焦循解易学"数学"题的题面，更是他离开汉人象数易之后所剩无几的支点，不可能离开。焦氏最经典的陈述："密云不雨，自我西郊"，见《小畜》和《小过》。所以似乎与高邮二王追求文例的思路更为接近。

（3）有关既往学术史的叙述似有个别不准确之处，如：①线性：这似乎反而是一种修正过的、更优的叙述范式，而非如文中所述属于需要批判的主流叙事。吴派皖派，提出较早，这是双线并行；即便后来认为皖派是吴派的改良进步，也无法完全否认师承上的并行。所以线性叙述似非主流。反之，进步说或线性说似乎较为晚近。钱穆先生首发惠栋与戴震会面对戴震治学方法的影响，特举《易微言》。漆永祥《乾嘉考据学研究》亦特重此说。

②关于象数易的认识——西方数与理合一，中国易学则歧分为二，原因何在？汉易虽近古，但拘守《说卦》，因而很难说是科学的或接近《周易》原貌的。

甘祥满：通过讲座看到，谷老师显然对于易学或者惠栋易学有很深厚的基础研究，今天的题目也适合大家讨论。所以他的问题都是有开放性的。我之前认真看了文稿，然后也认真听了，但遗憾的是没有发现可供讨论的问题。我的问题是说，你这个问题有没有问题性？它要引导我考虑什么问题？比如说，谷老师今天讲的观点我都同意，或者我全都不同意，那么我觉得这都不是"问题"，"问题"要有问题性。

谷老师的讲座主要偏向于文献学、经学问题。所以报告的重点也特别突出，比较侧重于从文献学方面去讲。这些方面的内容从文献学或经学角度，都能理解，或者说可能就很有深意。但是我是学哲学出身的，文献学基本不懂。那么我从哲学角度、从哲学专业爱好者出身的角度来考虑，我觉得这些问题其实都不是哲学问题。

我提出这个问题，谷老师可以和我争论。有没有哲学问题，这就是个问题。我先说明一下，为什么我说这个报告没有哲学问题？哲学问题起码要有一个命题的形式来展现出来。哲学命题决不是像"苏格拉底是希腊人"或"苏格拉底不是希腊人"这样的命题。苏格拉底是不是一个希腊人,这永远不是一个哲学问题。谷老师今天报告的内容认为,惠栋是被中国哲学史研究忽略了的一个学者,应该放入中国哲学史中来研究。我的问题是,惠栋究竟是类似于戴震这样的一个可以放在中国哲学史中去谱写的哲学家,还是说可以按照以往的、我们中国人写中国哲学史的写法,他(惠栋)是可以忽略不计的?这问题——或者是可以应该放进去,或者是不应该放进去——肯定也不是一个哲学问题。不知道谷老师是否认同?

谷继明:我恰恰是在讲,就是因为按照哲学的标准,惠栋很难去研究。刚才其实提到,关于是否存在哲学问题,其实就是因为我们之前对哲学有一个标准。我想揭示现在这样一个经学问题,就是在中文和哲学之间,它处在这样一个尴尬的位置,其实我今天是想讲这个话题。

甘祥满:在中国学科里,你是把惠栋放在经学史里写,对吧?其实也许在史学里写惠栋,或者在其他学科里写惠栋,都还不够。你认为惠栋完全可以进入哲学这个殿堂里,戴震可以进到哲学史,而惠栋还没进入,你是替他有点抱不平的意思。但我认为这无所谓,我们搞学问不是要替谁抱不平,不是说要站队,也不是说要排座次——比如他本来应该在第二代,而现在被放在第三代;他应该放在正中位置,而现在被放在旁边的位置。

谷继明:刚才我没有说哪个高低的问题,我想即便是,也不一定没有价值。现很多学者在做这个,只要真正做出来,也非常好。不管是哪个学科,你只要研究,就不仅仅要关注学术史本身的流程,而且要把它们真正的想法给它整全了,给它揭示出来。

甘祥满:这个观点我完全同意。我只是想说,谁能不能进入哲学史,不是看他个人的地位,而是看他留下来的文本中,有没有一些思想性的东西,或者说哪些思想是能够构成哲学问题的，而且是有创见性，有推进性的。我赞成谷老师的这个观点，就是以惠栋为例说，这个题目或者文本中，如果发现确实有在哲学史里面可以放进去的内容，在以往哲学史的书写中是缺少的，那我们就不能忽视它。

吕明烜：继明师兄的报告十分精彩，从对惠栋易学的具体考察，上升到对经学的治学方法的整体考察。我很赞同师兄的讲法，经学是应该跳出哲学和文献学之外的一个单独的、整全的学问。而师兄想做的，是从个例研究入手，展示经学和经学史的独特性。我在这一点上也是非常认同的。

不过我想再说一点的是，我们在突出经学、经学史的独特性之后，还应该注意，经学与经学史二者之间也是有区别的。在我看来，所谓经学史，可能是以还原学派脉络，讲清各个治经家的特点和趣味为主；比如说，讲清某个经师的工作内容以及他和时代之关系。而所谓经学，则是针对以往经师的错误和疏漏，予以应对和回应。尽管经学和经学史是有紧密关联的，前者建立在后者之上，也往往要以经学史回顾的形式展开，而经学史本质上则是一系列经学问题的贯串梳理。但是二者之间毕竟有侧重的区别，经学史侧重还原过去的面貌，经学则侧重解决经的问题。经学推动着经学史前进，这和哲学与哲学史的关系、神学与神学史的关系是一样的。

历史中的学者，有些人的经学意识清晰一些、自觉一些；而有一些人则没那么清晰，淡漠一些，更多的是在进行经学史回顾、爬梳。在我看来，对古人进行这样的区分是有必要的，它对于我们当代治经学与经学史也有启发意义。尤其如果能就前一种学者，还原出其与古人、经典商榷讨论的那些"经学问题"，便能够看到标识经学史前进的一个个坐标，也能对我们现在如何做经学提供启示。具体到惠栋的话，在谷师兄的描述里，重点刻画了其经学方法和治经趣味二者合一的特点，那么，它是惠栋本人对于经学史的一种思考，还是他对于一种经学问题本身的一个思考？显然，惠栋对于虞翻的这种回应，不仅仅是一个经学史上的一种回顾。而如果能把惠栋与虞翻商榷的经学问题，以一种更清晰、更明确的方式提示出来，那么对于当下来说，惠栋才真正在我们的经学史研究里面立足，并且也使惠栋成为一个我们可以与之进行对话的人。

孙国柱：无论如何，经学作为一种学问传统背后涉及了中华文明的原典、经典，是非常重要的。关于经学，我有一些问题需要探寻，期待与诸位师友交流。

第一个问题，经学是一种什么性质的学术？人们常讲学术乃天下之公器，学术涉及立场、问题、话语还有方法等。当谈到经学的时候，经学的自我定位是什么？是不是如传统那样已经设定了经学具备特别高的优越地位？在从事经学研究的时候，裁量的自由度有多少？

第二个问题，经学和现代学科之间的关系。经学这种古代的学问形态，如果要在现代学科生态格局中进行嫁接，它们相互之间的关系应该如何处理呢？比如，具体来说，经学是否能够安放在哲学的框架里面？或者说经学与哲学有没有关系？如果要用哲学的相关框架来范围经学，但经学包含的东西特别之多，两者之间的关系应该如何处理呢？如果经学研究不能和现代学科进行有效的对话，那么，自身又如何定位和发展呢？

第三个问题，经学和子学有怎样的关系？如众所知，经史子集，是中国古代存在的图书分类方式。到了现代社会，经学和子学的关系会不会发生一些变化？

以上主要有三个大问题：一是经学和现代学术的关系，二是经学和现代学科的关系，三是经学和子学的关系。经学确实是中国传统学问的重要形态，但在当今社会应该如何衡量对待？我也没什么结论。

朱雷：我对经学、对惠栋都是外行，我就提问题吧。我注意到，一些讲易学的，其实不必整出一套说辞，直接抛出结论就可以理解。我想到，中国学术中对于思想的论证，它是否有那个"黑话"传统，尤其像易学，你要是不懂这个话，你肯定是听不懂。谷老师讲惠栋，虽然也讲了很多，阐述惠栋在经学、经学史上的意义。我想问的是，像谷老师说的这一块，惠栋的汉代易学史研究就是要恢复出整个汉代易学体系，由此提出自己对于形上学和政治的构想。那么我想问，我们研究了惠栋这么多的学术东西，那么最后他的形上学和政治构想到底是什么呢？如果最后把他结论这一部分抽出来，只看这一部分的话。第一，他的论证有没有意义？第二，他的这个构想在哲学史上来看，有没有水平，有没有重要地位？这个就是我想的，就是说经过这一套研究之后，他最后剩下的究竟有没有意义？

甘祥满：这个"黑话"，你能否解释一下，是什么意思？——在哲学语境下。

朱雷："黑话"原来就是说一个行业内部的那个"黑话"，但是我说学术这个"黑话"，就是一个学派内部会使用，但是这个话的使用没有公共性。比如，有些人第一有特别多自己的提法，第二他这些提法是只能在他自己的领域较多使用。但这些词在别的领域不具有共通性，这就是"黑话"。我老说经学里面有"黑话"，尤其像《周易》或者理学，在经学中有很多，这些东西都不是我直接研究就可以的。当然有些话题，有它的专业性和视野，但不是"黑话"，就是我们都可以敞开了讨论。但是经学的"黑话"，你不懂这个你就没有办法讨论，并且它的这套东西也不是诉诸理性或者诉诸理论，仅就是内部用语，在语言中玩游戏。

谷继明：朱雷讲的的确是触及到最根本问题。其实你要说"黑话"的话，甚至可以说是整个易学，不管是汉代还是宋代，都是一个"黑话"的系统。原来冯友兰先生说《周易》就是一个宇宙代数学。但是你讲宇宙就好，为什么需要这个东西来去带出一下？当然其实除了《周易》之外，就是整个哲学研究里面，也是充满了"黑话"，对吧？刚才讲到理学里面，其实有些可以直接讨论，但是其实有一些有自身一套模式。有时候这个语言系统，是不是能被当成"黑话"。我觉得有时候，它既然有一个这样的语言系统，而且这个语言系统使用了这么久，这个语言系统本身也给我们的思维形成一种方式。

朱雷：其实我并不是反对"黑话"，我只是想说，我们最后得出这个结论，是不是有一些普遍的思想，是不是有某种深度啊？我们研究这些，最后往往没有哲学性，用了很多"黑话"论证出某些结论。

谷继明：我大概明白你的意思。惠栋这里，他整个的想法，他的问题意识，我觉得最后他要解决的不是经学史问题。他到底是要讲什么内容，我感觉惠栋讲的是在那个时代有点不合时宜的。

吕明烜：对刚才朱雷说的，我理解他不是要反"黑话"，而是说我们不要用"黑话"去表达浅薄的道理。"黑话"类似技术用语，在同行里面来讲是必要的，而且是自然而然形成的。比如我们现在这些讨论，在我们看来互相大致明白，但搁在社会上，就会有人不懂。因为里面也有术语，有"黑话"。"黑话"本身不是问题，其形成是不可避免的。尤其从有些"黑话"能提高讨论效率，有些术语能够更准确地表示意思看还是积极的。但问题是说，我们用这样的一堆"黑话"所表达出来的道理，如果是浅薄的话，是用正常语言也能清晰明白简洁地说清楚的，那么"黑话"就没有意义了。所以我觉得在这个地方，"黑话"本身不重要，就是"黑话"背后承载的那个道理才是最重要的。如果为了道理本身的高效说明确实需要添加术语，形成"黑话"，那么"黑话"就是必要的。

谷继明：我尝试着再补充一点。对于惠栋来讲，他为什么要讲这套语言系统？他的意识在哪里？我想尝试回答一下。就是当他不满于宋代的理学家通过天道、性命，包括这样一套语言建构，在理解世界的时候，他要从哪个角度来理解整个世界？那么大概他又回到了汉代的历史上，利用他这一套理论来去理解这个世界。刚才就讲一个学术史的问题，有些惠栋的内容没有讲。惠栋应该是想理解这个世界的时候，通过回到汉代的这样一个模式，然后来代替宋明理学的那样一个模式。

常达：非常感谢谷老师的这次讲座，对我有很大启发。前面的老师们已经讲了很多内容，我就在此提出一些不成熟的想法和问题。首先是谷老师提到，长久以来，现代学术研究对于惠栋可能存在一些理解上的偏差。我认为，除了目前提到的一些原因之外，或许也存在着另一种客观性的可能。惠栋所处的时代位于经学发展的后期，正是需要对一种学问本身做出总结的时候。清代学者在看待经典时，无法绕过前面数千年的学术成果，也难以提出完全创新的学问范式。在纯粹的学术史视野中，清代学术作为总结、收尾的阶段，其最重要的特点在于连续性、传承性与整体性，相对之下，对于学者之间的个体差异，反而就会缺少重视。所以我们现在返回去看以前的经学史书写，会觉得其中一些处理稍显粗糙。所以，谷老师的研究正是要从这种既有眼光中跳出来，重新回到学者自身的著作中讨论个人思想，发掘出不同于其他人的特殊之处。谷老师对惠栋的"翻案"，能够使我们反思：一位学者真正想要表达的东西，往往和他所造成的影响、或是后人所看到的样子，存在很大的张力。作为研究者而言，我们是以经学史的眼光，还是以单独研究某种哲学思想的眼光去看待，得到的结果可能会大不相同。这不一定必然存在客观评价上的对错，但确实展现了两种思维方式的区别。对于惠栋来说，如果我们一直延续以往的研究方法，他就更像是一个过渡性的人物，我们的关注点可能更多的在于他的弟子戴震等人身上，惠栋的存在价值则来自对戴震思想的影响。但是，谷老师则指出，这种理解忽视了惠栋本身想要强烈表达的东西，也遮蔽了清人思想的丰富性。我觉得这是我们在研究过程中值得特别注意的。

此外，我还有两个较为具体的问题想请教谷老师。首先，您提到现代人对于义理和考据的成见，认为在当今学术体系中，训诂学被对应于语言学，义理对应于哲学，而何为语言学、何为哲学，又是在西方的语境中被定义的。这就不免使我们看待传统学问时，产生定位不准的问题。这一点我很同意，因为无论训诂还是义理，在清人那里，可能不一定代表着单向度的学术取向，而更多的是做经学的一种方法论。比如戴震就是在《孟子字义疏证》中以训诂讲义理，他看上去是个文字学家，但他最重要的目的却是讨论字义背后的某些哲学概念，讲"自然""必然"等等。可以说，他虽然辟宋，但并未完全跳出理学的框架，而是仍在宋人的思考中对关键问题进行把捉与回应。对于惠栋来说，他的目的是要还原汉代师法，但他在讨论具体问题时，其实与戴震有类似之处，无论是运用训诂、考据的方法，还是对理学的重视，都能在他的思考中有所体现。我记得惠栋曾在家挂一副对联，名为"六经宗孔孟，百行法程朱"。可见他虽在许多制度问题上服膺汉学，但对待宋学的态度似乎难以说是完全反对的。我想请教，在我们通常说到的戴震对于惠栋的继承中，是否也包括对于宋学的态度？这种态度是否呈现出一种形式与内容、或是方法与目的之间的矛盾？

其次，对于惠栋来讲，他最终想要达到的目的，或者说他最关注的东西，其实是在《明堂大道录》《易微言》《易大义》等篇目中。本质上讲，这是一种以制度讲经学的方式，也是通过上推古礼，重新理解孔门七十子之学、乃至孔子之学本身。但是，经过宋明之学的转型、现实政治的取舍之后，在千百年后重新复原古代制度，是一件极其困难的事。我想知道的是，在惠栋所处的时代中，重新去讲制度中的大义、大道，以恢复经义系统为己任，对他来说究竟意味着什么？或者说，他所表达的东西，最终是要回应什么问题？是对当时现实政治的匡正，是对以往的经学与经学史的总结与纠偏，还是有其他考虑？之所以提出这一点，是因为对惠栋学术背后动机的理解，不仅仅关涉惠栋个人，也是将惠栋在经学史中重新定位的出发点。阐发惠栋的个人思想固然重要，但在充分理解惠栋之后，我们是否能由此找到一条通向整个中晚清经学思潮的新道路，也是值得深思的。

郜喆： 在我看来，讲座旨在将惠栋从一般学术史（思想史、经学史）的脉络中解放出来，进而做出独立的评价。因此，核心在于从戴震及其弟子门人对惠栋的批评着手，从反方向定义惠栋。

我不大理解的是谷老师给惠栋、戴震定性的话："惠栋是真得汉学精神的人（惠栋更古典），而戴震则是现代性的头脑。"我个人理解作者对于"现代性"的定义，出于近现代学者对戴震的评价。简而言之，戴震进入了各种"思想史""哲学史"的书写，这表明戴震被现代学术接受。惠栋反而成为了戴震的注脚。但是，如果仅以现代学科意义来进行分判，事实上有些简化了这个问题。如果说"古典精神"不具备现代性的话，那么，戴震对惠栋"好古太过耳"的批评还是有一定道理的。

所以，就我个人的阅读体验而言，惠栋对汉代家法的提倡，实际上可以看作晚清今文经学运动的先声。廖平以后的经学，都建立在区分今古文家法的基础之上。当然，廖平本人不认为惠栋对"汉学"的提倡符合他所建构的今古文经学体系，比起惠栋，他更倾向于陈寿祺的经学理路。但是，客观地说，惠栋的问题意识，是可以与晚清经学贯通的。相比于宏观的清代经学，晚清经学具有强烈的跨越性，这种跨越正是体现在彼时的经师意欲植根于经学传统，建立具备"现代性"的新经学。只不过，现代学科建立后，一种由作者提到的，重视科学与理性的"现代性"，取代了晚清今文经学意图建构的"现代性"。在这样的意义上，是否也可以承认惠栋经学也有一种被遮蔽的现代性。我们现在重视惠栋，不仅仅是勾勒他的思想脉络，而是看看这种不同于一般思想史意义上的乾嘉朴学的惠栋经学体系，可以开展出何种更为深远的问题。举个例子，作者说："惠栋的汉代易学史研究，就是要恢复出整个汉易的师法体系，再通过裁断，上推至七十子的大义，乃至于孔子的微言。"惠栋的治经方法，几乎已经等同于晚清今文经学的框架了。换句话说，按照这篇文章描述的惠栋的特点，惠栋就像是一个生在的雍乾时代的一个"晚清人"，他的问题意识早已突破他的时代，比戴震要"现代"得多。

基于以上的问题，我对于谷老师的研究还有两个期待：第一，对惠栋学术脉络进一步的整理。依据谷老师的研究，惠栋有着一个完整的经学体系。这套体系可以从汉代家法开始，上溯孔子。但是，惠栋上溯孔子后还有什么样的目的？他认为一个能解释孔子的经学又有什么样的意义？这是我更为期待的一个内容。第二，从目前看到的文本上来看，谷老师有着一个通过惠栋来表达"经学是什么"或者"经学史是什么"的问题诉求。那么，从惠栋开始的清代经学史会是什么样子？我觉得，这样的学术史书写，也会像谷老师提到的那样，可以最终走向一个不"哲学化""史学化""文学化"的经学。我相信这也是谷老师讨论惠栋的终极目的。

谷继明：对这个提问，我感到压力很大。我有意彰显戴震和惠栋的差别。从古典和现代的角度看，他们有着比较大的差异。比如在人性的观点上，显然戴震是更加往现代这边靠的，而王夫之是更加传统的。惠栋更偏向古典，他就是要从汉易的这个地方讲，当然古代一直都是这样一个模式，之后的张惠言也是如此。有时候两个人讲的是同一个内容，但其实他们凸显的问题是不一样的。惠栋到底想干什么？这的确还要研究很多。

徐到稳：不能到会场聆听谷继明兄的讲座与大家的讨论，深感遗憾！感谢胡士颖兄的邀请与信任，我现在将自己对惠栋经学及其相关研究的一点肤浅感受写下来，供谷继明兄与大家批评，继续讨论。

首先，研究惠栋经学的代表性成果有哪些？大体有四库馆臣、江藩、章太炎、梁启超、钱穆的部分段落（或语句），李开《惠栋评传》（南京大学出版社，初版于1997年），郑朝晖《述者微言——惠栋易学研究》（武汉大学博士论文，2005年），王应宪《清代吴派学术研究》（华东师范大学出版社，2009年），陈伯适《惠栋易学研究》（花木兰出版社，2009年），陈居渊《汉学更新运动研究——清代学术新论》（凤凰出版社，2013年），钱慧真《惠栋训诂研究》（南京师范大学出版社，2018年），赵晓翠《惠栋易学研究——以范式转移为视角》（山东大学博士论文，2018年）。这些成果有些我翻过，有些没翻过；与易学相关的部分，我其实不懂。赵晓翠《惠栋易学研究——以范式转移为视角》说："惠栋可以说是第一个弃魏晋以来儒说之异而独宗汉代易学的大家。惠栋是吴派学术的创始人，在清代思想史、经学史上有着不可低估的学术地位。他精于考据，长于训诂，亦不乏义理思想的构建。"（见摘要）这三句话非常重要。第一句话，受四库馆臣影响很大，其后研究者几乎没有提出反对意见。第二句话，受章太炎《清儒》影响巨大，其后多数研究者做的工作就是做更细致的论证；而这个论断、这些论证在我看来还是不充分的。第三句话，代表了惠栋经学研究的最新进展。谷继明兄的讲座主要内容体现了这个最新进展。

其次，今人应当如何推进对惠栋经学的研究？这里只谈谈对上引三句话的感受。

对"惠栋可以说是第一个弃魏晋以来儒说之异而独宗汉代易学的大家"，我不懂易学，也没有意见。

对"惠栋是吴派学术的创始人，在清代思想史、经学史上有着不可低估的学术地位"，我的感受是：将惠栋视为吴派学术的创始人是武断的。章太炎于20世纪初所撰《清儒》中论道：汉学"成学著系统者，自乾隆朝始。一自吴，一自皖南。吴始惠栋，其学好博而尊闻。皖南始戴震，综形名，任裁断"。这是"吴派""皖派"说的滥觞。此后章氏多次把吴、皖之学作对照论述。1934年他在北平师大的讲演中又提出：乾嘉汉学在南方有两派："一在苏州，成汉学家；一在徽州，则由宋学而兼汉学。在苏州者为惠周惕、惠士奇、惠栋。……在徽州者为江永……又有戴震。"（章太炎讲、柴德赓记《清代学术之系统》，《师大月刊》第10期）前后说法虽然都是以吴、皖地域冠名的，但是有重大不同：章太炎实际上否定了他早期"吴始惠栋""皖南始戴震"之说。但是其他学者纷纷抓住《清儒》中"吴始惠栋""皖南始戴震"之说做文章，从而使视惠栋为吴派学术的创始人之说变得"天经地义"。我的博士论文写的是"江永礼学研究"，对戴震也略有研究。可以说：最新的研究成果认为清代徽州派创始人是江永（不是戴震），江永对戴震有直接而巨大的影响。我们其实还可以质疑：吴派学术的创始人为什么是惠栋而不是惠周惕、惠士奇？研究三惠论著中，似乎没人认真研究过这个问题，要么觉得不重要，要么有所逃避。窃以为，如果真的非要说清代学术有吴派，那么这个吴派的创始人应该是惠士奇，而不是惠栋。惠士奇对惠栋的具体影响，似乎没有人认真研究。想告诉大家的是，据我的（不成熟）研究，惠士奇（尤其是他的《礼说》一书）似乎受方苞较大影响，可以肯定的是对江永、戴震有重要影响。那么"吴派""皖派"的关系是否应该重新讨论？研究者对惠栋在经学史上的地位的讨论，还很不细致，如惠士奇经学对惠栋经学的影响。研究者对惠栋在思想史上的地位的讨论，也很不细致（下面再谈）。

对"他精于考据，长于训诂，亦不乏义理思想的构建"，有点感受：考据范围很广，训诂虽然有广、狭义之别，但范围比考据窄很多。从训诂学史来看，惠栋的地位并不高，远没有江永、戴震、段玉裁、二王等人高。而从思想史来看，惠栋的地位也不高，远没有戴震、章学诚、龚自珍等人高。如何看待"不乏义理思想的构建"？不只是惠栋有"义理思想的构建"，其他人在经学研究中也常常有"义理思想的构建"，如江永、孙诒让其实也有"义理思想的构建"（可参看我的《论孙诒让对"官联"的诠释》一文），只是没有被桥本秀美老师意识到，才受到桥本老师的贬低。"义理思想的构建"对经学家来说是普遍存在的，而像二王那样主要通过古音学、语法学最新成果来解决经典中的疑难的经学家实际上是绝对少数。让某经学家研究中有"义理思想的构建"与他应不应该入思想史，是不同的问题。今人研究古代思想史实际上不可避免地带有现代性的衡量、国际比较的视野。我们如果要说《明堂大道录》是部重要的政治思想著作，那么要面临的问题不仅是它对清代政治意味着什么，对当下中国政治意味着什么，而且是对当代国际政治意味着什么；不仅是拿《明堂大道录》与黄宗羲《明夷待访录》比较如何，而且是拿《明堂大道录》与马基雅维利《君主论》、霍布斯《利维坦》比较如何。适当矫正对古人出发点（动机）的错误认知是好的，过于强调出发点（动机）如何可能不大好。

第三，我对谷继明兄的一点回应。谷继明兄的经学观受桥本秀美老师影响很大。窃以为桥本老师的中国经学观尤其是清代经学观，是较偏颇的。窃以为：经学的本质属性是宗教属性，经学的最终发展指向或最终评价标准是（儒）义学。桥本老师对此是有些隔膜的（以后有机会再聊）。

最后，回到四库馆臣。四库馆臣编的《四库全书总目》深深地影响了我的学术观，尤其是经学观。我想说的是，经学到了乾嘉已经形成新的范式（惠栋对此是有功劳的，但他的功劳未必比惠士奇、江永、戴震等人更大），这种范式至今笼罩着我们。这个范式在今天看来未必很完美，但是我们必须深入到这个范式之中，才有可能发展出新的范式。我们今天评价惠栋经学史地位高低的时候，其实仍处在这个范式笼罩之下；我们不知惠士奇与江永哪个经学史地位更高，主要是因为我们对经学及其乾嘉范式的研究还不够深入。

我的经学观未必更符合乾嘉范式，未必更符合未来范式。相信我、谷继明兄、大家都在路上。谢谢大家！

胡士颖： 经学从民国到现在，经历和这个民族命运一样坎坷，由20世纪80年代以来提倡传统文化、国学复兴到更加明确的经学研究，应当是中国学术反本开新之下水到渠成的结果，并不只是盲目的文化自信产物。李源澄《经学通论》说："经学者，统一吾国思想之学问，未有经学以前，吾国未有统一之思想。"我理解：经学与汉武帝之大一统政治同时而起，它也应当自觉纳入全球化和整体的全球视野里。这并不是说要成为帝王之学、帝王师，而是成为思想战略家。让经学成为世界各国文化的思想资源。

经学是古代中国具有宪章性、政治意识形态的理论，那么与今天的中国和世界主流意识形态的关系该如何处理，并在外国学术中国化和中国学术现代化的过程中突围。惠栋的学术时代与世界发展历史的断裂，对我们来说是比较遗憾的。

经学一度是天下国家之理想、经营天下的核心价值、人们生活所遵照的模式，那么今天的经学建构是否把这些考虑进来，顺利容纳、对接和引导中国乃至更广阔地域人类的思想认识、生产生活？现代经学应该思考这种变通，展开新的面向，谷兄应该是能够完成这个任务的。经为明道之书，不过经学不单单是研究几本经典和经书，它是为了探究"万古不变之道""常法"。不过必须从踏踏实实、真真正正的努力做起，这方面必须提一下儒藏的工作和学衡的宗旨理念：以切实之工夫，为精确之研究，以见吾国文化，可与日月争光之价值，从而惠及整个世界和宇宙。

李元骏：很遗憾没能同谷继明兄和各位师友一起参加之前的讨论。承蒙士颖兄之邀，我得以通过阅读讨论纪要，对当时讨论的主题略有了解，从各位老师的论述中获益良多。现拟从惠栋、王引之对郑玄易学的理解出发，谈谈汉易研究、经学研究的必要性。

《贲》六四爻辞为"贲如皤如，白马翰如"。对于"白马翰如"的郑注"谓九三位在辰，得巽气为白马"[1]一语，惠栋在《易汉学》中引"贲如皤如"郑注"六四巽爻也"来加以说明。[2]这是不恰当的。所谓"巽爻"，即按照乾坤相索生六子的理路，视阴居四爻者为对应巽体之爻，认为六四爻体现了巽体，这种思想后来被归纳为"爻体说"。诚然，郑玄确实在其《易》注中使用爻体说，也确在《贲》六四爻注中称"六四巽爻也"。[3]但是，郑注称"巽爻"，是就六四"贲如皤如"而言；称"得巽气"，则是就"九三位在辰"（兹是以爻辰说言之）为"白马"（兹以取象说言之）而言。如果说九三"得巽气"是指其得"六四巽爻"之

---

[1]（汉）郑玄撰，（宋）王应麟辑，（清）丁杰后定，（清）张惠言订正：《周易郑注》，载《无求备斋易经集成》第175册，台北成文出版社，1976年，第57页。
[2]（清）惠栋：《易汉学》，中华书局，1985年，第97页。
[3]（汉）郑玄撰，（宋）王应麟辑，（清）丁杰后定，（清）张惠言订正：《周易郑注》，第57页。

巽气，未免稍隔一层。事实上，郑玄指出九三"位在辰"，本就是在交代其"得巽气"的原因。《易纬·乾凿度》有一种八卦卦气说，以八卦值一年，四正卦各值一月，四维卦各值两月，郑玄《易》注承之。辰月（即三月）于八卦卦气说值巽，则九三"得巽气为白马"的原因是其"位在辰"，非干六四之为"巽爻"。前后思量，终究难以找到惠栋引"六四巽爻"解释"九三位在辰，得巽气为白马"的原因。

《离》九三爻辞有"不击缶而歌"。郑注曰："艮爻也。位近丑，丑上值弁星，弁星似缶。《诗》云'坎其击缶'，则乐器亦有缶。"[1]王引之对此有所指责："……则舍辰宫之星而言丑宫之星。丑者，六四所值之辰，岂九三所值乎？艮主立春，所值者寅也，何不取象于寅，而取于所近之丑乎……"[2]在这里，王引之列出了两种责难郑玄的原因。他认为：其一，就爻辰说而言，六四值丑，郑注谓九三"位近丑"，但《离》只有九四，并无六四来与九三临近，则此语失之牵强；其二，如果郑玄是就爻体说而言，称九三为"艮爻"，则按照《易纬·通卦验》的八卦卦气说，艮气当主立春，在寅，不在丑，故这里的"近丑"是将不在丑的艮爻与丑关联，过于迂曲。但事实上，王引之的这两点指责是难以成立的。通观郑玄《易》注辑本，未见其使用八卦各值四十五日的《通卦验》八卦卦气说，只见其使用四正卦各值一月、四维卦各值两月的《乾凿度》八卦卦气说。若依后者，则艮气兼及丑月与寅月。如此看来，称艮爻于丑为"近"，不是迂曲，而是有所保留。所谓"艮爻"，即是用爻体说。既然用爻体说已经能将作为艮爻的九三值于丑月，则"位近丑"当然不是在爻辰说的意义上谓九三与六四或任何四爻相近。故王引之这两点责难，均为无据。总之，郑玄于此，是以爻体说谓《离》九三为艮爻，又以八卦卦气说将其关联于艮气所值之丑，继而以丑宫星宿之象"似缶"来解释爻辞。按照郑玄的理路，九三本与缶关联，理应言"击缶"，若"不击缶"，则为凶。

将两人关于郑玄易学的错误判断相比较，显然，王引之的问题更大一些。无

---

[1]（汉）郑玄撰，（宋）王应麟辑，（清）丁杰后定，（清）张惠言订正：《周易郑注》，第72页。
[2]（清）王引之：《经义述闻》第1册，商务印书馆，1935年，第50页。

论如何，惠栋致力于理解郑玄易学，也确实辨析清楚了郑玄注《易》所用的很多体例。他对郑玄易学的整体把握，并无问题。其引"六四巽爻"，也是希望以郑玄自己之语来帮助理解郑注，只是智者千虑罢了。而王引之在《经义述闻》之中，于易学，主要是想在一定程度上跳过汉代易家之说来直接理解经文，故并不致力于同情理解郑玄、虞翻等人之说。其力不在此，所以在批评郑玄等人之说时，主要是从立场的区别处出发，又终不免涉及郑玄等人对象数体例的具体使用情况。持一种坚定的立场，论及自己未花费精力详加考察的细节，其批评偶有错讹，自不奇怪。从其基本立场上看，王引之欲剥除汉易的过度诠释，以求更直接地解释经文，当然是有其洞见的。但这种大关节处的判断，一旦缺少细节处的正确分析作为支撑，就可能显得难以立住。谷继明老师认为王引之根本理解不了惠栋，对惠栋批评不到点子上，这种判断是准确的。同样，王引之对郑玄的批评也存在这样的问题。如谷老师所言，王引之重文辞训诂，惠栋重师法经义。这正导致了他们对郑玄等人易学的理解程度之别。

各位老师在讨论的过程中，提到了易学与"黑话"的问题，这引起了我的一点思考。易学或经学研究中确实存在着所谓"黑话"。在经学的研究内容中，有一部分复杂烦琐的学问，似乎与哲学关系甚小；如果要做涉及经学的哲学研究，似应该抛开上述学问，专门拈出经学中涉及哲学问题的部分来用力。不过，当我们从经学中获取哲学思想资源的时候，往往并不是要进行一种完全关于具普遍性之哲学问题的思考，而是要研究我们的传统与现状何以如此；在这种研究中，对经学思想并不是截取、矫饰出一种一厢情愿的观念即可，而是要确保在援引这种观念时符合其学的本义，不违历史的真实。在这个意义上，富思辨性的思考，也需要对"黑话"的了解来作为支撑。如果因为觉得"黑话"与研究目的关系不大就不对其详加了解，就容易出现类似王引之那样的错误；即便如惠栋这般追求恢复汉易原貌，所言也不免有误，足见此事不易。因此，学界可以通过分工来解决这一问题：一部分人主要花气力让我们面对经学"黑话"时不会有理解障碍，同时有着哲学研究的视野、敏感度；另一部分人则重点研究经学中与哲学问题关系较大的部分，同时能关注对"黑话"的研究成果。

非唯对经学作富思辨性的思考需要了解"黑话"，对经学中"黑话"的研究也需要有富思辨性的思考。以汉代象数易学研究为例，可见如此的必要。清儒以来的汉易研究，常拈出"卦气说""爻辰说"等象数易说，作为理解每个易学家思想的纲目。一旦以这种方式思考易学史，那么关注的重点就往往集中在两位易学家使用同一种易说（如卦气说）时对年月时间与卦爻之象的配比方式是否一致。这样一来，两位易学家的思想差别，似乎很大程度上都体现在其使用易说配比时空信息时的技术性细节上。但是，汉代象数易家的思想，本来并不以"卦气说""爻辰说"等为界而呈现其面貌，如今不能因为拈出了这些思想特征，反以一种乍看起来的"同"而将他们易学著述文本中实际存在的"异"遮蔽了。只从时空卦爻配比方式上看，或许，两个易学家使用同一种易说时并未呈现不同的配比方式，但如果考虑到他们使用该类易说的易学著述根本关注着两类不同层面的易学问题，则看起来配比方式相同的卦气等易说，实际上可能包含着更多的思想差异，值得被指出。另一方面，两个易学家使用同一种易说时配比方式的细节差别，或许紧密关联于他们使用象数易说所欲达到的目的之别，如果不停留在细节的差别，当能更真切地理解他们的易学思想。此外，汉代象数易学重视天人关系的这种思想特点，也关联于当时经学家对价值问题的看法，讨论相关问题，有助于解释汉代易学何以如此。因此，在汉易研究中，除了可以作技术性的考察，还可以作富思辨性的思考。

由此可见，研究经学中那些类似于"黑话"的内容，比如汉代种种象数易说，对于以哲学的视角来研究中国古代思想仍不无好处。而哲学研究的学术训练，对于研究经学中某些富有技术性难度的问题，也能于传统的路径外另有增益。

从先秦儒学看工夫

主讲人：王 正[*]

主持人：杨　浩（北京大学《儒藏》编纂与研究中心助理教授）
评议人：高海波（清华大学）、甘祥满（北京大学）、刘增光（中国人民大学）、陈睿超（首都师范大学）、曹婉丰（中国社科院哲学研究所）、李丽珠（北京大学）、陈佩辉（北京大学）
时　间：2019年5月9（周四）14:00—17:30
地　点：北京大学《儒藏》编纂与研究中心三楼会议室

非常感谢北大《儒藏》编纂与研究中心、《学衡》辑刊的邀请，也感谢杨浩兄和胡士颍兄的热心工作，还很感谢高海波兄、刘增光兄、陈睿超兄、曹婉丰博士和李丽珠师妹来做评议人。我最近几年来的关注核心主要在儒家工夫论和先秦诸子比较两方面，因为后者的分别性太强不利于发散，所以这次就和大家汇报一点自己对儒家工夫论的思考。

---

[*] 王正（1983—），哲学博士，中国社会科学院哲学研究所副编审，研究方向为先秦儒学、儒家道德哲学。

一、关于"工夫"概念

工夫这个话题其实是我从博士期间就一直关注的，2018年也刚出版了一本我编的《儒家工夫论》文集，收集了我认为近二十年来中文学界在儒家工夫论研究方面一些主要的论文，希望对工夫论研究的未来发展有所助益。"工夫"这个词其实是后出的，最早是在魏晋时期，其中一些情况是在佛教的相关文献中，主要意思就是花费时间干一件事情这样的简单意思。它后来之所以在中国哲学里成为一个重要的概念范畴，主要原因还是从宋明理学那时候开始的，尤其是在阳明学中本体与工夫对举，使得工夫论这一领域日益壮大。不过我一直以来的想法是，应该在一定程度上把工夫这个概念撑大，之所以要撑大工夫这个概念的原因，就是想让工夫和我们当下能有更多的联系，同时撑大工夫概念之后，工夫和哲学的关系可以有一个更强的勾连，进而对狭义的哲学观本身也有一个扩充，这个扩充后的哲学将不简简单单是我们日常理解的那种西方形态的哲学，而让它更加成为拥有中国哲学、印度哲学等丰富资源与样态的哲学。接下来我具体谈两个方面的问题。

第一，我们知道工夫论是中国哲学一个十分具有自身特色的哲学领域，尤其是经过它与西方哲学的对比，更可以发现它在中国哲学中的独特地位与价值所在。但是，我们一般说的工夫有广义和狭义两种指称，狭义的指称就是宋明理学中的工夫，常常还与本体对举；另外一个工夫就是我想讲的，当然很多学者也在讲，就是工夫也有一个广义的或者撑大的概念，就是可以把儒家所讲的关于达到圣贤人格的各种具体方法都称作工夫。

这正是我一直在谈论的工夫，因为我们知道圣贤人格其实不仅仅有内在的方面，也有外在落实到具体实践中的方面。所以，我最后想达到的工夫概念，应当既强调我们身心内在的协调一致，也包括如何实现个人与他人关系的和谐，还包括如何在具体教化成俗的社会实践中通过工夫让自己做得更好，所以这是一个广义的工夫。但是，这种儒家工夫的观念会不会过于庞杂呢？并不会，因为它也有限定在其中，就是它是关联人的身心建设和道德挺立的，只有与此相关的有益者才可以说是工夫，否则就容易把儒家的工夫过于审美化和泛化。

不过，现在的问题是学界中还颇有一些学者持狭义的工夫理论，比如丁为祥老师就反对把工夫做广义的理解，他认为工夫必须是从心学的角度来讲，所以他说只有阳明学才有工夫。与此同时，一些学者认为工夫就是纯粹和本体对举的，工夫的目标就是彰显本体。但是，我觉得这里面有一个重要的问题，就是我们要看一下工夫本身是要干什么的。表面看来，它是要和本体对举，但是对于一个真正的儒家学者来讲，彰显本体就够了吗？其实心学家的根本目标还是要追求成贤成圣，甚至也是要追求外王的，所以在心学家的思想逻辑中，儒者虽然要通过工夫先来达到本体、呈现良知，但当本体、良知呈现之后，儒者还是要把它运用到现实生活中去，最后还是要做到化民成俗、改良天下的秩序。因此，即使在心学这样一种狭义的讨论里来看，工夫本身也不是仅仅的狭义理解就够了，如果工夫仅仅放在狭义的层面上来看，则恰恰是心学家自己也在批判的一个问题，就是所谓的"玩弄光景"。我们知道，很多心学家虽然讲"良知现成"，但他们并非不重视良知的长期保养和具体落实，否则那个呈现的良知便成为"玩弄光景"了，这将是心学的流弊。

所以，在我看来，仅仅停留在狭义上的工夫恰恰是一种极其容易流于不正确的工夫观，这个问题的反映在宋明理学家看来就是流于佛教化，也就是变成了禅宗的"虚"，而儒家是不能讲虚的，儒家一定要讲"实"，本体也是要落到实上来讲的。所以，知行合一，儒家的工夫一定是要落在实上来讲，那样一种纯粹只在本体的光景上去呈现而没法落在现实中的工夫，对真正的现实的自我修身和政治实践没有作用，这是所有流派的儒家都要反对的。

二、"工夫"在于"成人"

正因为如此，所以我觉得工夫这个观点一定要放在成人上来讲，也就是放在对人本身的成就上来讲，而不能仅仅放在与本体对举这样一种狭义的关系上来讲。如果这样来看的话，我想我们可以把工夫稍微推进一步，工夫这个词虽然晚出，而且在宋明理学中得到了突出，但是它的含义其实是可以用来指称儒家关于成人之学的所有思想成果的。这样的话，工夫虽是一个后起的词，但它也可以用来代指或者说包括之前从先秦以来一直到清代，甚至到近现代儒家所有关于成人之学的考量。这样一种推进的结果是工夫不再仅指称那样一个和本体相对、单一维度的工夫，而是它可以具有非常多样、非常丰富多彩的思想光谱。这样我们再来看工夫本身，它就会给我们带来丰富的思想资源，而我们对工夫的视野也可以让我们在用工夫这个视角看儒学本身的发展历程时，获得对儒学一些更加全面的认识，并且它将能带来对现代生活更有意义的一些观察。

所以，这里其实有一个很关键的问题，就是我们可以通过这样一种多维度的工夫理解，来看儒学发展史。其实我们知道，宋明理学中的工夫本身也是有非常丰富的光谱的，有程朱的，有陆王的，也有湖湘学派的，还有张载关学的，格物致知、穷理尽性、致良知、体察涵养等，是有非常多的角度来做工夫的。而这些不同的角度其实都是他们对如何成人进而如何在现实中对社会能有影响的考虑，在当代的研究中这些也都是关于工夫的考虑。所以，如果我们忽略了人本身这样一种多维度的存在，仅仅把工夫放在一个很单一的维度上去看的话，我们的成人通道也会变得特别狭窄，成人、成贤、成圣的可能性也会变得非常少。

所以对于历代儒者来讲，成人既然是他们最核心的一个话题和根本目标，那么当我们把这个主题明确之后再来观看工夫这个词语的话，你会发现某种程度上来讲，不仅先秦儒学有工夫，宋明理学有工夫，甚至在整个儒学史中的每一个儒者，只要他是一个真诚的儒者，并以儒家所要实现的目标为自身目标的话，则他都要有工夫。因为，一个个体的人，他要实现成人、成贤、成圣的话，那么他这个实现过程本身就是一个工夫的选择和呈现。通过这样的视角来观察整个儒学史，我觉得无论是现在非常火热的宋明理学还是经学，其实都可以在一定程度上跟工夫关联起来进而观察它们，这样将可以摆脱文史哲分科后这样一种割裂的视野来重新观看儒学，从而把儒学当作和我们自身的成长、生命的完善有极大关系的一门真学问。

我下面通过举例子来谈可能把工夫撑开的方法。其中一个就是对待清儒及其学问。我们现在处理清代儒者一般都讲他们是要考求经义而反对宋明理学的。但是这些年我们对清代的了解有所改变，尤其是我们认识到清代以礼代理这个思路，某种程度上是清学对儒家之"理"的另外一种方法上的追求，是对宋明理学的一种发展，甚至是完善。另外，清代的考求经义在我看来其实也不是那么简单的、纯粹的训诂工作，因为考求经义的根本目的其实还是要追求其中的大义，虽然不一定是公羊学的微言大义，但也还是要追求儒家传统本身经典之本义的。在这样一个目标之下，我认为，清儒只是较之宋明理学转换了一种工夫切入的路径而已，即不再从宋明理学那种静坐、冥契等角度出发，而是从循礼和读经等角度出发，从这种工夫出发来看能不能成人、成圣。换句话说，他们相信通过经学的研究和礼学的建构，也可以通达圣人之义，而且只有正确的解经和循礼才可以成人、成贤、成圣。总之，清儒的努力不仅仅是纯粹的现在意义上的文献学或者训诂学的构建，它其实有儒家的生命追求和义理探讨在里面，也就是说它也是含有工夫含义的，它仍是继续着儒家本身思路的发展，只不过是在宋明儒的那条思路之外他们切换了一条思路，在我看来这种思路其实也是工夫的进路。所以，当我们思考工夫的时候，一方面与本体对应的冥契神秘主义等玄妙的工夫要重视，另外一方面就循礼、读经等方面的工夫也不可忽视，否则我们将失去儒学的基本问题——对成人的多维度的思考。

在这里，我其实想讲的一个理念是：因为我们人本身是多维度的，有各种各样的人，每个人的性格品质都是不同的，只从单一的维度出发讲成人，这种工夫理解其实是很狭隘的，会把成人的通道变得狭窄。只有把工夫撑宽一些，才能让儒学更多的为成人提供可能的通道。当然，这里面还有一个问题，就是这种撑开也不宜做一种过分宽泛的解读，因为儒家的工夫始终讲的是一个人成人的问题，它不关注长生不老的问题，也不关注顿悟成佛的问题。所以，我们在方法上可以把它放宽，但是目标上还是要紧的，就是目标上是成人、成贤、成圣，而具体的方法上可以有各种各样的可能。尤其一个需要注意的方面是有一些学者在对工夫进行了一种特别宽泛的理解，比如美学式的解读，如倪培民老师。我非常理解他这种解读的初衷所在以及它可能给儒学带来的现代价值所在，但是如果过于把儒学美学化而为它带来一种过分飘逸的感觉的话，则将失去儒家工夫的特质所在。所以我觉得我们在讲儒家工夫论的时候还要把它确定为儒家的目标，即就它的主题来讲，工夫是要和成德、成人关联紧密的，否则的话，儒家工夫就会变得太空泛，没有它的关注点所在。

三、工夫的实践、进路与结构

我们在把儒学的工夫含义撑大的时候，除了上面讲的那一点之外，另外一个重要的方面就是：其实在历代儒家的实践中，工夫并不仅仅是我们一般想象的那样静坐、读书什么的就够了，包括在宋明理学家中，他们很多的工夫是在担任具体行政职责和现实实践中来做的。比如周敦颐断狱，二程为官时的谨慎与直言，我们可以看到，真正的做工夫是需要把它放在实践的每一件事情中去的，比如说在断狱中，比如说在外交中，比如说在处理政务中，在这些实践中如何让你的工夫贯穿进去，这才是儒家的工夫真正所要解决的事情。否则，你虽然看似有一个高明的本体，但是落不到具体的生活实践中去，那么你的工夫最后都要落空。所以，我觉得广义的工夫可能至少要包括三个方面：一个是道德方面的挺立与践行，二是通达于本体的超越层面的体认，三是一些切身的知识和实际的技能之习得与运用。

我觉得如果用先秦的话语来考虑工夫的话，可以把它总结成三个方面，就是学、思、行。比如说我们去习得大六艺和小六艺，这里面就可以把经学的思路放进去。思的方面既有儒家实践方面的知，也有认知方面的知，还有冥契方面的超越的知。行就是刚才讲的那些落实到具体的事业中去。

我接下来以先秦儒学的一些例子来探讨这个话题。我们知道孔子一生致力于解决的问题是礼崩乐坏，也就是西周礼乐制度崩溃之后造成的社会失范和政治失序。在这样一种情况之下，孔子要做的事情就是重振华夏文明，来实现一种新的政治秩序的建构。孔子发现在这样一种礼乐文明的重建上最关键的问题是要实现人本质的改变，所以孔子其实认识到礼乐制度问题的根本是人的问题，包括华夏文明之所以受到夷狄的侵犯也是因为华夏民族的人本身出现了问题。所以，孔子在一定程度上就把这样一个制度的问题落实到人上来讲。我们看孔子讲克己复礼，"一日克己复礼，天下归仁焉"，学界对克己复礼有很多具体的讨论，比如"克己"到底应当怎么讲：是能己还是克服自己。我今天不去讨论这类细致的问题，只是想说，当孔子讲克己复礼的时候，其实礼和仁是一致的，礼是因着仁要生发作用的，所以这里的复礼根本上就是一个人身心工夫的表现。包括孔子讲"修己以敬",敬很大程度上也是跟克己复礼相关的,因为只有敬你才能克己,只有敬才能复礼。但是,孔子这个敬是针对一切事物的,不仅包括人。这里列举了一些孔子对弟子们讲的工夫的具体方向,我们会发现其实它的内容是非常丰富的。比如"学而不思则罔,思而不学则殆",这是讲学思并进。还有"近取譬",我把它当作工夫的一种重要方法,就是说你要从身边恰好、合适的入手处来入手,这样可以找到工夫更好的着力点。每个人的工夫其实不见得一定要构想得特别玄远,我们身边的所有事情都是工夫的着力点所在,比如做饭。我经常在家里做饭,我觉得这也是一个和做工夫有关的过程,你可以稀里糊涂地随便做出来,这样一锅菜便只能填饱肚子,没有任何味道可言,你可以说我们也达到了目的,就是吃饱。但是我们知道,孔子其实对吃饭有一种很好的追求,"食不厌精,脍不厌细"才是他所追求的生活。所以,当你在做饭的时候,你如果细细致致地把菜切好,佐料配好,把炒菜的火候把握好,你做出的东西是和不用心完全不一样的,除了饱之外还可以带给你多方面的满足感,尤其是在这个过程中你可以体验身心的和谐和敬的贯穿。所以,工夫是可以从每一件事情做起的,每一件小事也具有很强的工夫性。

我接下来想通过简单回顾孔门弟子每个人的不同工夫,来看工夫的不同进路这个问题。比如颜回,颜回跟孔子最为相似,所以孔子的"克己复礼"是对他讲的,他也最能体会孔子的高明境界,所以孔子赞许他"三月不违仁""回也不改其乐"。闵子骞则是从孝入手的,他从孝这一个德性养成入手,进而具有了高洁的德行,而也可以进入贤人之列。而子路的入德之路是勇,虽然这个勇看似比之前的人会低一些,但是孔子认为从这里出发最后也可以慢慢登堂入室。冉有当然更低了一些,他虽然很有实践才能,但是他自我画地为牢,只知道掌握技能、只求成器,便局限了自己。子贡就和他大不一样,最初孔子也只是认为他将成为一个有用之器,但是子贡能从自身的能力上进一步发展之、提升之,于是我们看到子贡在孔子晚年已经可以和孔子谈论超越性的问题了。那么子贡由器到道的工夫是什么呢?我们可以发现某种程度上就是在经学上下工夫,因为我们看孔子跟子贡论诗是非常多的,所以从经学入手一定程度上可以达到儒家的道。与此相似的是子夏,子夏是传经之儒,他问孔子的事情除了德行方面的,其他几乎都是和经学、礼学相关的。子游也是如此，当然子游较之子夏有所不同，子夏可能更加从小节上入手，子游更关注礼之大端，但是我们可以发现其实他也是从礼学和经学这两个方面来入手。曾参可能更接近于我们一般所理解的身心工夫的内容，比如"三省吾身"等，但他同样对礼学颇有成就。有子也是从孝悌等德行方面入手，不过他也讲礼学。

因此，孔门七十二弟子每个人都有自身独特的个性，孔子因材施教，所以他们每个人也是从不同的工夫角度入手，有从德行入手的，也有从经学入手的，有从礼学入手的，也有从具体的政事入手的。总之，只要你肯做工夫，即使从不同角度入手，最终也可以实现成贤，或者至少是成人这样一种成果。所以，通过展示孔子和孔门弟子工夫不同的面向和路径，我想和大家说明，在先秦儒学那里，工夫是有不同展现的。又比如，孟、荀的工夫差别当然很大，但是不同的工夫其实并不碍于他们成为大儒、成为大贤。

因此，当我们从先秦儒学来看工夫的时候，我们会发现其实在孔子和孔门弟子中有非常丰富多彩的工夫姿态，而思孟学派把内在化的一方面凸显出来，荀子则在对内在化这条道路批评的基础上把认知理性这方面加以阐扬。所以，工夫这个词虽然后起，但是有关工夫的思想并不是宋明后才出现的，先秦时的儒家就已经有非常丰富和深厚的资源了。其实，我们把这样一种跟工夫相关的思路放宽，可以看到道家也有非常丰富的资源可以借鉴。总之，在孔子、孔门弟子那里其实已经有很多与工夫相关的内容，因此说：工夫是以人为根本、以成人为目的的，工夫需要身心内在外在共同的作用夹持，工夫要从身边切要处入手，因为这样才能更好地展开，而对自己有益。而成人、成德、成贤、成圣，这是所有儒者工夫最终的目的，一个儒者如果说自己的工夫不是以成德为目的，那当然他就不是在做工夫或者根本不可以称为儒者了。

以上所谈是我对工夫观念本身的一些思考，我想简单提一个理解工夫的一个结构——工夫可能有两个面向，就是仁和礼，仁对应我们的心和内在，礼对应我们的身和外在；工夫还可以划分为四个维度：道德的、理智的、情感的、超越的，道德的就是我们道德主体的建立和实践，理智的就是我们一些具体的技能和知识的习得，其实这个更多的是要落实在实践上的，情感的就是我们的情感发抒要合理得当，超越的就是我们能体悟到天理或本体从而超越现实的对待和解决死亡等问题；儒家工夫的目标就是成器、成德、成人、成圣贤，最后"外王"，将工夫落实到现实的秩序改良上去。

四、儒家工夫论研究的未来发展

接下来，我今天想谈的问题是儒家工夫论研究的未来发展问题。像我上面所说，工夫最后是要成人、成贤，要超过具体的限定性，而不能仅仅是成器；而工夫有多条路径，道德之学和经学、礼学等都有可能；另外，工夫需要从细微处、身边处入手，而且它是一个人一生永远不息之过程。可见，儒家工夫论研究所要处理的问题极大、思考的难度极高、需要的思想资源极多，因此研究起来并不容易。因此，现在的研究成果虽然已经很多了，但是在未来或许还有更多开拓的可能性。我将之分为八个方面：

第一，儒家工夫超越面向的研究虽然是此前的重点，但还应更加努力，如工夫与本体、工夫与生死等问题目前说得还是不甚清楚。比如工夫和生死关系的问题，其实在宋明理学中，尤其是心学里面——阳明及其后学做工夫最后是要破生死的。工夫和生死这样一个非常巨大但是又最深奥的问题，我觉得现在大部分的儒家工夫研究很少有处理清楚或者说予以考虑的，只有张卫红等个别几位涉及于此。另外，虽然很多人在讲儒家之工夫和本体的关系，但其实还没有讲清楚，因为把本体讲清楚了自然生死的关系就明白了，但显然现在这方面的研究仍很薄弱，缺乏根本突破。

第二，目前还欠缺一本专门的儒家工夫论的通史著作。我们知道，儒家心性论史、人性论史等都有著作，但是从整个工夫角度来考虑整个儒家系统发展的论述现在基本上是没有的，这个工作其实是非常值得去做的。

第三，当前对工夫的研究更多的是把它放在道德修养、道德人格、道德境界以及神秘维度的超越性上来讲，但其实工夫论很多丰富的内涵还没有得到探究。比如说工夫和认识的关系问题，这里面有一个很有趣的现象，我们现在这十几年的中国哲学研究是把工夫论单拿出来的，但在更早的时候，其实是把工夫方面的内容放在"知论"的角度来讲的，虽然这种处理有其问题所在，当时我们可以发现工夫和认知是有深刻关系的。如果说以前的处理是简单比附，那么我们现在的处理则是简单切割，其实这里面有一种最大的思想障碍存在，这是一个很关键的问题，就是知识和道德的关系问题。传统用分离的视角来看知识和道德的关系，但这其实某种程度上是用西方的那一套认识论来理解中国哲学的内容，如果我们把这个障碍打开之后，我们重新看工夫和认识之间的关系，我觉得这个内容还是有非常深刻的可以再去挖掘的东西。另外刚才也讲了，传统工夫论中除了静坐体验这些玄妙的内容外还有经学、礼学这些日常化的东西，我们现在的研究还是关注玄妙比较多，因为可能更跟哲学相关。但我们看现在整个世界哲学的发展是更加关注日常化的一些现象的，所以其实我们儒家工夫论的未来研究也可以更深刻地挖掘读经、循礼方面的内容。

第四，目前儒家工夫论对某些历史段落的研究还是非常欠缺的，主要问题是宋明理学的工夫研究很多，先秦也开始逐渐增多，但对整个汉代、清代、近现代的工夫讨论是非常少的。我们刚才也讲了，儒家工夫论不仅关心内在或者说不仅关心心性，也关注外在的身体与行动，而且还有如何将个人德行推扩到整个社会的这样一个问题。所以，其实儒家未来的工夫论研究应该从整个儒学的发展史本身来观察儒家，这样才能还原儒家工夫论的丰富内涵，同时又能更好地阐发出我们中国儒学一些独特的意义。

第五，是工夫由内圣进入到外王领域之后如何去做的问题。这个问题其实一直是我们研究中很大的一个盲点，但是非常关键。我们知道，现代社会的私人领域和个人领域是有联系但是又有区别的，私人领域里形成的一些德行，当它落实到公共领域之后如何再进一步把它发展和落实，这是一个非常复杂的问题。吴震老师曾有文章研究朱子的工夫在政治实践中的价值，这是非常有价值的研究，就是说，儒学认为在不同领域中它的工夫会有什么不同的面向，所做的工夫本身又会有什么不同。这里面还有一个麻烦的问题，就是帝王所做的工夫和普通人做的工夫是否是相同的？其实我们看理学家讲到这个问题的时候是有选择的，他们给帝王讲的工夫跟对普通人讲的工夫是要有差别的。也就是说，宋明理学家认为，不同人在不同领域做工夫的时候是有差异的。这其中的原因和更深层的工夫运行机制，值得未来的工夫论研究关注。

第六，工夫论和哲学的关系问题。我特别同意倪培民老师的一个观点，就是当我们用中国哲学本身或者中国思想本身的特性看哲学的话，可以给哲学带来很多新的东西。其中一个很关键的地方就是我们可以打破原来哲学固有的分科或分类，可以重新用中国哲学的思考和样式来突破传统西方哲学的架构，而给哲学本身带来更丰富的思考。这将是中国哲学本身对世界哲学做出的非常重要的贡献。

第七，我觉得目前儒家工夫研究非常欠缺的一点，就是儒释道三教工夫乃至儒家工夫和印度瑜伽、基督教灵修的比较。我们知道，很多传统哲学和宗教传统中都有类似工夫的思想资源和现实实践，为什么会有这么多相似的文化现象出现呢？其中与人的身心机制本身有什么联系呢？而且，很多不同文化传统的修行姿势是有类似的，这又是为什么呢？而为什么这些类似的姿势最后导致的境界和目标又不同呢？这些问题值得我们深思之、研究之。尤其是我们生当这样一个多元化的时代，当我们在进行各个文明和相关思想对话的时候，我觉得通过工夫的话语，可以更加理解人类本身的复杂性和人类文明的丰富性；而且，我们也可以把工夫这个概念范畴放在整个人类的思想史和文明史中去看，我们可以更好地理解我们人本身，同时让我们的工夫和人的关系在现代化的意义上有一个更好的连接和契合。

第八，我们可以尝试对工夫中身心运行方式和现代的神经科学、认知科学等等关联起来的交叉学科的研究。这或许可以揭示此前难以理解的工夫中的一些神秘问题和身心操作。但是这其实非常麻烦，一是要和20世纪80年代气功热那种处理方式完全区分，而采取真正科学的方式进行；二是需要非常多的学科的人亲密合作和大胆实践，这样可能会给我们带来一些现在难以预料的成果，但是正因为这种难以预料，它才更有研究的必要性。

以上八点就是我认为未来儒家工夫论研究可能的一些方向。当然，我今天讲了这么多内容，其实有一个前提预设，就是儒家工夫论是有当代价值的。因此所有这些研究的核心关注在于，儒家工夫论到底有什么当代价值。我们知道传统的儒家工夫其实更多的是士大夫阶层他们在做，虽然也有泰州学派这种民间学派，但更多的是士大夫阶层更有闲的时间可以去静坐、去体验。而现在即使就高校的教研人员来说，各种论文和上课、课题的压力，不仅半天静坐做不到，一天能静坐一个小时都已经很难得了。在这样一种情况下，我们讲工夫论有什么当代价值吗？所以，我认为一定要把工夫的概念广义化，把它和我们日常的读书、学习联系起来。其实如果我们将通过学习和写作增进我们对道德的认知和思考以及对成人的理解和养成，那么专心致志的备课上课、写论文，也是一种工夫。仅以写论文为例，你首先要用很强大的思维能力去思考问题，还要有细致的文献功底去查出文献，你更要能不断发现自己不同的观点，然后用这种观点来冲击自己，所以，其实当我们真正完成一篇好论文的时候，你是各个方面都在锻炼自己的能力，而且最重要的是你还得能坐得住，心能沉静下来。所以，写一篇好论文是并不容易的，而如果我们在其中关注着敬的精神和道德、成人的考虑，那么这个过程就是一种工夫，它不仅仅为了写论文而写论文，而是沉浸在我们整个工夫之生命中的。由此，我认为工夫其实跟我们现在生活的各个方面都是相关的，当我们用这样一种角度来理解工夫，就可以把它和现实密切地联系起来。当然，这里面一个重要的问题还是落实到人身上——在成人的意义上来讲，虽然时代不同了，但是我们每个人还是一个人，我们在每个人的生命成长和人格完善过程中，工夫还是有它的价值的。另外，工夫在历代也是有不同的样态、不同的路径，在当下这样一种状态，我们是否也可以探讨一种现代形式的工夫的可能性，我觉得这个也是我们未来探索工夫所需要考虑的一个方面。

  以上就是我最近对儒家工夫论的一些思考。其实今天并不是一个讲座，而是跟大家一起讨论，在儒家工夫论这样一个开放的话题下我们可以谈什么、思考什么，我们未来可以做些什么。希望通过今天和大家汇报我对工夫的广义理解，可以推动我们在这样一个撑大的工夫概念之下再反思工夫在儒学史，乃至于在中国人类史甚至整个世界的文化史上的意义与价值，进而将它和我们现在的生活勾连起来，让它不仅仅成为一个纯粹文献的研究对象，也能在现实中有它的意义所在。

  谢谢大家！欢迎大家多多批评、多多讨论，来共同推进儒家工夫论这个论域的发展。

评议与讨论

杨浩：之前可能没有跟王正老师说请他多讲一点，所以他中心部分讲得比较简练。不过我觉得他主要的意思也都讲到了，我听了以后真是醍醐灌顶，还需慢慢品位。我过去理解"工夫"，就是王老师讲的那种狭义的理解，只知道王阳明的"致良知"就是"工夫即本体，本体即工夫"。但是，王老师这个讲法很好，特别是最后提出八个研究工夫论的发展方向，我感觉每一个都是很重要的研究话题。另外，东方哲学区别于西方哲学，很重要的一个角度就是中国重视生命的修行、修养。就建立我们中国哲学研究主体性而言，这可能也是很重要的一个话题。下面请各位评论老师发言。

高海波：我直接从那篇论文说一下。刚才你说中年学者，我在想中年学者主要是我，在座的都比较年轻。现在看你干什么，你要申请青年长江学者就是45岁，我们都是青年学者，但是如果你申请课题就是35岁，所以这个定义也是不一样的。王正兄最后说未来我们应该考虑做什么，我突然有个感想，我们应该先申请个国家社科基金重大课题。开个玩笑。因为他本来就是从博士论文阶段一直在做这个研究，所以他对这个有非常深入的思考，这次等于把他这些年来的一些思考做了一个浓缩，一个集中的概括。工夫论最近几年很热，但是真正对工夫论进行系统反思的人确实不是很多。像刚才王正兄讲到的丁为祥的讲法，认为一定要在心学里面讲工夫论。这种说法肯定是偏颇的。因为仅仅就宋明理学来讲，大家也讲朱子格物致知的工夫，也没有说那个不叫工夫论，只有心学里面的致良知、诚意才叫工夫论。所以，王正兄对工夫论进行反思，对我印象最深刻的一个是要把工夫论的内涵扩大，因为我们传统从狭义上讲的话，就是从本体相对意义上来讲工夫论，这种工夫论可能就会受一定的限制，比如说只能局限在理学内部，甚至理学内部的心学一派，对于整个儒学的一些修养方法无法涵盖。第二，如果有这样一个限定的话，那对于工夫论的讲法就纯粹变成了历史研究，对现在就没有意义。如果说只有心学的工夫论才有意义，那我们现在能说谁是心学家吗？好像也没有人敢主动承认我就是心学家。所以，王正这样一个处理是很有意义，因为这涉及我们现在的社会转型，我们对过去讲的成圣成贤的一些内容也相应有所改革，所以这时候我们讨论工夫的内容也会存在一个因革损益的问题，不能把工夫论的内容限定在一个非常狭义的范围内。所以，做这样一个扩大还是必要的。

另外一个感受比较深的就是，王正兄讲的读书或者读经的问题，这个也应该纳入工夫论里面，换一种说法就是在孔子那里表现为学问的问题。我想这个尤其对我们现在是比较有意义的，原因是现在我们对于传统的那些工夫其实都很隔膜，但对于读书，尤其是我们这些读书人，这个工夫我们还是天天做的，但是我们有没有把这个作为一个工夫？还有另外一个是"讲论"，比如我们现在开展讲座，在这里坐而论道，这算不算一种工夫？在古代有会讲，在古人是不是也看作一种工夫？这就涉及从理学里面讲的道问学的问题，道问学当然是有其意义的，读书、讲论，如果从朱子学来看的话，也是很重视的。这是一点。

另外一点就是王正兄特别提到要把工夫做一个日常化的处理，我觉得非常有必要，因为我们这个时代可能跟传统的农业社会生活节奏不太一样，我们每个人每天都要面临很多事情，需要处理很多事情，所以那种隔离的工夫，比如静坐，很多人都没有时间去做。比如我有两个小孩，我需要经常照顾他们，你让我去静坐，我静坐的时候小孩在旁边吵着，说不定我就走火入魔了。那这时怎么办？这就需要在事上磨炼，像王正兄前面讲的，做饭认真做，这就是一种工夫。程明道曾说：我写字时甚敬，不是为了字好，只此便是学。另外，刘宗周也曾经对这句话下过一个转语，说也是为了字好。他的意思就是说你不能把它当成一种手段，它本身也是目的，做任何事情手段和目的都应该是合一的。就好比你不能把我们今天这个讲座作为我做工夫的一种手段，这样的话也会产生手段和目的的分离。我们要把这个讲座做好，这个本身也是目的，同时也是自我完善的方法。我想这一点也是很有意义的。

至于后面讲的八点，王正兄从古到今、从中到西都涉及了，这个视野非常大，我还需要慢慢消化。我只想补充的是，我们过去在进行儒学研究的时候往往是从哲学史的角度来研究的，从知识论、本体论这些方面来进行切入。但实际上这和传统儒学本身内在的结构是不完全一致的，所以我们有必要从儒学史的视角来进行研究，更深入一点就是从工夫论本身的发展来研究。我们不管它叫工夫论或者叫修养方法，这其实差别并不大，最主要的是我们在继承传统学问的时候不是在从事一种简单的口耳之学。如果我们真的认为这个传统有意义的话，得有一个办法来继承。要是按照《庄子》里面讲的，语言文字只是次要的东西，最主要的是那个道。如果我们的传统儒学对我们有意义的话，哪些有意义？其实很重要一方面的就是工夫论。我们如果能够把工夫论做一个梳理，如果每个人能够结合自己的生活有所践履的话，这才是一种真正的学问传承。

所以，研究工夫论是比较重要的。当然在传统儒学里面有一些是比较理性的方法，比如说读书、读经，这些都是比较理性的。有一些就是比较神秘的，今天我们也不一定能讲清楚，因为我们自己就没有做那个工夫，所以对古人说的那个东西也是雾里看花。那些方面我们需不需要做一个分析？那些有没有意义？当然我想对有些人是有意义的，我们不说对所有人都有意义，因为像王正兄刚才讲的，其实每个个体都是有差异的。所以，古人讲的方法很多，有慎独，有格物致知，还有克己复礼，尽管方法很多，但按照古人的说法其实到最后是通的。之所以有不同的讲法，则是因为每个人的气质天生有差异，所以你要选择一个合适的入口，但是这些方法并不会相互扞格。

当然因为王正兄讲的内容范围比较广，有些地方他只是提了一个大纲，我们可以再进一步地分析，比如说我们在讲工夫论的时候涉及内和外的问题，也就是内外之道、成己成人的问题。关于内的方面，我们要讲清楚这一套工夫处理的对象是什么，我们可以用今天的一些心理学、神经科学、生物学的知识来帮助我们理解，把这些人内在的心理意识结构讲清楚。比如，过去讲克己复礼，克己是针对什么问题？如果进一步分析，一个就是私欲，也就是欲望的问题，这个欲望跟我们身体有关系，作为一个人的话，在这方面其实没有古今之别，无论什么时候他都存在这样一个问题。如何合理地控制自己的欲望，这个方面是工夫论要处理的一个问题。这种欲望的问题既有自己身心关系里面的问题，也有个人和他人关系的问题，当然还有在人和自然的关系中对于欲望的约束问题。另外一个方面还有情感的问题，当然儒学不是要无情，它是要让人们的情感保持中和，所以工夫论很多内容也是要处理情感的问题，比如说礼乐的一个重要功能也是要训练人的情感。当然还有意志的问题，像孟子讲的持志、理学家讲的主静的问题，是不是也包含意志的锻炼？这些我想可以在工夫论里面再继续讨论。实际上，我们现代语言很多是西化的语言，但是我们现在就是这个语言系统、认知模式，你跟大家讲传统的那些话语，他们没有那个语境，他们不理解，所以我们没有办法，也要进行这样一些现代转化。

最后我再谈一点自己对工夫的理解。我在学习理学的时候有一个概括，简单来说就是认为理学要让人有主宰，能做事，正确地做事，道德地做事，这是什么意思呢？不管是儒家还是道家，都强调在这个社会里面你何以自处，简单来说就是不动心的问题。当然，对儒家来说不动心不是不管社会，不去尽社会责任，所以对儒家来讲，不动心不仅要有主宰，不能跟着在外的事物到处跑。另一方面你还得能做事，你不能做事，不能尽社会责任的话，你就不是一个儒者，因为你只有成己没有成人。进一步讲，离开了成人，你这个成己也不对，所以儒家强调要能做事。儒家讲的能做事包括你在社会里面也要有一个区分善恶的问题，所以这里面也涉及要道德地做事的问题，当然也要正确地做事，正确地做事就离不开知识，离开了对于客观复杂环境的理性认识，没有正确的知识也不可能把事情做好。这就是在理学里面为什么要强调致知的问题，也就是理学为什么不把致知的问题仅限于道德的原因，也要涉及对于客观外在事物认识的问题，不管是先秦还是宋明理学都要强调把这些道理结合起来，这几个方面合起来才能涵盖一个真正工夫论的完整体系。

甘祥满：王正讲的很好，听了也很受益，而且题目就是很好的题目。咱们做儒家的，做儒学的，看了这个题目肯定觉得这是很好的题目，无论是我们过去对工夫的重视还是说我们作为学习层面来把工夫论作为一个新的学术话题，都是一个很重要的课题。但是因为我自己没怎么关注工夫这个词，也从来没考虑从工夫论这个角度去研究某一个经学问题或者文本。在王正兄提纲挈领式的报告启发下，就讲两个我自己的思考，完全没有答案，也没有什么学理的根据。

讲座给我的启发很大，不只是后面提出八个未来研究工夫论的问题和方向，还从儒学史上讲了很多问题。比如说我们从题目《从先秦儒学看工夫》来看，你从先秦儒学这个视域来限制，就意味着我不再管或者说我不侧重从魏晋、汉朝或者宋明的角度来讲，是从先秦的角度看工夫，从先秦的角度和从宋明的角度看不一样，那么不一样在哪里？我从先秦的角度看工夫怎么不一样？当然王正兄有所保留，主要是提出一些他要考虑的方向，很多详细的答案我不得而知。这个不算我的问题。我的问题有两个，供大家思考：

第一，我们为什么要讲工夫？或者儒家为什么讲工夫？或者工夫论为什么在儒学里面能成为一个问题？这个问题先要讲清楚，心学或者宋明不仅讲了工夫这个词，也讲了工夫论的一套理论形态的东西。我们说它在先秦也可以一样对待。回到儒学本身来说，儒学为什么要讲工夫，这个需要考虑。我们做一个比较来说，道教讲工夫，尤其是佛教讲工夫，所以你会觉得后面尤其是宋明之后儒家也讲工夫。单纯从这个角度，我觉得可以考虑，就是佛教跟道教本来是宗教形态，无论从哪个角度讲，它都是宗教形态。宗教形态的意思就是说它主要关注人的形态要过渡到一个超越层面的东西，做一个目的性的超越性存在，完全是个人、个体的完善，所以它应该有工夫，因为它有教义，它有很超越性的目的，这个目的不是在世俗层面或者经验层面可以完成的，要达成这个超越的目的必然要有工夫，所以它要有工夫论。反过来说为什么儒学要有工夫论呢？这个问题，我没有答案，因为儒学本来是很世俗的，要讲治国平天下，很现实，为什么要讲工夫？

王正兄的题目是《从先秦儒学看工夫》，先秦儒学是不讲"工夫"的，我说的不讲"工夫"就是没有"工夫"这个词。王正兄讲了很多，各种工夫都有，孔子讲克己复礼等等，这是我第二个方面要提到的。孟子也好，孔子也好，或者荀子也好，儒家经典、先贤讲的这些方法和具有操作可能的话语是不是就是工夫？如果这些都叫工夫，那我们也无话可说。你都叫工夫，它还是不是工夫论意义上的工夫？是不是宋明理学意义下的工夫？即便不局限于心学体系下跟本体相对应的工夫，那工夫一定是要在相对对举意义上来谈。

我觉得王正兄已经给出了一个答案，儒学本身的学术性或实践性都是成人之学，它关注的是从个体的人到社会的人两种层面上的成己和成人，要完成从自然形态到理想形态的一个人格的完成，所以它是有目的性的，有非常强的道德理想目的，有了这个目的，就要有达到目的的过程、方法和途径，所以从这个角度上儒学要讲工夫。

反过来，如果你讲西学，即便康德讲实践理性，他也不一定要讲工夫，因为他的实践理性只要无条件的致知就可以了，不存在讲工夫，像西学其他层面的宇宙论、认知论，都不需要讲工夫，不需要涉及工夫，你只要谈哲学本身的目的。讲到工夫必然要关系到这些，要么是道德形态、道德哲学，要么是宗教形态，一定要是关于成人的，这时候才会讲工夫论，有必要讲工夫论。

第二，工夫论一定要有一个相对应的东西，这就是我第二个问题。我觉得讲工夫不能泛化，不能泛工夫论。泛工夫论把凡是有具体方法性的、工具性的东西都叫工夫，没有哪个哲学家和思想家不讲工夫的，怎么写字都是工夫，怎么品茶都是工夫，那这能成为儒学形态的工夫论上的工夫吗？什么都加工夫，换一个词就行了，把工夫这个词简化成一个字母代替，比如G，把G换成A，换一个词都可以套用，那工夫就失去意义了。一定要明确什么是工夫，只有设定了一个成人的目的，道德上的目的，为达成此目的而做的具体的操作层面上的对个人和社会在实践上能够达到这个目的的有关的方法，才叫工夫论。而且我认为每一个具体的工夫一定在理论上能达到这个目的，如果你让人绕很多弯路、几经解释之后才能达到，那只是一个具体技术层面上的工夫方法。

简单来说，我认为儒家讲工夫论无非就是它的体道论，它一定是达到道，儒家的道，也就是终极问题。但是道是完全不一样的，每个人对道的理解都不一样。刚才王正也讲了，虽然每家工夫论具体的方法或者讲法不一样，有讲诚意的，有讲格物致知的，最后达成的道可能是一样的。好像很多人都这么说，我对这个判断是存疑的，你为什么认为他对道的界定本身是一样的？就比如说程朱和阳明对道的理解就不一样，所以在阳明那里讲"心即理"，而在程朱这里就不可能讲"心即理"，他不能承认"心即理"，所以工夫论不一样，源于对最根本的道的理解是不一样的，界定、目标设定是不一样的，所以工夫也不一样，反过来就是说你的工夫路径达到的终结点也是不一样的。我们说可能一样，周敦颐的、朱熹的、王阳明的都一样，你在什么意义上讲他们相通？可能说千万条路都指向一个目标，但是那个目标可能就是不一样的。我们如果借助西学概念来说，你都指向这个杯子，可能达到的杯子也是不一样的，只有唯一的东西才是相同的，你加一滴水或减一滴水就是不一样的，那个不一样对于每一个个体的道体来说意义就是很大的，完全不一样的。这是很多余的话，只是说讲工夫论一定要相对于某一个讲工夫论的思想家的道论，道论是不一样的，所以工夫论也是不一样的。

然后是不能泛化，不能把什么都叫作工夫论，因为很多其他东西也是需要讲工夫论的。我们如果把儒学的一切方面都叫工夫论，你把为学也叫工夫论，把致知也叫工夫论，把认识也叫工夫论，那么我请问你，哪个不是工夫论？要有区别，哪些叫工夫，哪些叫认知？哪些叫内圣，哪些叫外王？你讲内圣外王、立己成人这几个都是工夫，没有区别，我们没有办法跟你对话，你什么都可以混在一起来说，完全没有基本的划分，确定哪个叫工夫，哪个叫其他的。我只是提出一个疑问和思考，也没什么答案。

刘增光：谢谢邀请，今天来的有几位很久没见的朋友，还有先前未曾谋面的其他老师和同学，很高兴。王正兄做工夫论的研究时间很长，他现在的思考很深入，也非常宏大。因为我对工夫论了解比较少，并没有什么专门研究，王正兄的大作我也没有认真系统地拜读，这是抱歉的地方。

但是，王正兄讲的这些内容也启发了我很多，以往我自己对儒学的研究有些方面可能也跟工夫有密切关系，而自己以前可能没有这个意识，但是听王正兄讲了之后，就发现其实自己以前的研究也是涉及的。比如说王正提到的经学、理学都跟工夫是紧密相关的，或者说本来就是不能分开的。我的博士论文里面涉及一个明代后期阳明后学的杨复所，杨复所为诵读《孝经》专门写作了一篇《诵经威仪》，他后来改成另外一个篇名《诵孝经观》。从这篇文字来看，他显然是借鉴道教内观或者佛教的止观法门，他试图为儒家经典的诵读设计一套成熟的仪式，将经典仪式化。明代后期思想的发展有一个现象是：大家都讲本体，但是本体过于玄虚；或者大家都是在以良知为本体时，那么就没有必要再讲本体了。或者说，要讲清楚本体，必须要讲工夫，所以当时的儒者就会转而在工夫论上做一些努力，比如杨复所为儒家经典的学习和诵读所设计的仪式化甚至是宗教仪式化的工夫，这就使诵读工夫变得更加有操作性。

举这个例子可以说明经典与工夫的相关性，当然，朱子读书法也针对的是同样的问题，都是强调仪式化工夫跟经典的相关性。我们可以看到，在古人读经典的时候不是把经典视作一个在我之外的对象去看，经典或者书籍是跟读者自己的身心相关的。我个人的一个看法是，身心合一可能是儒家讲工夫论最重要的一个地方，也是它区别于佛教跟道教最核心的地方，佛教可能会遗弃身，道教可能会重身而不重心，但是儒学从先秦开始到明代甚至清代都是强调身心合一的。我个人最近有一篇文章《"原日身体"与身的形上化》，发表在《学术月刊》上，就是借鉴现象学的视角去解释为什么身心合一确实有它的哲学理据，这是王正兄的报告给我启发的第一点，就是说经典和工夫的相关性。

这一点还可以补充的是章学诚的一个观点，我们知道章学诚有句话叫"六经皆史"。其实，章学诚还说过类似的"六经皆器"。简单讲，在章学诚看来，以往宋明理学家总是讲六经是载道的，从古文运动以来都说六经是文以载道，但是章学诚认为，仅仅说六经载道，这并不符合先秦儒学尤其是孔子对六经的理解，所以他提出了一个补充性的命题——六经皆器，就是说要把经放在一个器的、用的或者工夫的意义上去讲。整体来说，清代乾嘉时期的儒学也有大量的关于工夫的论述。

第二个就是刚才杨浩兄讲的主体性。高海波老师跟甘祥满老师刚才的发言其实也都涉及这个问题。如果我们去看清末以来的一些哲学家，比如章太炎、熊十力的那些反思，我们会发现他们总是在说中国儒家思想的特质。章太炎明确地批评西方哲学所讲的本体之类的东西只是"空言"，而只有佛学和儒家心学才能够达至实证。虽然当时的严复认为西方哲学讲实证，但是在章太炎看来西方哲学恰恰是无法实证的。比如说水是世界的本源，这怎么去实证？章太炎认为这个只是丰富的联想而已，在他看来要实证必须从心上去实证。梁启超写了一本书叫《儒家哲学》，他是不同意用"哲学"这个词的，他认为应当称为儒家道术，而非儒家哲学，只是不得已用了哲学一词。我也想顺着这个说一下，王正兄怎么看道术这个词，尤其是"术"这个词？先秦诸子百家都会讲术。这个问题就像近代中国哲学家的反思一样，恰恰揭示出了中国哲学重术、重工夫的特质。熊十力说知行合一是中国文化核心的东西,宋明时期有儒者说《论语》中所讲的都是工夫。如果我们讲中国的特殊性或者合法性这些问题,我想,工夫大概是可以标识中国哲学之特质的一个非常重要的语汇。

第三点就是刚才几位老师都讲到了成己成人的问题。我想起了《论语》的《乡党篇》,《乡党篇》其实是孔子日常礼仪生活的一种展现,是非常特殊的一篇。从第一章的注解开始,郑玄就说孔子"恂恂如也",是孔子要接引凡人,郑玄用的词就是"凡人",当然我们也就会理解到他这样说的背景,就是孔子其实是"圣人",作为"圣人"他要去接引生活在世间的芸芸大众,而来尘世间的时候他肯定要降低身份。刚才王正兄讲工夫论涉及成人、成贤、成圣,我想对圣人来讲,也不意味着成了圣人之后就没有事了,就不需要工夫了,即使成了圣人,他也有要做的工作,要修的工夫。比如刚才说到的,圣人如果要进入人间、进入社会的话,他应该怎样才能进入社会,怎样才能够让别人去理解你,让凡人接受圣人所说的就是对的,这大概也需要一种工夫。我们可能往往都会强调工夫是让人上升、提高的,让人达到一种圆满的境界,但是对一个境界臻于圆满的人来讲,他可能还是要有下降的工夫,也就是说,不仅仅有"上升的工夫",还有"下降的工夫"。

我就说这三点比较零散的自己的体会,这几个小问题向王正兄请教,也请各位多批评。

陈睿超:非常感谢邀请我来参加这次学术讨论,其实我本人一直以来从事的研究方向应该是离工夫论最远的,我主要是搞宋代理学与宇宙关系研究的,思考的都是形而上学方面的问题。不知道是不是因为我是理科出身,所以我一直对工夫论这方面的体会不是很深,因为可能自己会觉得工夫通常是一些说不清道不明的东西。当然,今天王正兄的讲座完全刷新了我对工夫论的印象,受教很多。我这里也想就自己比较熟悉的领域谈一谈宋代理学的工夫论跟形而上学之间的一个联系。

因为像王兄说的,儒家从先秦开始实际上就有修养工夫,但是工夫论作为一个专门的研究领域或者说作为一个专有名词来描述人的一种修身方式,实际上是从宋明理学才开始的。为什么只有在理学里面大家才专门提出工夫这么一个词？我觉得这可能跟理学作为儒学的第二期发展，在这个阶段才建立起一套具有空前完备性的系统、完整的理论体系有关。从北宋五子、南宋朱子一直到明代的阳明以及阳明后学，实际上都是把自己的儒学思想的所有层面奠基在他们对天道的形而上学理解上，这点可能对于两宋理学来讲更为明显，当然阳明他的形而上学主要是心本体或者良知本体的形而上学。两宋理学除了陆九渊这一派之外基本都是以某种客观实存——无论是张载讲"气"，还是二程、朱子讲"理"——作为本体的形而上学来建构。实际上如果我们基于这样一个理学的形而上学的基础去讨论理学家的工夫，会获得一些对工夫论新的认识。比如说，我们就可以回答为什么特定的理学家对于儒学经典中某种同样的修养工夫的理解会是非常不同的。很典型的是张载和二程之间关于"穷理，尽性，以至于命"的争论，出自《易传·说卦》的这三句话通常在理学家看来是一个做工夫的过程。张载认为这是三段工夫，就是先穷理再尽性，尽了性才能进一步至于命；但是"二程"就坚持认为这三件事就是一回事，穷理的同时就是尽性，也就是至于命。我个人的研究心得，其实相当于我博士论文的一个小的副产品，是这个区分恰恰源于"二程"理学和张载气学之间的形而上学建构差异。张载对于理、性、命三个概念的理解其实是跟他的气本体论联系在一起的，我们知道张载有一个很著名的论断就是"一故神，两故化"，他有一个"两一"或者"神化"的架构，这个架构共同构成了他太虚本体形而上学的结构。其对理、性、命也是在这个形而上学架构中加以阐释的。在张载这里"性"这个概念其实具有一个很独特的地位，是对应在"一故神"那个"一"的层次上；而"理"和"命"是对应到"两故化"那个"两"的层次上。所以，这两个概念其实在张载那里完全是两个存在层级的东西。在做工夫的时候尽性就变成了很特殊的阶段，不能跟穷理和后面的至于命混同起来，必须要分成三段。对于"二程"就很简单了，因为"二程"是以天理为本体的，程颐尤其明确讲"性其理"，实际上性和命都被统一在天理这样一个抽象的本体观念之中，所以理、性、命在他们那里被完全画了等号，自然"穷理，尽性，以至于命"也都被画上等号，这是一个完全相同、同时并进的工夫的过程。这是一个典型的例子。

我能想到的第二个典型例子跟我近来的思考有关。朱子从程颐那里继承了一种"格物致知"和"主敬涵养"两边夹持的工夫，那么为什么朱子在工夫论上会非常地重视这个"静中涵养"，同时对于"中和"问题非常强调"心"有一个未发的阶段来落实"静中涵养"的工夫？我觉得这也跟他集大成的理学思想建构有密不可分的关系。朱子理学建构的核心是对周敦颐《太极图》的阐释，集中体现在他的《太极图解》里。我们知道周敦颐其实提出了一种工夫方法——"主静"，当然他的"静"是"安静"的"静"，不可避免会带点道家甚至道教的色彩，所以二程才把那个"静"转成了"敬"。但是朱子认为周敦颐是"道学宗主"，周子说的一定都是对的，所以他必须在对《太极图》的诠释中为"主静"赋予合法性和合理性。朱子的阐释方向就是把"主静"理解为"未发涵养"工夫。为什么必须要有这个工夫？朱子认为周敦颐的"主静"其实跟他在《太极图说》里讲的"太极动而生阳，静而生阴"那个"阴静"的"静"是联系在一起，或者说人道意义上的"主静"其实奠基在天道"阴静"这两个字的客观基础之上。这也涉及朱子的一个具体诠释方式，即在《图解》里面用"体用"这样一对很重要的理学观念来解释周敦颐的"阳动阴静"。朱子认为："太极动而生阳"，这是所谓"太极之用所以行也"，"阳"就是用；"静而生阴"，这个是"太极之体所以立也"。所谓的"用"，其实最简单的理解就是充满可能性的活动变化，万物生机蓬勃发展的一个过程或者阶段，就如同四时之中的春天和夏天。我们现在就处在一个"用所以行"的阶段。所谓"体所以立"，跟"静"相对的"体"在朱子的解释中就是形体的确定性，在秋冬时节万物的生命成形、走向成熟，但同时它的生机也不再像春夏时节阳气主导的时候那样的旺盛和勃发，它会收敛在成熟的形态里面，会敛藏起来，这是跟"静""体"有关的概念。

因为"性即理"，所以"太极"是"体"，"立"即"阴之静"这个环节，在朱子这里跟天理自身的形而上学之"体"又是紧密地关联在一起的。也就是说，朱子认为在天道自然这样一个层次之上会有一个专门的阶段去"立体"，天理这个"体"并不仅仅是完全抽象的东西，万物的生命必须有一个生机敛藏的阶段去涵养、存留这个"体"，成就它的本性，通过这样一个阶段，在来年又一轮的生机萌动的时节中万物的生命力才能重新勃发，才能重新让世界变得生意盎然，这是朱子形而上学领域思考的一个成果。因此，他就认为既然在天道的层面上必须有这样一个"体所以立"的，"阴静""立体"的环节，那就意味着对人的生命来说，对君子的修养来说，我们也必须要在人的活动之中专门辟出一个环节或者一个阶段去保存本性之中所蕴含的那些天理的内容，比如仁义礼智信"五常"之性，这个东西在朱子看来就是周敦颐讲的"主静立体"的意义。所以，朱子说"体立而后用行"，"静中涵养"是动中"穷理""省察"的基础。朱子的涵养工夫、未发工夫，我个人觉得他跟佛教、道教最大的区别在于他的"静中涵养"是有内容的，他涵养的就是人心之中秉具的那个天理，他是要在这样的一个工夫里让本性中固有的天理去沉淀、去存留、去培养，这样才能在人的活动之中让这个天理获得一个自然的发用，让人的活动不至于像《太极图说》中所描述的"五性感动而善恶分"，偏离天理指向的本善的方向而生出吉凶悔吝。要避免这一点，你必须在"阴静""未发"的阶段做这样的一个培养工夫。

这个就是我从朱子理学的形而上学层面与工夫论的关系里面发现的一点新的东西。我觉得刚才王正兄讲的以后的儒学工夫论研究的八个方向，很有启发性。而如果再说第九个可能的研究方向，或许就是进一步研究宋明理学中形而上学跟工夫论的关系，这可能也是未来研究的一个有意义的路径。

曹婉丰：作为一个中国哲学问题的"工夫"，讨论的前提是，我们需要对它做出一个宽松但有边界的限定。就宽松而言，在先秦儒学和宋明理学当中，对"工夫"的定义是不同的。一直以来，我们对"工夫"这一概念多遵从宋明儒者的理解，偏重狭义的内圣方面，王正老师的这个定义把容易被忽视的先秦儒学纳入视野中来，先秦儒学中对"工夫"的理解是不能被忽视的。但同时，宽松并不等同于宽泛，我们对"工夫"的理解应该是有边界的。我们不能把"工夫"变成一个筐，什么东西都往里装。假如我们将"工夫"比喻为一个"筐"的话，那么它里面涵盖的内容，应该是经过严谨的考察与省思的。

第二，工夫这一概念，传统的内涵强调知行合一，现代的定义凸显知识与道德的分野。德与才两个方面，虽然目标始终是德才兼备，但很显然，传统工夫论更强调"德"，传统工夫论的践履是围绕成德这一目标而来的。就像王正老师所讲，传统工夫论所欠缺的恰恰是认识理性，这也是现代社会的研究者们无法回避的一个课题，那么，我们今天该如何看待传统工夫论的这种欠缺，又该怎样理解这种欠缺？我想，我们不应苛求古人，以一种"同情的理解"的态度去深入儒学内部考察这一问题的时候，或许也是我们距离传统最近的时候。

那么由此推论出的一个问题就是，是不是很好弥补这种欠缺了，也就迎来了传统工夫论在现代的发展？或者说如何弥补这种欠缺，成为了连接传统与现代的重要纽带。

刚才我们讨论时候甘老师提出的这个问题，儒学为什么讲工夫？工夫为何可以成为一个问题？我想这个问题的答案要建立在传统和现代的双重语境中。对工夫的内容和意义的阐发，不仅需要对古人有一种"同情的理解"，还需要对工夫的现代意义进行挖掘，我想这也是一种创新性理解与创造性转化吧。

第三，工夫的内容与社会角色的结合。比如，古代，有帝王要做的工夫，那么，现代社会作为领导、领头人，是不是也有他要做的工夫？再细推下去，还会涉及公共领域的工夫与私人领域的工夫的分野。如果这两个领域要做的"工夫"发生了冲突的时候怎么平衡和取舍？这一问题的实质是不同的社会身份、社会角色，对个体有着不同的要求和期待。很显然，在这一论域里，工夫就有了责任的意味。既然有了责任，那么工夫中就有了主动和被动的区别。

李丽珠：听了王正师兄的讲座，我觉得特别有启发，用工夫来涵盖成人这个儒者比较关心的话题。工夫论这条主线一以贯之，从先秦一直到明清，儒者都关心成人，其实可以说他们都有工夫论。对此加以研究，一定意义上避免现代学科割裂的问题。

工夫这个概念出自宋明理学，宋明理学的工夫确实是比较倾向于关注本体层面，所以也可以说它是狭义上的工夫。我觉得跟宋明理学的学术使命是很有关系的，因为从晚唐开始儒学复兴的要求、排斥佛老的要求，佛教很精深的学理思辨吸引了一大批儒者去关注它，宋明理学为了对抗佛老，想建立一个完整意义上的理学体系，需要把本体论层面接引进来。用宋明理学的工夫概念来思考先秦儒学的问题，确实可以在一定意义上补充宋明理学有所欠缺但确实应该是工夫论中应有之义的内容。广义的工夫既应该包括道德的践行，也应该包括知识，道德和知识这两端通过孔门弟子两派都可以表现出来，思孟学派是把道德这一端彰显出来，荀子是把知识这一端彰显出来。因为我最近比较多地关注荀子认识论的内容，八个方向中有一个是工夫论与认识论的张力，所以我就荀子的认识论想提一个小小的问题。

认识论好像一直是传统儒学有所忽略的内容，荀子历史地位的演进历程也可以体现出大家对认识论的关注点。现在讲荀子的话不光讲他性恶，很多人开始关注心的思虑、认知活动、心的知能活动。我看到的主要是两种观点：一种认为荀子心中的知、能的活动是中性的，没有任何倾向性。荀子心中的这个知是中性的，没有倾向性的，是一个认知心。另一种认为荀子心中的这个知不是中性的，不是认知心，应该是道德智虑心。它是可以为善去恶的，不能简简单单地把它认定为一个中立的认知性功能的心。

我对这个问题比较感兴趣，所以也比较想请教一下王正师兄对认识论这个问题的观点。我觉得把荀子心中的知认定为中立的，还是认定为道德心，这个分类的问题跟工夫论也是挺有关系的，谢谢大家！

杨浩：好的，我们主要的嘉宾已经评议完了，我再提一个问题。

王正兄前面提到工夫论有道德的、理智的等维度，后面讲的八个研究方向当中，有关于工夫论与生死的问题。就我的理解，比如阳明学的"即工夫即本体"在实际上确实解决了士大夫有关生死的问题。这里的一个问题就是道德能不能解决生死的问题。我们知道前辈学者有"四境界"的提法，认为天地境界就是最高的境界。但是如果从佛教、道教来看，一定还有更高的境界，能够超越三界、超出五行，才是解决生死问题的关键，而儒家的天人合一境界在佛教看来可能不能解决生死问题。不知道您在这方面有如何的考虑？

王正：谢谢大家非常精彩的评价，有很多问题是我以前没有考虑到，对未来思考工夫论其实都是非常有帮助的。海波兄最后讲有主宰、能做事、能正确做事，太精彩了，对我们把握宋明理学，甚至把握儒家的精神和它的核心所在非常有帮助,我觉得你可以以这个为主题写一篇论文。宋明理学现在的光谱丰富复杂,大家反而忽略了它的核心点在哪里,你这里面从二元到一元的思路很精彩,从这个角度再对宋明理学有一个提纲挈领的谈法,可以好好以这个为主题写一篇文章。

海波兄那几个问题都很有冲击性,不过我觉得你的提问里面已经暗含了一些答案,某些讲法跟我的讲法也并不是完全冲突的。到底什么是工夫论?其实你也讲了,把工夫放在成人上,跟我的定义也基本是相似的。你一个最重要的问题就是说工夫和超越应该有什么关系,包括后来杨浩兄讲的也是,可能我在把它放宽的时候宽度够了,但是纵向的提升上稍微有些欠缺,所以我觉得这是我以后要考虑的一个问题,就是说在我们当代这个时代中再谈论工夫的话,怎么样把工夫和超越这样一个层面更好地讲清楚。

增光这个下降的讲法,我觉得也非常精彩,所以这里面工夫下降的问题我觉得确实也是一个需要考量的问题。我这里给它处理的是当我们把内圣已经做好之后,落实到具体的政治实践和现实中,我们在这个程度上如何寻求工夫,是从这个角度上来讲的。增光讲道术是一个蛮核心的问题,我们知道道术在《庄子》里面更多和内圣外王之道是相关系的。所以,放在这个角度来讲工夫其实应该是贯通内圣外王之道的。但是我们后来为什么会有各种各样的工夫?我们现在重新把它整合梳理,看能不能整合出把它们更好地放在一个合适的定位中,然后能够遇到道术,有没有这么一种可能性。

睿超讲的其实也很有价值,我们关注这个超越维度和形而上学方面的思考,因为儒家的天道维度其实是在我们思考儒家思想中不可欠缺的一个维度,从这个角度来思考其对工夫的影响确实是一个哲学思考中非常关键的维度。所以,这里面其实我想的一个问题是当我们在谈儒家的时候,其实始终没有想清楚一个问题,就是当一个儒者在做思考的时候,最重要、最核心或者最初的切入点到底是什么?我们在思考儒学的时候要考虑到底儒者思维的出发点所在的问题。

婉丰提到一些问题,有些我下面再说。我们不用"知"这个东西,其实就是想把它放在学思里面,而不是现在一般哲学的认识论中脱离我们传统的那种讲法，是想用传统的讲法把它的意义讲出来，而不是用外在的范式套。但是刚才海波兄讲的主宰其实是非常重要的。在纷繁复杂的现代生活中，我们主动地做事情和被动地做事情其实是不一样的，就像你为了评职称写一篇论文和你确实从问题出发写一篇论文，其实某种程度上有时候是能看出来的。看多了，你能看出来一个人是为写论文而写论文，还是他真是问题驱动着他去写论文。

李师妹讨论荀了，荀子确实也是我这两年比较关注的一个问题。荀子其实非常复杂，我曾经有论文讨论荀子文献和内容的复杂性，其实比孟子还要复杂。它的复杂性是因为《荀子》是后来整理的，不是荀子自己写的，是他学生整理的。这种复杂性其实就在于《荀子》看似每篇的题目很整齐，但实际上内部的差异很大。所以，我觉得理解荀子其实比理解孟子还有更多的思想上的困难，复杂性更大。

我最近在写一篇文章，就想重新理解荀子"大清明"这个概念，这个概念和解密相关，但是这个概念本身某种程度上是儒家之间讨论并不多的。所以，这篇文章的写法跟我自己其他文章的写法不一样，我爬梳和整合先秦到两汉所有关于清明的讨论，发现其实这个词更多的是由黄老学家从哲学上来讲。另外就是这个词很独特，"圣（聖）"这字跟听觉也是非常相关的，但是"清明"这两个字确实跟视觉相关，因为无论是"清"还是"明"其实都是看清楚明白的意思，这样一种观念确实在传统儒家里面不是主流。所以，你问荀子的心是认知心还是道德心？这个讲法是站在现在的分析来讲，但我觉得在荀子那里其实两者是一个心，但是这个心的观念其实还是在于认识能力，因为他是把道德也放在认识的角度来讲，道德问题在他那里更多的是通过认识来解决道德问题。所以，我觉得荀子的心还是一个认识心，但是这个心不是排除道德功能的认识心。

这里面还有一个很重要的提法，我们后来为什么说荀子"大醇小疵"？他"大醇"的地方是他确实能保持住儒家一些基本价值观的体现，无论仁义礼智，这些他都能保持住，包括王霸之辨、义礼之辨等，他都在讲，这是他大醇的地方。"小疵"的地方，有人说是性恶，在我感觉性恶其实也是一个可以某种程度上理解的问题或者说可以原谅的问题。因为他讲了性恶，反过来用新的认知去对治了这个东西,所以性恶并不一定意味着荀子的体系最后就不能导致善治,他可以用新的仁义礼智来治理这个。我觉得荀子最大的问题某种程度上类似于"理性的自负",你看《解蔽篇》他在大清明之后讲的话某种程度上超过了大清明实现的事项。荀子在论天人关系的时候就通过心的认知能力,某种程度上把天人进行了一个划分,我们的心可能对天外在的神秘性不能认识,我们心认识的就是人道的内容,和天道中与人道相关的内容。至于那些特别神秘的东西,荀子说天有天的东西,人有人的,各有各的,可能我们不必知道也不能知道。但是,我们看,他讲大清明解决之后导致两种结果,就会讲到一个很可怕的词,叫"宇宙理",就是这个人在屋子里面,通过他的思维对整个宇宙的条理都可以掌握,甚至予以处理,我觉得这个就走向了他之前为人划界的一个反面。这样一种理性的过度强大或者认识的过度强大,其实跟他后来把王道和勤政的帝道连在一起有关系。所以,刚才讲先秦后期"兼"字特别的重要性,在先秦前期,就是战国中前期其实"兼"字被讲得不是很多,但是到了战国后期这个"兼"字就成为了一个诸子百家都在讲的词,包括墨家其实也在讲这个词,包括兼之、兼明、兼术等等。荀子只是一个现实者,但是把它的现实和理想化混同在一起,认同一个现实者也可以成为一个理想者,或者认为他们事实上已经成为了一个理想者,而掌握了解蔽和清明等等,所以这可能是荀子最后"小疵"的关键所在。

我的感觉就是,荀子最根本的问题是在他划界之后想突出理性认知的功能,但是反过来他又把这个讲得太过,然后把自己曾经要划界的东西反过来又给压制了,结果导致了这样一种很强的纠结,这种纠结整个反映在荀子里面就是他对现实的王和理想的王也是非常纠结的。所以,整部《荀子》给我的感觉就是看起来《荀子》很多东西是清楚的,其实它比《孟子》要纠结得多,反而《孟子》很多地方更清楚。所以,我觉得仔细理解荀子可以为我们在一个国家主义强大的时代更好地理解领导们有帮助。

陈佩辉:感谢王正老师的精彩演讲和各位老师的精彩发言,我听了深受启发。刚才王正老师也说义利之辨在荀子里面的重要性,这个在工夫论中也是非常重要的话题，在工夫培养过程中首先要做的就是辨明利义的问题。而在这个利义原则下我觉得有一个问题，我们在讲工夫的时候首先目标是德行，就是甘老师刚才说的超越性层面的追求。刚刚甘老师说在照顾孩子的过程中培养工夫，其实这个问题就是他对于孩子的爱，同时如何更好地把孩子照顾好，这个照顾好就有一个效率的问题。这不仅仅是知识，还有一个价值取向的问题，在于如何纳入效率，纳入我们现实的一种公利，这个公利不是说唯利是图的利，而是有现实意义的利，这种利的纳入给工夫论加入一个新的现实性的考量因素，而不仅仅是超越性，因为像程颐就有一点对于公利的排斥，对于一些效益的排斥，这其实是一个很大的弊端。换句话说，对于现代社会来说，如果说你的工夫修养没有一个现实效益指向的话，无论对于经济还是政治都有一个很大的缺陷。

同样还有一个问题就是工夫效验的问题。比如说高老师有两个孩子，他在养孩子上面的效验可能就比我养孩子要高得多，效验是工夫的一种程度，比如说高老师在一言一行之中就能透露出他养过孩子的效验。你的工夫有多深，你的表现都有多好。这个效验问题可能体现两个层面，就是刚刚老师们讨论的，一个是道德上的，一个是知识上的，这是效验问题。比如说王老师说的大清明，其实它在某种程度上是工夫的效验，你拥有了这样一个效验之后，就是你在不断修身过程中最后达至的那种状态是对任何一个蔽的解脱，从各种欲望、各种偏见、成见之间解脱出来的这种大清明的状态，其实这也是一个工夫的效验问题，而工夫的效验问题其实是我们应该更加讨论的问题。如果说我们只停留在一般意义上的工夫，说这是工夫，就像刚刚说的，你就要纳入效率这个价值取向之中与之有密切的关联概念。但如果我们把什么都当作一个工夫，比如说我无论怎么吃饭它都是工夫，那这个工夫就取消了价值的取向，所有东西都是一样有意义的。我觉得这是一个误区。所以，就是说效验也要纳入考量之中。

王正：谢谢，我觉得说得非常好。其实关于义利、得失或者公私对我们考虑工夫确实有帮助。某种程度上义有很多解释，如果说义其中有公利，我们一般说的利就是私利的话，那么工夫既有德行的意义，又有认知的含义。当一件事情发生的时候，我们需要做的最重要的工夫其实就是要分辨出来这个东西到底是公利还是私利，因为很多方面它既是公利又是私利，比如说现在一件事情可能对我们这屋子里面的人是好的，但是可能对全世界的人都是坏的，比如说我们要成立一个复仇者联盟，我们要干一些不好的事情，这个事情可能对我们十多个人来讲是公利，但是对于全地球人来讲它可能是一个私利。所以这个时候公私或者义利，既包含德行意义上又包含认知意义上的一种工夫，我们在这个情况下进行选择和思考，就是将这两种混在一起的。所以，我觉得很多情况下道德和认知并不是截然分开的，我们现在把它们截然分开其实是有问题的。

你刚才讲的无论是效率还是效验，我都非常同意，我觉得效验其实跟我们要实现的目标是关联在一起的。你讲到养小孩这个事情，我也有小孩，现在三岁半，正在叛逆期，我非常有感悟，我们都知道要不迁怒、不贰过，但是看着他又迁怒又贰过的小存在，你真的是非常难以处理。不知道海波兄有没有不迁怒，我最近也犯了一次，确实是非常难受。我觉得未来如果大家对儒家有感情的话，推荐大家养个小孩，绝对非常考验你的道德感、认知感还有其他各方面，绝对是一个全方位的成长，在小孩成长的时候其实就是你自己一个更大的成长，做工夫在小孩上做，也就像刚才说的能近取譬，他是你最近的人，跟他的关系处理好了，你的工夫效验真的就会提升了。

高海波：我突然想到一个问题，即大家都在想到底什么是工夫？我也有点困惑，但我想是不是可以通过这样一个对比来加以说明，就是我们现在的儒学研究者和古代儒者的根本区别在哪里。如果放在这样一个对比当中看，我们就会意识到，我们现在相当大一部分的儒学研究者是没有工夫的，古代的儒者，当然是真诚的儒者，他是有工夫的。所以，通过这样一个对比，我们虽然不能明确界定工夫是什么，但是我们至少知道这个东西是存在的。我们用现代的语言来讲，就是说有工夫的人能够实现个人自我生命的转化，或者说转化周围的人，转化社会。这样一种不管是在精神上做的努力，还是在实践上、行为上采取的一些行动，我想是不是都可以视为工夫？比如说认识的问题到底属不属于工夫？认知的问题，按照冯友兰先生讲的"觉解"的问题，即有自觉，有了解，这个是能够转化自我的生命的。是不是工夫可以从这样一个对比当中做一个界定？杜先生提出的"体知"，我觉得也很好，它虽然是一种认识，但是它有一种转化为实践的动力，比如刚才有的同学问了动力的问题，体知自然就会有动力。谢谢！

甘祥满：我说一句，我觉得不管是讲座还是讨论会，大家都有话说，滔滔不绝地说，就是成功的，大家都没话说，我觉得肯定是设置不好，或者说大家没有氛围。我一般场合下都是胡言乱语，不是写论文的态度。

刚才海波兄区分了古代儒者和现代儒学研究者的区别，我也在想现代儒学研究者和现代学者的区别在哪里？区别就是做儒学研究的现代学者言必称我是儒家，言必称我所讲的东西都是儒家的。这是一个毛病。无论是在学术上讨论，还是向外面宣称我的道什么什么的，你学儒家的东西就会这样。这样不好，因为我们是在学术层面上，大家不仅是有身份证的人，而且是有高学历的人，在学术层面讨论问题一定要有讲道理的方式和论证的逻辑。有很多东西并不是只具备儒家特性的东西，你不能讲这就是儒家，讲工夫不只是儒家有工夫，哪家都有工夫，而且你在泛论的形态上讲工夫，各种都有工夫，王正兄的意思说和道德不能严格画等号，意思就是认知层面也可以讲工夫，但你这个工夫还叫不叫儒家的工夫？刚才举例生活中带孩子之类，这些讲究，这些不迁怒、色难，是不是只有儒家才可以讲这个？是不是可以指一般意义上的工夫？比如说亚里士多德讲了很多工夫，很多时代不同生活面向的问题都是工夫，这个工夫其实和儒家很多具体的东西也很一致，没有什么差异性，所以我们不能什么都当成儒家的。因此，我们向外面宣称是一个非儒家的研究学者，尤其不是普通的国学爱好者，我们不能口口声声说这就是儒家，所以你来信儒家，这样不好。我们在生活中遇到一些基督徒，我不信基督教，也不信别的教，但是我很反对一遇到什么人就说我主啊什么的，你有主，我也有主，你的主不一定是我要接受的，所以不一定就非要出去标榜是儒家的。你要讲儒家的工夫在什么地方，讲出的特点别人不具备，只有儒家具备，那你可以这么说。

主持人（杨浩）：非常感谢王正兄带来这样精彩的一个话题，而且我们这样的形式也很好，每位老师都能够详细地发表高见，相当于十多场讲座。今天我们的精彩讨论到此结束。

Study of Confucian Classics | 经学专题

获麟解：孔子的革命时刻

朱雷*

> "西狩获麟"事件关系着公羊学和今文经学的基础性质。本文梳理了围绕获麟产生的各种说法，廓清了今文学对获麟的基本理解。今文学认为，孔子在获麟之后作《春秋》，获麟是孔子受命为新王的符瑞，获麟后孔子革去周天子的天命，自立为新王，作《春秋》以行天子褒贬进退之权，以《春秋》当一王之法。本文还考证了"西狩获死麟"或"获麟而死"说，认为西汉尚无这种看法，不当据此理解《公羊传》。本文最后依据传统的今文学理论，对获麟事件中孔子所展现的精神进行了分析，并进而对经学及《春秋》的性质提出如下看法：经学产生于孔子的经世行动，《春秋》是孔子经世行动的纲领。

鲁哀公十四年，公元前481年，孔子七十一岁。此年春，有庶人于采薪时捕获一只麟[1]，这就是《春秋经》最后一条"西狩获麟"事件。今文学认为，西狩

---

* 朱雷（1988—），北京师范大学哲学学院讲师，研究方向为儒家思想与经典。
[1] 按，这条叙述是严格依照《公羊传》的说法。（1）根据《公羊传》，当时并没有鲁君在冬季狩猎（冬田）之事，本事只是一个庶人在采薪时捕获了一只异兽。为了使微者与麟兽的尊贵相配，故书曰"狩"（何注："天子、诸侯乃言狩"），《传》所谓："为获麟大之也。"（2）《左传》则记载此事为："十四年春，西狩于大野，叔孙氏车子鉏商获兽，以为不祥，以赐虞人。仲尼观之曰：麟也。"是认为实际上有狩猎之事，与《公羊》不同。孔疏云："其文正乖，不可合也。"（谓《左氏》《公羊》载获麟事件不同，不可强合）"《公羊》之意，当时实无狩者，为大麟而称狩也。"（《春秋左传正义》，北京大学出版社，1999年，第1677页）（3）《史记·孔子世家》载此事则从《左氏》说，谓："鲁哀公十四年春，狩大野。叔孙氏车子鉏商获兽，以为不祥。仲尼视之，曰：麟也。"亦以为实有狩猎之事。（4）王肃《孔子家语》则牵合《公羊》《左氏》二说。《辨物篇》："子鉏商采薪于大野，获麟焉，折其前左足，载而归。"王肃注云："《传》曰狩，此曰采薪，时实狩猎，鉏商非狩者，采薪而获麟也。"牵强太甚，《左传》孔疏已驳之。《史记》的记载以为实有狩事，此本不当于公羊义，然公羊学者似亦习焉不察，常据《世家》为说，不知二说实不同，故于此略辨明之。

获麟而孔子作《春秋》。获麟事件自身的性质应该如何理解，这一事件的深义何在，这是理解《春秋经》性质的一把钥匙。不特如此，西狩获麟事件关系着公羊学和今文经学（也就是经学）的基础性质，若未能廓清这一事件的意义，那么经学的地基就尚处在晦暗之中。获麟的意义在今文学中本来是清晰而明确的，本节的工作首先是将那种本源的意义挖掘出并重新确定下来。

此外，我认为，西狩获麟是孔子生命的顶峰时刻，亦是经学乃至儒学成立的关键时刻。这一事件所蕴含的强力、所召唤的决断、所需要的意志和勇气，早已经被后起的种种异说掩蔽或轻易打发了。孔子在这一事件中所展现的人格与身位，也已经模糊不清了。本文也将在传统理解的基础上对获麟事件中的孔子精神做更深入的剖析。

关于西狩获麟，今文学的通见是：获麟是孔子受命为王的符瑞，并且孔子也是如此理解获麟的意义的，所以他在获麟之后起而行天子之权，作《春秋》以当新王之法。

因此《春秋经》的性质是：孔子作此书表明周王朝之天命已被革去，自己是新天子。《春秋》是革命之王所立的新王之法。

《中庸》云："非天子不议礼，不制度，不考文。"古文家或据此以为公羊学所理解的行天子之权的孔子形象为僭越。实则在今文学看来，孔子已受命为新天子，他于《春秋》中行天子褒贬进退之权，正是承天意而行事，无任何僭越之处。孔子为革周之命的新王，而《春秋》严君臣之分，这两点丝毫没有矛盾。

今文学中西狩获麟事件的意义大体如上述，以下略征引文献对其中的相关问题做考辨与说明。主要讨论三个问题：（1）获麟与作《春秋》孰先孰后，（2）获麟的象征意义，（3）麟的生死对获麟意义的影响。

一、获麟与作《春秋》

今文学认为孔子获麟而作《春秋》，诸家无异说。至贾逵、服虔等，始提出"文成致麟"，以为获麟在作《春秋》之后。

今本《公羊传》对于获麟与作《春秋》的先后顺序无说明。何休《解诂》则明白地说:"得麟乃作(《春秋》)。"[1]又引《春秋演孔图》云:"得麟之后,天下血书鲁端门。……子夏明日往视之,血书飞为赤鸟,化为白书,署曰《演孔图》,中有作图制法之状。孔子仰推天命,俯察时变,却观未来,豫解无穷,知汉当继大乱之后,故作拨乱之法以授之。"徐彦疏说:"必止于麟者,正以获麟之后,乃作《春秋》。"徐疏又另引《演孔图》云:"获麟而作《春秋》,九月书成。"此皆是公羊家以为获麟在作《春秋》前之明文。

今本《传》文对这个问题虽然没有说明,但另一异本则有明文。《春秋左传正义》引孔舒元本《公羊传》,其中说道:"今麟非常之兽。其为非常之兽奈何?有王者则至,无王者则不至。然则孰为而至?为孔子之作《春秋》也。"[2]意思是麟为孔子受命为王之符瑞,麟来而孔子作《春秋》。有学者对此评论说:"此传本与何休对获麟之解释不同。盖孔舒元本以孔子作《春秋》,成素王之功,故麟为瑞应而至也。据此则孔子实前于获麟而作《春秋》也。"今按:此说实属误解。孔舒元本《公羊传》这段话的意思是:麟是为王者至,获麟就是天命孔子为王的象征,故孔子作《春秋》以当王法。因而笼统地说麟为孔子作《春秋》而至。若孔子尚无受命之征,便作素王之法,岂不僭越太甚?孔本传文和古文家认为孔子先作《春秋》而后致麟的意思完全不同,不可望文生义。

公羊家虽然一致认为获麟之后,乃作《春秋》,但何休还提出了《春秋》记载"西狩获麟"有"托以为瑞"[3]的意涵,也就是说,在《春秋》一经之内,确实可以把获麟看作是拨乱功成的瑞应。但这绝不是说在现实中孔子作《春秋》而有太平之瑞应。古文家则是把获麟实在地看作《春秋》治乱之瑞应,因而提出了"文成致麟"、作《春秋》在获麟之前的异说。

何休《解诂》云:

---

[1] 《传》"《春秋》何以始乎隐"下何注,见《春秋公羊传注疏》,上海古籍出版社,2014年,第1196页。

[2] 《春秋左传正义》,北京大学出版社,1999年,第25页。

[3] 按,今本《解诂》作"记以为瑞",徐彦疏云:"'记'亦有作'托'者,今解从'记'也。"(《春秋公羊传注疏》,第1198页)因"托以为瑞"意思更为显豁,故正文作托,下面引文亦径改为托。

> 人道浃，王道备，必止于麟者，欲见拨乱功成于麟，犹尧、舜之隆，凤皇来仪，故麟于周为异，《春秋》托以为瑞，明大平以瑞应为效也。

徐彦《疏》从而释之曰：

> 获麟之后，得端门之命，乃作《春秋》，但孔子欲道从隐拨乱，功成于麟，是以终于获麟以示义，似若尧、舜之隆，制礼作乐之后，箫韶九成，凤皇乃来止，巢而乘匹之类也。……云"明大平以瑞应为效也"者，言若不致瑞，即大平无验，故《春秋》托麟为大平之效也。

据何注徐疏，可知公羊家亦有麟为瑞应之说，但这只是说在《春秋》之内，王者治乱之功已备，故把获麟寄托为太平世的祥瑞，不是说在现实中孔子修定《春秋》就有麟来的效验。古文家则认为获麟在作《春秋》后，以下将古文家诸说排列于下，并简要分析。

1.《左传正义》云：贾逵、服虔、颖容等皆以为孔子自卫反鲁，考正礼乐，修《春秋》，约以周礼，三年文成致麟。麟感而至，取龙为水物，故以为修母致子之应。[1]

2.《礼记·礼运·正义》引《五经异义》云：说《左氏》者，以昭二十九年《传》云："水官不修，故龙不至。"以水生木，故为修母致子之说。故服虔注"获麟"云："麟，中央土兽，土为信。信，礼之子，修其母，致其子，视明礼修而麟至。"[2]

3.《礼记·礼运·正义》引《五经异义》云：《左氏》说，麟是中央轩辕大角兽，孔子修《春秋》者，礼修以致其子，故麟来为孔子瑞。陈钦说：麟，西方毛虫，孔子作《春秋》有立言，西方兑，兑为口，故麟来。许慎谨按：公议郎尹更始、待诏刘更生（引者按：即刘向）等议石渠，以为吉凶不并，瑞灾不兼。今

---

[1]《春秋左传正义》，北京大学出版社，1999 年，第 1675 页。
[2]《礼记正义》，上海古籍出版社，2008 年，第 934 页。

麟为周亡天下之异，则不得为瑞以应孔子至。[1]

4.《礼记·礼运·正义》引郑玄云："玄之闻也，《洪范》五事，二曰言，言作从，从作乂。乂，治也。言于五行属金。孔子时，周道衰亡，己有圣德，无所施用，作《春秋》以见志，其言当从，以为天下法，故应以金兽性仁之瑞。贱者获之，则知将有庶人受命而行之。受命之征已见，则于周将亡，事势然也。兴者为瑞，亡者为灾，其道则然，何吉凶不并，瑞灾不兼之有乎？如此修母致子，不若立言之说密也。"如郑此说，从陈钦之义，以孔子有立言之教，故致其方毛虫。熊氏申郑义云："若人臣官修，则修母致子之应，《左氏》之说是也，若人君修其方，则当方来应。孔子修《春秋》为素王法以立言，故西方毛虫来应。"[2]

贾逵、服虔、颍容、郑玄等皆以为孔子修《春秋》后文成致麟。至于为何《春秋》和麟兽有关，古文家大体给出了三种解释。

1. 昭二十九年《左传》云："水官弃矣，故龙不得生。"以水生木，而龙属木，故左氏学者有修母致子之说。服虔根据这一说法，认为《春秋》是礼书，礼于五行属火，火生土，而麟属土，故孔子修《春秋》而麟至，符合修母致子的原理。

2. 另一左氏学者陈钦[3]则通过兑卦建立《春秋》与麟兽的关系。《春秋》为立言之事，而"兑为口"（《说卦传》），又西方属兑，而麟为西方毛虫，故《春秋》和麟兽有联系，因此作《春秋》而麟至。

3. 郑玄同意陈钦孔子有立言之教故致其方毛虫的说法，但他给出的具体联系方式则是：《尚书·洪范》五事云："二曰言，言曰从，从作乂。"乂者治也。孔子作《春秋》是立言之教，其言当从，又以为天下治法，合于《洪范》五事之第

---

[1]《礼记正义》，第935页。按，引文最后一句，《左传正义》引作："今麟为周异，不得复为汉瑞，知麟应孔子而至。"（《春秋左传正义》，第1675页），似当从《礼疏》所引。

[2]《礼记正义》，第935页。

[3] 陈钦为左氏学者。《后汉书·陈元传》："父钦，习《左氏春秋》，事黎阳贾护，与刘歆同时，而别自名家。王莽从钦受左氏学，以钦为厌难将军。"

二事。言于五行属金[1]，麟为西方金兽，故修《春秋》而麟至。熊安生更申郑义说：孔子修《春秋》是立素王之法，不当用《左传》人臣修母致子的原理，当用人君修其方则当方来应之原理。以上诸说的具体解释虽然不同，但是都认为孔子作《春秋》后获麟，此可视为古文家之通说。唯杜预注《左传》从今文学"获麟而作《春秋》"之说，但对于获麟的象征意义，则与今文学解释不同，详后文。

另外，许慎又引尹更始、刘向之说，认为麟既为周亡之异象，则不当同时又为孔子作《春秋》之瑞应，因为"吉凶不并，瑞灾不兼"。郑玄驳之云：既然获麟为孔子受命之征，那么它也就同时象征周王朝之灭亡，此事理之当然。麟于兴者为瑞，于亡者为灾，没有什么理由非要说"吉凶不并，瑞灾不兼"，因而获麟可视为孔子作《春秋》之瑞应。郑玄的驳议巩固了文成致麟的观点。

根据以上文献可见，孔子"获麟而作《春秋》"是今文学之通见，且东汉以前无异说。至东汉贾逵、服虔辈始提出"文成致麟"，而基本成为古文家之通见。至于古文家论证"文成致麟"的理据，或以为"修母致子"，或以兑卦为沟通，或以《洪范》五事为沟通，这都是后起的弥缝之言，并无必然性，且颇牵强。获麟在作《春秋》之前还是之后，关系的不仅仅是事实问题，更关系到"孔子作《春秋》"这一事件及《春秋经》的性质问题。今文学必以获麟在作《春秋》之前，是因为获麟乃孔子受命之符瑞，孔子必得在受天命为新王之后，方可行天子之权而作《春秋》。孟子说："《春秋》，天子之事也。"孔子作《春秋》，是以新王的身份行天子之事，立新王之法。如此语境下的"孔子作《春秋》"，必待获麟受命，方才名正言顺。若如古文家以为孔子先修《春秋》而后获麟，就必然抹杀孔子修《春秋》是立新王之法的意义，以为其不过如"自卫反鲁，然后乐正"那般只是考订礼乐而已。而麟来亦只是五行自然感应之效[2]，所谓修母致子，如贾逵、服虔之解释。若如郑玄之解释，认为孔子"作《春秋》以见志"，"以为天下

---

[1] 伏生《五行传》云："言属金。"郑玄从之。孔疏释云："言之决断，若金之斩割，故言属金。"（《尚书正义》，上海古籍出版社，2007年，第455页）
[2] 上引服虔注"获麟"云"视明礼修而麟至"之后，服虔还继续说："思睿信立而白虎扰，言从义成而神龟在沼，听聪知正则名川出龙，貌恭性仁则凤皇来仪。"这是把获麟仅理解为五行中的一件事，与其他祥瑞处于同等地位，这就把今文学孔子获麟受命的特殊含义抹杀掉了。

法",而获麟则是"受命之征",如此一来,则是孔子先立素王之法,后有受命之征。孔子在立法时的身份是平民,以平民身份立一王法,此僭越太甚,郑玄之解释甚不通。此外,贾逵在《春秋序》中也说孔子作《春秋》是"立素王之法"[1],但注《左传》又以为先成《春秋》,而后获麟,则孔子立法之举亦为僭越。总之,因古文家文成致麟的观点是后起之见,横生异论,无论怎样解释都觉别扭,左支右绌,不若今文学本来的说法顺理成章,名正言顺。

以上已经说明今文学认为孔子获麟而作《春秋》。获麟是受命为王,作《春秋》是行天子之事,以下详说今文学中获麟事件的象征意义。

二、获麟的象征意义

公羊家言获麟的象征意义有两点：一为孔子受命之符瑞,二为周亡之象。此外,纬书还说获麟为汉兴之瑞。此乃献媚时君之论,何休《解诂》多采用此说,甚为可惜。前两点见于下列文献。

1. 董仲舒《春秋繁露·符瑞》："有非力之所能致而自至者,西狩获麟,受命之符是也,然后托乎《春秋》正不正之间,而明改制之义。"

2. 《礼记·礼运·正义》引《五经异义》：《公羊》说：哀十四年获麟,此受命之瑞,周亡失天下之异。[2]

3. 《开元占经·兽咎征》引《五经异义》：《公羊》说：孔子获麟,天命绝周,天下叛去。[3]

4. 王充《论衡·指瑞》：《春秋》曰："西狩获死麟。"……儒者说之,以为天以麟命孔子,孔子不王之圣也。

王充所引儒者之言,当为西汉今文家说。可见西汉今文学的通见是：获麟为

---

[1]《左传》孔疏引贾逵《春秋序》云："孔子览史记,就是非之说,立素王之法。"(《春秋左传正义》,北京大学出版社,1999年,第25页)

[2]《礼记正义》,上海古籍出版社,2008年,第935页。

[3] 转引自(清)陈立：《公羊义疏》,第2891页。以上又见(清)陈寿祺：《五经异义疏证》,上海古籍出版社,2012年,第220—222页。

周亡之象，又为孔子乃继周而起之新王的符瑞。康有为评价董仲舒这段话说："董子醇儒，发改周受命之说，昭晰如是，孔门相传之非常异义也。"[1] 的确，以孔子为代周而起之新王，这实在是颇为骇人的观点。在一般的印象中，孔子是周代礼乐文明的推崇者，梦想是"从周"；在今文学中，孔子则是"革命之王"，是革去周命、顺天而立的新王。孔子以白衣而为素王，对周代实行革命，只从表面看来，作为革命之王的孔子形象也是够骇人惊闻了，至何休已不能完全坚持。孔子作《春秋》的原本涵义是孔子作为新王为自己的朝代制定新法，何休则采用纬说以为孔子是为汉制法，孔子只成为周亡与汉兴之间的过渡式人物，孔子革命（革周之命）的意义便大为消减。苏舆说："汉初学者以《春秋》当一代之治，故谓获麟为受命作《春秋》之符。其后因端献媚，纬书傅会，乃云获麟为庶姓刘季受命之符。"[2] 纬书与何休的这类说法，或是出于献媚，或者也是因为以孔子为革命之王实在过于骇人听闻，不便直书其事，故婉转其辞说为汉立法。

"为汉立法"说不仅是荒诞不经，而且大为消减了孔子作《春秋》的革命意涵，连带地也就把获麟为孔子受命符瑞的意义消解了。公羊学内部的这类说法应该予以廓清。如何休《解诂》引《演孔图》云：

> 得麟之后，天下血书鲁端门曰：趋作法，孔圣没，周姬亡，彗东出，秦政起，胡破术，书记散，孔不绝。子夏明日往视之，血书飞为赤鸟，化为白书，署曰《演孔图》，中有作图制法之状。孔子仰推天命，俯察时变，却观未来，豫解无穷。知汉当继大乱之后，故作拨乱之法以授之。

这就是把孔子作《春秋》理解为作拨乱之法以授汉。徐疏说得更为明白："既获麟之后，见端门之书，知天命已制作，以俟后王，于是选理典籍，欲为拨

---

[1] 康有为：《春秋董氏学》，见《康有为全集》第三集，中国人民大学出版社，2007年，第102页。
[2]（清）苏舆：《春秋繁露义证》，中华书局，1992年，第157页。

乱之道。"直接把孔子立新王之法改变成"俟后王"。[1]除何注徐疏外，郑玄《六艺论》更发挥说："孔子既西狩获麟，自号素王，为后世受命之君制明王之法。"此说亦不可从。《春秋》固然有为万世法的意义，但就孔子立法的本意和首要意义而言，只是为自己新起的一代立新王之法，如果直接说为后王立法，那孔子代周革命为新王的意义就抹杀了，孔子只成守先待后之人物，"素王"之为王只成虚说，《春秋》亦不成其为一代之治。何休为汉制法说其谬自不待言，郑玄为后世之君立法说亦不可从，凡此类说法都把获麟是孔子自身受命为王的象征意义取消了。

徐彦把获麟的象征意义归结为三点：

> 麟之来也，应于三义。一为周亡之征，即上《传》云"何以书？记异也"是也。二为汉兴之瑞，即上《传》云："孰为来哉？孰为来哉？"虽不指斥，意在于汉也。三则见孔子将没之征，故此孔子曰"吾道穷矣"是也。

此三义除第一点成立外，其余两点皆不成立。第二点上文已批驳。第三点认为孔子说"吾道穷矣"是感叹自己命限将到，这本是董仲舒的观点，《繁露·随本消息》云："西狩获麟，曰：吾道穷，吾道穷。三年，身随而卒。阶此而观，天命成败，圣人知之，有所不能救，命矣夫。"何注《公羊》承用董子此说。董子实在没有理解孔子"吾道穷矣"的意涵，以命限解之，颇为鄙陋。何休又根据其他的记载说"时得麟而死"，愈发造成混乱，凡此皆在下文有考辨。总之，以获麟为孔子将没之征不能成立。获麟在更为源始的今文学语境中只有周亡和孔子受命这两点意义。

杜预《春秋集解》又提出另一说：

---

[1] 按，《公羊传》所谓"立《春秋》之义，以俟后圣"，绝不等同于为后圣立义或为后王立法。《春秋》固然是万世法，但《春秋》不是要为万世立法，孔子只是以《春秋》当一代之新王法。《春秋》作为万世法的意义不能说成是孔子作《春秋》之本意。

> 麟者，仁兽，圣王之嘉瑞也。时无明王，出而遇获，仲尼伤周道之不兴，感嘉瑞之无应，故因《鲁春秋》而修中兴之教，绝笔于获麟之一句，所感而作，固所以为终也。

杜预倒是认为先获麟而后作《春秋》，次序与今文学同。古文学文成致麟说虽解释得很别扭，但也还给出了孔子为王的可能，如贾逵、郑玄、熊安生说。杜预则抬出周公来压孔子，认为孔子修《春秋》是因鲁史旧文，修中兴之教。所谓中兴之教，孔疏释云："若能用此道，则周室中兴，故谓《春秋》为中兴之教也。"[1] 如此一来，孔子连为后王立法的资格都没有，只能算是一个朝代的中兴之功臣。在《春秋左氏传序》中，杜预就已经明确了孔子修《春秋》的性质，不过是"上以遵周公之遗制，下以明将来之法"，"盖周公之志，仲尼从而明之"。《左传》的凡例也不过是"经国之常制，周公之垂法，史书之旧章。仲尼从而修之，以成一经之通体"。《春秋》作为新王之法的意义被彻底取消，孔子只成为周公之附属。

在后起的古文学诸异论中，不仅获麟的意义解释纷呈，且孔子的身位愈贬愈下，孔子作《春秋》从立法变为修史。古文家说皆私相造作之言，固不足与论《春秋》之义。获麟的经学意涵，只当如今文家说，以周亡和孔子受命为核心。

三、麟之生死

今文学如何理解获麟事件，还有一件事有待澄清。如果这件事未得澄清，那么获麟的今文学意义就还未完全稳固下来。这件有待澄清之事就是"西狩获死麟"或"得麟而死"问题。东汉学者提出一种说法，认为获麟后麟很快便死掉了。王充首先提出这种说法，何休采之以注《公羊》，以后便似乎成为一个定论，清人臧琳甚至欲改经文"西狩获麟"为"西狩获死麟"。今按，西汉人绝无获死麟的说法，此说当出于东汉人之杜撰，原因可能是为了解释孔子在获麟后为何会

---

[1]《春秋左传正义》，第 1674 页。

哭泣并悲叹"吾道穷矣"。我认为，获麟事件所展示的那种尚未被测度的力量正表现在孔子之哭泣与悲叹中，而那种杜撰而出的"获死麟"说，恰恰把获麟事件的力道给轻轻略过了，把其中深刻的意涵消解了。获麟而死，既无文献上的依据，以之来解释《公羊传》亦颇苍白而乏力，不可从。下面依时代顺序略征引有关麟之生死的文献。

1.《春秋三传》皆没有获麟而死的记载。《公羊传》载此事说：

> 麟者，仁兽也，有王者则至，无王者则不至。有以告者曰："有麕而角者。"孔子曰："孰为来哉！孰为来哉！"反袂拭面，涕沾袍。颜渊死，子曰："噫！天丧予。"子路死，子曰："噫！天祝予。"西狩获麟，孔子曰："吾道穷矣！"

《穀梁》无说。《左氏》载此事说：

> 十四年春，西狩于大野，叔孙氏之车子鉏商获麟，以为不祥，以赐虞人。仲尼观之，曰："麟也。"然后取之。（按，取之谓鲁史采仲尼之说而书麟。）

亦无获麟而死之说。若获麟后麟很快就死去，如此干系甚大之事，原始典籍不可能不记载。又若获麟是获死麟，则公羊学所说麟是受命之征，或如《左氏》学者说是《春秋》文成之瑞应，或如杜预说是圣王之嘉瑞，孔子感麟而修中兴之教，皆不能成立。获死麟能为受命之征乎？能为嘉瑞乎？可见，在原初语境中，本无获死麟之文，亦没有人根据获死麟来解释。

2. 董仲舒《春秋繁露》两次提到获麟，一处说："西狩获麟，受命之符是也。"（《符瑞》）一处说："西狩获麟，曰：吾道穷，吾道穷。三年，身随而卒。"（《随本消息》）皆无获死麟之说。

3. 司马迁《史记》两处记载获麟。《孔子世家》载："鲁哀公十四年春，狩大野，叔孙氏车子鉏商获兽，以为不祥。孔子视之曰：麟也。"《儒林列传》云：

"仲尼干七十余君无所遇。……西狩获麟,曰:吾道穷矣。故因史记作《春秋》,以当王法。"皆无获死麟之说。

4. 刘向编《说苑》有两处提到获麟。《贵德》篇云:"孔子历七十二君,冀道之一行……卒不遇,故睹麟而泣,哀道不行,德译不洽。于是退作《春秋》,明素王之道。"又《至公》篇云:"(夫子)道不行,退而修《春秋》……精和圣制,上通于天而麟至,此天之知夫子也。"[1] 皆无获死麟之说。

以上为西汉时代经学各派之说。若果真是获死麟这般干系甚大之事,不可能西汉文献无一语道及。可见在原初语境中,获麟就是获麟,不是获死麟。

5. 东汉初的王充第一个提出获死麟之说。《论衡·指瑞》云:

> 《春秋》曰:"西狩获死麟,人以示孔子。孔子曰:'孰为来哉?孰为来哉?'反袂拭面,泣涕沾襟。"儒者说之,以为天以麟命孔子,孔子不王之圣也。夫麟为圣王来,孔子自以不王,而时王鲁君无感麟之德,怪其来而不知所为,故曰:"孰为来哉!孰为来哉!"知其不为治平而至,为己道穷而来,望绝心感,故涕泣沾襟。以孔子言"孰为来哉",知麟为圣王来也。
>
> 曰:前孔子之时,世儒已传此说。孔子闻此说,而希见其物也,见麟之至,怪所从来。实者麟至无所为来,常有之物也,行迈鲁泽之中,而鲁国见其物,遭获之也。孔子见麟之获,获而又死,则自比于麟,自谓道绝不复行,将为小人所徯获也。故孔子见麟而自泣者,据其见得而死也,非据其本所为来也。然则麟之至也,自与兽会聚也,其死,人杀之也。使麟有知,为圣王来,时无圣王,何为来乎?思虑深,避害远,何故为鲁所获杀乎?夫以时无圣王而麟至,知不为圣王来也;为鲁所获杀,知其避害不能远也。圣兽不能自免于难,圣人亦不能自免于祸。祸难之事,圣者所不能避,而云凤麟思虑深、避害远,妄也。

---

[1] 按,《说苑》这两条文献一说获麟而作《春秋》,一说作《春秋》而麟至,无定说。故上一小节讨论获麟与作《春秋》先后问题时不计入这两条材料。

第一段是王充（以自己的理解）转述西汉公羊家说而略有发挥，第二段是王充批驳公羊学说的议论。第一段说"天以麟命孔子，孔子不王之圣也"，又说"麟为圣王来"，算是比较纯正的今文学说。但又说"知其不为治平而至，为己道穷而来，望绝心感，故涕泣沾襟"，这就未免掺入了王充自己的理解，因《公羊传》和司马迁都只说孔子在西狩获麟后感叹"吾道穷矣"，公羊家从来没有据此就说麟是为孔子道穷而来。麟来之本义只是为圣王来，为治平而至；为孔子道穷而来是王充自己的理解或是发挥。第二段中，王充为了批驳"麟为圣王来"这种妖妄之说，把麟来解释为自然时间，而孔子睹麟哭泣并感叹道穷，王充为证成其自然主义式的想法，就杜撰说当时得麟而死，孔子又自比于麟，故见死麟而泣下，并谓道不复行。否则按照其自然主义式的想法，不好解释孔子为何会睹麟而泣。

根据以上分析，我认为获麟而死是直到王充才杜撰出来的提法。王充为了反驳今文学理论的神秘色彩，论证其朴素的自然主义思想，所以把获麟说成获死麟，以消解"麟为圣王来"的神秘色彩和经学意义。又说麟是为孔子道穷而来，孔子看见麟死因而知道自己将为小人阻挠，道不复行。为了证明"麟来"和"道穷"之间存在意义关系，所以王充要杜撰获麟而死的说法。这只是王充一家之言，不足为据。其所引《春秋经》"西狩获死麟"应当不是原本有此异文，或许是王充为增成其说，故引经时径加一字，或是后人根据王充后文内容而在前面多加一字，使前后呼应。王充本是反经学的立场，却欲根据其说改动西汉无异说之经文，可谓无识之甚。

6. 王充之杜撰本是一家之言，不足为据，何休注《公羊》竟采用其说。他注《传》文"吾道穷矣"说："时得麟而死，此亦天告夫子将没之征，故云尔。"[1] 获死麟遂似成为公羊学内部的说法。其实此说只何休注一见，此外今文学没有这种说法，此只可视为何休受王充影响产生的误解，不可视为今文学的定见与通见。

7. 然此说亦漫衍开来，而更增加了细节。《孔子家语》载此事虽未说麟死，但增加了"折其左前足"的细节。《六本》云："获麟，折其前左足，载而归，叔

---

[1]《春秋公羊传注疏》，第1195页。

孙以为不祥，弃之于郭外。"这是又把《左传》"以为不祥，以赐虞人"的细节改编为"弃之郭外"。《孔丛子·记问》载此事说："获麟，众莫之识，以为不祥，弃之五父之衢。……孔子泣曰：'予之于人，犹麟之于兽也，今麟出而死，吾道穷矣。'"总之是越晚出的文献细节越丰富，然而皆不足为获死麟之证。

8. 臧琳（1650—1713，清康熙雍正时期汉学家）根据这些东汉以后的文献而欲改《春秋》经文为"西狩获死麟"，其《经义杂记》卷十六说：

> 《论衡·指瑞》篇"春秋曰：西狩获死骥，人以示孔子"云云，据《论衡》，则《春秋经》作"西狩获死麟"。今三《传》本无"死"字。而《公羊传》云："颜渊死，子曰：噫！天丧予。子路死，子曰：噫！天祝予。西狩获麟，孔子曰：吾道穷矣。"注云："时得麟而死，此亦天告夫子将没之征。"则此传本作"西狩获死麟"，与上"颜渊死""子路死"一例。"吾道穷矣"，与上"天丧予""天祝予"一例。孔仲达引《家语》云："获麟，折其前左足，载而归。叔孙以为不详，弃之于郭外。"徐疏引《孔丛子》云："以为不祥，弃之五父之衢。孔子视之曰：兹日麟出而死，吾道穷矣。"二书虽魏晋人托作，然以为麟死而弃之，则与《公羊》合。疑《公羊经》本有死字也。[1]

我实在看不出"西狩获骥"与上"颜渊死""子路死"有什么联系。何况，是事实重要，还是文例重要呢？如果事实不是获死麟，难道还偏要书成获死麟以成其例不可？又既知《家语》《孔丛》为魏晋人托作，而欲改三《传》无异之经文，实在太鲁莽而无识了。陈立《公羊义疏》径引此文而无说，就是表示同意，也可谓疏忽。

通过以上简单的考证，可知获麟而死是晚出的杜撰之说，在原初语境中没有这个说法，也不当据此解《传》。那么现在的问题就是，如果获麟不是获死麟，孔子为何会在获麟之后哭得眼泪沾湿了衣袍，并悲叹"吾道穷矣"呢？

---

[1] 转引自（清）陈立：《公羊义疏》，中华书局，2017年，第2879—2880页。

以上，本文基本理清了西汉较为纯粹的公羊学是如何理解西狩获麟及其与作《春秋》的关系。今文家说本简洁而明确，而后起的纬书及古文家说则荒诞不经，又头绪纷呈，似不可从。下面，我将依据传统今文学的理解进一步分析获麟事件中孔子展现的精神，并进而对《春秋》及经学的性质作一些基础的说明。入手点在分析孔子为何在获麟后会大哭并悲叹"吾道穷矣"。

四、革命时刻

本文一开始就说，获麟事件所蕴藏的强力、决断、意志和勇气，还未曾被充分地挖掘与展现，而且也已被"获麟而死"这类的说法轻易打发掉了。获麟之后孔子的眼泪与"吾道穷矣"的悲叹可以说是十分蹊跷，令人不解。董仲舒的解释已经不能令人满意了，到何休可说完全解释不了。董仲舒认为，孔子见获麟而预知自己将死，所以悲叹"吾道穷矣"，三年后果然身随而卒。这个说法实在不妥：

1. 孔子不会把自己一人的性命和道之穷通联系起来。《论语·里仁》载孔子说："朝闻道，夕死可矣。"哪怕闻道后立刻死掉也没有遗憾，难道因自己将死就悲叹所传的"道"跟着覆亡吗？

2. 董仲舒说孔子预知自己将死后，"三年身随而卒"，可见"天命成败，圣人知之"。既然是"预知"，却要迁延至三年之后，这还能算是预知吗？"随而卒"的说法恐怕太勉强。

3. 以古人之寿命，且以孔子之德，于七十岁时知道自己三年后会死，难道会表现为涕泪沾袍这样仓皇失措的举动吗？无乃太贬低孔子之德性乎？根据这几点，我认为大凡汉人言孔子道穷之叹是因为预知将没，都不能成立。

何休解释孔子哭泣是因为"夫子素案图录，知庶姓刘季当代周……将有六国争强，纵横相灭之败，秦、项驱除，积骨流血之虐，然后刘氏乃帝。深闵民之离害甚久，故豫泣也"。（《春秋公羊传解诂·哀公十四年》）以为孔子能预知三百年后的事情，难为今人信服。又说孔子悲叹道穷是因为获麟而死，这点之不能成立，已无须赘言。既然何休都解释不了获麟后的眼泪与悲叹，研究进展到这一步，就需要跳过何休乃至董仲舒的解释，直面《公羊传》这段文字。

以下是我的解释。

《中庸》载孔子称赞舜的话说："大德必得其位，必得其禄，必得其名，必得其寿。"这可以看作是源初而朴素的德福一致论（亦即牟宗三所说的"圆善论"），其中最重要也最基础的一点就是德与位的配称关系，故这段话后孔子又总结说"故大德者必受命"。德位配称是古典理想秩序的核心和基础，除《春秋》外的经书所记载的那些古先圣王的事迹也大体可以说是德位配称的证明和展示。在今人看来，那些黄金时代的记载恐怕不免许多美化粉饰，但在孔子时代，这些都被视为是真实的记载，孔子也修订五经来当教材。这时孔子基本上是好古敏求而以从周为主的态度。从上引《中庸》的话来看，孔子坚持古典的德位配称关系，并将之视为史实。

虽然在《论语》的记载中孔子多次表示自己不是圣人，然而无法确定这类说法的时间，因而不能视之为孔子晚年的自我定论。另外，就孔子"博施于民而能济众"可称为圣人的说法来看——这显然是有位者才能做到的事——孔子认为"圣"包含"位"的涵义，这就与后世言"圣"偏重内在德性的意义不尽相同。就此而言，孔子固然可以认为自己不是圣人，因自己毕竟无位，但不能推断孔子始终认为自己不具圣德。

《论语》中，孔子似乎表示了自己已有圣德、期待符瑞出现的意思。《子罕》篇载孔子曰："凤鸟不至，河不出图，吾已矣夫！"董仲舒在《天人三策》中解释这句话说：孔子"自悲可致此物，而身卑贱不得致也"。既然孔子自悲不能招致圣王受命之符瑞，他心中必然已经认定自己具有圣德。《论衡·问孔》也记载了西汉今文学对这句话的理解——"夫子自伤不王也。已王致太平，太平则凤鸟至，河出图矣。今不得王，故瑞应不至，悲心自伤，故曰吾已矣夫。"可见孔子认为自己是应该招致符瑞的。另外，司马迁《孔子世家》载孔子欲往费时对子路说："盖周文武起丰镐而王，今费虽小，倘庶几乎！"这几乎是在明确表达要据费为王。孔子较为明确表现出为王意志的文献还有几处，不一一征引。[1]今文家说

---

[1] 可参蒋庆：《公羊学引论》第三章第三节"孔子有为王的意思表示"一小节，福建教育出版社，2014年，第103页以下。

孔子受命为王不是捕风捉影，孔子确实认为自己应当为新王，孔子在等待受命之符瑞。

然而，西狩获麟，此确为受命之符瑞，孔子的表现为何反而如此沉痛？孔子五十六岁由大司寇行摄相事，《孔子世家》记载孔子面露喜色，有弟子问他，君子不是应该"祸至不惧，福至不喜"吗？孔子回答：虽然这么说，但君子的乐趣之一也在于能凭借显贵的地位仍谦虚地对待别人。[1]孔子摄相事都有喜色，如今终于受命为王，这不更是喜事吗，孔子为何反而至沉痛？

> 有以告者曰："有麕而角者。"孔子曰："孰为来哉！孰为来哉！"反袂拭面，涕沾袍。颜渊死，子曰："噫！天丧予。"子路死，子曰："噫！天祝予。"西狩获麟，孔子曰："吾道穷矣！"

1. 孔子意识到自己站在了古典秩序原则"大德必有其位"的反面，也站在了他所承认是史实的圣王事迹的反面：自己有德而无位。孔子早就认为，以自己的德性，该有祥瑞受命，所以才说："凤鸟不至，河不出图，吾已矣夫！"如今符瑞真的出现了，但孔子在现实上仍无王位，也就是没有哪个君主如尧舜禅让之故实将君位让与孔子，也没有君主赐孔子一块封地让他可以如"汤以七十里，文王以百里"那样兴起为王，故孔子终究是有德无位。孔子有德无位这一铁证使那些古史流传中似乎是由天意先天地所担保的古典秩序瓦解了。那种作为古典秩序的完美体现的古史则被抽空了其原则性，也就是说，古史所记载的事迹与天意的绝对合一性现在得受到质疑，因为现实与天意并不合一，孔子自身的有德无位就是反证。

如果由天意先天性地担保的德位一致并不存在，那么天地间的天意体现就只是一种虚构。"位"是现实性，符瑞亦是现实性（在现实中所表现出来），是对前者的一种预告或揭示，如今"位"已不实，则"符瑞"将焉附？古史中记载的尧

---

[1] 参见《史记·孔子世家》："定公十四年，孔子年五十六，由大司寇行摄相事，有喜色。门人曰：闻君子祸至不惧，福至不喜。孔子曰：有是言也，不曰'乐其以贵下人'乎？"

舜制礼、凤凰来止、巢而乘匹之类的祥瑞，恐怕皆是古史之虚构或粉饰，或者只是现实中的偶然性（如王充对祥瑞之理解）。如此来说，获麟亦只是偶然性。孔子有德无位，获麟无意义，那孔子之前所相信的一整套以德位一致性为核心和基础的古典秩序原则就是不存在的，是由古史虚造出来的。这种古史中所体现的古典秩序原则，或者说是由天意所先天担保的圆善论，就是孔子悲叹"道穷"的道。孔子"好古敏以求之"求的是此道，孔子"从周"从的也是此道。——德位相配的古典秩序本来就只是周人的发明，殷人无此观念。《尚书》中记载的周人那些讲话，讲他们为何能受天命而灭殷，翻来覆去无非是在论证这种古典秩序。[1]孔子感叹为"郁郁乎文哉"的周代礼乐文明，也是根据这种古典秩序建立起来的：德高者居上位，德卑者居下位，因德性的差别而有地位的不同，根据地位的不同又制定出繁复而严格的礼仪制度。这就是周文的三位一体：德—位—礼。孔子"从周"从的就是此道。

然而，现在，孔子自身将这一秩序打破，自身证明这一秩序为伪。如果符瑞始终未出现，孔子固然要感叹"吾已矣夫"，但他仍可相信古典秩序为真，相信体现这一秩序的古史为真，仍可安然于从周之道，他所遗憾的将仅是他终究没有被天意授命为王。但现在，符瑞已现而孔子无位，天意并没有改变现实的力量，那种被上天的力量所先天地担保着的天意与现实的一致性，人之德与位的配称性，似乎都瓦解了。所以孔子当下的反应必然为至悲痛，至沉重，甚而可说是一时感到绝望。孔子惊怪而问曰："孰为来哉！孰为来哉！"这既是在问：麟为谁而来呢？若说是为明王而来，但现实中并无明王；若说为自己而来，但自己有德无位。这更是在问：麟为什么要来呢？如果麟不来，孔子就可安然于古史，安然于历史中体现的秩序原则，安然于天命的纯然客体形态也就是人在天命面前的纯然被动形态（人作为纯然接受天意者并不参与"天授命于人"这一事件的运作，人只接受天命，人无须"解释"天命）。但麟已来，那所有这一切就都被动摇了。所以孔子惊怪"孰为来哉"，又恸哭落泪，又悲叹"吾道穷矣"。这是信念的一次

---

[1] 可参郑开:《德礼之间——前诸子时期的思想史》第五章第二节"德与天命"一小节，三联书店，2009年，第267页以下。

（几乎可说是孔子生命史的唯一一次）大震动，是对古史和周文的证伪，是对孔子旧有信念的一次根本性动摇，故孔子有如此蹊跷而巨大之反应。当然不能说孔子在思想上或理论上没有为天地理解的转变做好铺垫，但当符瑞真的出现而孔子被逼迫至必须做出决断时，这震动仍然是巨大的。

2. 麟来使孔子被逼迫至如下境地做出决断。

其一，麟来无神秘色彩，无特殊意义，只是天地间的自然现象。如此，则古史中记录的各种祥瑞亦只是自然现象，无特殊意义。天意与现实的先天联系被取消，古史亦被部分地证伪，德与位的先天一致性被松动。但在这一选择中，孔子较为轻松，孔子不承担责任。毕竟，根据传统的说法，麟是"有王者则至，无王者则不至"，如今天下无明王而麟至，又没有人说这就是为孔子而来，周天子也没有禅位于孔子，也没有人给孔子一块封地，孔子自然可从获麟事件中闪躲开去。闪躲开去的代价是承认天地无意义无秩序，天地只具有自然主义的性质。

其二，承认麟来有意义，这就是天意的体现。麟来的意义就是为圣王而来。孔子环顾天下无明王兴起，亦无人的德行堪为新王，故承认麟为自己而来。"承认"的意思是说，承担起麟来的意义，承担起麟来的意义就是要承担起解释天地现象的责任，而这种解释又绝非是纯然被动与事后的（似乎有一个现成的客体摆在那里，人只对之加以附属性的阐释，且无论人的阐释为何，都不影响客体自身的性质）。解释天地现象的真正涵义是参与天地现象意义的建构。获麟当然可以只是纯自然事件，但如果认为麟来有意义而不是偶然事件，那就要参与进获麟的意义建构——也就是要承担获麟的意义，也就是要进行真正的"解释"工作了。孔子如果承认麟来有为圣王而来的意义，孔子就要参与获麟事件进行意义建构，这无非就是在说，孔子要受命为新王。孔子如果不欲天地现象落空而只是自然之天，不欲麟来的意义落空而只是自然现象，不欲承认古史的记载只是纯然的虚构，孔子就必须决断自己为新王。

孔子做出了这一决断。孔子承认自己是受命的新王。孔子从天地现象的漠然平均状态中与古史的漠然流传状态中"挺身而出"，承担起天地现象和传统的意义。这里，漠然平均状态是说把一切都视为自然发生之事，不认为其中可以有什么特殊的意义与内涵，一切事物都是自然的转动与相续发生。王充的世界观就处于漠然平均状态中。漠然流传状态是说把一切传统都视为"传统"（如一件器物可以前后相递世代相传下去）并以传统的名义保存下来，用历史自身的原则代替历史中所展现的原则，也就是用历史代替真理，以"传统"辩护传统。在历史的漠然流传状态中，所有理论发生的根源只在于两点：一是史评，一是对历史文献的平均化对比。古文学的历史观就处于漠然流传状态中，因而古文学所理解的天地现象也只能是处于漠然平均状态中的自然现象。

3. 如果说，在古史的典型受命事件中，受命者都是纯然的被动形态，如尧禅位于舜，舜禅位于禹，舜、禹都是被前王选中将天命传授给他，其中不存在主动争取的成分。而如今我说孔子获麟受命是主动承担起天地现象和传统的意义，这是否违背了受命的典型形态呢？乃至可以说，孔子"挺身而出"解释（承担）获麟的意义，与汤武革命是通过发动武装战争来夺取（承担）天命，虽然程度不同，但性质可说是一样。

又如果说，在传统受命事件中，德位的配称关系是由天意所先天地担保的，人只要有圣德就自然且必然地能被天意发现，被推举为王。人在这一过程中的所有行动都不是争取王位的举动，而是展现圣德之举动。而我将孔子受命为王理解为是孔子主动承担天意，那么天意的纯然先天性就不复存在，天意反而似乎是由后天的人的行为才得到保证的。这样就把由天担保人改变为由人担保天了。

这种辩驳虽然有理，然而，被动与主动、先天与后天的区分在这里是用不上的，这种划分还不能解释孔子受命事件中展现的身位形态与天人关系。孔子决断自己为新王，绝不等同于争取为王。孔子之决断就是顺应天意。但孔子的决断同时也证明了，那种纯然先天性的天意只是一种虚构或者幻想，那种纯然被动形态的受命也是不存在的。人在天意面前不是纯然被决定的，天意不会以一种客体的纯粹先天性方式对人进行担保。但天意也不是人能虚构出来的，仿佛是现实中的王者为了证明自己的合法性而杜撰出来的什么东西。人终究是顺应天意而决断自身为受命者。其中的机制是：①天以某种意义授命于人——②人承顺天意而受命，并决断承担此受命的意义——③唯在人之决断中，这才倒刚刚反过来证明了①中天以如此这般的意义授命于人。如果没有决断，天意仿佛根本从未存在。唯在人之决断中，天意才刚刚显露出它是以何种巨大的力量先天担保着人并向人派出了它的命令。这诚然是有悖于常识和逻辑的，然而真正的天命机制只是如此。这里不是说孔子在受命事件中清楚地意识到以上机制，这里所说的终究只是一种事后的剖析与解释。这里的分析只是要说明孔子是承担了何等的强力而解释获麟的意义，决断自身为王。而这也是受命事件中实际发生的事情，尽管不必如此条分缕析地意识及之。孔子受命绝不是自然而然或顺理成章之事，这需要巨大的智慧、意志和勇气。

十字架上的耶稣临终前大声喊："我的神，我的神，你为什么离弃我？"（《圣经·马太福音》27：46）西狩获麟，孔子惊呼："孰为来哉！孰为来哉！"又悲叹："吾道穷矣！"为何在生命最充满象征意义的顶峰时刻，二人发出的都是绝望与痛苦的声音呢？然而，耶稣是神之子，他死后三天复活，永归天父的怀抱，上帝是以纯然先天的方式担保着他。孔子只是人子，是即凡而圣者。天意之就其自身的全然展现恰恰唯在属人的决断与行动之中。恰恰是在天意的无所担保中，它以不可测度的巨大力量担保了人，因为人已经担保了天。因此，天意展现之时，对于孔子来说，某些东西倒才刚刚开始。

什么东西？很简单，作《春秋》。

> 孔子在位听讼，文辞有可与人共者，弗独有也。至于为《春秋》，笔则笔，削则削，子夏之徒不能赞一辞。弟子受《春秋》，孔子曰："后世知丘者以《春秋》，而罪丘者亦以《春秋》。"（《史记·孔子世家》）

孔子以作《春秋》表明自己的确已是天子，在行天子之事。由是，麟来有意义，天地有秩序。但这种秩序已非复古史中那种似乎是由天意以纯然先天性的方式所维持的秩序，现在，秩序是在人参与天地意义的建构中才刚刚建立起来的，而"刚刚建立"的意思却也无非是在说：证明其本然地悠久存在着。孔子以作《春秋》参与天地意义和古典秩序的建构，这就是孔子的经世行动（治世行动）。

4.《春秋》是孔子的经世纲领。西狩获麟而孔子作《春秋》，这就是经学成立的时刻。经学之所以为经学，正在于其经世性——承担并解释天地现象，参与天地意义的建构运作。

无论从文献学的角度如何考证经典的集结、编纂、成立与改易的过程，或从历史学角度考察诸如经学博士制度的建立及功能等，这对于理解"经学之所以为经学的性质是如何得以成立的"这个问题，还只是隔靴搔痒。《春秋》之外的五经原本只是史书，经孔子编订用以教育学生。然而孔子获麟受命为王事件表明，历史中展现的秩序不是通过历史自身就可以担保的（也就是没有"天意先天地担保秩序会在历史/现实中展现出来"这么一回事情），历史是在人参与天地意义的建构进程中才显明其为有意义与秩序：历史是无限趋向于秩序的历史。历史是在人的经世行动中才成为属人地被记载的历史；否则历史可以只是为人类活动提供时间场所的自然史。五经只是在作《春秋》之后才成为由人的经世行动担保其意义的悠久史，这之后孔子再以五经教人也就不是教人掌握一些历史知识，而是教人以五经的意义去经世（却又唯在这种经世行动中才反过来担保了五经的意义），也就是要重新演历五经，重新争取五经了。五经就不再仅仅是"传统"，好像是流传到人手里的什么东西，而是需要争取方才能进入其中的一个领域。五经由意义的现成提供者转变成为人类参与天地意义建构亦即经世行动的一个运作组成部分。由此，五经成为当下，人类（依照儒学思想的）治世进程成为新经学，《春秋》由一王之法而为万世法。

在公羊学所理解的获麟事件中，经学之为经学的核心的、本源的性质才得以成立——而无关于此时离历史学意义上经典、博士、经师的出现还有多么漫长的时间。实际上，倒唯有围绕本源的经学性质，经学的实体部分（文献、制度与学术团体）才能够有根有据、有的放矢地结集并生长出来。

以上，本文通过对西狩获麟事件的分析，得出以下看法。获麟既是孔子的受命时刻，是孔子悲观与绝望、担当与勇气的顶峰时刻，也是孔子的革命时刻，是经学成立的起点。经学产生于孔子对天地意义的担当，产生于孔子决断自己为新王并参与天地意义建构的意志，产生于孔子以人子的身位、以天地无所担保的担保来担保天地与人的智慧、仁心与勇气。经学产生于孔子的经世行动。经学就是孔子经世行动的起点与终点。《春秋》就其制作之本意来看，是一王之法，而就其作为孔子经世行动的一部分来看，它既可视为孔子自身经世行动的纲领，也是万世之后一切以儒家学问为内核所展开的经世行动的纲领。

"调和"还是"创新"
——对孔颖达《周易正义》研究理路的思考[*]

吕相国[**]

> 《周易正义》承续王弼所开创的义理易学路数,贬斥汉代象数易学,认为汉易没有开示出圣人之"义",仅仅是"更相祖述,非有绝伦",唯王弼易学才是"独冠古今"的学术。然《正义》又区别于王弼的玄学易,主张"以仲尼为宗",这显示了它对王弼玄学易的一种自觉拒斥。前贤对《周易正义》的研究,却将其易学思想特点定位为"调和"汉魏"象数"和"义理",忽视了其理论创新之处,遮蔽了孔颖达《周易正义》的本质特点。

一、《周易正义》成书及其重要理论价值

在易学史发展长河中,两汉四百年的易学以"象数易学"的学术形态出现在历史舞台上,整个两汉时期,是"象数易学的创立及最为兴盛的时代"。就两汉象数易学的基本形态而言,它又可以分为西汉的"卜筮派象数易学",以孟喜、京房为代表;东汉的"注经派象数易学"[1],以郑玄、荀爽、虞翻为代表。就两汉象数易学的理论特征而言,主要表现为将古代的自然科学与易学相结合,"即

---

[*] 本文系国家社科基金青年项目"唐代易学发展理路与象数义理之争研究"(项目编号:18CZX027)阶段性研究成果。
[**] 吕相国(1984—),哲学博士,贵州师范大学贵州阳明文化研究院、贵阳孔学堂签约入驻学者,主要研究方向为易学、阳明学。
[1] 刘玉建:《两汉象数易学研究·前言》,广西教育出版社,1996年,第2页。

吸收了当时天文学、历法、数学等自然科学的成果，建立了以自然科学为基础的易学体系"。[1] 就两汉象数易学的注经特征而言，主要表现为遵循汉代经学"重训诂"之笃实学风，据《易传》"观象系辞"和"观象玩辞"的"象先辞后"观点，"专崇象数，探求其卦爻辞甚至《易传》之辞之由来"，以揭示象辞之间一一对应之关系，并希望通过对此种关系的解释而明圣人之义。这种崇象数之风一开，就表现为：

> 或根据原有的八卦之象引申、推衍，以增加象的数量，即所谓以象生象，这种象被称为《说卦》"逸象"。或在取象方式上下工夫，旁征博引，不断变换取象方法，如用互体法、卦变法、纳甲法、爻辰法、升降法等取象。……即所谓象外生象。若数之不足，则又取五行之数、九宫之数、纳甲之数、历律之数等，即求数于易外，一直到以象数融通易辞为止。[2]

两汉象数学就是通过这样的取象方式建构了一个庞大的象数学体系。

然而作为两汉经学大语境下的象数易学，并非仅仅是庞大、复杂的象数学形式的演绎，"既有其表层的象数本身之所是，更有其内在深层的所以是"[3]，此"所以是"即其复杂、琐碎的象数体系外表下潜存的更深层的哲学意蕴和价值关怀，此即"更具根本性意义的易学家之独特总体宇宙关怀与终极人文关切"[4]。只有这种基于经学大语境下的"人文关怀"才是整个两汉象数易学的灵魂。

然而不幸的是，随着象数易学的日渐琐碎化，它逐渐迷失了自己之"所以是"，仅仅变成了一种对"象数"表层次的复杂演绎，表现在注经活动中，即只关注卦爻辞与卦爻象的一一对应关系，忽视了象与辞背后所蕴含的深邃哲理。这也是王弼玄学易学之所以能乘势而起、自标新学的"主要原因之一"[5]。

---

[1] 林忠军：《易学源流与现代诠释》，上海古籍出版社，2012年，第72页。
[2] 同上，第73页。
[3] 王新春：《荀爽易学乾升坤降说的宇宙关怀与人文关切》，《中国哲学史》2003年第4期。
[4] 同上。
[5] 刘大钧：《周易概论》，齐鲁书社，1985年，第172页。

王弼作为费氏古文易的传人,继承费氏古易所强调的以传注经的释经理念,又"年十余岁,好老氏"[1],从小即受到道家思想的影响,天才卓出的他,根据《易传》"立象尽意"理论,驳斥了两汉象数学对"象数"的迷恋,主张"象者,出意者也"[2],"象"只是"尽意"之工具而已,犹如筌蹄之于鱼兔,"得兔而忘蹄""得鱼而忘筌也",故不可"执象""忘意"。并进一步地提出了"得意"的方法,即:"忘象者,乃得意者也;忘言者,乃得象者也。得意在忘象,得象在忘言。"[3]此即王弼完整的"言象意"理论,他以此直接批判了两汉象数易学"存象"不"求意"、本末倒置的错误思想,他说:

> 是故触类可为其象,合义可为其征。义苟在健,何必马乎?类苟在顺,何必牛乎?爻苟合顺,何必坤乃为牛?义苟应健,何必乾乃为马?而或者定马于乾,案文责卦,有马无乾,则伪说滋漫,难可纪矣。互体不足,遂及卦变,变又不足,推致五行。一失其原,巧愈弥甚。纵复或值,而义无所取。盖存象忘意之由也。忘象以求其意,义斯见矣。[4]

在此基础上,他开创了易学史上的义理派易学[5],与两汉象数易学一起构成了易学史上"两派六宗"[6]的学术奇观,两派互相攻评,共同促进了易学的发展,可见其在易学史上的重要性。然王弼的义理易学在对两汉象数易学批判的时候,除了将象数易学琐碎的象数外表舍弃外,连着在经学大语境下、象数易学外在形式之下的儒家人文价值关怀也随之一起舍弃,代之以道家本体论为核心的"崇本息末"价值观,从而使本来可以走上"坦途"的义理易学,又有了玄学思想的曲

---

[1] (晋)陈寿:《三国志》卷二十八《魏书·钟会传》,中华书局,1982年,第795页。
[2] (魏)王弼撰,楼宇烈校释:《王弼集校释》,中华书局,1980年,第609页。
[3] 同上。
[4] 同上。
[5] 按:其实在《易传》中已经表示出了以"义理"为主导的思想,而"王弼的义理派的易学思想比之于《易传》,要显得更为纯粹、坚定、明确。《易传》只是呈现出一种主导倾向,王弼则是独立成派了"。参见余敦康:《汉宋易学解读》,华夏出版社,2006年,第105页。
[6] (清)永瑢等:《四库全书总目》卷一《经部·易类》,中华书局,1965年,第1页。

折，表现出了"虚玄"和"浮诞"特征，其对现实世界表现出来的漠不关心，使他背负"罪深于桀纣"[1]的历史骂名。然就其思想本身而言，以道家"无为"思想为根基确无须讳言，当时很多学者对王弼易学表现出的玄学特征有很清楚的认知，如南齐陆澄在《与王俭书》中就说："众经皆儒，惟《易》独玄。"[2]主张郑玄《易》与王弼《易》并立，即因其明锐地注意到了王弼易学的玄学特征。然王弼玄学易在南北朝时期传播之势并未因此而减弱，反而以更加迅猛的发展占据了当时易学独尊的地位。

虽然王弼玄学易在南北朝时期，尤其是江左占据绝对统治地位，其玄学的特性以及玄学与佛教的合流，使得这时期以注疏形式存在的王弼玄学易出现了"虚玄""浮诞"之病。[3]且当时虽然王学独尊，毕竟尚有郑学在北方传授，形成了南北易学的分立局面。[4]而新的大一统王朝的出现，必然要求在文化上也能够大一统。故当唐朝取代隋朝以后，太宗为了统一学术，于贞观十二年（638）就下诏集当世名儒撰修《五经正义》。据《旧唐书·儒学传》载：

> 太宗又以经籍去圣久远，文字多讹谬，诏前中书侍郎颜师古考定五经，颁于天下，命学者习焉。又以儒学多门，章句繁杂，诏国子祭酒孔颖达与诸儒撰定五经义疏，凡一百七十卷，名曰《五经正义》，令天下传习。[5]

由上文我们可以获知《五经正义》撰写的两个信息：第一，在《正义》前，已经有颜师古考定五经，对其中的文字讹谬等进行了纠正，这可以算作是文本上的统一。然而这一厘定文字的过程亦非一帆风顺，据《旧唐书·颜师古传》

---

[1] （唐）房玄龄：《晋书》卷七十五《范宁传》，中华书局，1974年，第1984页。
[2] （梁）萧子显：《南齐书》卷三十九《陆澄传》，中华书局，1972年，第684页。
[3] （魏）王弼注，（唐）孔颖达疏，《十三经注疏》整理委员会整理：《周易正义》（十三经注疏整理版），北京大学出版社，2000年，第3页。后文对《正义》的征引，与此版本相同，但随文标示书名和页码，不再加脚注。
[4] （唐）李延寿：《北史》卷八十一《儒林上》，中华书局，1974年，第2709页。
[5] （后晋）刘昫等：《旧唐书》，中华书局，1975年，第2603页、第4941页。

记载，当时诸儒"皆共非之"，后颜师古"辄引晋、宋已来古今本，随言晓答，援据详明，皆出其意表"，诸儒方"叹服"，此书才得以颁行天下，"令学者习焉"。[1]此一定本，成为孔颖达等撰写《五经正义》的底本，此从《五经正义》中常曰"定本"可知，此可谓"正义"的准备阶段。第二，撰写"正义"的原因是因为"儒学多门，章句繁杂"，此是指当时南北学者大量的"义疏"，彼此之间互异不同，且"章句"繁富杂乱，思想上不统一，不利于作为官方"定本"。然而这种思想纷乱局面早在东汉末就已出现，据《后汉书·张曹郑列传》载："经有数家，家有数说，章句多者或乃百余万言，学徒劳而少功，后生疑而莫正。"[2]此尚是汉代经学有师法时的状况，至两晋南北朝，更是"师说纷纭，无所取正"。[3]故基于这样的一种现实情况，《周易正义》的撰写就具有了历史之必然性。

然而，当时儒释道并存，且儒教式微，为什么太宗会兴儒教，主张立儒学为官方之学呢？其实这与太宗的"以史为鉴"有关，据《贞观政要》记载太宗语曰：

> 至如梁武帝父子志尚浮华，惟好释氏、老氏之教；武帝末年，频幸同泰寺，亲讲佛经，百僚皆大冠高履，乘车扈从，终日谈论苦空，未尝以军国典章为意。及侯景率兵向阙，尚书郎以下，多不解乘马，狼狈步走，死者相继于道路。武帝及简文卒被侯景幽逼而死。孝元帝在于江陵，为万纽于谨所围，帝犹讲《老子》不辍，百僚皆戎服以听。俄而城陷，君臣俱被囚挚。庾信亦叹其如此，及作《哀江南赋》，乃云："宰衡以干戈为儿戏，缙绅以清谈为庙略。"此事亦足为鉴戒。朕今所好者，惟在尧、舜之道，周、孔之教，以为如鸟有翼，如鱼依水，失之必死，不可暂无耳。[4]

---

[1]（后晋）刘昫等：《旧唐书》，中华书局，1975年，第2603页、第2594页。
[2]（宋）范晔，（唐）李贤等注：《后汉书》，中华书局，1965年，第1213页。
[3]（唐）李延寿：《北史》卷八十一《儒林上》，中华书局，1974年，第2702页。
[4]（唐）吴兢撰，谢保成集校：《贞观政要集校》，中华书局，2003年，第330—331页。

可以说太宗对历史的借鉴，使他认识到儒学在维护国家社稷稳定和长治久安上的巨大作用，这无疑是他下旨撰写《五经正义》的一个重要原因。

《五经正义》从撰修到正式颁布，经历了大致四个阶段：受诏、主撰、复审、刊定。[1]绵历十六年，才最终在高宗朝永徽四年（653）颁行天下，用以取士。[2]就其撰写的时代精神背景而言，是将"道德"确立为整个政治的核心价值的产物。据《贞观政要》记载，太宗与群臣，都不约而同地表现出了对"德治"的信赖，此在《政要》中随举遍是，如"思国之安者，必积其德义"[3]"国之基，必资于德礼"[4]"今所任用，必须以德行、学识为本"[5]等，此无疑成为《五经正义》撰修过程中的核心价值理念。

综上可知，以孔颖达为首的撰修团队，正是本着"以仲尼为宗"的儒家立场，重新揭示了汉代经学的"本天道以开人道，法天文以开人文"的人文价值关怀，提出了"《易》本王道垂教之书"的观点。然而这种对汉代经学的回归，仅仅限于价值上的回归，《周易正义》依然承续王弼所开创的义理易学路数，贬斥汉代象数易学，[6]认为汉易没有开示出圣人之"义"，仅仅是"更相祖述，非有绝伦"，唯王弼易学才是"独冠古今"的学术。然《正义》又区别于王弼的玄学易，主张"以仲尼为宗"，这显示了它对王弼玄学易的一种自觉拒斥。孔颖达《周易正义》一书以两汉经学之"儒家人文价值关怀"来转化王弼玄学易中的"玄学成分"，从而建构自己儒家义理易学的理论形态，他接通了王弼玄学易与宋明理学易，成为了二者之间的桥梁。

---

[1] 姜广辉主编：《中国经学思想史》第二卷，中国社会科学出版社，2003年，第734—736页。
[2] （宋）王溥：《唐会要》卷七十七《论经义》，中华书局，1955年，第1405页。
[3] （唐）吴兢撰，谢保成集校：《贞观政要集校》，第17页。
[4] 同上书，第308页。
[5] 同上书，第383页。
[6] 按：林忠军先生认为《周易正义》的制作从易学上来说，"无非是想以重义理的王学取代其汉代象数易学，并使其合法化"。（见《论汉魏易学之嬗变》，《社会科学战线》2001年第4期）所见确当。

二、对已有《周易正义》研究理路的分疏

笔者在充分检索了前贤对《周易正义》研究成果的基础上,将前贤的研究成果大致分为三类:专著类、学位论文类和期刊论文类。为了更好地呈现前贤取得的学术成果及研究特色,此处不厌其烦,对其中较有影响的著作进行详细说明和分疏,以见前贤研究理路之梗概。

首先,就专著类著作而言,严格意义上,还没有关于孔颖达《周易正义》的专门著述,如龚鹏程先生的大作《孔颖达〈周易正义〉研究》,亦只是他的硕士论文以出版形式再现而已,我们将把它放在学位论文中进行论述。因此,就笔者所见,关于《周易正义》的研究专著,尚未出现,然而这并不代表学界没有在其他形式的专著中展开对《周易正义》思想的研究。其中比较重要的是朱伯崑先生《易学哲学史》和刘玉建先生的《〈周易正义〉导读》。

朱伯崑先生的《易学哲学史》最早于1986年以上、中两册的形式出版,后在对其中的文字和卦象等问题更正和补充的基础上,增加第三、四两册,于1995年又重新印行。[1]由于对孔颖达《周易正义》的论述见于第一册,则朱先生当是在1986年就已经完成对《周易正义》易学哲学思想的论述。朱先生对孔颖达《周易正义》易学哲学的论述主导了学术界对孔颖达《正义》理论特点的基本理解,他认为《周易正义》是一部具有调和性质的书:

> 此书的出现,从易学史上看,具有调和象数和义理两大流派的倾向,是南北朝时期两派易学相互吸收的学风的进一步发展。[2]

且认为此书的调和,是本王弼派易学以调和象数派:

> 此书可以说是从王弼派易学的角度,对两汉以来的易学发展的成果所

---

[1] 朱伯崑:《易学哲学史·华夏版序言》,昆仑出版社,2005年,第55页。
[2] 朱伯崑:《易学哲学史》,第393页。

作的一次总结。[1]

因此，他认为在孔颖达《周易正义》中包含两个方面的因素：汉易中的元气说和王弼易学中玄学观，并且认为孔颖达的致思理路是企图用汉人的元气说去扬弃（他有时又用"纠正"一词）王弼玄学易中的贵无贱有思想，并最终完成了从汉易到宋易的过渡。[2]朱先生的整体论述就是以此为基调而展开的，他的这种学术观点影响深远，后来刘玉建先生所撰写的《〈周易正义〉导读》前面的"导读"长文以及在此书前后发表的数篇讨论孔颖达《周易正义》易学思想的论文，都是沿着这样的思路来进行的，只是尤其突出其中的"调和汉魏"的特征而已。又如后来的赵荣波撰写的博士论文《〈周易正义〉思想研究》以及其在读博士期间所发表的几篇重要论文，都是对这种思路的延续，他甚至在一篇文章中直接以"纠偏"来标示《周易正义》主要理论特征，[3]这就更加直接地显示了他在致思理路上受到了朱伯崑先生的影响。

朱先生对《周易正义》理论特征的这种判断，较为符合《正义》的客观理论特色，这也是为什么他的这种致思理路能够绵延近30年尚能在学术界持续产生影响。本文接受朱先生的三个基本判断：孔氏承续王弼易学的义理学特征、孔氏拒斥王弼易学中的玄学特征和孔颖达借鉴了汉人的思想。在此基础上，本人亦有不赞同者二：孔氏《正义》的理论特征是象数与义理的融合，孔氏吸收两汉象数学来扬弃王弼易学中的玄学成分。本文认为孔氏《正义》的基本特征不是融合汉魏易学中的象数与义理，而是重新建立经学大语境下的儒家基本价值观，建立的是儒家义理易学，其融合象数与义理的特征，只是承继了南北朝的基本学风，非他自身易学的主要贡献和本质特征，但从另外一个角度而言，我们亦可以说他在融合汉魏易学思想，只是他用汉代易学"象数学"外壳下所蕴含的儒家人文价值扬弃了王弼玄学易中"道家"思想因素，不同于朱先生所认为的"象数"和

---

[1] 朱伯崑：《易学哲学史》，第393页。
[2] 同上，第406页。
[3] 按：此处指的是他发表在《周易研究》2008年第3期《从"纠偏"看〈周易正义〉的经学和哲学价值》一文。

"义理"两种形式上的融合，但是本文获益于朱先生对《周易正义》的基本论述，则无须讳言，实感荣幸。

接续朱先生对《周易正义》的深刻理解，刘玉建先生在其《〈周易正义〉导读》一书导读长文中详细地阐释了他对《周易正义》的深入理解，他在《导读》中表现的思想与他在此书前后发表的数篇论文互相说明、互相诠解，形成了他对《周易正义》易学思想的较为完整的认识。刘先生凭借他多年研究汉代象数易学的功底，详细梳理了从汉魏易学到《正义》的发展脉络，最后指出，孔颖达的《周易正义》是一部具有划时代意义的著作，它的出现，"在易学领域结束了自汉魏以来近千年传统象数派与义理派（尤其是南北朝以来北学与南学）长期互相攻讦、针锋相对的局面"。[1]他在此基础上，进一步认为，《周易正义》取得的最大成就是通过对象数与义理辨证关系的进一步认识，建立了不同于两汉的崭新的"易象观"，这种"易象观"的确立，"标志着传统汉易象数派拘泥于易象及魏晋义理派蔑弃易象的易象观的终结"。[2]且认为孔颖达新型易学理论的建立，"既是这种统一的学术必然归宿的反映，也是这种统一的学术必然归宿的产物"。[3]就这种新型"易象观"而言，主要表现在用象数诠解经典的时候的简易取象，即依据《说卦传》中的"八卦取象"来注释《周易》。从上面的论述，我们可以看到刘先生延续了朱伯崑先生的基本看法，基于他对象数学的深入了解，突出了《周易正义》在融合汉魏易学过程中对象数学的贡献，丰富和发展了朱先生的理论，然而其基本认识仍然在朱先生的理论范围之内，笔者认为刘先生过度强调了孔氏《正义》对两汉象数学的整合之功，忽视了孔颖达《正义》的"义理学"基本价值取向，因此亦将会抹杀以《周易集解》为代表的唐代象数学对象数学发展之功。

上面是对研究《周易正义》专著的文献综述，除上文两位先生的论述外，尚有申屠炉明撰写的《孔颖达、颜师古评传》一书，虽然在对孔颖达《周易正义》

---

[1] 刘玉建：《孔颖达易学诠释学原则及意义》，《管子学刊》2004年第1期。
[2] 刘玉建：《汉魏易学的绍承、超越与开新——孔颖达新型易学理论体系的建构》，《周易研究》2007年第6期。
[3] 刘玉建：《汉魏易学发展的理论结晶：〈周易正义〉——学术及政治视野下的创作动因审视》，《周易研究》2006年第5期。

的思想论述上很难给予本文教益,然其对孔颖达生平的陈述,却对理解孔颖达本人的学术活动助益较多。

其次,我们再综述一下学位论文部分的文献。在学位论文中比较重要的有:王忠林先生于1957年撰写的《周易正义引书考》,郭文夫先生于1974年撰写的《孔颖达〈周易正义〉质疑——第一部分:论评〈周易正义序〉之哲学思想》,龚鹏程先生于1979年撰写的《孔颖达〈周易正义〉研究》,赵荣波于2006年撰写的《〈周易正义〉思想研究》,杨天才于2007年撰写的《〈周易正义〉研究》等。

上面论文中,王忠林先生的论文由于年代久远,不得目见,然据龚鹏程先生的引述可知,大致是对《周易正义》中所引书籍的考证,当与孔颖达《正义》中的易学思想无直接关涉,故可忽略。其中最重要的是龚鹏程先生的文章,对于研究《周易正义》的后学来说,是必看之书。现根据各文重要程度对其详略综述如下:

郭文夫先生是方东美先生高足,在论文中偏向于从哲学的高度对孔颖达《周易正义》进行评判,且其论文的出发点是"批判",而非同情的理解,故他全文都是以一种批判者的姿态出现,如他从大乘佛教的理论出发,批判孔颖达根本不理解佛学概念;又从焦循"交易"说出发,批判孔颖达对"三易"的理解欠当,并最终将孔颖达定性为一个毫无新创见的"经生"。[1] 就郭先生的批判而言,并非孔氏不具这些理论上的弊病和缺陷,然却不能以一个后来者的眼光,在没有同情的了解其理论前提下,对前贤如此严苛,只诋其书为一文不值,岂有如此研究古人思想者?故郭先生虽言之凿凿,辨析精良,本文不敢苟从。

继郭文夫先生后,龚鹏程先生秉持同情了解之心态,对孔颖达《周易正义》进行了研究。他在批评前人主观为见的研究方式后,主张学术研究"应运用'描述的分析法'(Descriptive analysis)去重建其义理结构,并说明其系统本身是否圆足"。[2] 并且指出了研究考核应具备的三个层次及对孔颖达《周易正义》进行具

---

[1] 郭文夫:《孔颖达〈周易正义〉质疑——第一部分:论评〈周易正义·序〉之哲学思想》,台湾大学哲学研究所,1974年,第45页。
[2] 龚鹏程:《唐代思潮》,商务印书馆,2007年,第74页。

体考核所应尽量兼顾的层面,他说:

> 考核的方面于层次有三:(1)研究孔颖达思想的内在脉络关系,并使之系统化;(2)探寻编撰《正义》此一事件及行为之外在联系关系;(3)说明某一观念在继承与创造、启发未来思想成果上的力量。……对孔颖达《周易正义》本身的理解,我们也尽量兼顾三个层面:①语义的理解(Semantic Understanding),②目的性的理解(Teleological Understanding,即由事物之目的及领导价值去理解其形态或存在之所以然),③形上学理解(Metaphysical Understanding,即由存在自身或其本质阐明存在,使一切事物之价值及目的有其基础)。[1]

龚先生的论文就是按照上面他所设定的方法而构建的,通过龚先生的梳理,得出了一些有教益的结论,如其对《周易正义》思想的概观曰:"《正义》抽汉儒之幽绪,补王弼之逸象,理气心性之谈、道器有无之辨,剖析至赜。"[2]可谓是对孔氏《正义》的主要理论特征的概括。又如他对孔颖达《周易正义》兼收并蓄的特征的认识,他认为:"此非颖达之力,乃南北朝易学之自力。孔氏但调合收纳之耳。"[3]可谓能从学术自身发展的进程来解释孔氏易学兼容并蓄的特点。龚先生的精语尚多,此处不一一列举,姑就其所缺憾处言说一二。首先,就龚先生的论文架构而言,侧重于《周易正义》"外缘""目的性的理解",没有对《正义》思想内容本身进行足够的着墨,他的五大章中,对文本编纂的历史性说明和目的性说明就占据了两章,而对其义理结构的分析只是最后一章才提及,这无疑从篇幅上无法针对《周易正义》思想本身有一个较为深入的了解;其次,就其对《正义》本身的理论特色的判定而言,偏向于从《正义》之外在表现——"杂"的一面分析,虽然将《正义》放在"儒佛道"三教融合的大语境下对其析解,是一种应

---

[1] 龚鹏程:《唐代思潮》,第74页。
[2] 龚鹏程:《孔颖达〈周易正义〉研究》,台北花木兰文化出版社,2008年,第3页。
[3] 同上,第18页。

然的学术态度,然《正义》本身而言,其作者似乎对此大语境是持一种拒斥的态度,此从孔氏自序就可以看出,因此龚先生的论文表现出的是一幅包含万象的丰富画卷,然在对孔氏《正义》义理的解析深度上尚不能得其根本,就此点而言,尚不及朱伯崑先生。

龚先生论文之得失概述如上,至于赵荣波和杨天才的博士论文,各有所得,亦各有所失,就其所得而言,只是在丰富龚先生和朱先生的有益识见;就其所失而言,亦在延续二先生的缺憾,未有新义。

最后,就期刊论文而言,比较重要的有刘玉建先生的《孔颖达易学诠释学原则及意义》《汉魏易学发展的理论结晶:〈周易正义〉——学术及政治视野下的创作动因审视》《汉魏易学的绍承、超越与开新——孔颖达新型易学理论体系的建构》,张克宾的《论孔颖达"备包有无"的易道观》,史少博的《〈周易正义〉:"无本论"向"气本论"转化的桥梁》,潘中伟的《从〈周易正义〉看贵无、崇有、独化三说之融合——试论孔颖达学派与玄学的关系问题》等,此处不一一列举,就整体而言,都是在沿着朱伯崑先生的基本识解理路而进行具体而微的论述。

三、新研究理路的提出

通过上文对前贤在《周易正义》研究理路上得失之分疏,我们可以看出前贤对《周易正义》的研究,是将其易学思想特点定位为"调和"汉魏"象数"和"义理"。我们对孔颖达《周易正义》中表现出来的这种"调和"特征不予否认,然而却拒绝将其作为孔氏《正义》的根本特征,具体理由已在上文提出,此处不再赘述。基于以上的分析,我们认为对孔氏《正义》易学思想的研究应该从以下几个方面展开:

首先,孔颖达《周易正义》是延续王弼《周易注》的"义理易学"特征,属于"义理易学",虽然其在具体注解中充分借鉴了汉代象数易学的"取象"成果,但这并非《周易正义》的本质特征,这从孔氏《周易正义》"黜郑宗王"的学派观点就可以看出。

> 若夫龙出于河，则八卦宣其象；麟伤于泽，则《十翼》彰其用。业资凡圣，时历三古。及秦亡金镜，未坠斯文；汉理珠囊，重兴儒雅。其传《易》者，西都则有丁、孟、京、田，东都则有荀、刘、马、郑，大体更相祖述，非有绝伦。唯魏世王辅嗣之《注》，独冠古今。所以江左诸儒，并传其学；河北学者，罕能及之。（《周易正义序》）

在此，孔氏将以郑玄为代表的汉代易学的传承，轻描淡写地概括为"大体更相祖述，非有绝伦"，而对王弼《易注》推崇备至，认为其易学"独冠古今"。孔氏对郑、王易学的这一评价，充分体现了他的注解理路，这也应该成为我们今天对《周易正义》进行研究的主要理路之一。

其次，孔颖达《周易正义》虽然在"象数"和"义理"的分派上，主张沿袭王弼开创的义理易学注经进路，然而在对待王弼易学中包含的玄学成分时，却主张对其进行扬弃，回归到儒家价值观取向。

> 今既奉敕删定，考察其事，必以仲尼为宗；义理可诠，先以辅嗣为本；去其华而取其实，欲使信而有征。（《周易正义序》）

孔氏主张的"以仲尼为宗"，就体现了他在《周易正义》中的基本价值取向。他主张对王弼易学"去其华而取其实"，在笔者看来，王弼易学中的所谓"华"，指的是他易学中的"玄学成分"；所谓"实"，指的是王弼易学主张的"义理"易学取向。故在孔氏《周易正义》中的另外一条基本价值取向，就是扬弃王弼易学中的玄学成分，而代之以儒家之基本价值观。

最后，在孔颖达"以仲尼为宗"之基本价值取向中，汉代经学之"王道教化"思想是孔氏儒家价值观之核心，他将《周易》一书定性为"王道教化"之书：

> 作《易》所以垂教者，即《乾凿度》云："孔子曰：上古之时，人民无别，群物未殊，未有衣食器用之利，伏牺乃仰观象于天，俯观法于地，

中观万物之宜。于是始作八卦，以通神明之德，以类万物之情，故《易》者所以断天地，理人伦，而明王道。是以画八卦，建五气，以立五常之行；象法乾坤，顺阴阳，以正君臣、父子、夫妇之义；度时制宜，作为罔罟，以佃以渔，以赡民用。于是人民乃治，君亲以尊，臣子以顺，群生和洽，各安其性。"此其作《易》垂教之本意也。(《周易正义·卷首·第一》)

孔颖达对《周易》一书性质的甄定，代表了他在《周易正义》中的基本价值取向。此取向是在立足于汉唐经学的儒家价值取向之共识，扬弃王弼易学中的玄学成分，应大一统帝制之时代需求而对王弼《周易注》进行的创造性转化。从此以后，立足于儒家价值观取向的义理易学被建构起来，为儒家义理易学在宋代的发展提供了契机和可能。故笔者认为，从孔氏对《周易》一书的定性出发展开对《周易正义》思想的研究，乃是研究必然理路之一。

综上所述，笔者在充分肯定学术界对《周易正义》研究成果的基础上，顺着学术界前辈已取得的有益学术成果，对现阶段及以后学术界进一步深入的研究《周易正义》提供了管见，或有偏失，纯粹乃抛砖引玉之论，望专家学者不吝斧正。

智旭以禅解《易》理路刍议

张克宾[*]

> 智旭在晚明儒佛会通之思潮下，以佛理诠释易道，又以易道阐明佛理，将易学与佛学相互融通发明。他首先用佛教"四悉檀"的观念对以禅解《易》的合理性作出了论证，其目的则在于"诱儒知禅"。智旭提出"易即真如佛性"，易道也就是佛理，《易》文本圆满蕴示着世间法和出世间法；《易》中的乾坤之道，涵摄了佛学中性修不二、止观并重等观念。在他看来，《易》中的内圣外王之学也就是佛法中的自利利他之道。

智旭（1599—1655），明末四大高僧之一，江苏吴县人，晚称"灵峰老人""蕅益老人"。他以天台思想为主，融会华严、唯实、禅、净土、律各宗，形成了合禅、教、律归入净土的灵峰派。其一生著述宏富，约有四十七种，二百余卷。智旭不仅主张佛教各宗派之调和，而且主张儒佛之间的会通，并著有《周易禅解》《四书蕅益解》。其《周易禅解》将佛理与易理互相融通发明，是中国易学史上第一部以佛教学说系统解读《周易》的典范性作品。

一、以禅解易的理论基础及其合理性

晚明时期的佛教一方面丛林凋敝，危机四起，而另一方面又呈现出一种开放融合的态势，世俗化进程加剧，儒佛会通成了当时佛学界一个普遍的主张。云栖

---

[*] 张克宾（1981—），山东莘县人，哲学博士，山东大学易学与中国古代哲学研究中心副教授，主要从事易学哲学与易学史研究。

祩宏（1535—1615）、紫柏真可（1543—1603）、憨山德清（1546—1623）等高僧皆大力倡导调和儒佛、会通三教。智旭一生出入儒佛，自云："身为释子，喜拈孔颜心学示人。"（《灵峰宗论·〈性学开蒙〉自跋》卷第七）[1] 在他看来，儒、道、佛三教之说的根本宗旨不外乎一心，"自心者，三教之本源，三教皆从此心设施"（《灵峰宗论·金陵三教祠重劝施棺疏》卷七）。他说：

> 儒也、玄也、禅也、律也、教也，无非杨叶与空拳，随婴孩所欲而诱之。诱得其宜，则哑哑而笑；不得其宜，则呱呱而泣。泣笑自在婴孩，于父母奚加损焉？……佛祖圣贤，皆无实法缀人，但为人解粘去缚。今亦不过用楔击楔，助发圣贤心印而已。（《灵峰宗论·〈四书蕅益解〉自序》卷六）

儒、道、佛三教之各种学说无非都是除去人的执着与束缚的一个方便，目的都在于显发心之本体。在他看来，儒、道、佛三家立教本意是相同的，只是各自实施的方便手段不同，前者为本，后者为迹，"本不幻迹，迹不掩本"（《灵峰宗论·性学启蒙问答》卷三），三家之说相即不离，非同非异。因此，佛家的出世之道，不妨用儒家入世的方式说出；儒家入世之道，亦不妨用佛家出世的方式说出。这些认识为智旭以禅解《易》提供了理论基础，同时也具有一种方法论的意味。如他释《序卦传》说："《序卦》一传，亦可作世间流转门说，亦可作工夫幻灭门说，亦可作法界缘起门说，亦可作设化利生门说。在儒则内圣外王之道，在释则自利利他之诀也。"（《周易禅解·序卦传》）[2] 同一道理不妨从儒佛两个角度说出。

当然，这种会通儒佛的论调最终还是立足于佛法圆融世间万法的观念，是佛法涵摄儒道而不是儒道涵摄佛法。智旭说："宣圣实承灵山密嘱，先来此处度生者也。"（《周易禅解·杂卦传》）是孔子秉承佛陀的旨意来救度众生，而不是

---

[1]（明）智旭：《灵峰宗论》，弘化社印本。文中所引该书均本于此本，不再一一注明。
[2]（明）智旭：《周易禅解》，广陵书社，2006年。文中所引该书均本于此本。

相反。

具体到以禅解《易》这件事上，智旭有着清醒的问题意识，深知《周易》经传乃儒家经典，本来与佛理并不相干，如果以禅解《易》，那么其合理性何在，解读出的道理是禅还是易呢？他在《周易禅解自序》中对这一问题作了辨析：

> 或问曰："子所解者是《易》耶？"余应之曰："然。"复有视而问曰："子所解者非《易》耶？"予亦应之曰："然。"又有视而问曰："子所解者亦《易》亦非《易》耶？"予亦应之曰："然。"更有视而问曰："子所解者非《易》非非《易》耶？"予亦应之曰："然。"侍者闻而笑曰："若是乎堕在四句中也。"
>
> 余曰："汝不闻四句皆不可说，有因缘故皆可说乎？因缘者，四悉檀也。人谓我释子也，而亦通儒，能解《易》，则生欢喜焉，故谓是《易》者，吾然之，世界悉檀也。或谓我释子也，奈何解《易》以同俗儒？知所解之非《易》，则善心生焉，故谓非《易》者，吾然之，为人悉檀也。或谓儒释殆无分也，若知《易》与非《易》必有差别，虽异而同，虽同而异，则儱侗之病不得作焉，故谓亦《易》亦非《易》者，吾然之，对治悉檀也。或谓儒释必有实法也，若知非《易》，则儒非定儒，知非非《易》，则释非定释，但有名字，而无实性，顿见不思议理焉，故谓非《易》非非《易》者，吾然之，第一义悉檀也。"

智旭用佛教的"四悉檀"来说明以禅解《易》的问题。所谓"四悉檀"，是佛说法的四种范畴，也是佛度生的四种方法，其主要意义在于称机说法。据此，第一，人们以为智旭所解的是《易》，这属于佛教用来分别诸法的四种说法（即引文中的"四句"）中的"有"，其合理性所在之根据（其文中所说的"因缘"）为"世界悉檀"，也就是随顺众生，以人们喜欢的方式说法，人们见他是佛教徒却能解读《易经》，必然喜欢读；第二，人们以为智旭所解的不是《易》，这属于四种说法中的"空"，其合理性所在之根据为"为人悉檀"，也就是因人不同而随机说法，人们看到智旭是佛教徒却能解读《易经》，以为其所解必然不同于俗儒，则生善心；第三，人们以为所解的既是《易》又非《易》，这属于四种说法中的"亦有亦空"，其合理性之根据在于"对治悉檀"，也就是针对各人之弊病而施以种种法药，对认为禅易相同的人就呈现其不同的一面，对认为禅易不同的人则呈现其相同的一面；第四，人们以为所解的既非《易》又非非《易》，这属于四种说法中的"非有非空"，其合理性之根据在于"第一义悉檀"，也就是不落文字，明晓所谓的是与非并无实性，所解的是《易》也好，不是《易》也好，只是在人如何看，最根本的应该是超越文字，而直接悟入诸法实相。

总而言之，以为所解者是易、非易、亦易亦非易、非易非非易，都可以说得通，也都非根本，根本的是不要局定在这四句之中，是《易》还是非《易》，随因缘不同而呈现不同的体性，虽然不同但又不异。《周易禅解·自序》云："吾所由解《易》者，无他，以禅解儒，务诱儒以知禅耳。"由此可知，无论如何评判，智旭以禅解易乃是以禅入儒，其目的在于"诱儒以知禅"，这才是一个佛教徒解读儒家经典的本怀。

二、易即真如之性

在智旭那里，"易"不仅仅是一部《周易》经传，它具有易理、《易》书、易学三项内涵。

> 随缘不变、不变随缘之易理，天地万物之所从建立也。卦爻阴阳之《易》书，法天地万物而为之者也。易知简能之易学，玩卦爻阴阳而成之者也。(《周易禅解·系辞上传》)

易理乃是天地万物得以建立的根基，天地万物的生长变化都是易的展现和实现；《易》书乃是法天地万物而作，是天地之易理的文字化表达；易学则是由观玩《易》书而成，是从《易》书的卦爻阴阳及卦爻辞中解读出的道理。在智旭看来，易理先于天地而存在，又贯彻于天地万物之始终，它就是佛所说的真如之性。

当知易即真如之性，具有随缘不变、不变随缘之义，密说为易。(《灵峰宗论》卷三)

所谓"密说"，也就是权说，方便说法。佛性真如，乃是一切诸法之实体，不生不灭，无为常住；不变之真如，又能随缘而动，显现于诸法之中。不变随缘、随缘不变的真如之性，可以权说为"易"。我们知道，《易纬·乾凿度》提出："易者，易也，变易也，不易也，管三成为道德苞籥。"[1] 此"易一名而三义"之说虽然较之于《周易》古经属于后起之说，但却能够切中易道。《系辞》云："《易》之为书也，变动不居，周流六虚，上下无常，刚柔相易，不可为典要，唯变所适。"变乃是易之根本特性，但变化之中又有其不变者在，汉唐易家以为"不易者，其位也"[2]，天地万物之秩序不可变，宋儒则将此不易者提升为作为天地万物背后之存在根基的理。程颐云："易者，随时变易以从道也。"(《易传序》)[3] 形下世界的变易不息，都遵从于其背后不变的形而上之理。智旭则将兼具变易与不易的易道与不变随缘、随缘不变的真如相印合，以为二者意义相同，但其所谓的"不变"既不是汉儒的"位"，也不是宋儒的"理"，乃是无自性、无他性、无共性的诸法实性。他说："不易者，惟无方无体故耳。"(《灵峰宗论·示马太昭》卷二) 又说："易者，无住之理。从无住本，立一切法，所以易即一切事理本源，尤太极之义焉。"(《周易禅解·系辞上》) 推而广之，由随缘不变、不变随缘的根本特性，乃可以说"阳本无阳也，阴本无阴也，八卦本无八卦也，六爻本无六爻也"(《灵峰宗论·示马太昭》卷二)，它们都是变动而无自性的。这也就是"太极本无极"之义。

易即吾人不可思议之心体。(《周易禅解·系辞下》)

闻现前一念心性，不变随缘、随缘不变之妙，方知不易之为变易，变

---

[1] 林忠军：《〈易纬〉导读》，齐鲁书社，2002年，第77页。
[2] (唐)孔颖达等：《周易正义》，十三经注疏标点整理本，北京大学出版社，1999年，第4页。
[3] (宋)程颢、程颐：《二程集》，中华书局，2004年，第689页。

易之终不易。……然不明言即心自性，但言易者，以凡夫久执四大为自身相，六尘缘影为自心相，断断不能理会此事，故悉檀善巧，聊寄微辞。（《灵峰宗论·示马太昭》卷二之五）

在智旭那里，天地万物之所以然，皆不出自心一念的妄动妄静，而动静无性，也就是"吾人不可思议之心体"，也就是佛性，为了向凡夫方便说法，故称之为易，其实人人皆有佛性，人心皆具足易理，易即真如之性。

三、六爻表法通乎世、出世间

《系辞传》云："易与天地准，故能弥纶天地之道。"在《易传》作者那里，《易》乃效法天地而作，天地万物之道无不蕴含于其中；六十四卦、三百八十四爻就是对天地之道和万物之情状的抽象的表达。六十四卦、三百八十四爻这一易学独有的表达方式，是一个有机的符号系统，在这个系统中卦与卦、爻与爻之间彼此融通，一卦可以通向其他的任一卦，一爻也可以通向其他的任一爻，以其高度的抽象性和无限的涵摄力将宇宙万物之情态都吸纳其中。基于易学的独特的学术品格和意义表达方式，智旭在佛学的视野下指出："通论六爻表法，通乎世、出世间。"（《周易禅解·乾》）世间、出世间的事物、道理皆可以通过六爻表现出来。

> 若以事物言之，可以一事一物各对一卦一爻；亦可以一事一物之中，具有六十四卦、三百八十四爻。若以卦爻言之，可以一卦一爻各对一事一物；亦可于一卦一爻之中，具断万事万物，乃至世、出世间一切事物。又一切事物即一事一物，一事一物即一切事物。一切卦爻即一卦一爻，一卦一爻即一切卦爻，故名"交易""变易"。实即不变随缘，随缘不变，互具互造，互入互融之法界耳。（《周易禅解》卷一卷首）

智旭以华严宗的"事事无碍法界"来解读卦爻与事物间的关系。事物皆具真如之性，一事一物虽小，也具有真如之性之全体，真如即万法，万法即真如。因为每一事物皆一一具足真如之性，故而每一事物之间也融通无碍，一切事物与任一事物相即不离，这就是所谓的"一即一切、一切即一"。事物与事物之间皆相互融摄，通达无碍。准此，《易》之每一卦爻皆是易理之完满展现，一卦一爻既可以表征一事一物，也可以表征一切事物，由于每一卦爻皆表征完满之易理，故而一卦一爻和一切卦爻之间是融通无碍的，每卦每爻互相含摄，举一卦一爻则含具一切卦爻，举一切卦爻则含具每一卦爻。这也就是"不变随缘，随缘不变"之易理的展现。

在智旭看来，六爻能涵摄无限之义蕴：就天地人三才之道而言，上二爻为天，中二爻为人，下二爻为地；就四时节气而言，冬至后为初爻，立春后为二爻，清明后为三爻，夏为四爻，秋为五爻，九月后为上爻；就地理而言，初爻为渊底，二爻为田地，三爻为高原，四爻为山谷，五爻为山之正基，上爻为山顶；就方位而言，初爻为东，三爻为南，四爻为西，上爻为北，二爻、五爻为中；就社会等级而言，初爻为平民，二爻为士大夫，三爻为官长，四爻为宰辅，五爻为君主，上爻为太皇或祖庙；就欲界诸天而言，初爻为四王天，二爻为忉利天，三爻为夜摩天，四爻为兜率天，五爻为化乐天，上爻为他化天；就众生所居之三界而言，初爻为欲界，二、三、四、五爻为色界，上爻为无色界；就天台圆教所立的六种行位（六即）而言，初爻为理即，二爻为名字即，三爻为观行即，四爻为相似即，五爻为分证即，上爻为究竟即；等等。

无论世间、出世间，整个的时空、万事万物以及各种理法，皆可以分类而收摄于六爻之中。所以，智旭说："世、出世法，若大若小，若依若正，若善若恶，皆可以六爻作表法。有何一爻不摄一切法，有何一法不摄一切六爻哉？"（《周易禅解·乾》）

智旭在阐明六爻可以含摄世间、出世间之万法的同时，更进一步地说，万法不出乎一心，所谓的爻象即是"吾心之爻象"。我们举例来看，其注比卦初六"有孚比之，无咎。有孚盈缶，终来有他吉"，先从爻性、爻位的角度说明此爻之义，与宋明儒家之解并无理路之不同：

柔顺之民，率先归附，"有孚"而"无咎"矣。下贱之位，虽如缶器，而居阳位，有君子之德焉，故为"有孚盈缶"。将来必得征庸，"有他吉"也。

接着以佛法解比卦之六位云：

初六如人道，六二如欲天，六三如摩天，六四如禅天，九五如佛为法王，上六如无想及非非想天。今人道易趣菩提，故曰"有他吉"。

复以天台宗观心法门解比卦六爻：

约观心者，初六如藏教法门，六二如通教法门，六三如爱见法门，六四如别教法门，九五如圆教真正法门，上六如拨无因果邪空法门。今藏教正因缘境，开之即是妙谛，故"有他吉"。

以智旭之见，佛性、易理、心体三者是三而一的，都可以通过六爻表现出来，《易》之卦爻可以说凡宇宙中的事物、世间出世间的道理、法门无不包容于其中。他对《周易》经传的注释，形式虽有多种，但都秉持此一理路，力图将佛法、易理、心法三者融会贯通，其所主张的"六爻表法，通乎世、出世间"在具体文本诠释中得到了充分的展现。

四、乾坤合德，性修不二

乾坤二卦，在易学系统中具有特殊的地位和作用，它们乃是阴阳、刚柔、动静、易简等一系列相对待范畴的最具代表性的含摄者。《系辞》云："乾坤，其易之蕴也。乾坤成列，而易立乎其中矣。"智旭也强调说："六十四卦，不出阴阳二爻。阴阳爻之纯，则为乾坤二卦。乾坤二义明，则一切卦义明矣。"(《周易禅解·乾·文言》)并且以佛家性修、寂照、止观等学说来阐释乾坤之意蕴。

其注《乾·彖》曰：

以乾表雄猛不可沮坏之佛性，以元亨利贞表佛性本具常、乐、我、净四德。佛性必常，常备乎四德，竖穷横遍，当体绝待，故曰"大哉乾元"。（《周易禅解·乾·彖》）

乾卦最为纯粹刚健，乃是常住不坏之佛性的表显，世间万物皆从乾元佛性而建立，乾之一卦就可以统摄万法。《文言传》云："大哉乾元，刚健中正，纯粹精也。"就是佛性之写照。佛性无所不及，超言绝对，故强称之为"大"；佛性雄猛，物莫能坏，故称之为"刚"；依此性而发菩提性，能动无边生死大海，故称之为"健"；不落于真俗之二边，故称之为"中"；不同于断常、空假之偏法，故称之为"正"；佛性更无少法相杂，故称之为"纯"；乃是万法之体要，故称之为"粹"；佛性充遍贯彻于一一微尘之中，故称之为"精"。

所以只此佛性乾体，法尔具足六爻终始修证之相，以旁通乎十界迷悟之情，此所谓性必具修也。圣人乘此即而常六之龙，以御合于六而常即之天，自既以修合性，遂能称性，起于身云，施于法雨，悉使一切众生同成正觉而天下平，此所谓全修在性也。（《周易禅解·乾·文言》）

在智旭那里，乾卦一方面为佛性之表显，另一方面则兼具性修二义。性指性德，言一切万物之本性中各有善恶迷悟之性能；修指修德，乃是对性德而言，是后天修行而具有的能力。万物皆资始于乾元佛性，无非乾道之变化，它们各个具足乾道之全体，具足完满之佛性，佛性也必然完满地贯彻于每一事物之中，此所谓"性必具修"。乾卦之龙乃是比喻佛性的，天即是性德之义，乾卦《象传》之"乘六龙以御天"就是通过修行的工夫彰显自身本然之佛性而契合于本具之性德，此所谓"全修在性"也。

乾刚坤柔，二卦对待而立。智旭视乾为"雄猛不可沮坏之佛性"，相应地则视坤为"多所含蓄而无积聚之如来藏性"，一显一藏，皆是佛性。对待观之，说理智，则乾为智，坤为理；说寂照，则乾为照，坤为寂；说性修，则乾为性，坤为修；说止观，则乾为观，坤为止；说定慧，则乾为慧，坤为定，等等。合而观之，乾坤却没有先后可言。

乾坤实无先后，以喻理智一如，寂照不二，性修交彻，福慧互严。今于无先后中说先后者，由智故显理，由照故显寂，由性故起修，由慧故导福，而理与智冥，寂与照一，修与性合，福与慧融，故曰"至哉坤元，万物资生，乃顺承天"。(《周易禅解·坤·彖》)

例如，智旭从定慧相资的角度对解乾坤六爻云：

借乾爻对释，初九，有慧无定，故勿用，欲以养成其定；初六，以定含慧，故如履霜，若驯致之，则为坚冰之乾德。九二，中道妙慧，故利见大人；六二，中道妙定，故无不利。九三，慧过于定，故惕厉而无咎；六三，定过于慧，故含章而可贞。九四，慧与定俱，故或跃而可进；六四，定过于慧，故括囊而无誉。九五，大慧中正，故在天而利见；六五，大定即慧，故黄裳而元吉。亢以慧有定而知悔；战则定无慧而道穷也。(《周易禅解·坤·初六》)

智旭秉持体用不二理论，用性修、定慧、止观等学说解读乾坤阴阳的对待，既以佛家之学说丰富了乾坤对待之意蕴，又以乾坤对待之关系阐明了性修不二、止观双运、定慧相资等观念，表现出易与佛互证互诠之特色，二者相得益彰。不仅乾坤之义如此，上下经也是如此，上经可以表显性德之终始，下经可以表显修德之终始(《周易禅解》卷五卷首)。整个《周易》经传在智旭那里，所透显的无不是性修不二、止观双运、定慧相资的道理，在具体注解中这些思想随处可见。

五、内圣外王，自利利他

《周易》乃是儒家六经之首，智旭以佛解易，并非仅是藉佛理来疏通易理，或以易理来疏通佛理，更重要的还在于通过儒佛二家整体旨趣之会通，从而"诱儒以知禅"，改变儒生对佛教的抵斥态度。他说："内圣外王之学，皆于一卦六爻中备之。"(《周易禅解·系辞下》)智旭大力推扬《易》中所讲尽是内圣外王之学，其对《周易》之具体注解也是先阐明儒理，后再以佛法会通之。其注谦卦《象传》曰：

> 儒则文王视民如伤，尧舜其犹病诸。佛则十种不可尽，我愿不可尽。众生度尽，方证菩提，地狱未空，不取灭度。所以世、出世法，从来无有盈满之日。苟有盈满之心，则天亏之，地变之，鬼神害之，人恶之矣。

他以为谦卦体现了儒家圣王的视民如伤的淑世精神，这也是佛家救度一切众生之悲愿，二者迹虽不同，理则相通。《易》既是儒家内圣外王之道，又是佛家自利利他之行。

《文言传》中将乾卦的元亨利贞诠释为仁礼义智四德，智旭则将元亨利贞对应于涅槃常乐我净四德。常是恒常不变，乐是无痛苦之大乐，我是自在之大我，净是断除一切烦恼之大净。他说："若性若修，若因若果，无非常乐我净，常乐我净之慧名一切种智，常乐我净之定名首楞严定，所以乾坤各明元亨利贞四德也。"他又复以常乐我净对释仁礼义智。

> 仁是常德，体无迁故；礼是乐德，具庄严故；义是我德，裁制自在故；智是净德，无昏翳故。若互摄互含者，仁礼义智性恒故常，仁礼义智以为受用故乐，仁礼义智自在满足故我，仁礼义智无杂无垢故净。又四德无杂故为仁，四德周备故为礼，四德相摄故为义，四德为一切法本故为智也。(《周易禅解·乾·文言》)

这样不仅仁礼义智与常乐我净一一相对应，而且仁礼义智与常乐我净互含互摄，一德可以含四德，四德也可以归一德，圣人之仁礼义智与佛身之常乐我净互含互通。

其注《系辞下》"德薄而位尊，知小而谋大，力小耳任重，鲜不及矣"云：

> 欲居尊位，莫若培德；欲作大谋，莫若拓知；欲任重事，莫若充力。德是法身，知是般若，力是解脱，三者缺一，决不可以自利利他。

又注《系辞下》"君子安其身而后动，易其心而后语，定其交而后求"云：

> 惟仁可以安身，惟知可以易语，惟力可以定交。仁是断德，知是智德，力是利他恩德。有此三者，不求益而自益。

德、知、力也就等于仁、知、力，三者乃是儒家内圣成德、外王事功的核心要素。而智旭将此三者与大涅槃所具的三种德相法身、般若、解脱和佛果位所具三种德相断德、智德、恩德对释，三德皆是自利利他之道。如智德、断德具有自利、自行、自觉之内涵，恩德具有力他、化他、觉他之内涵。

内圣外王是儒家的理想追求，自利利他是大乘佛教的最终目的，二者皆会通于易。易之道，"在儒则内圣外王之学，在释则自利利他之决也"（《周易禅解·序卦传》）。在智旭那里，《易》之一书既是在说儒家之道，又是在讲佛家之说，二者并行而不悖。

当然，我们看到智旭以《易》会通儒佛，更多的是指出儒佛之说皆见于《易》，而直接在儒佛学理上的对话、会通则多有欠缺。在《周易禅解》写成以后，他对以禅解《易》之缺失有所反省。"予向拈《周易禅解》，信无十一，疑逾十九。嗟嗟，我诚过矣！"（《灵峰宗论·示马太昭》卷二之五）智旭承认，就文本具体含义的解读而言，《周易禅解》中可疑者多于十分之九，而可信者不及十分之一。而在学理的层面上，则坚持认为儒佛、易禅无非此心此理，二者虽然文字不同，但道理却是相通的。

略论清代的严格意义上的经学大师

徐到稳*

> 学术界普遍认为清代经学大师辈出,但难以明确清代的严格意义上的经学大师是哪些人。本文认为清代的严格意义上的经学大师是王夫之、毛奇龄、顾栋高、江永、戴震、王念孙、焦循、孙诒让、廖平、康有为十位。认真探讨清代的严格意义上的经学大师这类难题,不仅有助于深化经学史研究,而且有助于发展当今经学,因而具有非同寻常的学术意义。

学术界普遍认为清代是中国经学史上的集大成时期,经学大师辈出。如陈澧说:"国朝经学极盛,诸经师林立。"[2]又如李慈铭在光绪十三年(1887)看到《清经解续编》目录后给王先谦回信:"辱示《经解续编》目录,编凡二百一十六部,皆近代经学大师微言秘籍。"[3]似乎透露《清经解续编》收录的约111位学者都是经学大师。难题在于:清代的严格意义上的经学大师是哪些人?

1925年,支伟成辑成的《清代朴学大师列传》(曾经章太炎校订)出版,该书是清代著名学者370余人传记资料的汇辑。其中惠周惕(约1646—约1694)、惠士奇(1671—1741)、惠栋(1697—1758)、钱大昕(1728—1804)四人被明确冠以"吴派经学大师"称号,江永(1681—1762)、戴震(1724—1777)两人被明确冠以"皖派经学大师"称号,而其他约142位经学家则被冠以"北派经

---

* 徐到稳(1985—),安徽庐江人,中国社会科学院古代史研究所助理研究员,主要研究清代经学史、历史文献学。

[2] (清)陈澧:《东塾集》卷三《礼记质疑序》,清光绪十八年菊坡精舍刻本。

[3] (清)李慈铭:《越缦堂文集》卷五《复王益吾祭酒书》,民国本。

学家""吴派经学家""皖派经学家"等其他称号。这相当于支伟成从众多清代经学研究者中挑选出约148位经学名家，又从这些经学名家中挑选出六位经学大师，因此可以为我们的难题提供一个初步的回答。近百年来有助于解答这个难题的资料大致可分为两种：题名含有（清代）"经学大师"的文章或书；题名不含有（清代）"经学大师"但内容提及的文章或书。前者至少有40篇或部，[1]告诉我们经学大师至少有17人：孙奇逢（1584—1675）、傅山（1607—1684）、张尔岐（1612—1678）、阎若璩（1636—1704）、惠栋、戴震、汪中（1744—1794）、王崧（1752—1837）、孙星衍（1753—1818）、郝懿行（1757—1825）、

---

[1] 牟小东《清代经学大师俞曲园》，《文史知识》1983年第3期；赵本一《清代经学大师戴震》，《屯溪文史》，第1辑，1987年；王超六《达官名宦与经学大师——张之洞与孙诒让》，《瑞安文史资料》，瑞安政协办公室，第7辑，1989年；黄开国《一代经学大师廖平》，《文史杂志》1991年第3期；唐国平《"门秀三千"的经学大师俞樾》，《苏州教育学院学报》1992年第2期；李朝正《坎坷困顿 矢志不移——经学大师廖平治学历难述略》，《文史杂志》1993年第6期；陈祖武《清代经学大师惠栋》，林庆彰主编《经学研究论丛》（第一辑），台北圣环图书有限公司，1994年；李伏伽、廖幼平《经学大师廖平》，《四川文史资料集粹》（第4卷），四川人民出版社，1996年，第665—673页；洪宇《两位经学大师的友谊佳话——傅青主拜访孙奇逢》，《史志学刊》1997年第2期；郑焱《经学大师王闿运》，《湖湘文化之都》，湖南文艺出版社，1997年，第133—137页；杨向奎《清末今文经学三大师对〈春秋〉经传的议论得失》，《管子学刊》1997年第2期；杨向奎《清末今文经学三大师对〈春秋〉经传的议论得失（续）》，《管子学刊》1997年第3期；乐华云《经学大师孙星衍在南京》，《南京志》1998年第5期；刘衍文《谈今文学家的殿军廖季平大师》，刘衍文《寄庐杂笔》，上海书店出版社，2000年，第300—316页；莫久愚、赵英《经学大师汪中》，莫久愚、赵英主编《中国通史图鉴》，内蒙古大学出版社，2000年，第3173—3174页；莫久愚、赵英《经学大师戴震》，莫久愚、赵英主编《中国通史图鉴》，内蒙古大学出版社，2000年，第3274—3276页；林鲤《经学大师汪中》，林鲤主编《新编中华上下五千年》，内蒙古少年儿童出版社，2000年，第2218—2219页；林鲤《经学大师戴震》，林鲤主编《新编中华上下五千年》，2000年，内蒙古少年儿童出版社，第2353—2355页；卢德平《经学大师汪中》，《新编上下五千年》，内蒙古少年儿童出版社，2000年，第4329—4332页；泰森《经学大师汪中》，《新编上下五千年》，内蒙古大学出版社，2001年，第2493—2496页；李殿元、李松涛《经学大师廖平》，《巴蜀高勐振玄风——巴蜀百贤》，四川人民出版社，2001年，第220—225页；楼绍来《晚清经学大师俞樾的养生理论与实践》，《科学养生》2002年第7期；刘怀玉《经学大师阎若璩》，陈锐编《淮安历史名人》，中共党史出版社，2002年，第64—67页；马腾《经学大师陈汉章》，《今日浙江》2003年第24期；吴娜、李绪堂、李勇《清代经学大师——郝懿行》，《胶东历史上的文化名人》，中国文史出版社，2006年，第151—174页；（转下页）

俞樾（1821—1907）、王闿运（1833—1916）、孙诒让（1848—1908）、皮锡瑞（1850—1908）、廖平（1852—1932）、康有为（1858—1927）、陈汉章（1864—1938）。不过，这些文章或书几乎都没有认真论证经学大师为什么是经学大师，也没有告诉我们清代一共有多少位严格意义上的经学大师。题名不含有（清代）"经学大师"但内容提及的文章或书不胜枚举，但是更缺乏我们期待的论证，因此对本文来说参考价值更小。

上述文章或书对我们了解清代经学大师自然有帮助，不过也暴露出一个严重的问题：由于对严格意义上的经学大师是哪些人缺乏广泛共识，对经学大师何以是经学大师也缺乏认真论证，冠某学者以"经学大师"称号的做法恐怕常常因人而异，难免带有很大的随意性甚至盲目性。这个问题的存在有其深刻的历史背景：在20世纪中国浓厚的反传统思潮中，儒学常常被贴上"封建""落后""反动"等等标签，沦为被嘲讽、批判甚至鞭挞的对象；作为"儒学的核心"的经学，更是首当其冲。20世纪不少经学（史）研究者敌视经学，断言经学"跟着封建残余势力的消灭而同归于尽"，[1] 在价值和现实两部分都没有继续存在的可能。在"经学

（接上页）蔡磊《经学大师汪中》，《中华五千年风云纪实》，中国戏剧出版社，2007年，第3711—3713页；王跃、马骥、雷文景《经学大师廖平》，《成都百年百人》，四川人民出版社，2008年，第137—138页；李惠广《闲话蒿庵：经学大师张尔岐》，海天出版社，2009年；舒大刚《经学大师廖平评传》，《宜宾学院学报》2010年第1期；何俊华、李殿元《廖平：融合古今中外学说的经学大师》，何俊华、李殿元《巴蜀百贤》，四川人民出版社，2010年，第172—176页；苏同炳《经学大师俞曲园》，《中国历史上的传奇性人物》（下），紫禁城出版社，2010年，第115—126页；张廷芬编著《张稷若的传说：一个被神化的经学大师》，济南出版社，2012年；程璐《经学大师的"小说"情怀——以俞樾〈耳邮〉为例》，《重庆交通大学学报》（社会科学版），2013年第2期；董建中《经学大师、大史学家、教育家王崧》，董建中《白族》，辽宁民族出版社，2014年，第186—187页；汪柏树《戴震与不疏园——从不疏园首称大弟子到四库全书馆首席经学大师》，《黄山学院学报》2015年第4期；张远东，熊泽文编著《经学大师廖平》，上海书店出版社，2015年；金小芳《经学大师皮锡瑞》，中州古籍出版社，2016年；乐山市地方志工作办公室《经学大师廖平》，《乐山掌故》，新华出版社，2017年，第465—470页；朱汉民《穷经究史工辞章的经学大师——〈皮锡瑞全集〉所见皮氏学术真貌》，《光明日报》2018年4月14日，第11版；王跃《经学大师廖平记》，《四川省情》2019年第7期。

[1] 范文澜语。见范文澜《中国经学史的演变》，载《范文澜全集》（第10卷），河北教育出版社，2002年，第45页。

虚无主义"的指挥棒下，那些经学（史）研究者立足于"破"，对"经学斗争史"沉迷不醒，却对"清代的严格意义上的经学大师是哪些人"这类难题视若无睹。改革开放之后，反传统思潮火烬灰冷，而经学浴火重生，逐渐得到越来越多有识之士的珍视。在今天，我们有必要高举"经学专业主义"光辉旗帜，化"破"为"立"，认真思考"清代的严格意义上的经学大师是哪些人"这类难题。

"经学大师"是一个只能作经验性描述且争论颇多的命题，一般指由学术共同体按照学术标准认定的造诣深厚、享有盛誉的经学家。"清代的严格意义上的经学大师是哪些人"是一个非常基础、富有价值的学术难题，要解答好这个难题不仅需要研究者有深厚的经学造诣，而且需要有强大的"经学共同体"来接受或批评，以达成广泛而坚实的共识。在"经学虚无主义"阴魂不散的今天，[1]这两方面的条件都不够理想。我们自知缺乏深厚的经学造诣，即便费九牛二虎之力写数十万字来详细解答这个难题，恐怕也不能达到预期效果，因为强大的"经学共同体"不是俯仰之间就能产生的，共识也不是一时半刻就能达成的。[2]与其"累己累人"，本文认为不如简略谈论上文二十一位"经学大师"中的哪些宜在列、哪些其实不宜在列，再说说哪些不在列的本该在列。

本文认为将在列的孙奇逢、傅山、张尔岐、阎若璩、惠周惕、惠士奇、惠

---

[1] "经学虚无主义"在 21 世纪仍然流毒甚广。如章权才在 2002 年说："清代的经学，总的说来，是封建社会后期的经学，是宋明经学的延伸。这种经学，在内容上无疑存在矛盾的构成，但主导形态则是它的守旧性和腐朽性。"见章权才《关于清经学史的若干思考》，《学术研究》2002 年第 2 期。又如刘平中在 2019 年说："随着中国最后一个封建专制王朝的倒台，靠依附在封建宗法专制大厦上的经学最终失去了继续统领人们思想、文化与学术发展的势力与能力，走到了自身历史发展的尽头。"见刘平中《辨古识今：郭沫若对廖平经学思想的改造与发挥》，《江西社会科学》2019 年第 12 期。此类言论在今日大陆学术界依旧盛行。

[2] 有必要将有造诣的经学研究者（即经学家）分成经学大师、经学大家、经学名家三个等级，并将他们置于经学史体系来衡定高下：经学大师应当是影响一大批经学大家甚至其他经学大师的人，经学大家应当是影响一大批经学名家甚至其他经学大家的人，经学名家应当是影响一大批专业不精的经学研究者甚至其他经学名家的人。借助《四库全书总目》的评价、正续《清经解》的收录、《书目答问》的收录等，现代学术界对清代哪些人是有造诣的经学研究者是有基本共识的，对哪些人是严格意义上的经学大师、经学大家这类难题则如坐云雾。"经学共同体"只有对经学大师有初步的共识，才能对经学大家有更清楚的认识；只有对经学大家有更清楚的认识，才能对经学大师有进一步的共识；如此形成良性循环，可望精益求精。

栋、钱大昕、汪中、王崧、孙星衍、郝懿行、俞樾、王闿运、皮锡瑞、陈汉章十六位视为清代的严格意义上的经学大师是不适宜的。理由略陈如下：

孙奇逢的经学代表作是《读易大旨》《四书近指》，这些可奠定他易学名家、四书学名家的地位。因此宜将他视为经学名家，而不宜将他视为清代的严格意义上的经学大师。

傅山的经学著作有《易解注》《周礼音辨条》，这些长期以稿本形态存世，却不为世人所知。因此不宜将他视为清代的严格意义上的经学大师。

张尔岐的经学代表作是《仪礼郑注句读》，此书可奠定他礼学名家的地位。因此宜将他视为经学名家，而不宜将他视为清代的严格意义上的经学大师。

阎若璩的经学代表作是《古文尚书疏证》《四书释地》《四书释地续》《四书释地又续》《四书释地三续》，这些可奠定他尚书学大家、四书学大家的地位。因此宜将他视为经学大家，[1] 而不宜将他视为清代的严格意义上的经学大师。

惠周惕的经学代表作是《诗说》，此书可奠定他诗经学名家的地位。因此宜将他视为经学名家，[2] 而不宜将他视为清代的严格意义上的经学大师。

惠士奇的经学代表作是《易说》《礼说》《春秋说》，这些可奠定他易学名家、礼学名家、春秋学名家的地位。因此宜将他视为经学名家，[3] 而不宜将他视为清代的严格意义上的经学大师。

惠栋的经学代表作是《周易述》《易汉学》《古文尚书考》《明堂大道录》《九经古义》，这些可奠定他易学大家、尚书学名家、礼学名家的地位。因此宜将他视为经学大家，[4] 而不宜将他视为清代的严格意义上的经学大师。

钱大昕的经学著作有《唐石经考异附补》，另外《十驾斋养新录》《十驾斋养

---

［1］张海晏说："经学大家阎若璩对姚际恒的学问十分推服。"见张海晏《姚际恒〈诗经通论〉研究（上）》，《燕山大学学报（哲学社会科学版）》2004年第4期。

［2］陈国安说："清初诗经学名家可述者贺贻孙、惠周惕、陆奎勋诸人。"见陈国安《明遗民诗经学著述五家论略》，《南京社会科学》2009年第4期。

［3］王伯祥、宋云彬说惠周惕、惠士奇"都是经学名家"。见王伯祥、宋云彬《开明中国历史讲义》，新星出版社，2015年，第341页。

［4］戴维说："惠栋是经学大家，文字训诂亦极精，阮元《校勘记》中多引其说以为正。"见戴维《春秋学史》，湖南教育出版社，2004年，第457页。

新余录》《潜研堂文集》有些与经学相关的内容。因此宜将他视为经学名家，[1]而不宜将他视为清代的严格意义上的经学大师。

汪中的经学代表作是《大戴礼记正误》《经义知新记》，这些可奠定他礼学名家的地位。因此宜将他视为经学名家，[2]而不宜将他视为清代的严格意义上的经学大师。

王崧的经学著作有《说纬》，此书可奠定他经学名家的地位。因此宜将他视为经学名家，而不宜将他视为清代的严格意义上的经学大师。

孙星衍的经学代表作是《尚书今古文注疏》《周易集解》。这些可奠定他尚书学名家、易学名家的地位。因此宜将他视为经学名家，[3]而不宜将他视为清代的严格意义上的经学大师。

郝懿行的经学代表作是《尔雅义疏》，此书可奠定他尔雅学大家的地位。因此宜将他视为经学名家，[4]而不宜将他视为清代的严格意义上的经学大师。

俞樾的经学代表作是《群经平议》《周易互体征》《九族考》《诗名物证古》《玉佩考》，这些可奠定他易学名家、诗经学名家、礼学名家的地位。因此宜将他视为经学大家，[5]而不宜将他视为清代的严格意义上的经学大师。

王闿运的经学代表作有《周易说》《尚书笺》《诗经补笺》《礼记笺》《春秋公羊传笺》，这些可奠定他易学名家、尚书学名家、诗经学名家、礼记学名家、公羊

---

[1] 陈志辉说："此文作者，是苏州府长洲县人徐颋（1771—1823），次年殿试一甲第二名（榜眼）进士，其师为江声、钱大昕、段玉裁等乾嘉经学名家。"见陈志辉《乾嘉天算专门之学在科举考试中的渗透》，《清史研究》2014年第3期。

[2] 荀莹莹："汪中向以经学名家著称于世，其在骈文方面取得的成就，易被学者们所忽略。"见荀莹莹《汪中骈文研究》，兰州大学中国语言文学系硕士论文，2012年，第2页。

[3] 武倩说洪亮吉"与经学名家孙星衍并称'孙洪'"。见武倩《从洪亮吉的〈意言〉管窥清代家庭规模与生计》，《常州工学院学报（社科版）》2020年第3期。

[4] 陈奇说："邵晋涵解释的错误是明显的，清代其他一些经学名家如郝懿行、程瑶田等人也有类似的错误，郑珍一一予以指正。"见陈奇《郑珍〈亲属记〉对古代称谓的研究》，《黔东南社会科学》1988年第3期。

[5] 罗检秋说："俞樾是曾国藩器重的经学大家，名重士林。"见罗检秋《著书难为稻粱谋——〈论语正义〉的刊行及所见清代士人生活》，《清史研究》2016年第4期。

学名家的地位。因此宜将他视为经学大家，[1]而不宜将他视为清代的严格意义上的经学大师。

皮锡瑞的经学代表作有《经学历史》《经学通论》《今文尚书考证》，这些可奠定他经学史名家、尚书学大家的地位。因此宜将他视为经学大家，[2]而不宜将他视为清代的严格意义上的经学大师。

陈汉章的经学代表作有《尔雅学讲义》《周书后案》《论语征知录》，这些长期以稿本形态存世（在清代均未成书），却不为世人所知。因此不宜将他视为清代的严格意义上的经学大师。

本文认为将在列的江永、戴震、孙诒让、廖平、康有为五位视为清代的严格意义上的经学大师是适宜的。理由略陈如下：

江永的经学代表作有《河洛精蕴》《礼书纲目》《周礼疑义举要》《礼记训义择言》《乡党图考》，这些可奠定他易学名家、礼学大师、论语学大家的地位。因此宜将他视为清代的严格意义上的经学大师。

戴震的经学代表作有《尚书义考》《毛郑诗考正》《杲溪诗经补注》《考工记图注》《孟子字义疏证》。这些奠定他尚书学名家、诗经学名家、礼学大家、孟子学大家的地位。因此宜将他视为清代的严格意义上的经学大师。

孙诒让的经学代表作有《周礼正义》《周礼政要》《大戴礼记斠补》《尚书骈枝》，这些可奠定他礼学大师、尚书学名家的地位。考虑到《周礼正义》在清代经学史上占有特殊重要地位（梁启超评为"最好的一部书"），因此宜将他视为清代的严格意义上的经学大师。

廖平在清代的经学代表作有《谷梁春秋经传古义疏》《今古学考》《古学考》《经话》《公羊春秋经传验推补证》，这些可奠定他春秋学大家、经学史大家等地位。因此宜将他视为清代的严格意义上的经学大师。

康有为在清代的经学代表作有《新学伪经考》《孔子改制考》《春秋董氏学》

---

[1] 王振中说："王闿运遍注群经，是近代的经学大家。"见王振中《王闿运〈春秋公羊传笺〉研究》，湖南大学历史系硕士论文，2009年，摘要。

[2] 冯仰操说："皮锡瑞为经学大家，却不排斥民间文化。"见冯仰操《歌谣仿作与地方启蒙——以〈湘报〉为对象》，《中国韵文学刊》2017年第4期。

《孟子微》《论语注》。这些可以奠定他公羊学大家、孟子学大家、论语学大家等地位。因此宜将他视为清代的严格意义上的经学大师。

本文认为将不在列的王夫之（1619—1692）、毛奇龄（1623—1713）、顾栋高（1679—1759）、王念孙（1744—1832）、焦循（1763—1820）五位视为清代的严格意义上的经学大师是有必要的。理由略陈如下：

王夫之的经学代表作有《周易外传》《周易内传》《尚书引义》《礼记章句》《读四书大全说》，这些可奠定他周易学大师、尚书学大家、礼学名家、四书学大师的地位。因此宜将他视为清代的严格意义上的经学大师。[1]

毛奇龄的经学代表作有《仲氏易》《尚书广听录》《春秋毛氏传》《经问》《四书改错》，这些可奠定他周易学大家、尚书学名家、春秋学大家、四书学大家等地位。考虑到他在经学中占有特殊重要地位（今存经学著作卷数最多、领域最广泛），因此宜将他视为清代的严格意义上的经学大师。[2]

顾栋高的经学代表作有《春秋大事表》《毛诗类释》《毛诗订诂》，这些可奠定他春秋学大师、诗经学名家的地位。考虑到春秋学在经学中占有特殊重要地位（《春秋》三传的字数约占十三经总字数的百分之四十），因此宜将他视为清代的严格意义上的经学大师。

王念孙的经学代表作有《经义述闻》与《经传释词》。[3] 这些可奠定他易学名家、尚书学名家、诗经学名家、礼学名家、春秋学名家等地位。考虑到王念孙在清中期经学技能中占有特殊重要地位（在利用古音校正古书文字和阐释文字假借两方面登峰造极），因此宜将他视为清代的严格意义上的经学大师。[4]

---

[1] 郑万耕说："著名经学大师、易学哲学的殿军王夫之特别重视《象传》，尤其推崇《大象传》。"见郑万耕《〈周易·象传〉及其教化观念》，《孔子研究》2013年第6期。

[2] 毛庆说："毛奇龄为一代经学大师，特好辨正图书、排击异学，以驳难求胜。"见毛庆《〈天问〉研究四百年综论》，《文艺研究》2004年第3期。

[3] 一般认为：《经义述闻》是王引之根据其父王念孙论述以及自身见解撰写而成的，而《经传释词》由王引之独自撰写。近百年来，致疑二书中的王引之说为王念孙归美者不少。我们也认为王引之经学成就可疑。

[4] 黄珊说："王念孙是经学大师，他的观点历来为后人所信服。"见黄珊《〈荀子〉"刑错而不用"考释》，《古汉语研究》2000年第3期。

焦循的经学代表作有《易通释》《易章句》《春秋左传补疏》《群经宫室图》《孟子正义》，这些可奠定他易学大家、春秋学名家、礼学名家、孟子学大家的地位。因此宜将他视为清代的严格意义上的经学大师。[1]

总之，本文认为清代的严格意义上的经学大师是王夫之、毛奇龄、顾栋高、江永、戴震、王念孙、焦循、孙诒让、廖平、康有为十位。

以上名单与解说的权威性自然是容易惹人非议的。可能会有人质疑：为什么顾炎武不在名单内？我们可以回答：因为顾炎武不算清代的严格意义上的经学大师。如果有人进一步质疑：为什么顾炎武不算清代的严格意义上的经学大师？我们只能回答：那是一部专著也未必能充分解答的难题。[2]认真探讨清代的严格意义上的经学大师这类难题，不仅有助于深化经学史研究，而且有助于发展当今经学，因此具有非同寻常的学术意义。我们期待学术界对清代经学谱系有更深入的探讨，更期待"经学共同体"在探讨这类难题的过程中茁壮成长！

---

[1] 徐立望说："焦循作为经学大师，易学研究和《孟子正义》最为后世称道。"见徐立望《通儒抑或迂儒？——思想史之焦循研究》，《浙江学刊》2007年第5期。

[2] 从来没有人写一部专著甚至一篇论文去认真论证顾炎武是经学大师，但学术界很多人默认他是经学大师，岂非咄咄怪事？其实不难理解。让一群没有经学基础的人领悟谁是严格意义上的经学大师难于让一群没有音乐基础的人领悟谁是严格意义上的音乐大师，因为在当今世界音乐比经学有更广泛更坚实的群众基础。

乾嘉学术形成的内在逻辑与外部原因*

张沛**

> 长久以来，学界对乾嘉学术成因的探讨大体有两种结论：一是主张清学由反动宋学而来，呈现出与之截然不同的学术风格；一是认为清学乃理学之余绪，二者实为发展承继的统一整体。此两派观点都未把理学与清学视作彻底断裂的前后两截。事实上，对明清学术发展的过程性考察远比静态比对清学与理学更有助于揭示乾嘉学术形成的深层原因。而乾嘉学术的三种称谓"朴学""考据学""汉学"，恰恰提供了切入问题的角度。在追寻学术演进内在逻辑的同时，也不可忽视政治因素的外部影响。正是由于儒者墨坐书斋、极能契合思想专制的需要，乾隆朝才通过奖掖学者和钦定经说等方式不断将朴学推向巅峰。概言之，乾嘉学术的成因应当归结为儒学发展的内在逻辑与文化政策等外部原因的交织作用。

清学发展至乾嘉时期，业已形成了以训诂考据为主导方法、以汉代经说为核心内容的朴学。那么，究竟是何原因导致了学术风气的陡然一变？乾嘉朴学与清初儒学乃至宋明理学之间有何关联？此一转换又是如何完成的？这一系列的问题，几代学人曾进行过多番探讨。章太炎先生率先将朴学的成因归诸宋学原创力的衰竭和清代文化政策的严酷："清世，理学之言竭而无余华；多忌，故歌诗

---

* 中国博士后科学基金第 62 批面上资助（2017M620289）；中国博士后科学基金第 11 批特别资助；泰山学者工程专项经费资助。

** 张沛（1983—），山东大学易学与中国古代哲学研究中心副教授，主要研究方向为易学与宋明理学。

文史梏；愚民，故经世先王之志衰。三事皆有作者，然其弗逮宋明远甚。家有智慧，大凑于说经，亦以纾死，而其术近工眇踔善矣。"[1]梁启超先生也认为，"清代思潮"是"宋明理学之一大反动，而以'复古'为其职志者也"。[2]至于乾嘉学者普遍投身于古典文献的原因，则"又须拿政治现象来说明"：一方面，"凡在社会秩序安宁、物力丰盛的时候，学问都从分析整理一路发展。乾、嘉间考证学所以特别流行，也不外这种原则罢了"。另一方面，"凡当主权者喜欢干涉人民思想的时代，学者的聪明才力，只有全部用去注释古典……雍、乾学者专务注释古典，也许是被这种环境所构成"。[3]与此有别，在冯友兰先生看来，"汉学家之义理之学，表面上虽为反道学，而实则系一部分道学之继续发展也"。[4]钱穆先生的观点亦颇相类："学术之事，每转而益进，途穷而必变。""清代经学，亦依然沿续宋元以来，而不过切磋琢磨之益精益纯而已。"[5]"汉学诸家之高下浅深，亦往往视其所得于宋学之高下浅深以为判。"[6]尔后，钱先生的"每转益进"说又被余英时先生进一步发展为"内在理路"[7]说，并用于探析清学演变的自身逻辑："王阳明以后，明代的儒学已逐渐转向'道问学'的途径……到了清代，这一趋势变得更为明显了。""到了清代中期，考证已形成风气，'道问学'也取代了'尊德性'在儒学中的主导地位。""清代思想史的中心意义在于儒家智识主义的兴起和发展，我所指的正是这种'道问学'的精神。'智识主义'不过是'道问学'的现代说法而

---

[1] 章太炎：《清儒》，见汪学群：《清代学问的门径》，中华书局，2009年，第34页。标点有改动。
[2] 梁启超：《清代学术概论》，上海古籍出版社，2005年，第3页。
[3] 梁启超：《中国近三百年学术史》，东方出版社，1996年，第20—25页。
[4] 冯友兰：《中国哲学史》下册，华东师范大学出版社，2000年，第302页。
[5] 钱穆：《〈清儒学案〉序》，见汪学群：《清代学问的门径》，中华书局，2009年，第177—178页。
[6] 钱穆：《中国近三百年学术史》，商务印书馆，1997年，第1页。
[7] 余英时曾对其"内在理路"说进行过明确解释："在外缘之外，我们还特别要讲到思想史的内在发展。我称之为内在的理路（inner logic），也就是每一个特定的思想传统本身都有一套问题，需要不断地解决，这些问题，有的暂时解决了，有的没有解决，有的当时重要，后来不重要，而且旧问题又衍生新问题，如此流转不已。这中间是有线索条理可寻的。"见余英时：《清思想史的一个新解释》，《中国思想传统的现代诠释》，江苏人民出版社，2003年，第158页。

已。"[1]侯外庐先生则从马克思主义史学观出发，着重揭示了文化政策对汉学形成的客观影响。他指出："对外的闭关封锁与对内的'钦定'封锁，相为配合，促成了所谓乾嘉时代为研古而研古的汉学，支配着当时学术界的潮流。"[2]

大体而言，上述观点可以划分为如下两派：一则以章、梁为代表，主张清学是由反动宋学而来，故而呈现出与之截然不同的学术风格；一则以冯友兰、钱穆、余英时为代表，认为清学乃理学之余绪，二者实为发展承继的统一整体。"这两种看法的区别，具体地说，在前者强调清学在历史上的创新意义，而后者则注重宋学在清代的延续性。"[3]但是，如果我们不过分纠缠于个中差异，便不难发觉，无论创新说还是延续说，都未把清学与理学看作彼此断裂的前后两截。其实，学术史上的每一次变迁，都包含对此前思想因子的承袭与批驳。清初儒学及至乾嘉朴学的形成，亦应作如是观。这就意味着，明清学术发展的过程性考察远比理学与清学的静态比对更有助于深层原因的揭示。同时，学界以往的研究成果也在不断提示我们须对乾嘉学术形成的内外因予以综合考量。[4]要之，既要找出符合学术演进规律的内在逻辑，又不可忽视政治因素的外部影响。

因乎乾嘉学术和宋明理学的根本差异，若要抽丝剥茧般地还原明清两代儒学的发展脉络，就必须从多方面加以探讨。而清学的三种主流称谓，恰为我们提供了切入问题的不同角度。尽管均用于指称乾嘉学术，三者在具体内涵上的区别却是不言自明的："朴学"侧重于治学风格的朴实无华，"考据学"着眼于训诂考据等学术方法，"汉学"则强调以汉代经说为研究对象。既然三者相连一体，共同

---

[1] 余英时：《清代思想史的一个新解释》，《中国思想传统的现代诠释》，江苏人民出版社，2003年，第169、174、177页。

[2] 侯外庐：《中国思想通史》第五卷，人民出版社，1956年，第411页。

[3] 余英时：《从宋明儒学的发展论清代思想史——宋明儒学中智识主义的传统》，《中国思想传统的现代诠释》，江苏人民出版社，2003年，第135页。

[4] 诚如杨效雷所言："清统治者'稽古右文'和大兴文字狱等政策，只是清考据学产生的外因，其内因则是学术自身的发展规律。即使没有清统治者'稽古右文'和大兴文字狱等政策，考据学也迟早会产生。考据本是一种科学研究的方法，历朝历代都有考据成果问世，但考据影响于整个学术界，形成一股社会风气，则非清莫属。"见杨效雷：《清儒〈易〉学平议》，载孙剑秋、刘大钧等：《易道研几》，台北五南图书出版股份有限公司，2012年，第484页。

标示出鼎盛时期的清学特质，我们便可由此上溯清初、宋明，分别从三方面对乾嘉学术形成的逻辑演进予以宏观描述。

就学术重心和治学风格而言，虽然程朱学说本身具有容纳知识探究的一面，部分朱学门人亦由格物工夫转入知性穷索，但理学的终极目标无疑在于价值追求。由于相信道德人伦的达成在根本上有赖于天命之性的敬畏涵养或心体良知的呵护扩充，理学始终以心性精微为主体内容，以个体超越为精神指向，其学风也就相应趋于超然浮泛。而在清初儒者看来，高深玄远只能将儒学引向空谈误国的境地。为了使学问归于敦本务实，他们一面以客观知识的凸显来祛除宋明理学的心性内容，一面又试图将价值追求重新确立在现实关照的基础之上。及至乾嘉，清初儒学原本的经世精神被逐渐剥落，甚至价值信念和义理追求亦丧失殆尽。儒者的智思仅仅寄托于各项专门学问，知识的探索既已成为儒学的主要面向。所谓"朴学"之"朴"，即是对其专心知识、罕言义理的整体描述。依此观之，宋明到清初再到乾嘉，儒学经历了从高迈虚浮到经世致用、再到"为学问而治学问"[1]的学风转换，以及由价值优先过渡为知识与价值并重、继而转向以知识为主导的重心迁移。

从学术方法和哲学基础看，程朱理学以理气观作为生长点，阳明心学则以良知心体撑开局面。这种理本论或心本论的形上建构，决定了宋明理学必然采取哲学阐发式的学术路径。清初儒者本着学以致用又不脱离价值关切的宗旨，除了上接明代罗钦顺之端即把理学的形上范畴归之于气，还建立了以训诂考据和天算实测为核心的治学之方。最终，这一颇具开创意义的学术方法被乾嘉学者踵事增华，并一跃居于学界的绝对主导。实测考证之风的弥漫，也使证据成为了检验知识合法性的标准。在"凡立一义，必凭证据，无证据而以臆度者，在所必摈"[2]的设准下，气本论随即沦为了失却学理依归的蹈空之说。此时的儒家经学，已大体不出声音训诂和名物考据的既定范围，故有"考据学"之称。显见，乾嘉考据学的形成与清初实学方法的建立直接相关，后者又导源于宋明理学哲学诠释路数

---

[1] 梁启超：《清代学术概论》，上海古籍出版社，2005年，第41页。
[2] 同上，第40页。

的反动。而从理、心回归气本，再到形上学的彻底消解，则可视为明清儒学重整运动的哲学反映。

依学术形态和文献对象观之，随着理学地位的不断提升，语录体业已取代经学成为儒学谈论的主要方式。因此，明代经学的训诂、辑佚成就，以及姚士粦、胡震亨、张献翼、董守谕、钱谦益等人不同程度的复汉倾向[1]，都被掩盖在语录之学的极盛局面下，未能引起较大反响。直至清初，经学的地位才因儒学重整浪潮得以再度振兴。虽然明遗学者大多坚守各自的理学立场，但在由训诂考据回归《五经》本义的过程中，他们把宋易象数学等一系列后世创造统统目为伪说予以剥落，以致对宋学的权威性造成了一定程度的整体伤害。于是，乾嘉时期的大批学者先后走上了弃宋尊汉的治学道路。他们在恢复、辑佚两汉经说之余，又力图对各家师法、家法予以厘清。正是在这一意义上，乾嘉学术常被称作"汉学"。由此可知，明清两代儒学的变迁，不仅包含了从理学到经学的形态转换，更贯穿着以明代理学语录为起点、清初五经原典为中转、乾嘉汉代经说为终点的文献更动线索。

从以上三方面来看，乾嘉学术确实是承接宋明理学和清初儒学发展而来。倘若说明遗学者的追求在于由虚转实，乾嘉诸老的目标便是进一步深化清初实学。就各个层面而言，我们都应充分认可清初学术重整运动的贞下起元之功。另一方面，虽然对明清儒学的动态审视能够有助于演进历程的大体勾勒，但这只是强调三者的更替并非前后断绝的凭空臆造，而是有其自身逻辑存乎其间。必须承认，宋明、清初和乾嘉时期的学术总体上异大于同。比如，清初儒学除了对理学弘扬的价值信念予以保留，其学术形态、哲学基础、伦理观念和治学之方都已发生了深刻变革。至于乾嘉学术，则唯独全盘继承了明代遗老建立的实学方法。对戴震以外的多数学者来说，气本思想和情欲主张并不值得专门讨论。关键在于，经世致用这一清初儒学宗旨的被解构，足以证明学术实质已然发生了深层变革。那么，乾嘉儒者现实情怀再度失落的原因是什么？这就只能从政治文化的角度加以解释。

---

[1] 相关研究参见郭素红《明代易学中的汉学倾向》，《东岳论丛》2009年第10期；陈祖武：《清代学术源流》，北京师范大学出版社，2012年，第177页。

事实上，清朝高压政策对乾嘉学术的巨大影响，早已成为学界的共识。[1] 对此，钱穆曾有一段精辟论述："清儒自有明遗老外，即鲜谈政治。何者？朝廷以雷霆万钧之力，严压横摧于上，出口差分寸，即得奇祸，习于积威，遂莫敢谈。不徒莫之谈，盖亦莫之思。精神意气，一注于古经籍，本非得已，而习焉忘之，即亦不悟其所以然。此乾、嘉经学之所由一趋于训诂考索也。"[2] 由于经世层面的儒学讨论往往会因涉及时政评议触碰政治忌讳，康熙以来的儒者为免祸发齿牙，愈发不敢正视清初儒学确立的现实指向。另一方面，清廷学术态度的转变也为乾嘉学派的形成起到了推波助澜的作用。陈祖武、朱彤窗在《乾嘉学派研究》中指出："从乾隆三年（1738）到十八年（1753），在历年所举行的十九次经筵讲学中，不惟讲官笃守朱子之教，而且高宗亦步亦趋，阐发朱子学说，君唱臣和，俨然一派尊崇朱子学气象。""到二十一年（1756）二月再举行仲春经筵，高宗的讲

---

[1] 梁启超说："康熙二十年以后，形势渐渐变了。遗老大师，凋谢略尽。后起之秀，多半在新朝生长，对于新朝的仇恨，自然减轻。先辈所讲经世致用之学，本来预备推倒满洲后实见施行。到这时候，眼看满洲不是一时推得倒的，在当时政府之下实现他们理想的政治，也是无望。那么，这些经世学都成为空谈了。况且谈到经世，不能不论到时政，开口便触忌讳。经过屡次文字狱之后，人人都有戒心。"见梁启超：《中国近三百年学术史》，东方出版社，1996年，第18页。侯外庐说："康熙以来的反动的文化政策，比元代统治的手法圆滑到万倍。一方面大兴文字之狱，开四库馆求书，命有触犯忌讳者焚之（见章炳麟《检论》卷四《哀焚书》），他方面又采取了一系列的愚弄政策，重儒学，崇儒士。"见侯外庐：《中国思想通史》第五卷，人民出版社，1956年，第410页。张舜徽说："为什么乾嘉学者们愿意将自己有用的岁月投入到烦琐的考证工作中呢？这是有他们的时代背景和不得已的苦衷的。当清代初年，屡兴文字狱……于是读书识字的人们，人人自危，首先不敢研究明末史事，怕触犯忌讳；也不敢多写诗文，怕无故惹祸。于是他们集中精力研究经学，从事校勘和笺注的工作。"见张舜徽：《张舜徽集·清代扬州学记》，华中师范大学出版社，2005年，第5—6页。朱伯崑说："到雍正、乾隆时代，由于清王朝大力推行文字狱等文化高压政策，许多知识分子为了免遭迫害，只好埋头于对古代典籍的一字一物的考证。这样，清初实学中经世致用的学风被阉割了，从而形成了以考据学为中心的汉学。"见朱伯崑：《易学哲学史》第四册，昆仑出版社，2005年，第325页。陈祖武说："自康熙中叶以后，随着清廷统治的趋于稳定，尤其是雍正、乾隆两朝文字狱的冤滥酷烈，顾炎武在《日知录》中所寄寓的学以经世思想，横遭阉割。为此后学术界所继承的，只是其朴实的考经证史方法而已。"见陈祖武、朱彤窗：《乾嘉学派研究》，河北人民出版社，2005年，第86页。

[2] 钱穆：《中国近三百年学术史》，商务印书馆，1997年，第591—592页。原文作"趋于于"，疑衍一"于"字，引文时删去。

论却发生了十分引人注目的变化。这便是第一次对朱子的《四书章句集注》提出了质疑。""其后，在迄于乾隆六十年（1795）的三十二次经筵讲学中，明显地向朱子学提出质疑，竟达十七次之多。""他在经筵讲坛上的讲论，实无异朝廷学术好尚的宣示。""一方面是理学的不振和对理学诸臣的失望，另一方面是经学稽古之风的方兴未艾，二者交互作用的结果，遂成清高宗的专意崇奖经学。""值得指出的是，清高宗确立崇奖经学格局的过程，也正是他将专制皇权空前强化的过程。"[1]于是，清初独尊朱子的官学格局终于在乾隆时期发生了动摇。这在乾隆帝命傅恒等人修纂的《周易述义》中表现得极为明显：

> 盖汉易之不可训者，在于杂以谶纬、推衍禨祥。至其象数之学，则去古未远，授受具有端绪。故王弼不取汉易，而解"七日来复"，不能不仍用六日七分之说。朱子亦不取汉易，而解"羝羊触藩"，亦不能不仍用互兑之义。岂非理有不可易欤？诸臣仰承指授，于宋易、汉易酌取其平，探羲、文之奥蕴，以决王、郑之是非。千古易学，可自此更无异议矣。[2]

尽管该书与顺、康二帝的三部钦定《易》著有着同样的思想专制目的，但作为清代又一部"御纂"《易》著，《周易述义》的核心思路已不再是以朱子易学为定准来衡判象数、义理两派，而是试图对汉学、宋学采取调和折中的态度。这充分说明，乾隆朝对汉学的大肆兴起有着清醒的觉察。恰因儒者墨守考据训诂颇能契合强化专制的需要，清廷才自觉顺应了此一思潮，并以奖掖学者和钦定经说等方式不断将朴学推向巅峰。

综上，乾嘉学术的成因问题头绪繁多、错综复杂，并非由某种绝对主导因素造就而成。不过，将其大体归结为儒学发展的内在逻辑与文化政策等外部原因的交织作用，应当没有问题。在这一点上，即便是强调内因说的余英时先生亦曾坦言："我自己提出的'内在理路'的新解释，并不能代替外缘论，而是对他们的

---

[1] 陈祖武、朱彤窗：《乾嘉学派研究》，河北人民出版社，2005年，第6、7、14、17、20页。
[2] （清）永瑢等：《四库全书总目》卷六《周易述义》，中华书局，1965年，第35页。

一种补充、一种修正罢了。学术思想的发展决不可能不受种种外在环境的刺激，然而只讲外缘，忽略了'内在理路'，则学术思想史终无法讲到家、无法讲得细致入微。"[1]

与乾嘉学术形成相关的还有汉学开山人物的界定问题。自清以来，学界业已提出种种看法。其中，《四库全书总目》将清学源头上溯至明代方以智："考据名物、象数、训诂、音声……风气既开，国朝顾炎武、阎若璩、朱彝尊等沿波而起，始一扫悬揣之空谈。"[2]汪中等人则将首创之功归诸顾炎武："古学之兴也，顾氏始开其端。"[3]至江藩处，又言有清汉学皆自阎若璩始，其《汉学师承记》开篇即论阎氏，而将顾炎武、黄宗羲二人附于书末。[4]所谓"开山"，无非是指清学的本质转换起自何人。就此而言，上述看法的差异源于学者们审视明清儒学整体演进所采取的不同角度。《四库全书总目》对方以智的推崇乃是基于其训诂考据方法对清儒治学的深远影响，故四库馆臣实是将方氏视为"考据学"先驱。顾炎武则远不止此。在梁启超看来，顾氏思想在"开学风""开治学方法""开学术门类"三方面贡献甚大。[5]余英时也认为："亭林之所以特别为群流所共仰还不仅是因为他有理论、有口号，更重要的是他有示范性的著作，足为后人所取法。《日知录》中关于经学的几卷以及《音学五书》都是这样的著作。"[6]且相较方以智，他更重视对理学心性论的剥离和对经学致用性的凸显。就此而言，顾炎武不仅是清代"考据学"的建立者，还是"朴学"的开创者。但因其学问的经世宗旨，顾氏并不像此后学者那样专任考据。人道层面的价值关切，使他依然固守着理学立场。"真正进入考据狭路中的人"是阎若璩。侯外庐主张："十八世纪的专

[1] 余英时：《清代思想史的一个新解释》，《中国思想传统的现代诠释》，江苏人民出版社，2003年，第178页。
[2] （清）永瑢等：《四库全书总目》卷一一九《通雅》，中华书局，1965年，第1028页。
[3] （清）凌廷堪：《校礼堂文集》卷三十五《汪容甫墓志铭》，中华书局，1998年，第320页。
[4] （清）江藩：《国朝汉学师承记》，中华书局，1983年。
[5] 梁启超：《中国近三百年学术史》，东方出版社，1996年，第74页。
[6] 余英时：《清代思想史的一个新解释》，《中国思想传统的现代诠释》，江苏人民出版社，2003年，第171页。标点有改动。廖名春也持类似见解："顾炎武既有为其开路之功，又有亲身示范之劳。"见廖名春、康学伟、梁韦弦：《周易研究史》，湖南出版社，1991年，第366页。

门汉学，好像是继承顾、黄等人的考据，事实上是把清初学者的经世致用之学变了质的。专门汉学的前驱者，决不应当追源于顾、黄诸人。"[1]阎氏在清学流变历程中的重要意义，不是他对前人"朴学""考据学"的继承运用，而是对旧学范围的彻底挣脱。

任何学派的形成都不是一蹴而就的。明代经学的微妙端倪经历了明清之际及清初学者的逐步变革最终才成为乾嘉时期的主流学术。顾炎武和阎若璩，诚然是此动态过程中的两大关节。可是，清初儒者虽然完成了"朴学"和"考据学"的初创工作，却尚未开启乾嘉"汉学"的根本转向。一方面，追求《五经》本义和考辨文献真伪的经学浪潮，确实在客观上对宋学造成了一定伤害。如否定宋易象数的河洛、先天、太极诸说势必会危及朱子学的权威地位。"阎氏证《古文尚书》之伪，推翻了道学家十六字心传在经典上的依据"[2]，也无疑会对程朱学说有所冲击。另一方面，经学辨伪在很大程度上仍然"属于宋易内部的调整，因为大多数的批评和考辨者对程朱易学的义理部分是给予肯定的，因此这种批评与考辨与以后汉学的兴起没有内在的必然联系，也就是说从这种批评与考辨本身不能得出转向汉学或导致汉学复兴的结论"[3]。事实上，经学研究之转向"汉学"，是由惠栋率领的乾嘉吴派真正实现的，所以惠栋才是严格意义上的汉学开山。一如看破此意的方东树所云："顾、黄诸君，虽崇尚实学，尚未专标汉帜。专标汉帜，则自惠氏始。"[4]

---

[1] 侯外庐：《中国思想通史》第五卷，人民出版社，1956年，第404页。标点有改动。
[2] 同上，第408页。标点有改动。
[3] 汪学群：《清初易学》，商务印书馆，2004年，第664页。本文赞同引文中的观点，但对该书如下内容持保留态度："至于乾嘉时期的汉学家把这种考辨当成汉学复兴或复兴的先导，那不过是他们主观的逆推，为其复兴汉学寻找依据或借口。""正如清初易学不存有一个从宋易向汉易转变的过程，以及汉易的先导或朴学易的复兴一样，清初学术也不存一个反理学的运动或汉学的复兴。"同上书，第664—667页。由于称许钱穆先生的观点，汪先生偏爱从宋学余绪的角度理解清学，进而认为清初儒者并无反道理学的意图，乾嘉汉学也与清初经学的辨伪浪潮无甚关联。其实，钱穆说的要义正在于把学术变迁视为动态连续的统一整体，而不是像汪先生那样刻意将清初与乾嘉分割开来。
[4] （清）方东树：《汉学商兑》卷上，《汉学师承记（外二种）》，生活·读书·新知三联书店，1998年，第259—260页。

朝鲜金泽荣对《诗经》《论语》等若干问题考论[*]

王成[**]

> 金泽荣对孔子是否删诗,《诗经》郑诗与卫诗是否属"淫奔"之诗,孔子之政是否专制,《论语》"吾与点"句如何理解等问题进行了讨论,呈现出较为鲜明的特点,为相关领域的研究提供了域外的审美视角。

金泽荣(1850—1927),字于霖,号沧江,亦号云山韶濩堂主人,"韩末四大古文家"之一。1905年流亡到中国江苏南通,在中国生活了22年。有《韶濩堂集》传世。金泽荣曾在张謇创办的翰墨林印书局任编辑,编辑、刊行了朝鲜著名文人朴趾源《燕岩集》、申纬《申紫霞集》、黄玹《梅泉集》、李建昌《明美堂集》等文集。金泽荣宗法秦汉、唐宋散文,他自言"于文好太史公、韩昌黎、苏东坡,下至归震川"(《自志》)[1],其文"或者议政,或者论事,观点鲜明,有雄辩的气势"[2],尤其是对《诗经》、孔子与《论语》等若干问题的考论,颇具理论价值与现实意义。

---

[*] 本文是国家社科基金项目"韩国古典散文与中国文化之关联研究"(项目编号:14CZW038)阶段性研究成果。
[**] 王成(1980—),文学博士,黑龙江大学文学院副教授,研究方向为域外汉学。
[1] [朝鲜]金泽荣:《韶濩堂文集定本》,《影印标点韩国文集丛刊》第347辑,韩国民族文化推进会,1990年,第490页。
[2] 李岩、俞成云:《朝鲜文学通史》(下),社会科学文献出版社,2010年,第1324页。

一、关于孔子删诗说的认知

关于《诗经》的编订有三种说法比较有影响，即采诗、献诗、删诗。据古代典籍记载，古有所谓"采诗之官"，专于民间采诗，献之朝廷，作为统治者了解民情的一种手段。"古有采诗之官，王者所以观风俗，知得失，自考正也。"（《汉书·艺文志》）"男女有所怨恨，相从而歌，饥者歌其食，劳者歌其事。男年六十，女年五十，无子者，官衣食之，使之民间求诗。乡移于邑，邑移于国，国以闻于天子。故王者不出牖户，尽知天下所苦；不下堂，而知四方。"（《春秋公羊传注疏》卷十六"宣王十五年"何休注语）所谓"献诗"，指统治阶级中的贵族文人有目的地作诗以献王者，意在"补察其政"。"故天子听政，使公卿至于列士献诗，瞽献曲，史献书，师箴，瞍赋，矇诵，百工谏，庶人传语，近臣尽规，亲戚补察，瞽、史教诲，耆、艾修之，而后王斟酌焉，是以事行而不悖。"（《国语·周语上》）

关于删诗，司马迁称古诗原有三千余篇，经孔子删、取，定为305篇，此即所谓孔子"删诗"之说。《史记·孔子世家》："古者《诗》三千馀篇，乃至孔子，去其重，取可施于礼义……三百零五篇孔子皆弦歌之，以求合《韶》《武》《雅》《颂》之音。"[1]东汉王充《论衡·正说》："《诗经》旧时亦数千篇，孔子删其重复，正而存三百五篇。"[2]

删诗之说影响颇大，但自唐代孔颖达已疑其说，孔颖达云："《史记·孔子世家》云：古者诗本三千余篇，去其重，取其可施于礼义者三百五篇。是诗三百者，孔子定之。如《史记》之言，则孔子之前诗篇多矣。案书传所引之诗，见在者多，亡逸者少，则孔子所录，不容十分去九。司马迁言三千余篇，未可信也。"[3]后世学者亦多持怀疑态度，如清代崔述《辨〈诗〉之说》曰："孔子原无删《诗》之事。古者风尚简质，作者本不多，而又以竹写之，其传不广。是以

---

[1]（汉）司马迁著，韩兆琦评注：《史记》，岳麓书社，2012年第2版，第774页。
[2] 黄晖：《论衡校释》，中华书局，1990年，第242页。
[3]（清）阮元校刻：《十三经注疏·毛诗正义·诗谱序·孔疏》，中华书局，1980年，第263页。

存者少而逸者多。……故世愈近则诗愈多，世愈远则诗愈少。孔子所得，止有此数；或此外虽有，而缺略不全。则遂取是而厘正次第之，以教门人，非删之也。"（《洙泗考信录》卷三）清代方玉润《诗旨》云："夫子反鲁在周敬王三十六年，鲁哀公十一年，丁巳，时年已六十有九。若云删诗，当在此时。乃何以前此言《诗》，皆曰'三百'，不闻'三千'说耶？此盖史迁误读'正乐'为'删诗'云耳。"（《诗经原始》卷首下）

《孔子删诗辨》表达了金泽荣对孔子删诗的看法，文曰："自朱彝尊论孔子未尝删诗，而司马迁、孔安国二氏之说挠焉。然余以为孔子未尝删诗，亦未尝不删诗。"[1]清代朱彝尊曾讨论过孔子是否删诗的问题，朱氏言："孔子删诗之说倡自司马子长，历代儒生莫敢异议。惟朱子谓经孔子重新整理，未见得删与不删。又谓孔子不曾删去，只是刊定而已。水心叶氏亦谓《诗》不因孔子而删，诚千古卓见也。窃以《诗》者，掌之王朝，班之侯服，小学、大学之所讽诵，冬夏之所教，莫之有异。故盟会聘问燕享，列国之大夫赋诗见志，不尽操其土风，使孔子以一人之见，取而删之，王朝列国之臣，其孰信而从之者。"（《曝书亭集》卷五十九《诗论一》）[2]朱彝尊的观点是，《诗经》是当时贵族阶层的普及教育，孔子以一人之见而删诗，无法让人信服。孔子曾多次提及"诗三百"，可见是由来已久的确定篇数，而不是删诗之后才提及的，况且季札在鲁国观乐，《诗经》编排的次序已大致确定。朱彝尊不仅从整体上观照孔子删诗说，还从具体诗句入手印证孔子未尝删诗："《诗》云：'唐棣之华，偏其反而。岂不尔思，室是远而。'惟其诗孔子未尝删，故为弟子雅言之也。《诗》曰：'衣锦尚絅，文之著也。'惟其诗孔子亦未尝删，故子思子举而述之。《诗》云：'谁能秉国成'，今本无'能'字，犹夫'殷鉴不远，在于夏后之世'，今本无'于'字，非孔子去之也，流传既久，偶脱去尔。昔者子夏亲受《诗》于孔子矣，其称《诗》曰：'巧笑倩兮，美目盼兮，素以为绚兮。'惟其句孔子亦未尝删，故子夏所受之诗存其辞以相质，而孔子亟许

---

[1]［朝鲜］金泽荣：《韶濩堂文集定本》（《丛刊》第347辑），第315页。
[2]（清）朱彝尊：《曝书亭集》，《清代诗文集汇编》第116册，上海古籍出版社，2010年，第453—454页。

其可与言诗，初未以素绚之语有害于义而斥之也。"(《曝书亭集》卷五十九《诗论一》)[1]

金泽荣认为"孔子未尝删诗，亦未尝不删诗"(《孔子删诗辨》)[2]，他从三个角度来阐释自己的理由：第一，从周初至东迁后四五百年间，"太师所采列国之诗，富至三千"，但是辞义俱美、可弦可歌、可观可兴者只有三百多篇。这三百多篇是"择之精而选之妙者"，但在孔子看来，还是有进一步挑选的可能。况且"其时颂声久寝而篇帙芜乱"，所以孔子略作删改。孔子删诗并不是从三千篇中删减，而是从三百多篇中益致其精，司马迁却误以为是删三千篇。

第二，金泽荣指出删三百而不是删三千的理由。孔子的语录中曾多次提及"诗三百"，说明"诗之百者，盖当时天下之成语也"，诗三百已经是约定俗成之语。如果始删于孔子，"则何圣人之将箧中割削涂抹草创深闳之简札，而公然以命于天下曰三百三百而不已也"。圣人懂得谦让之道，所以决不会如此。金泽荣从孔子圣人身份、人物性格等角度来论说孔子删诗之不可信。

第三，从政治的角度考察。被之管弦，三百篇已经足够多了，如果是三千篇皆管弦之，那么，"举天下之聪而专于乐一事而已"，其他事就无法进行了。所以金泽荣主张孔子删诗，但不是司马迁所说的删三千，而是从三百多篇"择之精而选之妙"，以便能够"列于乐官，播于四方"。

二、关于《诗经》郑诗、卫诗淫说辨析

《诗经》"十五国风"中的《郑风》引起历代学者的热烈讨论，其中影响最大、也最具争议的就是朱熹《诗集传》中的观点，《诗集传》："郑、卫之乐，皆为淫声。然以《诗》考之，卫诗三十有九，而淫奔之诗才四之一；郑诗二十有一，而淫奔之诗已不啻于七之五。"[3] 朱熹把《郑风》《卫风》中描写男女情爱的

---

[1]（清）朱彝尊：《曝书亭集》(《清代诗文集汇编》第116册)，第454页。
[2]［朝鲜］金泽荣：《韶濩堂文集定本》(《丛刊》第347辑)，第315页。
[3]（宋）朱熹注，王华宝整理：《诗集传》，凤凰出版社，2007年，第66页。

诗篇看成是"淫奔"之诗,如他评《出其东门》是"人见淫奔之女而作此诗"[1],评《溱洧》是"此淫奔者自叙之辞"[2],等等。朱熹对《郑风》的认识源于孔子,《论语·卫灵公》曰:"乐则《韶》《舞》。放郑声,远佞人。郑声淫,佞人殆。"[3]《论语·阳货》:"恶紫之夺朱也,恶郑声之乱雅乐也。"[4]孔子认为郑国的音乐是淫声,主张禁绝郑国音乐,这一理论对后世产生了很大的影响,朱熹即是其中代表。

金泽荣《郑卫淫风辨》云:"说者病朱子郑、卫诗说曰:郑、卫虽曰淫俗,其间亦必多洁男贞女,何至如朱说之甚也。且经可以取淫,则何足名经?"[5]金泽荣指出,对朱熹郑、卫诗淫说持批判态度的人,他们肯定郑、卫诗淫的同时也认为其中存在洁男贞女之诗作,所以批评朱熹的言论过分夸大。金泽荣认为持这样观点的人没有认识到"国风者,本天子劝惩之物"[6],《国风》所载关于忠臣孤子、隐士勇夫、贞媛淫妇的诗作,所有善恶可敬可憎的诗作,都是君主"采观而刑赏劝惩"。这些诗作保留在《诗经》中是有深层寓意的,即如《春秋》褒贬之义一样,"有以益暴其善恶,有甚于刑赏之劝惩"。如果只以"淫"为诗作主旨,就没有领悟到作诗者、编选者的深意了。这些论者,"不求其端,不讯其来,惟立异之是好,此薄俗之弊"。金泽荣的观点给我们留下了很多有益的启示,即读书要深入到文章的深层寓意,要理解作者的真正意图。韦丹《朱熹"郑诗淫"辨析》言:"朱熹在《诗集传》中将《郑风》的情诗视为'淫奔之诗',但从内容上看,这部分诗并无'淫奔'迹象。朱熹的主要依据是孔子的'郑声淫',但孔子的原意不是指'郑声'的淫荡,而是指郑国音乐细而高的特点,'淫'可不是内容上的淫秽,而是就音乐形式不合传统'雅乐'的标准而言。"[7]

通过金泽荣对《卫风·氓》的评述也可见他对所谓郑、卫诗淫的看法,其

---

[1] (宋)朱熹注,王华宝整理:《诗集传》,第64页。
[2] 同上书,第65页。
[3] 杨伯峻译注:《论语译注》(简体字本),中华书局,2006年,第185页。
[4] 同上书,第211页。
[5] [朝鲜]金泽荣:《韶濩堂文集定本》(《丛刊》第347辑),第315页。
[6] 同上。
[7] 韦丹:《朱熹"郑诗淫"辨析》,《贵州教育学院学报》(社会科学版)2001年第1期。

《杂言一》曰:"余读《氓》诗而知诗之不可无也,淫奔之妇,平居对人,讳其踪迹,掩匿覆盖,无所不至,至有不幸而被逐,则讳之尤甚,此固人之常情也。而今乃一吟咏之间,凡系羞耻而可讳者,冲吻直出,譬如食中有蝇,吐出乃已,是岂非性情感发,油然跃然,己亦不自知其然而然者欤?诗之有功于性情,如是夫。"[1]朱熹《诗集传》评《氓》诗:"此淫妇为人所弃,而自叙其事以道其悔恨之意也。士君子立身一败,而万事瓦裂者,何以异此?可不戒哉!"[2]诗歌的本质在于抒发性情,哪怕是羞耻而可讳者,也不能压抑而不发,应该吐喷而出。

三、关于孔子之政是否专制

有人认为孔子的政治主张是专制,"近日野人之为共和政论者曰:孔子之政专制也。是说也,荐绅先生固已掩耳而不闻矣,然世之荐绅先生少而椎愚者多"(《孔子专制辨》)。[3]金泽荣给予了辨驳,他认为君、臣、民之间有正常的尊卑之分,"得其所者名分也,不得曰专制",这是《春秋》之义理所在。如果君主过于尊贵,臣民过于卑下,那么"情不相通者专制也,不得曰名分",秦以来的乱政就是明证。

> 今说者乃欲以春秋之大法,认为嬴秦之乱政可乎?名分者,穷天地亘万世而不可一日废者也。一日而废,则一令何可出,一事何可成乎?故今共和之国,虽无君臣之名,而君臣之分,未尝不存,所谓寓名分于无名分之中者也。今说者忘此之隐,惊彼之显,而遂以共和之仇,视孔子乎?[4]

因此金泽荣认为:"春秋之大法,即今之立宪也。尧舜之揖让,即今之共和

---

[1] [朝鲜]金泽荣:《韶濩堂文集定本》(《丛刊》第347辑),第318页。
[2] (宋)朱熹注,王华宝整理:《诗集传》,第43—44页。
[3] [朝鲜]金泽荣:《韶濩堂文集定本》(《丛刊》第347辑),第316页。
[4] 同上。

也。"[1]如果孔子能得尧舜之位的话，他一定能行共和之名而让天下，但孔子不得其位，不得已只能采用立宪的名分，目的是"救目前之大乱，时中之道"。不知道其中深义者，"必日攘一鸡而不足，欲一日而四五攘者"。"日攘一鸡"典出《孟子》，故事告诉人们有错误要及时改正，不要一拖再拖。金泽荣引此典故意在告诫论孔子之政为专制的人们，应及早放弃这种想法。

孔子眼中的帝尧德行深厚、广博，不仅顺应天道，建立礼仪制度和文化体系，更开启了中华文明史，功绩彪炳千秋。后人因孔子对尧的称颂而对尧不敢更措一辞。金泽荣《唐尧论》云："孔子于历代帝王，首推尧舜，而其称尧之言曰：大哉尧之为君，惟天为大，惟尧则之，荡荡乎，民无能名焉。夫以夫子之万世之大圣，而其所以钦慕推抬之者，有如是矣。故自兹以往，天下之人之于尧也，不敢更措一辞，犹天地日月，但可以观瞻而不容置言议也。"[2]语段所引孔子之语出自《论语·泰伯》："子曰：大哉，尧之为君也！巍巍乎！唯天为大，唯尧则之。荡荡乎，民无能名焉。巍巍乎其有成功也，焕乎其有文章！"[3]天是最高大的，帝尧效法上天，像崇山一样高高耸立着。帝尧作为一代君王是非常伟大的，民众无法用词语来称道他。帝尧所成就的功业是崇高的，他所制定的礼仪制度是灿烂辉煌。金泽荣对此深表疑意，提出一连串的问题，发人深思："敢问夫子之以尧比天者，指何德与何事耶？谓之亲九族、章百姓、和万邦，则伏羲、神农、黄帝诸圣人，必皆能此矣。谓之命历官、授人时，则历之道，黄帝又已始之矣，尧何以独出类拔群而与天同大哉？"[4]孔子把尧比作天，如果是指尧和睦亲族、百姓，那么伏羲、神农、黄帝等人也能够做到；如果是指命历官授人时，黄帝之时已有掌管历数之人。并且，"尧知鲧之偾事而不能确，又尝用共工驩兜三苗诸小人"，说明尧"其智犹有所限，其力犹有所难"。

在金泽荣看来，孔子称颂尧的主要原因是指尧让天下之事，因为尧能够清楚地认识到其子的缺点而不庇短，把天下让位于他人。金泽荣又分析了孔子的情况：

---

[1]［朝鲜］金泽荣：《韶濩堂文集定本》(《丛刊》第347辑)，第316页。
[2] 同上，第309页。
[3] 杨伯峻译注：《论语译注》(简体字本)，第96页。
[4]［朝鲜］金泽荣：《韶濩堂文集定本》(《丛刊》第347辑)，第309页。

抑夫子生于衰周大乱之世、人欲滔天之时，有尧之才而无尧之福，不能得位以救其时，瘖瘵忧叹，何所不至？夫惟天下之大乱者，其原在于不能大公无我。不能大公无我，斯不能忘富贵矣。不能忘富贵，斯不能让天下矣。夫苟能让天下，则胸中更有何物，天下更有何事，而大乱何从以生？此夫子所以俛仰上下于数千年之间，独挈然莫逆于尧之揖让，而至于发赞如此也。

结合孔子的处境，揣摩孔子的心境，金泽荣认为孔子盛赞尧是赞其让天下之事。只所以舍舜而举尧，是因为"揖让之事，尧创而舜师之"，这是天地开辟以来所未尝有之举，可以与天比美，所以孔子称颂帝尧而未称颂帝舜。

四、关于《论语·先进》篇"吾与点"的理解

《论语·先进》篇记录孔子与子路、曾皙、冉有、公西华等弟子"问志""言志"的故事。《论语·先进》开篇云：

> 子路、曾皙、冉有、公西华侍坐。子曰："以吾一日长乎尔，毋吾以也。居则曰：'不吾知也。'如或知尔，则何以哉？"[1]

子路率先回答，如果让他治理一个中等国家，即使在内忧外患的情况下，只需要三年就可以治理得很好。冉有认为自己只能治理"方六七十，如五六十"[2]的一个小国，三年之后，他能取得的政绩仅限于"足民"，至于礼乐教化则不是自己力所能及的事。公西华有志于礼乐教化的事，为避免以君子自居，他先谦虚了一番，后才委婉地说出自己的志向，"愿为小相"。[3]当孔子问到曾皙时，曾皙回答道："莫春者，春服既成，冠者五六人，童子六七人，浴乎沂，风乎舞雩，

---

[1] 杨伯峻译注：《论语译注》(简体字本)，第135页。
[2] 同上。
[3] 同上。

咏而归。"[1]孔子对此的反应："夫子喟然叹曰：'吾与点也。'"[2]孔子为何会有喟然之叹？其"与点"之语的真意何在？反映出孔子何种理想？这一系列的问题成为历来学者争论的话题。有的认为曾皙是主张以礼治国，他说的那段话（"莫春"至"咏而归"）是礼治的结果，是太平盛世的图景，与孔子的"仁政""礼治""教化"等政治主张相符，因此孔子"与点"。还有的认为曾皙是主张消极避世，符合孔子"道不行，乘桴浮于海"的主张，因此孔子"与点"。

金泽荣《"吾与点"解》一文开篇曰："孔子闻曾点浴风之说，喟然而叹曰：'吾与点。'朱子释'叹'为'叹美'，释'与'为'许'。以为不许三子，而独许点之高明。是说也，余窃疑之。"[3]朱熹《四书章句集注·论语集注》曰："曾点之学，盖有以见夫人欲尽处，天理流行，随处充满，无少欠阙。故其动静之际，从容如此。而其言志，则又不过即其所居之位，乐其日用之常，初无舍己为人之意。而其胸次悠然，直与天地万物上下同流，各得其所之妙，隐然自见于言外。视三子之规规于事为之末者，其气象不侔矣，故夫子叹息而深许之。"[4]朱熹认为孔子有喟然之叹，体现出他对曾点"深许之"的态度。

金泽荣对朱熹的阐说表示怀疑，他对"吾与点"的解读是：

> 孔子之发问，在于天下国家事业之所期待者，故子路、冉有、公西华皆以所期待者对之。独点才不及三子，而但有狂狷旷远之志趣，故舍所问而别举浴风之说以进。时则盖孔子道不行，返鲁之日也，故闻点之说，辄感动于中，以为彼三子所期待者之未必行，亦恐如吾。而所可行者，其唯点之狂狷旷远之志趣乎？其喟然叹者，伤叹道之不行也。若曰叹美，则叹美之声气，何至于喟然也？其曰"吾与"者，欲同归于浴风之乐也。若曰许与，则许与冉有、公西华之意，著于答点之辞，何尝于点乎独许之乎哉？

---

[1] 杨伯峻译注：《论语译注》(简体字本)，第135页。
[2] 同上。
[3] [朝鲜]金泽荣：《韶濩堂文集定本》(《丛刊》第347辑)，第305页。
[4] 朱杰人等主编：《朱子全书》第6册，上海古籍出版社、安徽教育出版社，2002年，第165页。

金泽荣认为孔子所问之志关乎到国家大事，子路、冉有、公西华都以政事对答，而曾晳才华不及三子，并且本身性格又狂狷旷达，所以以"浴风"之说做出回答。孔子此时正处在施政思想不能推行、返鲁之际，所以听到曾晳的回答深有感触。况且子路等三人的想法也可能会和自己的施政思想一样无法推行、实现，所以喟然长叹，所叹者"叹道之不行"。

历代很多论者也认为孔子当时有出世之心。如皇侃《论语集解义疏》："吾与点也，言我志与点同也。所以与同者，当时道消世乱，驰竞者众，故诸弟子皆以仕进为心，唯点独识时变，故与之也。"[1] 近人钱穆《论语新解》："盖三人皆以仕进为心，而道消世乱，所志未必能遂。曾晳乃孔门之狂士，无意用世，孔子骤闻其言，有契于其平日饮水曲肱之乐，重有感于浮海居夷之思，故不觉慨然兴叹也。然孔子固抱行道救世之志者，岂以忘世自乐，真欲与许巢伍哉？然则孔子之叹，所感深矣，诚学者所当细玩。"[2]

金泽荣认为，如果如朱熹所释为"叹美"，就不应该用"喟然"。他认为"与"字应释为"同"意，"欲同归于浴风之乐"；如果解释为"许"，也应该是"许"冉有、公西华的回答。

《诗经》《论语》等经典著作对朝鲜古典文学产生了重要影响，金泽荣对《诗经》《论语》给予了极大关注，他讨论了孔子删诗、《诗经》郑诗与卫诗是否属"淫奔"之诗、孔子之政是否专制、《论语》"吾与点"句如何理解等问题，为《诗经》《论语》研究提供了域外的审美视角。

---

[1]（南梁）皇侃著，徐望驾校注：《论语集解义疏》，江西人民出版社，2009年，第434页。
[2] 钱穆：《论语新解》(新校本)，九州出版社，2015年，第221页。

Academic Frontier | 学术前沿

"《中庸集释》编撰"的缘起、综述与内容[*]

杨少涵[**]

一、选题缘起

《中庸集释》编撰的选题缘起主要基于以下三点学术考量：

（一）《中庸》的重要性

《中庸》原为《礼记》之一篇，两宋以后，逐渐升格成为"四书"之一书。在我们承担的2018年度教育部人文社会科学研究规划基金项目"经学史视域下的《中庸》升格问题研究"（18YJA720015）中，我们认为，《中庸》由"篇"升格为"书"的过程，是以"五经"为代表的经学体系向以"四书"为代表的经学体系变迁逶易过程的一个缩影。这一历史变易带来两个方面的历史效果：

1. 从专业学术研究来说，《中庸》有其特殊地位。唐宋以前，《中庸》是沟通儒、释、道三教互动的媒介；两宋以后，《中庸》则成了为中国哲学尤其是为宋明道学提供义理概念的哲学经典，诸如"诚明""中和""未发已发""慎独""戒惧"等宋明道学的核心话语，都出自《中庸》。

---

[*] 本文为国家社科基金一般项目《中庸集释》编撰与《中庸》字义疏证（项目编号：19BZX045）的阶段性研究成果。

[**] 杨少涵（1975—），哲学博士，华侨大学哲学与社会发展学院教授、国际儒学研究院副院长，主要从事先秦儒家哲学、宋明理学、现代新儒家哲学研究。

2. 从一般知识传承来说，《中庸》与《大学》跻身新的经书系统，成为千年以来中国知识阶层童而诵之的文化经典。直到当下，无论是研究人员专业性的研习精读，还是社会人士一般性的品味阅读，《中庸》仍然是不可不读的经典文本。

（二）《中庸》的难读性

从内容上看，《中庸》"本以阐天人之奥"（《四库全书总目提要·中庸辑略提要》），是言天道性命之书，而这在孔门是"不可得而闻也"（《论语·公冶长》）。"不可得而闻"的一种解释就是难以把握，不易理解。朱熹对此深有体会："《中庸》多说无形影，如鬼神，如天地参等类，说得高；说下学处少，说上达处多。"所以他曾感叹说"《中庸》之书难看"。实际上也正是如此，比如《中庸》首章开篇第一个"天"字就引来诸家数种说法，再比如《中庸》第二十九章"王天下有三重焉"的"三重"一词，根据我们的考察，历来不下13种解释。也正因此，在谈及"四书"的阅读顺序时，朱熹建议先着力去看《大学》《论语》《孟子》，最后再来看《中庸》，按照这个阅读顺序，才能很好地"理会文义"（《朱子语类》卷六二）。由此足见《中庸》在"四书"中是最难读的一部经典。

（三）《中庸集释》的迫切性

正如下面的学术史所呈现的，如此重要而又难读的一部经典，必然会衍生出海量的注释文献。一般来说，当一部经典的注释文献积累到一定程度，必然会出现一部大成性的集释专著。比如"四书"中，《论语》有刘宝楠《论语正义》、程树德《论语集释》，《孟子》有焦循《孟子正义》。但迄今为止，《中庸》与《大学》的大成性集释专著仍付阙如。这一现象不但与《中庸》的经典地位不相称，而且也为当下的经典阅读带来不便。近些年来，"经典研习"是专业研究人员的日常操练，"经典阅读"也成为一般社会人士的精神享受。但在阅读研习《中庸》的过程中，经常会有读者为选取一种全面而又深入的注本作为辅助读物而犯愁。在平时的研究学习过程中，我们也经常遇到业内师友与邻里朋友咨询这方面的问题，请我们推荐相关书目。这让我们深切感受到，是时候来精心编撰一部全面、深入、精练的《中庸集释》了。

二、文献综述

在《中庸》升格的过程中，衍生出海量的"《中庸》学"文献。近十余年来，尤其是在承担国家社科基金项目"《中庸》学文献集成与研究"（2013—2017）的过程中，我们对这些文献进行了地毯式的裒辑编次，并将其归纳为两个系统、五类文献。

（一）《礼记》系统内的《中庸》学文献

这类文献中，现存最早的是郑玄《礼记注》与孔颖达《礼记正义》的《中庸》注疏部分，成就最高的是南宋卫湜《礼记集说》之《中庸》部分14卷，这是宋代《中庸》学的集大成之作。元代立《四书》为官学以后，从吴澄的《礼记纂言》开始，《礼记》学出现了一个很大的变化，即"治《礼记》而宗宋学者，即皆置《大学》《中庸》二篇而不释，且于其原文亦不录，以示对朱熹《章句》的尊崇，遂使《礼记》由四十九篇而变为四十七篇了"（杨天宇《礼记译注·前言》）。元、明、清三代很多《礼记》注本，多不具载《中庸》《大学》，比如元代陈澔《礼记集说》，明代胡广等《礼记大全》、徐师曾《礼记集注》、汤道衡《礼记纂注》、贡汝成《三礼纂注》，清代万斯大《礼记偶笺》、冉觐祖《礼记详说》、李光坡《礼记述注》、郝懿行《礼记笺》、孙希旦《礼记集解》等，皆仅存《中庸》《大学》之目（有些甚至目亦不存）。直到明代郝敬《礼记通解》才打破这一三百年的惯例，从此以后《中庸》《大学》开始重返入一些《礼记》注本，比如清代郑元庆《礼记集说》、乾隆年间的《钦定礼记义疏》、杭世骏《续礼记集说》、王心敬《礼记汇编》、任启运《礼记章句》、庄有可《礼记集说》，对《中庸》都有注释。

（二）《四书》系统内的《中庸》学文献

朱熹《四书章句集注》成书以后，尤其是立于官学以后，《四书》就成了一个专门的研究对象，从而形成了一系列的《四书》学文献。根据与朱熹《四书》的关系，《四书》学文献可以分为三种：第一种是朱熹《四书》之羽翼，最为典型的是朱熹再传弟子真德秀所编《四书集编》；第二种是朱熹《四书》学之反动，如元初陈天祥《四书辨疑》十五卷，"是书专辨《集注》之非"（朱彝尊《经义考》卷二五四），最为极端的是清初王学护法毛奇龄的《四书改错》，开篇即曰"《四书》无一不错"；第三种是纯粹考证性的《四书》著作，其中以清代学术成就最高，如阎若璩《四书释地》三编、樊廷枚《四书释地补》、宋翔凤《四书释地辨证》、王塾《四书地理考》、周柄中《四书典故辨正》等，对《中庸》的名物、度数、典章、制度等都进行了详尽的考辨。

（三）关于《中庸》的专门注疏

这类文献是指对《中庸》所作的逐章甚至逐句注释的专门著作，也是《中庸》学文献的主体。《汉书·艺文志》曾载有《中庸说》二卷，《隋书·经籍志》《旧唐书·经籍志》与《新唐书·艺文志》都说南朝宋戴颙有《礼记中庸传》二卷，《隋书·经籍志》载有梁武帝萧衍《中庸讲疏》一卷，还有《私记制旨中庸义》五卷，可惜这些文献都没有流传下来。北宋以后，《中庸》的专门注疏层出不穷，胡瑗、司马光、刘敞、张载、二程、游酢、杨时、吕大临、张九成、苏轼、晁说之等均有专门著述。南宋石𡐠广搜北宋理学十家之说，集成《中庸集解》，后经其友朱熹芟为《中庸辑略》。稍后朱熹修成《中庸章句》与《中庸或问》，尤其是前书，成为后世《中庸》学的经典。《四书》体系形成以后，元、明、清三代的《中庸》注疏更是纷至竞出。值得一提的是，明代以后出现了几部佛门弟子所著《中庸》注疏，比如憨山德清与智旭的同名著作《中庸直指》，民国居士欧阳渐也有《中庸传》。

（四）关于《中庸》的单篇论文

这类文献是指针对《中庸》或其某一论点而撰写的通论性单篇论文。这类文献又可以分为两种：一种是对《中庸》整体思想进行论说，一种是就《中庸》某章某节或某一议题进行集中论说。前者有李翱《中庸说》、宋初僧人契嵩《中庸解》五篇、苏轼《中庸论》三篇、程大昌《中庸论》四篇等。后者有中唐士人欧阳詹《自明诚论》，北宋初期陈襄《诚明说》等。另外，《中庸》首章是历代学者特别关注的焦点，比如南宋朱熹曾作《〈中庸〉首章说》，王阳明高足王畿有《〈中庸〉首章解义》，王阳明再传弟子杨起元也有《〈中庸〉首章举要》，明末刘宗周也作有一篇与朱熹论文同名的文章。这些通论性单篇论文往往带有系统性思想，而攻其一点的单篇论文则把《中庸》研究向细致化、深层化推进。

（五）域外《中庸》学文献

在这方面，做得比较系统的是韩、日两国。1999 年，韩国成均馆大学修成《韩国经学资料集成》，现已由列为《国际儒藏》(韩国编四书部，共 16 册)，由华夏出版社出版。其中《中庸》部分共 3 册，收录文献 120 种，从权近《中庸首章分释之图》、金彦玑《中庸标题》到沈大允《中庸训义》、李琼锡《中庸札疑》，具载于内。日本关仪一郎编有《日本名家四书注释全书》正、续两编，共 13 卷。其中正编《学庸部》2 卷，收录伊藤仁斋《中庸发挥》、荻生徂徕《中庸解》、中井履轩《中庸逢原》、大田锦城《中庸原解》、佐藤一斋《中庸栏外书》等 5 种文献，续编《学庸部》1 卷，收录增岛兰园《中庸章句诸说参辨》、东条一堂《中庸知言》、海保渔村《中庸郑氏义》等 3 种文献。日本《中庸》学文献另外还有：安井衡《中庸说》、中村惕斋《中庸示蒙句解》、山田方谷《中庸讲筵录》(1—9)、大川周明《中庸新注》、简野道明《中庸解义》、服部宇之吉《中庸讲义》、西晋一郎《中庸解通释》等。

（六）集成性质的注本

在这些文献中，具有集成性质的注本有两家：一是石㐮的《中庸集解》，二是卫湜的《礼记集说》之《中庸集说》。

石㐮《中庸集解》是理学家《中庸》集释之先河。石㐮于南宋孝宗乾道八年至九年间（1172—1173），广搜"北宋四子"周敦颐、张载、二程及程氏门人吕大临、谢良佐、游酢、杨时、侯仲良、尹焞凡十家之说，集次而成《中庸集解》，又名《十先生中庸集解》。石㐮是朱熹的道学之友，书成后，朱熹为之序。后朱熹病其"太烦"，并于淳熙十年（1183）将其芟节而为《中庸辑略》。淳熙十六年

（1189），朱熹序定《中庸章句》，乃以《中庸或问》《中庸辑略》附于后，一并梓行。其后朱熹《章句》孤行，石𡒃《集解》则渐晦不显。明嘉靖中，御史新昌吕信卿始得唐顺之家藏宋椠旧本，命为刊刻，成为世后通行版本。清道光二十八年（1848），莫友芝根据卫湜《礼记集说》，并用南宋真德秀《中庸集编》、赵顺孙《中庸纂疏》等书校补考订，采辑刻成《十先生中庸集解》。

卫湜《中庸集说》是宋代《中庸》学之集大成。卫湜于南宋宁宗开禧至嘉定二十年间（1205—1224），日编月削而成《礼记集说》160卷，其中《中庸》部分14卷（第123—136卷）。《礼记集说》汇辑了自汉至宋144家学者的解释，其中《中庸集说》部分所引诸说包括郑玄、孔颖达、陆德明、王安石、张载、陆九渊、朱熹、杨简、吕大临等六十余家。（《中庸集说》，漓江出版社，2011年）元代陈澔编撰《礼记集说》，卷帙简便，内容浅显，适于蒙训。明初科举定制，陈澔《集说》立于学宫，成为取士程式，永乐中胡广等纂修《五经大全》时也采用了陈澔的《集说》，陈注因而大显于世，而卫湜《集说》则备受冷遇，几乎淹没。清康熙年间，徐乾学等人用两部抄本作底本，将卫湜《集说》刊入《通志堂经解》，后来学者才得见此书。卫湜《集说》所依据的典籍，后世亡佚很多，到清初几乎全部失传，因而此书具有很高的文献价值。

石氏《中庸集解》与卫氏《中庸集说》之后的同类甚至同名著述虽然屡有问世，但要么亡佚不传，如宋刘爚《四书集成》、元陈普《四书集解》、宋倪思《中庸集义》、贾蒙《中庸集解》等，这些文献仅于各种目录学著作中收录，原书已不可见；要么名不副实，"四书"类如宋真德秀《四书集编》，只是"博采朱子之说以相发明"，门户之见颇重，《礼记》类如元代陈澔《礼记集说》，《中庸》《大学》仅存其目，清代郑元庆、杭世骏、庄有可皆著有《礼记集说》，其中对《中庸》也有注解，但所集之说，或者并不如卫湜《集说》众多，或者仅增加寥寥几家而已，远非"集成"之作。所以，石𡒃《集解》与卫湜《集说》可以说是目前所见《中庸》集释性文献中成就最高者。

当然，石氏与卫氏两书也存在四个方面的不足：

一是时间局限，所收著述跨度太短。由于两书都出于南宋，所收著述只能限于宋代以前，元、明、清、民国等几代文献无法收入，而这几个时代正是《中庸》升格完成之时，大量文献也是在这几个时期创作出来的。另外，韩、日两国的文献当然也无法收录。从现在的角度来看，这应该是两书最大的不足。

二是门户局限，所收文献偏于儒家。石、卫两人本身就是理学家或经学家，所以两书所收多是两宋以前儒家学者的著述，尤其是石氏《集解》，仅限于北宋理学家著述，其他如方外人士的论著多未能收，比如北宋僧人契嵩的《中庸解》、佛老色彩颇重的苏轼之《中庸说》，都未能收入。

三是体例局限，编纂方式近于资料汇编。石、卫两书对诸家论述仅仅按照注家年代依次胪列，对于诸说异同没有做出辨析分疏。这样一来，字义考异、歧解辨正、称引互证等就不能得到集中的处理，有时会有信息重复、交代不明等问题，需要读者进行二次甚至多次整理爬梳，使用起来颇为不便。

四是方法与材料局限，没有或无法吸收运用传统的小学方法与现代的出土文献。对于字义异同等方面的分析辨正，有时需要兼涉音韵学、文字学、训诂学等多方面的方法与材料，比如我们在考察《中庸》第二十章"蒲卢"一词时就运用了语言学中的转语方法，再如此前学界在解释《中庸》首章"慎独"一词时，也运用了出土文献的材料。这些都是石、卫两书所没有做到的或无法做到的。

前贤的工作给我们提供了丰富的资源，使我们的研究有迹可循，有根可据。当然，他们的不足也给我们提出了新的机遇和挑战。

三、研究内容

《中庸集释》编撰是本课题的主体部分。在这一部分，本课题将尽最大可能全面搜辑民国以前以及日、韩两国的《中庸》注解，编次集释，并充分吸收当今学者在出土文献学、古文字学等方面的最新成果，加以按语。《中庸》经文所据底本，使用目前学界公认的最优版本宋淳熙四年（1177）抚州公使库刻本《礼记注·中庸》，并校以宋绍熙建安余氏万卷堂刻本《礼记注·中庸》。《中庸集释》的体例框架，主要包括以下九目：

（一）解题

《中庸》的篇名、作者、整书性质、历史地位等，历来注家多有讨论。此目汇集诸说，分类胪列。

（二）分章

《礼记·中庸》原不分章，郑玄始以注为断，初步分节。《中庸》升格以后，历代学者多有不同分章，甚至著专书讨论，如宋黎立武《中庸分章》、清李光地《中庸章段》。本课题采用朱熹的三十三章分章。章内再分节，分节原则基本按照朱熹《中庸章句》，以注为断，每注一节。为方便检读，本课题参考杨伯峻《论语译注》先例，加注章节序号，以阿拉伯数字标示。例如《中庸》首章，朱熹分五节作注，则此章便分为五节，第五节序号为1.5，"1"与"5"分别表示章序号与节序号。其他各家的分章讨论，系于每章正文之后。

（三）称引

称引包括被引、征引与互引。被引是指其他文献引用《中庸》。时代下限在唐代，比如《尔雅·释诂》《史记·平津侯主父列传》《说苑·敬慎》等曾引《中庸》20余处，唐代韩愈、柳宗元、刘禹锡等诗文中也多引《中庸》。被引情况能够很好地反映《中庸》升格的早期细节。征引是指《中庸》引用其他文献，主要包括《中庸》对《诗经》《论语》等古籍的引用。互引是指《中庸》与他书同见之内容，而学界对两书成书早晚尚不确定，比如《中庸》第二十章与《孟子·离娄上》"诚者天之道也"一段文字。古人引书，多断章取义，此目将称引原文完整录入，以便读者两相对照。引文之下附录诸家的相关讨论。

（四）音读

《中庸》的有些字，读音不同，其字义也会不同，比如"中"字读为平声或去声，"率"读"帅"音或"所"音，其义大变。此目将汇集汉许慎《说文解字》、唐陆德明《经典释文》、清武亿《经读考异》等字书及诸家注释。

（五）字义

《中庸》的一些核心哲学概念，如"天""命""性""道""教""中""和""庸""诚"等，历来歧解纷纭。此目除了汇集各家注释外，还将充分利用古文字学与出土文献等领域的最新研究成果，简明地交代其字源字义，考察其原始字形及词义流变。

（六）考证

《中庸》涉及很多人物器用、天文舆地、典章制度、文献故实，且用意特殊，若不详究，则文义难通。比如《中庸》第十八章以周室大王、王季、文王、武王父作子述论无忧，即须先行考察清楚诸人行事。此目在薛应旂《四书人物考》、江永《四书古人典林》、阎若璩《四书释地》、樊廷枚《四书释地补》、宋翔凤《四书释地辨证》、王塗《四书地理考》、周柄中《四书典故辨正》、戴清《四书典故考辨》、凌曙《四书典故覈》、翟灏《四书考异》等基础上，广引经籍文献，对相关项目，考释解明。

（七）集说

自汉代至民国，《中庸》注释不可胜数，其中以郑玄《注》与朱熹《章句》为两大典范，其他诸说多就两者损益进退。故此目对郑、朱两家之说，全文照录，孔颖达《疏》择要附郑《注》下，朱熹《中庸或问》《朱子语类》《朱子文集》相关内容择要补于《章句》下。其他诸家注释，择其确有创见、有新意、有发明者，按照作者时代顺序，依次罗列；集说方式为选录，即仅录其有创见、有新意、有发明的部分，每说注明出处，以备读者核查。

（八）辨疑

《中庸》有些内容，有些现在已不可确解，如"三重""蒲卢"等，有些甚至关系到《中庸》的作者归属与成书时间，如"车同轨、书同文、行同伦""华岳"等。历代注家对一些内容往返辩难，直接对攻，着墨颇多，比如毛奇龄《四书改错》直接针对朱熹《四书章句集注》，由此直接引发戴大昌《驳四书改错》、洪人骅《毛氏四书说斥妄》、严可均《毛氏四书改错改》、杨希闵《四书改错平》、程仲威《四书改错改》、邵东松荫老人《读四书改错存疑》等朱派学者一系列的反攻著述。此目对各家辩论，撮要集录，以系统呈现答辩过程，集中展示各家是非曲直、得失长短。

（九）按语

此目集中收录课题组对《中庸》的相关研究结论，以及课题组对诸家注释的意见。按语形式，包括分按与总按两种。分按随时置于相关内容之下，总按置于每章之后。按语内容，主要包括三个方面：一是简评诸注得失长短，如诸家就"仲尼"一词来推断《中庸》作者归属；二是疏理学术公案脉络，如诸家对"华山"问题的辩论过程；三是提供我们的新思新见，近十余年来，课题组对《中庸》进行了系统而深入的研究，一些研究成果，比如对"三重""蒲卢"的考察，深获学界认可。

我们将努力综合中国古典文献学的校勘、训诂、音韵、文字、版本等基本知识与方法，对《中庸》本文及诸家注释进行系统全面的考订、编次与辨析，充分占有相关的传世文献与出土文献，集中呈现当今学者相关研究的最新成果，将《中庸》学研究向系统化、精细化、即时化推进。我们期待能够编撰一部全面、深入、精练的《中庸集释》，为学界与社会提供《中庸》研读的可靠工具书。

清代官修经学文献出版及价值述略[*]

任利荣[**]

清代以少数民族入主中原,立国之始即已经确立了儒学治国的基本方略,"读书明理""崇儒重道"[1]是其文化政策之根本。围绕这一政策,采取了众多举措以保证儒学的推行及深入发展。其中包括大力推行汉化儒化政策,尊奉先师孔子,祭祀元圣周公,进一步完善科举制度、学校制度、临雍视学典礼制度、职官制度等,为儒学及经学的发展提供了全方位的政策支持和制度保障,而这些也为实现清政权的文化认同与官方经学体系的构建奠定了基础。

一、清代经学文献概况及地域分布

清代经学文献在类型和数量上皆达到了历代之最,据《清人著述总目》初步统计,约有两万余种的经学文献,其中除去佚名作者、皇帝、四库馆及宗室、八旗的著述外,其余在各个省份的分布按照数量依次排列如下:江苏近六千种,浙

---

[*] 本文为国家社科基金项目《清官修经学文献刊行与价值研究》(项目编号:19XTQ007)的阶段性研究成果。

[**] 任利荣(1985—),四川省社会科学院助理研究员,研究方向为中国书籍史、清代经学文献。

[1]《世祖章皇帝实录》卷七十四,《清实录》第3册,中华书局,1985年,第585页。顺治十年(1653)四月十九日,清廷给礼部的上谕:"国家崇儒重道,各地方设立学宫,令士子读书,各治一经,选为生员,岁试、科试儒学肄业,朝廷复其身,有司接以礼,培养教化,贡明经,举孝廉,成进士,何其重也。"

江三千余种，山东近两千种，江西、湖南各一千余种，湖北一千一百余种，河南八百余种，直隶一千余种，福建四百五十余种，广东四百余种，四川、山西三百余种，陕西约二百种，贵州八十余种，广西九十余种，云南四十余种，甘肃约三十种，奉天不到十种。余下黑龙江、内蒙古、新疆、西藏、青海，据目前统计数据来看，尚无经学文献的著录信息。整体分布见下表，表中的具体数量统计主要参考《清人著述总目》的初步整理成果[1]：

省份	著作数量	学者数量
江苏	5737	2641
浙江	3228	1554
山东	1989	1071
湖北	1113	725
湖南	1048	619
江西	1052	669
直隶	1015	461
河南	840	530
福建	457	219
广东	403	226
四川	324	133
山西	311	93
陕西	200	96
上海	172	59
广西	92	53
贵州	85	41
云南	44	21
甘肃	30	14

[1] 其中四川省的经学文献数量更完善的研究成果，可参看杨世文：《清代四川经学考述》，《西华大学学报》2010年第2期。

如此数量丰富、类型完备、地域分布广阔而又富有地方特色的经学文献就成为清代文化认同及体系构建的核心构成与重要根基，其质量和影响力，可谓传统经学史上一座新的里程碑。这些经学文献的广泛传播则依赖于清代发达的出版业，其中核心部分则主要依靠官方刊行，可以说经学文献的传播、发展就是以群籍的刊刻、颁行为基础的。

二、清代官修经学文献及其出版

笔者初步统计，清代官方主持编纂、刊刻的经学文献丛书共计15种，时间跨度自康熙朝到光绪朝。其中以康雍乾三朝皇帝的御纂钦定系列经学文献丛书为核心代表，如《钦定篆文六经四书》十种六十三卷、《御纂七经》七种二百九十四卷、《御案五经》四种四十卷、《钦定三礼义疏》三种一百七十八卷等。另有"日讲"系列经学文献的编纂出版，"日讲"系列经学文献源自于顺治、康熙朝举行的经筵讲习活动。虽然此举乃为帝王学习经典而设，但是在其后的发展过程中，由于讲习经书的原因，促使经筵大臣对经典进行释读解义，由此形成了一批"日讲"系列经学著作，并由朝廷颁行。经筵讲习始于顺治十四年（1657），终于咸丰四年（1854）最后一次经筵大典。康熙时期是经筵讲习发展的鼎盛阶段，故解义"日讲"系列经学文献多在这一时期形成。如满洲牛钮等奉敕撰，康熙二十三年（1684）内府刻《日讲易经解义》十八卷，此书于康熙二十二年（1683）完成，"上制序颁行"。[1] 满洲库勒纳等撰，康熙十九年（1680）内府刻《日讲书经解义》十三卷。满洲鄂尔泰、桐城张廷玉等撰，乾隆十四年（1749）武英殿刻《日讲礼记解义》六十四卷。满洲喇沙里、泽州陈廷敬等奉敕撰，康熙十六年（1677）内府刻《日讲四书解义》二十六卷。康熙朝的经筵讲习活动对促进经学发展起到了重要的推动作用。与此同时，康雍乾三朝经学文献的整理活动对当时的经学发展乃至后世学术研究的影响可谓深远。

---

[1] 赵尔巽：《清史稿》卷六本纪六，中华书局，1976年，第213页。

此外地方各级儒学督导也不断主持经学文献的整理项目，地方学政主持刊布的经学文献丛书有3种，以阮元主刊的《皇清经解》、王先谦主刊的《皇清经解续编》为代表。学者亦乐此不疲，有清一代学者整理刊布的经学文献丛书可谓历代之最。地方官书局及书院刊布的经学文献丛书有4种，以山东官书局刊行的《十三经读本》十五种一百四十三卷附《校刊记》十四卷，湖南船山书局刊行《皇清经解依经分订》十六种一千零七十卷等为代表。清代经学文献的主体内容几乎被囊括在这些官修经学文献丛书之中。

清代官修御定诸种图籍，多由内府刊版印行，其他经史旧籍，也次第刊印，有清一代以政府为主导的校刻群籍，可谓为历代之冠。以中央为核心的官方经学文献的整理、阐释、刊刻、颁行天下是清朝迅速实现文化认同、国家统一、官方意识形态及经学体系构建的重要举措。具体出版活动而言，清朝政府改变了明代由司礼监经管刻书的制度，在宫中武英殿设置修书处，专掌修书、刻书之职。选派翰林院词臣负责管理，并任用博学的词科学士参与编校刻印书籍。这样官修经学文献丛书的编纂群体在某种程度上可以说是当时文化精英的大汇集。因此经学文献丛书的编纂、刊刻、流布就与清代经学发展相表里，构成了清代学术的基本发展脉络。

三、清代官修经学文献出版的相关研究

清代是中国传统文化系统总结的新阶段，大规模地整理刊行经学文献，有利于对中国文化的研究和继承，对中国文化的传播和发展也具有深远意义。学界对此已经展开了较为全面深入的研究，分别从经学史视域、出版史视域、思想史及文化史视域三大角度切入，取得了不小的成就。

（一）经学史视域下的相关研究

首先，清代前期以中央为核心的经学文献整理集中于康熙朝。御纂诸经及"日讲"系列是这一时期官修经学文献的核心内容，相关的研究有黄爱平对清前期官方经学体系构建及其特征的论述，对明末清初学术向传统经学回归的探讨，

还有《四库提要》与清前期官方经学的专题研究。王丰先对康熙朝御纂诸经编纂情况的考察，对《钦定春秋传说汇纂》纂修时间的考证。罗军凤则从经学文献的对外传播角度，对理雅各的《中国经典》与清代帝王御纂经籍进行了详细的梳理。另有包添仪对《御纂周易折中》的专题性研究与考察，张宗友对清初御定经解之经典化与学术影响的高度概括，史革新对清代经筵、日讲制度的探源，赵秉忠、白新良对经筵日讲与康熙政治关系的探讨，刘潞对康熙日讲起居注官陈廷敬的考察等。诸位学者集中笔力探讨了官修经学文献的编纂、刊刻与传播，尤其是对清前期官修经学文献与官方经学体系构建的研究，极大地拓展了官修经学文献相关研究的深度与广度。

其次，对乾隆朝武英殿校刻《十三经注疏》相关问题的研究，有李寒光以《尚书·尧典》为例对殿本改刻字形进行的探讨及其对殿本《礼记注疏》及《礼记注疏考证》的研究。张学谦对殿本《二十四史》及《十三经注疏》校刊始末的详细考证，李慧玲对殿本《毛诗注疏》的研究，许艺光对殿本《十三经注疏》"过度编辑"问题的论述，谷继明对《周易注疏》版本流变的考察等。另外一个关注点为乾隆初年的三礼馆，有林存阳《三礼馆：清代学术与政治互动的链环》、张涛《乾隆朝三礼馆史论》等。上述论著重在考证御纂诸经的编纂、校勘及清初官方经学的形成，政治与学术互动的讨论则集中于三礼馆。

再次，由阮元主刊的《十三经注疏》及《校勘记》的研究集中于版本考证，由其主刊的《皇清经解》及王先谦主刊的《皇清经解续编》的研究则集中于编纂考证。版本考证如李致忠对《十三经注疏》版刻的考略，钱宗武对《校勘记》版本系统的梳理，王锷对阮刻本《礼记注疏校勘记》的质疑，陈东辉等对阮刻《注疏校勘记》与山井鼎等《七经孟子考文补遗》关系的考辨，此外王耐刚、赵昱、邱亮等皆有相关研究。编纂考证方面的研究有虞万里的两《经解》编纂考，刘祥元《〈皇清经解〉编纂研究》等。两《经解》价值问题的探讨，如陈祖武对《皇清经解》与古籍整理关系的探讨，董恩林对清经解类型及价值的详细分析等。以上关于地方学政主刊的经学文献，诸位先生的研讨重点在经学文献的编纂组织过程、训诂考证等方面。

（二）出版史视域下的相关研究

首先，全国出版通史方面的研究。主要有《中国印刷史》中"清代各种印刷的兴衰"的全面概述，肖东发等《中国出版通史》中"清代卷"的整体性研究，李瑞良《中国古代图书流通史》及其《中国出版编年史》的专章论述，孙文杰《清代图书市场研究》等。还有学者关注清代出版思想与学术的关系，相关研究有杨艳琪对清代前中期出版思想的概括性研究，王武子、曹海东对清代学术流变与丛书汇编刊刻间关系的讨论等。

其次，中央机构及地方官书局出版活动的相关研究。中央机构的研究有翁连溪对内府刻书档案史料的全面整理，编写了《清代内府刻书图录》，对清代宫廷刻书予以梳理。李明杰考证了清代国子监刻书，吴修琴则对清代满文官刻图书发展进行论述，肖书铭对明清时期福建官府刻书进行考辨。同光时期官书局对中央经史文献的翻刻是官修经学文献在晚清重要的传播路径，在这方面有邓文锋对晚清官书局的全面论述，孔毅对清代官书局刻书的概括，李志茗对曾国荃与晚清官书局刻书关系的探讨，对旧籍新刊与文化传衍的考察。地域性研究集中于浙江官书局、湖南官书局、湖北崇文书局、江西官书局、四川官书局，代表学者有宋立、寻霖、江凌、陈红涛、张其中等。

再次，区域出版研究，集中于山东、两湖、浙江、陕西、福建、云南、徽州及台湾，研究的学者有唐桂艳、江凌、顾志兴、李晋林、谢水顺、郑卫东、徐学林、辛广伟等。以上论著或整体或区域地探讨了清代出版的发展概况，中央内府刻书着力尤多，重点在史料整理与汇编。

（三）思想史、文化史视域下的相关研究

徐雁平以书商为研究对象，通过对他们商业活动踪迹的梳理挖掘，详细考察了清代书籍流转的主要脉络，尤其是勾勒出南北书籍流通传播的基本路径，研究思路独特，观点新颖，十分值得重视，对研究清代官修经学文献的传播有重要启发意义。另外海外学者也有较为突出的研究，如（美）艾尔曼《从理学到朴学——中华帝国晚期思想与社会变化面面观》，第四章"学术、图书馆、出版

业",首次将出版与清代江南考据学的形成、发展结合起来。(日)井上进撰写的《明清学术变迁史》《中国出版文化史》两部著作则详细阐述了政治发展与书籍文化的繁荣和局限之间的关系。(美)周绍明的《书籍的社会史:中华帝国晚期的书籍与士人文化》仔细探讨了从公元1000年到1800年间江南书籍的生产、流通和消费在文人身份和社群形成中所扮演的角色。至于地域性研究,有(日)大木康对晚明江南出版文化的全面探讨。(美)贾晋珠对商业印刷中心建阳的研究,突出强调了在跨越六个世纪的时间里地方出版业的传承与变化。(美)包筠雅对福建四堡的研究,则代表了清代书籍渗透地方社会的深度和广度。另有法国汉学对徽州书业与地域文化的研究专辑等。以上海外学者的研究或在长时段中对出版与文化、思想、学术予以考察,或关注地域性商业出版、书籍传播,研究视域广阔。

综上,可以看出对清代官修经学文献的刊行与价值的相关研究仍然具有极大可拓展性。

四、课题研究

清代官修经学文献的编纂出版是清代经学研究成果得以流传和承继的基础,肩负了文化传承的重任;是清代政治、经济、文化发展的必然结果,是出版业兴盛的直接产物;更是清代经学研究、清代学术集大成之突出体现。此外,清代官修经学文献的编纂、刊行,可谓囊括了清代社会的核心构成,从朝廷到地方政府到学者,以及作为读者的社会精英与市民大众,官修经学文献编纂出版的历史就是以上众多社会阶层共同参与、利益博弈的历史,深入研究官修经学文献的编纂、刊行、阅读、流传及其和清代学术、清代社会的关系,具有重要的文化史、出版史、书籍史价值。

因此全面梳理清官修经学文献的整理与刊行状况,清晰地展现清代官方经学研究脉络,爬梳文化建设与文治策略的实施状况,深刻地认识清代文化认同、国家统一、官方意识形态构建的实现路径就成为一个重要研究议题。课题的研究对象为清代官修经学文献,课题所涉及的研究领域按照目下的学科分类属于文献学、历史学、哲学、政治学、传播学等学科的交叉部分，但是从课题对象来看，毫无疑问属于文献学研究的组成部分。课题的方法论层面而言，更侧重文献学的研究进路，因为只有通过这种研究进路才有可能对本项课题涉及的问题进行整全性考察。课题全面借鉴文化研究理论，结合国内外清代文化、清代经学、清代出版等相关领域的研究成果，以期能够实现对清代官修经学文献出版及价值的深入研究。

西方中国逻辑思想研究初探*

崔文芊**

中国逻辑思想研究，不仅包括对在中国本土孕育的逻辑理论产生、发展和发现历史的研究，还包括外来逻辑学说在中国传入、发展和演变历史的研究。只有明确了中国逻辑思想的研究对象，才有可能讨论中国逻辑的研究范围。中国逻辑思想研究大致由中国本土的逻辑思想、本土化的逻辑思想、关于中国逻辑思想的研究三部分组成。其中中国本土的逻辑思想主要是指传统的名辩学以及易学中的逻辑思想。近代以来，对于名辩的研究较为充分，成果也比较丰硕。中国逻辑思想研究自梁启超之始已经经历了百余年的发展，不同时期的学者也采用了诸如文献解读、对比研究、历史分析等方法对中国逻辑思想进行了全面而又深入的发掘，取得了丰硕的成果。在西方学界，将中国逻辑作为一个特定的研究领域，也经历了一个曲折的发展历程。在近些年中外学术界交流合作不断深入的条件下，我们有条件对西方学术界，特别是对英文文献中的中国逻辑研究的成果进行初步梳理，也有必要对这些成果作出初步评价，从而推进中国逻辑思想研究的深化。

---

* 本文系国家社会科学基金青年项目"西方中国逻辑思想研究的历史发展与最新进展研究"（批准号：19CZX064）的阶段性成果。

** 崔文芊（1987—），中国社会科学院哲学研究所助理研究员，主要研究方向为中国逻辑史。

一、西方中国逻辑思想研究发展概述

（一）中国逻辑思想的研究在西方学界得到了长足的发展

自20世纪以来，关于中国逻辑思想的研究就已在西方出现，还成为了一项重要研究项目，并且成为越来越多西方学者关注的焦点。西方学界对中国逻辑思想的研究经历了一个从无到有、从单一到全面、从粗浅到深入、从重点探究到系统发掘的过程。在此过程中，涌现出了大量的优秀学者，其中以葛瑞汉（A. C. Graham）、何莫邪（Christoph Harbsmeier）、成中英、陈汉生（Chad Hansen）、顾有信（Joachim Kurtz）为代表。这些学者根据自己的研究出版发表了许多重要研究论著，其中比较典型的有：葛瑞汉的《后期墨家的逻辑、伦理和科学》（*Later Mohist Logic Ethics and Science*）[1]为西方中国逻辑思想研究开创了全新的领域；何莫邪的《中国传统的语言与逻辑》（*Language and Logic in Traditional China*）[2]则是对中国逻辑思想进行了深入的语言学的发掘；成中英《中国传统逻辑探析》（*Inquiries into Classical Chinese Logic*）[3]构架起了中国逻辑思想研究的整体框架；陈汉生的《中国古代的语言和逻辑》（*Language and Logic in Ancient China*）[4]关于中国古代典籍的解释提出了一套全新的解释；顾有信《中国逻辑的发现》（*The Discovery of Chinese Logic*）[5]则系统梳理了西方逻辑引介到中国的过程及其影响，研究内容涵盖了汉学、语言学研究、中外文化交流史研究等众多领域。

百余年来，西方的中国逻辑思想研究经历了文本翻译、人物研究等发展过程，对某一问题的独立研究比较深入，但并未关注到各种文本、人物之间的相

---

[1] A.C.Graham. *Later Mohist Logic, Ethics and Science*. Hong Kong: Chinese University Press, 1978.

[2] Christoph Harbsmeier. *Science and Civilisation in China. Volume 7 Part I: Language and Logic in Traditional China*. Cambridge: Cambridge University Press, 1998.

[3] Cheng Chung-Ying "Inquiries into Classical Chinese Logic" Philosophy East and West, Vol. 15, No. 3 (Jul. 1, 1965), pp. 194–216.

[4] Chad Hansen. *Language and Logic in Ancient China*. Ann Arbor, Mich.: The University of Michigan press, 1983.

[5] Joachim Kurtz "The discovery of Chinese logic" Leiden; Boston: Brill 2011.

互关联。近些年来，则有学者注意到了中国古代思想发展过程中各种文本、人物之间的相互关系，而逐渐与相关问题联系展开更为深入全面的研究。郎宓榭（Michael Lackner）和几位不同学科的学者2001年合编的论文集《新词语新概念——西学译介与晚清汉语词汇之变迁》(New terms for new ideas: Western knowledge and lexical change in late imperial China)[1]就是一个典型代表。这本论文集就从不同学科探讨了晚清时期西学东渐对中国各学科、文化在语词、概念等方面的影响，涉及了语言学、哲学、历史、自然科学等多门学科。此外，还有约翰斯顿（Ian Johnston）于2004年发表的《〈公孙龙子〉：翻译以及对其与〈墨经〉关系的分析》(The Gongsun Longzi: A translation and an analysis of its relationship to later Mohist writings)[2]。这一论文对《公孙龙子》进行了重新翻译，并阐释了《公孙龙子》与《墨经》的关系，其中重点谈了《小取》中的"白马非马"的相关表述。这种研究体现了中国逻辑思想研究的深化发展。

　　近些年能看到的中国逻辑思想研究中另外一个明显动向是对古代经典的重新解读。在这一领域，一部分学者尝试着运用西方现代哲学观念来重新解释先秦经典，例如郝大维与安乐哲合著的《汉哲学思维的文化探源》(Thinking from the Han. Self, Truth, and Transcendence in Chinese and Western Culture)[3]，而另外一部分学者则尝试运用数学的形式化来分析古代典籍，例如卢卡斯蒂埃里的《惠施与公孙龙：一种来自现代逻辑的方法》(Hui Shih and Kung Sun Lung An Approach from Contemporary Logic)[4]。关于这一做法，曾昭式认为："虽然在其中依然能够找到梁启超的研究范式，然而他们的研究远远不止是对古典文献内容的细致解读，更是对其的'重构'或'创造'，然而，我相信这些真正的内容应成为我们

---

[1] Michael Lackner, Iwo Amelung, Joachim Kurtz. New terms for new ideas: Western knowledge and lexical change in late imperial China. Leiden; Boston: Brill, 2001.

[2] Ian Johnston "The Gongsun Longzi: A Translation and An Analysis of Its Relationship to Later Mohist Writings" Journal of Chinese Philosophy, 2004, Vol.31 (2), pp.271–295

[3] Hall David L., and Ames Roger T. Thinking from the Han. Self, Truth, and Transcendence in Chinese and Western Culture. Albany: State University of New York Press, 1998.

[4] Lucas Thierry. "Hui Shih and Kung Sun Lung: An Approach from Contemporary Logic." Journal of Chinese Philosophy 20 (1993): 211–255.

最主要的研究对象，并形成对古典文献的正确理解。也就是说，我们在对经典文献分析时最基本的要求是忠于原文本身。"[1]

此外，国际逻辑学杂志上陆续发表了大量研究中国逻辑思想的论文，这也说明中国逻辑思想研究是众多领域备受关注的一个热点问题。学界不同观点的激烈争论，多学科、多视角、多层面的探讨，说明中国逻辑思想研究对其他相关领域与学科的进一步发展产生了直接影响。

（二）基于非印欧语言的中国逻辑受到了国际逻辑学界的重点关注

20时间50年代以来，中国逻辑思想研究逐渐成为国际逻辑学界以及汉学界关注的一个重要领域。何莫邪的《中国传统的语言与逻辑》中就提出："只存在着一种文明在非印欧语系的基础之上发展出了系统的逻辑定义及其反映，那就是中华文明。也因此逻辑史在中国的反映对任何的全球逻辑史以及对任何的全球科学基础的历史而言都具有特别的重要性。"[2]

德国逻辑史学家克劳斯·格拉斯霍夫（Klaus Glashoff）在谈到由国际著名哲学家、逻辑学家、英国伦敦皇家学院计算机系教授多夫·嘉贝（Dov Gabbay）和加拿大英属哥伦比亚大学哲学系教授约翰·伍茨（John Woods）共同主编的十一卷本的《逻辑史手册》[3]中没有涉及"中国逻辑"问题时就指出，《逻辑史手册》"没有包含任何关于唯一一种基于非印欧语言的逻辑——中国逻辑的信息"，然而"众所周知，远在印度佛教逻辑之前，约公元前3世纪就已存在了本土的中国逻辑——后期墨家，中国逻辑在《逻辑史手册》中的缺失成为该手册的一大遗憾"。[4]

---

[1] Zhaoshi Zeng, Yun Xie "Liang Qichao's Research Paradigm and the Study of History of Logic in China" Studies in Logic, Vol. 5, No. 1 (2012), pp.121

[2] Christoph Harbsmeier. *Science and Civilisation in China*. Volume 7 Part I: Language and Logic in Traditional China. Cambridge: Cambridge University Press, 1998.pp. xxi

[3] Dov Gabbay, JohnWoods (editors), *Handbook of the History of Logic*, Vol. I, Amsterdam: Elsewier B.V, 2004.

[4] Klaus Glashoff. Review "Handbook of the history of logic [J]". The Bulletin of Symbolic Logic. Dec. 2004, 10 (4).pp. 583.

《逻辑史手册》是国际逻辑研究上一本里程碑式的著作。这部著作一经面世就受到了国际学术界的广泛好评。它在逻辑类型与范围上都有了进一步的拓展：逻辑类型既有经典逻辑与非经典逻辑，也囊括了康德、黑格尔等人的逻辑思想，其中还专门涉及归纳逻辑的发展历史；时间跨度上则是从亚里士多德之前一直到20世纪末；从逻辑的起源与发展的角度，其中涉及了古希腊、古印度、阿拉伯以及欧美等国家与地区，为读者提供了一种全面而立体的逻辑思想发展的全景图。从这部著作的章节安排以及所包含内容等方面都可以看出，逻辑科学是一个整体。[1]但是其中也存在着一些问题。克劳斯·格拉斯霍夫指出，尽管《逻辑史手册》是"第一部由大卷本著成的系列逻辑史著作"，但其中试图将印度逻辑比附西方逻辑的做法是失败的，格拉斯霍夫认为："印度逻辑不仅不是欧洲逻辑的附庸，而且把印度逻辑视为西方'逻辑史'的补充也是不恰当的。"他的这些观点对深化中国逻辑研究有极其重要的启发意义。这部著作的另外一大缺憾就是没有涉及"中国逻辑"。"'中国逻辑'的缺失必须被看作是失去了一次机会"，这就是通过一种不同的视角来重新反思西方逻辑传统与观念的机会。[2]

通过以上国外学者对中国逻辑思想的关注，不难看出中国逻辑在世界逻辑体系中的独特地位。并且作为唯一一种基于非印欧语言系统的逻辑，它所独有的特点也不断地吸引更多学者的关注。

（三）国际化趋势逐渐受到国内学者的重视和认可

推动中国逻辑史研究的国际化逐渐成为学者们的共识。在2013年7月中国逻辑史第十五次全国学术研讨会上，刘培育报告了中国逻辑史研究的国际化趋势，并为中国逻辑思想研究的发展进行了新的构架："3+2"。其中"3"主要包括：易经、名辩学和因明；"2"主要包括：西方逻辑的传入和逻辑的比较研究。翟锦程也介绍了中国逻辑思想研究走向国际的问题，其中涉及了西方中国逻辑思想研究

---

[1] 翟锦程：《从〈逻辑史手册〉看逻辑史研究与逻辑学发展的新趋势——兼谈中国逻辑研究的问题》，《东南大学学报》（哲学社会科学版）2007年第4期。

[2] 翟锦程：《用逻辑的观念审视中国逻辑研究——兼论逻辑史研究中的几个问题》，《南开学报》（哲学社会科学版）2007年第4期。

的现状、特点、成果、学术活动、存在问题、今后的努力方向以及几点思考。翟锦程指出，国外研究中国逻辑思想主要包括几个方面：一是从中国哲学角度开展的研究；二是国外逻辑史界和汉学界开展的研究。纵观国际学界目前的中国逻辑思想研究成果，可以大致概括出几个方面的特点：一是对中国逻辑的研究有一个从无到有的过程；二是对中国逻辑思想发展过程中涉及的核心人物做了重点和深入研究；三是所采用的多是西方哲学与逻辑的视角，对中国逻辑思想发生、发展的特殊性、复杂性缺少文化背景的考察与分析；四是对中国逻辑的范围的认识还主要限于先秦时期，而对中国逻辑的整体发展还没有系统的认识和研究。[1]

此外，国内学者在拓宽深化原有研究的同时，还愈发重视国外学者研究中关于中国逻辑思想的部分。在此之前，对于国外学者涉及中国古代思想、文化、典籍的研究，往往采用了汉学研究或者思想文化研究的视角来看待他们的成果，对其中绝大多数涉及中国逻辑思想研究的部分缺乏清晰的认识。近些年来，这一状况有所好转，国内学者也越来越重视西方学者关于中国逻辑思想的研究。其中，比较有代表性的是孙中原于2006年出版的《中国逻辑研究》[2]一书。在该书中，孙中原不仅对中国逻辑思想研究的对象、方法与内容进行了重新的思考，还对日本学界关于中国逻辑思想的研究进行了介绍与比较。然而，到目前为止，仍然没有完整系统梳理西方中国逻辑思想研究的著作。

二、西方中国逻辑思想研究意义

（一）为中国逻辑思想的深入研究提供新的视角

与国内中国逻辑思想研究发展的历史相比，西方学界从一开始就突破单纯以西方逻辑为框架的模式，采用了各种不同的方法，其中就有历史分析、逻辑分析等常用方法，也有语言学、史学等较为新颖的方法，完整全面地介绍中国逻辑思想与学说，并将中国逻辑思想还原到中国传统文化与学术发展的背景之下，来展

---

[1] 余军成、张学立：《中国逻辑史第十五次全国学术研讨会综述》，《逻辑学研究》2014年第1期。
[2] 孙中原：《中国逻辑研究》，商务印书馆，2006年。

现中国逻辑本身的丰富性和多样性。在这个过程中，不同时期的学者在前人的基础上不断创新，提出了许多全新的解释理论，极大地丰富了中国逻辑思想研究的维度。

中国逻辑思想既是世界逻辑体系的重要分支，又是中国文化中不可或缺的一环。所以在研究中国逻辑思想的过程中，不仅要将其与希腊、印度逻辑中的主导推理类型进行比较来分析共性和特质，还要探讨中国逻辑思想本身的产生与发展以及所具有的中国文化独特个性的一面。在这个过程中，国内学者主要采用了以下三种研究方法：第一，文化解读，就是把中国逻辑思想重新带回到中国哲学与文化的大背景中，尝试探究中国逻辑思想的内涵；第二，逻辑解读，就是根据逻辑的工具性、规范性、形式性这些基本特性，尝试系统地分析中国逻辑思想的逻辑意义；第三，比较研究，在世界逻辑发展的大背景下，发掘中国逻辑的独特贡献，通过中外逻辑的比较，来分析总结中国逻辑的特点。[1]国外学术界研究中国逻辑思想，有其固有的研究方法，也就是基于西方哲学和西方逻辑的基础和视角，这是其共性的一面；另外，不同国家的学者对中国逻辑思想的研究，也带有一定地域性的特征，体现其特性的一面。但这些研究都为研究中国逻辑思想提供了新的视角，带来了新的启发。

（二）推动东西方文化的交流

逻辑是知识体系的基础，也是学术话语体系的基础。东西方有着截然不同的思维方式，这就导致在看待同一问题或事物上有着不同的认识和看法，因此他们在研究中国逻辑思想时会得出与国人不同的结论。研究西方学界对中国逻辑思想认识的发展过程，可以帮助我们更深入地理解中国逻辑，从而对深入探讨和把握中国传统知识体系的内核，构建中国特色的人文话语体系有支撑作用，是提升中国文化软实力，推进中国特色文化建设的重要组成部分。哲学是时代精神的精华，逻辑是建构哲学体系，阐发哲学思想的重要工具。因此，在充分挖掘西

---

[1] 翟锦程：《用逻辑的观念审视中国逻辑研究——兼论逻辑史研究中的几个问题》，《南开学报》（哲学社会科学版）2007年第4期。

方中国逻辑思想研究相关史料和探究国外学者研究方法与成果的基础上，全面系统地研究西方中国逻辑思想研究发展的全过程，可以帮助我们更好地深入了解中国逻辑以及中国哲学，同时这也是加强优秀传统文化思想价值挖掘和阐发的有机组成部分，对丰富中国传统文化与学术的内容，传承优秀传统文化有重要的现实意义。

研究西方中国逻辑思想研究的发展可以推进中国学界中国逻辑思想研究成果的对外交流。无可否认，两岸三地是中国逻辑思想研究的重镇。但是由于国内外学界彼此之间的交流与国内之间的交流相比仍有很大欠缺，导致大量中国逻辑思想的优秀研究成果无法被西方学界了解。通过对西方中国逻辑思想研究发展历程的介绍与探讨，可以帮助我们更好地认识了解西方的中国逻辑思想研究，呼应国际学界对中国逻辑思想研究的关注，通过合作研究，向国际学界完整准确地介绍中国逻辑的核心内容与基本特征，进而将国内优秀的研究成果推介到国外，使西方学者也能够了解国内中国逻辑思想研究的发展情况，推进国际学界对中国逻辑的准确理解和把握，促进中外文化的积极交流，这对国内外中国逻辑思想研究都有着极其重要的意义。

斯宾诺莎《梵蒂冈抄本》与"伦理学"问题的疑难*

毛竹**

关于《梵蒂冈抄本》[1]的研究是对梵蒂冈图书馆发现的斯宾诺莎《伦理学》拉丁文抄本的编译与研究。现将这一部分的选题缘起、研究综述与主要内容简述如下。

一、缘起

梵蒂冈图书馆发现的拉丁语《伦理学》抄本（Vat. Lat. 12838，2012），为斯宾诺莎研究提供了一种全新的可行思路和视角。它是斯宾诺莎去世之前两年的作品，与通行的拉丁语《遗著集》(*Opera Posthuma*)的版本之间存在一些重要区别。(1)该抄本证实，"伦理学"(Ethica)题名是斯宾诺莎去世后阿姆斯特丹的编者们所加，并不代表斯宾诺莎的形而上学思考只是基于纯粹"伦理学"的目的。(2)该抄本与拉丁语《遗著集》中的《伦理学》行文的不同，意味着斯宾诺莎生前曾亲自对《伦理学》做过重要修订。

---

* 本文系国家社会科学基金青年项目"斯宾诺莎《梵蒂冈抄本》编译研究"（批准号：19CZX044）的阶段性成果。

** 毛竹（1984— ），中国社会科学院哲学研究所《世界哲学》编辑，研究方向为现象学和近代哲学。

[1] Cf. Spinoza, *The Vatican Manuscript of Spinoza's Ethica*, Leen Spruit & Pina Totaro eds., Brill, 2011.

在比照《梵蒂冈抄本》与通行拉丁语《遗著集》中《伦理学》文本的差异的基础上，本课题的研究部分试图阐明"conatus"（拉丁语，意为"努力""奋力"）作用机制在斯宾诺莎伦理学中的功能及意义，并结合斯宾诺莎的其他著作，揭示和澄清斯宾诺莎理论的诸核心思想要素（情感作用机制、关于情感与力之间作用关系的"conatus"学说、身心关系、知识论和自由学说等），重构具有严格性和复杂面相的斯宾诺莎哲学体系。

二、综述

（一）国外研究动态

斯宾诺莎一直被视为西方近代唯理论者的代表，但与其哲学地位相比，斯宾诺莎研究长期以来并没有得到充分重视。在英美实证主义传统下，斯宾诺莎彻底无神论等激进主张俨然已成一条"死狗"。[1]这种状况直到近二十年来才得以扭转。国外斯宾诺莎研究状况大致可分为三个阶段。

第一阶段：20世纪英美学者侧重斯宾诺莎与笛卡尔的承继关系，或引介斯宾诺莎思想与生平，[2]或对其形而上学进行概念辨析。[3]他们往往将斯宾诺莎的思想与其人生联系起来，认为斯宾诺莎哲学是追求理性与幸福生活的人生指南，并对斯宾诺莎哲学做出了理性主义视角下的融贯性阐释。[4]这些阐释路向带着明显

---

[1] Steven B. Smith, *Spinoza's Book of Life: Freedom and Redemption in the Ethics*, Yale University Press, 2003, pp. xi-xii.

[2] Cf. Harold Joachim, *A Study of the Ethics of Spinoza*, NY Russell & Russell INC, 1901; Harry Austryn Wolfson, *The Philosophy of Spinoza: Unfolding the Latent Processes of his Reasoning*（two volums）, Harvard University Press, 1934; Yirmiyahu Yovel, *Spinoza and Other Heretics: The Adventures of Immanence*, Princeton University Press, 1989; Steven Nadler, *Spinoza: A Life*, Cambridge University Press, 1999, etc.

[3] Cf. James Collins, *Spinoza on Nature*, Southen Illinois University Press, 1984; Edwin Curley, *Behind the Geometrical Method: A Reading of Spinoza's Ethics*, Princeton University Press, 1988; Lucia Lermond, *The Form of Man: Human Essence in Spinoza's Ethic*, Brill, 1988; Errol E. Harris, *The Substance of Spinoza*, Humanities Press, 1995; Michael Della Rocca, *Spinoza*, Routledge, 2008.

[4] Cf. Herman De Dijn, *Spinoza: The Way to Wisdom*, Purdue University Press, 1996.

的预设与成见。

同时，斯宾诺莎研究在法国和意大利呈现"复兴"趋势。法国学者德勒兹（Deleuze）[1]和巴利巴尔（Balibar）[2]、意大利学者奈格里（Negri）分别从自身的学术背景切入了斯宾诺莎研究，例如德勒兹侧重斯宾诺莎表象主义及其实践哲学，奈格里从"野性的反常"（savage anomaly）范畴以及海德格尔现象学的视角重新审视斯宾诺莎与现代性问题的关系。[3]法国学者莫罗（Moreau）[4]和波弗（Bove）[5]接续了该研究传统，他们和奈格里一样，仍然活跃在当前学界。这些著作对英语研究者也产生了重要影响。

第二阶段："conatus"学说是近二十年来斯宾诺莎研究的一个增长点。芬兰学者维嘉能（Viljanen）将该学说放在斯宾诺莎哲学的核心地位，考察了他的力量、存在、情感和因果观念，"这样或许就会给出一种关于斯宾诺莎哲学的令人惊奇的、统一的说法"。[6]基斯纳（Kisner）则站在理性主义立场上考察了斯宾诺莎的"自由"学说，主张"conatus"是对其自由学说的理性化，自由、个人选择和偶然性等学说基于严格的物理学法则。[7]

第三阶段：对斯宾诺莎"情感"学说研究兴趣的增长。耶路撒冷大学约维尔（Yovel）教授较早注意到《伦理学》中主动与被动情感的重要性，他组织了"耶路撒冷斯宾诺莎研究第三次会议"，专题讨论情感问题。但当时研究者普遍将情

---

[1] Cf. Gilles Deleuze, *Spinoza*: *Practical Philosophy*, Robert Hurley trans., City Lights Books, 1988; Gilles Deleuze, *Expressionism In Philosophy*: *Spinoza*, Zone Books, NY, 1990.

[2] Cf. Etienne Balibar, *Spinoza and Politics*, Peter Snowdon trans., Verso, 1998.

[3] Cf. Antonio Negri, *The Savage Anomaly*: *The Power of Spinoza's Metaphysics and Politics*, Michael Hardt trans., University of Minnesota Press, 1991.

[4] Cf. Pierre-François Moreau, *Spinoza*: *L'expérience et l'éternité*, Paris: Presses Universitaires de France, 1994.

[5] Cf. Laurent Bove, *La stratégie du conatus*: *Affirmation et résistance Chez Spinoza*, Paris, Vrin, 1996.

[6] Valtteri Viljanen, *Spinoza's Dynamics of Being*: *The Cocept of Power and Its Role in Spinoza's Metaphysics*, University of Turku, 2007, p.11.

[7] Cf. Matthew J. Kisner, *Spinoza on Human Freedom*: *Reason*, *Autonomy and the Good Life*, Cambridge, 2011.

感学说理解为《伦理学》第二部分"身心关系"问题的附属性问题。

女学者夏普（Sharp）注意到"情感"心理学的困境：斯宾诺莎按照线、面、体的几何学方式考察人类本性，体现出了一种自然化的哲学观念，神和人都是自然之中的一部分，但这同时意味着斯宾诺莎对人类自由的阐释缺乏超验的维度，将人类本质建立在低阶的经验生活，建立在关于爱、恨、同情等情感机制的因果链条上。夏普将斯宾诺莎进行了"再自然化"（renaturalized）的阐释，是一项有启发性的研究。[1]

此外，马歇尔（Marshall）指出了"心灵的自制"学说之中情感因素的不融贯之处：情感作用机制恰恰是难以自制的。他试图从当代心灵哲学的研究进路，重构斯宾诺莎的"心灵哲学"。[2]

除了以上为数不多的专题涉及"情感"理论的研究之外，国外研究者对斯宾诺莎情感理论的整体阐释还存在两种截然不同的倾向。一种注重阐发斯宾诺莎的情感学说遵循严格的因果律机制，揭示斯宾诺莎与霍布斯和斯多亚派之间的亲缘关系。[3]另一种着眼于德国唯心论者莱辛、雅可比、诺瓦利斯、谢林等人的"斯宾诺莎复兴"，强调尼采、弗洛伊德和德勒兹与斯宾诺莎的亲缘关系。[4]这种阐释倾向于从唯意志论角度理解斯宾诺莎对"情感"和"欲望"等概念的表述。

---

[1] Cf. Hasana Sharp, *Spinoza and the Politics of Renaturalization*, Chicago, 2011.

[2] Cf. Eugene Marshall, *The Spiritual Automaton: Spinoza's Science of the Mind*, Oxford University Press, 2013.

[3] Cf. Warren Montag, *Bodies Masses Power: Spinzoa and his Contemporaries*, Verson in London & New York, 1999; Harold Skulsky, *Staring into the Void: Spinoza, the Master of Nihilism*, University of Delaware Press, 2010; Michael LeBuffe, *From Bondage to Freedom: Spinoza on Human Excellence*, Oxford, 2010, etc.

[4] Cf. Steven B. Smith, *Spinoza's Book of Life: Freedom and Redemption in the Ethics*, Yale University Press, 2003; Firmin DeBrabander, *Spinoza and the Stoics: Power, Politics and the Passions*, Continuum, 2008; Michael Mack, *Spinoza and the Specters of Modernity: The Hidden Enlightenment of Diversity from Spinoza to Freud*, Continuum, 2010; Jon Miller, *Spinoza and the Stoics*, Cambridge University Press, 2015; Stuart Pethick, *Affectivity and Philosophy after Spinoza and Nietzsche: Making Knowledge the Most Powerful Affect*, Palgrave and Macmillan, 2015, etc.

这些研究不同程度注意到了情感学说在斯宾诺莎哲学中的关键地位，但研究者们要么对斯宾诺莎基于严格必然性法则和因果链条来阐释人类本性与情感的物理学机制采取了批评的态度；要么注重阐发斯宾诺莎哲学中的尼采式面相。在这两种阐释倾向下，斯宾诺莎的哲学形象分裂成了两种截然对立的形态。

本研究试图修正这一理论出发点：对"情感"（affectus）和"作用"（actus）的考察必须与"conatus"学说结合起来。具体的，《伦理学》第四、五部分关于自由、德性与幸福的"conatus"学说需要结合第二、三部分"情感"的作用机制在身—心关系上的表述，并考虑斯宾诺莎早年所持有的笛卡尔式"普遍数学"（mathesis universalis）理想，分析其中的理论困难，才会对斯宾诺莎本人的思想处境采取一种"同情的理解"，而不是简单采取批判或赞同的立场。

（二）国内研究动态

国内研究者注重阐发斯宾诺莎与中国传统的亲和力，[1]以及斯宾诺莎与德国古典哲学的关系。[2]近年来，越来越多的学者注意到斯宾诺莎形而上学中的政治哲学问题，[3]主张"conatus"学说的动机既与斯宾诺莎形而上学体系的旨归相关，也体现了斯宾诺莎与霍布斯、马基雅维利的内在关联。这些研究已达到国际水准。此外国内学者还注重对有国际影响力的斯宾诺莎研究著作的译介，例如德勒兹[4]和巴利巴尔[5]的研究著作，奈格里的著作也正在译介之中（赵文译，即出），这些译著都对国内斯宾诺莎研究的进步做出了重要的贡献。

---

[1] 参见洪汉鼎：《斯宾诺莎哲学研究》，人民出版社，1993年；谭鑫田：《知识、心灵、幸福——斯宾诺莎哲学思想研究》，中国人民大学出版社，2008年；韩东辉：《天人之境——斯宾诺莎道德形而上学研究》，中国人民大学出版社，2008年；仰和芝：《生存与和谐：斯宾诺莎对生的沉思》，江西人民出版社，2011年。

[2] 参见叶秀山：《斯宾诺莎哲学的历史意义——再读〈伦理学〉》，《江苏行政学院学报》2003年第1期。

[3] 例如参见吴增定：《斯宾诺莎的理性启蒙》，上海人民出版社，2012年；黄启祥：《斯宾诺莎与霍布斯自然法权学说之比较》，《云南大学学报》2014年第1期；等。

[4] 德勒兹著，龚重林译：《斯宾诺莎与表现问题》，商务印书馆，2013年；德勒兹著，冯炳坤译：《斯宾诺莎的实践哲学》，商务印书馆，2004年。

[5] 巴里巴尔著，赵文译：《斯宾诺莎与政治》，西北大学出版社，2015年。

三、内容

本研究试图以"conatus"学说为基础重构斯宾诺莎的情感学说,所涉及的具体内容如下:

(一)斯宾诺莎的情感学说与17世纪神学的世俗化运动

17世纪神学、哲学与科学的形态正在经历巨大变革。神学世俗化意味着神学讨论并不局限于神职人员,笛卡尔、斯宾诺莎和霍布斯等世俗哲学家都从不同的路向推进了经院哲学对"上帝证明"的传统讨论。[1]自然科学新定律的发现(例如匀速运动律),使人们开始持有一种关于"自然之书"(Book of Nature)的普遍信念,认为上帝、人类与事物的真理体现在"自然"(natura)这部大书中,哲学的基础也必须奠基在诸如自然科学一般清楚分明的规则上。这两种思想倾向同时体现在斯宾诺莎的哲学工作中。

(二)斯宾诺莎早期的情感学说与笛卡尔和霍布斯的激情理论

笛卡尔宣称自己是古今第一个不同于亚里士多德的研究"激情"的人。但笛卡尔只承认对"心灵的激情"的研究,需要对第一哲学沉思作一种"道德确定性"(morally certain)的补充。[2]霍布斯则明确表示:"[如果]人类行为的本质[或许]可以用我们理解几何图形的性质的方式来清楚地认识……那么人类将享受到一种不朽的和平(immortal peace)。"[3]斯宾诺莎对激情学说的处理,不同于

---

[1] Cf. Amos Funkenstein, *Theology and the Scientific Imagination: from Middle Ages to the 17th Century*, Princeton University Press, 1986, pp.4–7.

[2] Descartes, *Principles of Philosophy*, IV, section 205.in The Philosophical Writings of Descartes, vol.1, J. Cottingham & R. Stoothoff & D. Murdoch & A. Kenny eds. and trans., Cambridge University Press, 1985, pp. 289–90.

[3] Hobbes, *Man and Citizen* (*De Homine and De Cive*), 3rd print, Charles T. Wood et al. trans., Bernard Gert ed. and intro., Hackett Publishing Company, 1998, p.91;另外值得注意的是在《利维坦》中,霍布斯还明确表示:"几何学是上帝眷顾而赐给人类的唯一科学。"(Hobbes, Leviathan I 4, "Of Speech")

与他同时代的笛卡尔、霍布斯等人。首先，斯宾诺莎将各种"情感"（感觉、情绪、"conatus"、动机等）放置在对人性讨论的核心地位。此外，斯宾诺莎并不把"激情"等情感视为心灵活动的阻碍力量。

（三）"conatus"学说与"情感"的作用机制

尽管斯宾诺莎早期著作《神、人及其幸福简论》的写作也采用了几何学的方式（more geometrico），但斯宾诺莎此时并无法将对人类"情感"本质的全部形而上学讨论完全建立在这种笛卡尔式方法上。《伦理学》中斯宾诺莎对"情感"作用机制的奠基与他的"conatus"学说密不可分且存在张力：最让研究者困惑的地方在于，斯宾诺莎主张，心灵一旦形成关于情感的清楚分明的观念，那么这些情感就变成主动的了（Spinoza，EVP3）；而古代哲学传统则认为，心灵被动地受情感的作用（"pathos"一词在古希腊语中就是被动、承受的意思）。

（四）情感与身体

《伦理学》中斯宾诺莎明确主张"身体和心灵是一回事"（Spinoza，EIIIP2 Sch），但他也提到说："情感既可以是主动的，也可以是被动的。一旦形成关于一个情感的清楚分明的观念，那么这个情感就不再是被动的激情了。"（Spinoza，ELUD3 and P3，EVP）因此情感的作用机制与身心一元论之间存在不融贯之处。

（五）理智还是情感：斯宾诺莎的自由学说

按照情感学说，从每个人自我保存的力量最大化的假设中推论出来的民主制，是斯宾诺莎的理想政体。但宣称理性是人所共有的，并不意味着每个人都可以得到理性的启蒙。斯宾诺莎后期持有一种调和性政体学说：既要保护少数人在理性指导下的自由生活，也要捍卫所有人在理性和自然权利上的平等。

（六）斯宾诺莎哲学在当代的思想可能性

对"理性"和"欲望"这对传统哲学主题的讨论构成了斯宾诺莎情感学说的主要内容。斯宾诺莎的取向体现出了新旧哲学之间的张力：不同于古希腊哲学的理性主义，斯宾诺莎将理性放置到了每个人的自然本性之中，取消了德性与善恶的目的论指向和道德色彩；不同于现代自由主义主张，斯宾诺莎明确否认理性能力在人的本性之中的平等，他的自由学说也是一种在人的有限理性的界线之内，每个人"共同的激情"所形成的合力的加减法。

总之，本研究试图将斯宾诺莎的哲学工作纳入17世纪神学、自然科学与形而上学相互影响、相互渗透的世界图景之中，透过斯宾诺莎在《伦理学》以及《梵蒂冈抄本》中围绕"cunatus"学说建立的"情感"学说，审视斯宾诺莎将力学与数学方法融入形而上学体系中的努力以及这种学说所面临的内在困难。

Research Articles | 研究文章

张载的太虚、太极与太和[*]

彭荣[**]

对于张载的太虚、太极、太和诸概念，学界有不同理解，由于受到本体与现象二分架构的影响，诠释工作往往陷入矛盾。事实上，张氏并不甚注重本体与现象的二分，这从他对形而上下的看法可得证实。张载之学的关键在于"一物两体"，即气的对立与同一，太极指的就是气的这种对立同一性。太虚表述气的同一性的一面，张载称之为气的"本体"；阴阳表述气的对立性的一面，张载称之为气的"客形"：二者都是实存的。太和则是对气的对立同一性的充分表达，指湛一之太虚与阴阳二气的循环往复。

一、三种主要立场

关于张载的太虚、太极、太和三个概念，历来是学者聚讼不已之处，这一方面是因为学者们各自所本的立场不同，另一方面也是因为张载学说有其复杂性。如朱伯崑先生秉持气化论的立场，认为太虚既指虚空，又指"世界的本源，即太极"[1]，而太极"指阴阳二气的统一体"[2]，至于太和则是指"气处于高度和谐的

---

[*] 本文系国家社科基金青年项目"吕祖谦道学思想研究"（批准号：19CZX022）阶段性研究成果。
[**] 彭荣（1986—），男，哲学博士，浙江师范大学孔氏南宗与传统文化研究所，研究方向为宋明理学、魏晋玄学。
[1] 朱伯崑：《易学哲学史》第二册，华夏出版社，1995年，第313页。
[2] 同上，第300页。

状态"[3]。但朱先生发现，张载所谓太虚，作为湛一无形的"气之本体"，又是"混然不分的一"，这与阴阳的对立统一不是一回事。[2]这就导致其世界观具有两重性，即一方面是有形象可见的器世界，另一方面是清虚无形的气世界；相应的，太极一方面是阴阳二气的统一体，另一方面"其本性无阴阳之分"。如果世界的两重性尚可以从形而上、形而下的角度去理解的话，那么由此所致的太极的两层含义之间就无法协调了。朱先生认为，这是因为张载"不能辨别统一与混一"。[3]

反对气化论甚力的牟宗三先生则认为，太虚是"清通无象之神"，也即是形而下的气的"超越的体性"，他将之称为"创造之实体"（creative reality）[4]。在其他地方，他又将太虚称为道体、神体、性体，而认为此"太虚神体之圆一即太极"，这里的"圆一"是牟氏针对道的"兼体而无累"和天的"参和不偏"所做的解释。即是说，太极和太虚，在牟氏那里是同层次的概念，都是指形而上的道。[5]而张载的太和带有明显的气化论色彩，与牟氏的立场不可避免地发生了冲突。故而他大力辩护说："太和所谓道"是"太和而能创生宇宙之秩序即谓为道"的意思，太和是一个总括性的概念，它虽然"可以分解而为气与神"，但实际上只有"创生实体"才是道，"游气之氤氲"并非道，故而他给太和的定义有三："能创生义、带气化之行程义、至动而不乱之秩序义（理则义）。"[6]

两种思路在解释张载思想时都遇到一些无法说服的困难。在这种情况下，丁为祥先生做了别出心裁的解释。他承认气化论的立场，认为张载的太极是指"阴阳未判的元气"，并强调说，"气"这一概念既可以指涉阴阳未分的太极之气，又可以指涉阴阳二气，"太极"则只有单一指谓；而太虚则具有"与气对立而又超越于气的特性"，是气的本体，其于气化行程中的作用则是"神用"；太和则是太

---

[3] 朱伯崑:《易学哲学史》第二册，第290页。
[2] 同上，第308页。
[3] 同上，第310—313页。
[4] 牟宗三:《心体与性体》上，《牟宗三先生全集》五，台北联经出版社，2003年，第466—467页。
[5] 同上，第472—475页。
[6] 同上，第459—462页。

虚（神）与气的统一，也即是"'太虚'与'太极'的统一"，故而太和之道既指涉阴阳二气的生化，又指涉太虚本体，是宇宙论和本体论"同时并建"的。[1]在丁先生，太和兼摄太极之气与太虚本体，这意味着他一方面承认太和可以如王夫之等传统气化论者那样，被表述为太极之"气"，[2]并由此否认牟宗三将太和之道等同于太虚这一"创生之神"的说法；[3]另一方面，他将太虚理解为"既超越又内在"于"气化"过程的本体，则又承认牟氏对"太虚神体"所做的形而上的描绘，而张载"太虚即气"的命题，便成了形上、形下两个范畴之间的相即不离，而不是直接等同。[4]

丁氏虽然采取了折中圆融的立场，但问题并未被彻底解决。《正蒙·太和》明言："太虚不能无气，气不能不聚而为万物，万物不能不散而为太虚。循是出入，是皆不得已而然也。"[5]这里所谓"循是出入"，分明是将太虚、气、万物视为互相转化的一大循环，与丁氏将"太虚即气"描述为本体与现象的相即，终相暌违。而且，在易学史上，太极是比太虚重要得多的概念，且魏晋以来注疏即已以"无"来诠释它。如果张载对所谓形而上的本体真的有如此鲜明的把握，在将太虚视为形而上的本体时，却将太极当成了形而下的气，未免令人诧异。事实上，张载关于形上、形下的表述是"非正统"的，其中并不存在我们所了解的本体、现象上下二分的架构。

二、形而上下的问题

形而上下的问题，最早是因二程对张载之学的评议而产生的。程颢旗帜鲜明地提出"阴阳亦形而下者"的命题，并说："若如或者以清虚一大为天道，则

---

[1] 丁为祥：《虚气相即：张载哲学体系及其定位》，人民出版社，2000年，第51—57页。
[2] 同上，第55页。
[3] 同上，第49页。
[4] 同上，第64—66页。
[5] 章锡琛点校：《张载集》，中华书局，1978年，第7页。

乃以器言而非道也。"[1]表示了对张载以太虚为气之本体的不满。后来程颐张大此说，径谓"气是形而下者，道是形而上者"[2]，遂造成道与气的形而上下的二分。此说为朱子及后来大部分理学家所继承，遂成定见。经西学东渐的洗礼，形而上下架构又与柏拉图传统的双层本体论媾和，被表述为本体与现象，诠释者们倾向于将这一架构运用到全部的古代思想家中，凡能够契合此架构的思想家，无疑会获得更高的评价。但张载的太虚"本体"是早已被判定为形而下者的，今天的诠释者们既已视二程以降形而上下架构为是，则不能不以太虚这一"本体"为非，故而只能以气化论来评价它。以此来说，牟、丁二先生为挽救张载哲学于形而下的气论所做的努力，有其不得已处。然而形而上下之争，本就是以张载之学为基础而展开的，其学说不符合后来所建立的形而上下框架，本属正常，我们似乎也不必对此耿耿于怀。问题的关键不在于张载哲学是否具有本体与现象二分的架构，而在于，我们应当克制自己以此二分架构衡量一切古代思想的欲望。

澄清了这一点，我们对张载以"非正统"的方式理解"形而上"，也就不会那么不安了。张载云：

> "形而上者"是无形体者，故形而上者谓之道也；"形而下者"是有形体者，故形而下者谓之器。[3]
>
> 凡不形以上者，皆谓之道，惟是有无相接与形不形处知之为难。须知气从此首，盖为气能一有无，无则气自然生，气之生即是道是易。[4]
>
> 一阴一阳不可以形器拘，故谓之道。乾坤成列而下，皆易之器。[5]
>
> 体不偏滞，乃可谓无方无体。偏滞于昼夜阴阳者物也，若道则兼体而无累也。[6]

---

[1]《二程遗书》卷十一，《二程集》，中华书局，2004年，第118页。
[2]《二程遗书》卷十五，第162页。
[3] 章锡琛点校：《张载集》，第207页。
[4] 同上。
[5] 同上，第206页。
[6] 同上，第65页。

这里，张载将"形而上"释为"无形体"，并将"无方无体"说成是"体不偏滞"，即是说，凡是不局限于形体的，不固守于某一片面性质的，都称作形而上的"道"。相应的，凡是有形象可见的，或局限于某一固定性质而无法变化的，就是形而下的"器"。由于《正蒙·太和》明确说"太和所谓道"[1]，依据《系辞》"形而上者谓之道"的论断，太和显然是形而上者。而太虚也是无形体可见的，故也是形而上者。《正蒙·太和》又说"由气化，有道之名"[2]，气化指的是阴阳的交易运行，它不可能局限于某一固定形象，不具有固定的性质，故而也是形而上者。也就是说，在张载这里，太和、太虚、气化都是"形而上者"，它们是相互连贯的。朱伯崑先生即持此说。[3]不过这里要注意，不宜说张载是"以气为形而上者"[4]，因为气也可以拘囿于某一确定形体而成"器"，是一个形上、形下兼备的概念。事实上，"气之生"才是道，阴阳的变易才是形而上的。

从这里可以看到，张载的形而上下，只是对是否拘囿于某一确定形体或性质的判断，这一思路是相当清楚的，虽与二程以降视阴阳之理为形而上者，阴阳为形而下者的见解不同，但这只说明双方对形而上下的理解存在分歧，而不能说张载的学说不"正确"。倘若我们一定要以本体与现象二分的思路来审视张载，则太虚、气化就分别属于本体、现象，而太和则是本体与现象的统一，这就意味着张载把三个不同层次的概念视为形而上者，张载之学将不成体系。这样一来，无论学者们所做的系统化的解释多么精巧，都会因基础的丧失而失去说服力。

三、天参与太极

上文中，我们确定太和、太虚、气化都是"形而上者"，而未提及太极，这是因为，太极主要是用于描述气化何以可能的，即形而上者何以能"兼体而无累"的，与形而上下问题不在同一层面。从张载的表述看，太极是气的特性，当

---

[1] 章锡琛点校：《张载集》，第7页。
[2] 同上，第9页。
[3] 朱伯崑：《易学哲学史》第二册，第287—288页。
[4] 同上，第282页。

然也可以说是形而上者的特性。太极往往是与"天参"关联起来的，在解《说卦》传"参天两地而倚数"时，张载说：

> 地所以两，分刚柔男女而效之，法也；天所以参，一太极两仪而象之，性也。[1]

朱伯崑先生解释说："刚柔男女之分，取法于地之两；太极两仪之性，取象于天之参。"[2]这是把"所以"当成直陈事实的虚词看，似乎与注释体例不合。相对的，牟宗三先生将"所以"理解为"之所以"，则无问题，不过他将"效之法也""象之性也"读在一起，又不可信。[3]此外，在"一太极两仪"的理解上，朱先生认为此"一"与"两"并列，表示太极为一，两仪为二，"合而为三"。[4]其实，此处的"一"与前文的"分"对文，是统一、统合的意思，牟氏解"太极两仪之统而为一"[5]，良是。不过，"天参"也确如朱先生所说，是指太极之一与两仪合而为三。这句话意思是说，地之所以为两，是效法天而分刚柔男女；天之所以为参，是以太极与两仪而成此"三"象，它本来就会如此，不需要效法谁，所以是"性"。这里，太极固然是纯一，但并不会造成朱先生所认为的，太极之一在两仪之二之上的后果。[6]这是因为，太极之"一"，并不是阴阳的"统一"，而是阴阳的"同一"。

庞朴先生在《一分为三论》里，谈到了对立面之间的同一性（identity）和统一性（Unity）问题。他说，同一性具有三种形式，直接同一性（如马克思所说的"生产是消费，消费是生产"）、相互联系、相互转化，而直接同一"最能充分显示出对立的同一来"；统一性则指以包含（亦A亦B）、否定（非A非B）、超越

---

[1] 章锡琛点校：《张载集》，第10页，第233页。
[2] 朱伯崑：《易学哲学史》第二册，第306页。
[3] 牟宗三：《心体与性体》上，第473—474页。
[4] 朱伯崑：《易学哲学史》第二册，第306页。
[5] 同上。
[6] 同上，第307页。

（A 统 ab）等方式，将对立面统合为一。[1]就张载来说，太极之为"一"，指的是两仪所具有的"同一性"，而非统一性，因为太极同时也是两仪，而两仪即是太极之"一"所涵摄的对立双方。从"一物两体"的命题，我们可以很清楚地看到这一点。

张载云：

> 一物而两体，其太极之谓与！[2]
>
> 一物两体者，气也。一故神，（自注：两在故不测。）两故化，（自注：推行于一。）此天之所以参也。两不立则一不可见，一不可见则两之用息。两体者，虚实也，动静也，聚散也，清浊也，其究一而已。有两则有一，是太极也。若一则有两，有两亦一在，无两亦一在。然无两则安用一？不以太极，空虚而已，非天参也。[3]

这里，"两体"指的是对立双方，"一物"指的是兼摄对立双方的那个整体。张载以"一物两体"描述太极，相当于说太极是对立双方的整体。不宜说太极是阴阳的"统一体"，"统一"的双方只是相互依存，各守其偏而无法真正相通，其实仍然是"两"而称不上真正的"一"。只有当对立双方的本质是同一的，才能保证世间万物具有真正的通性，所谓"一故神"。由此才能达成真正的和谐，所谓"有反斯有仇，仇必和而解"。[4]倘若这里仅只是阴阳的对立统一，对立双方就只能在统一体内做无限的循环斗争，也就谈不上"仇必和而解"。有趣的是，当朱先生站在对立统一的立场时，即否认"仇必和而解"的命题，而认为对立面的斗争才是绝对的。[5]

张载以"一物两体"指涉太极和气，故而学者常据此而直接认为，太极就是

---

[1] 庞朴：《一分为三论》，《庞朴学术思想文选》，上海古籍出版社，2013 年，第 387—389 页。
[2] 章锡琛点校：《张载集》，第 48—49 页，第 235 页。
[3] 同上，第 233—234 页。
[4] 同上，第 10 页。
[5] 朱伯崑：《易学哲学史》第二册，第 305 页。

气。不过在笔者看来，与其说太极是气，不如说太极和气都能以"一物两体"来描述。即是说，气具有"一物两体"的特性，而太极即是这一特性。在张载那里，气必分阴阳，所谓虚实、清浊、动静，皆是气的二分，而阴阳之分终归是同一的，"其究一而已"。这里的"一"，按照朱先生的术语，就是指"混一"，而非"统一"，当张载说"有两则有一，是太极也"时，指的就是对立双方可以同一。朱先生认为张载"不能辨别统一和混一"，但问题恰在于，"混一"才是张载太极观所要表达的。

太极既可以指对立双方的同一性，从而被描述为"一"，也可以指对立同一性本身，从而被描述为"一物两体"，二者是一致的。至于"不以太极，空虚而已"，应是在说，太虚之所以能有气化之功能，全在于有太极（一物两体）之性：如果太虚之天不具有太极之性，不能于同一中走向对立，于对立中保持同一的话，就只是死寂不动的空虚，而不成其为"天参"了。这里，就涉及太虚的概念。

四、太虚、气化与太和

张载从未直接说太极是"气"，倒是有"太虚之气"的提法："太虚之气，阴阳一物也，然而有两体，健顺而已。"[1]故而将太虚理解为气，问题不是太大。但若再分，则"一物两体"之气，可以分为阴阳的对立以及阴阳的同一；前者也即是阴阳之气，有健顺之"两体"，而后者则是太虚之气，以阴阳为"一物"。在这个意义上，"太虚"实际上是在指涉气的同一性的面向，这一面向被认为是气的本原状态，张载称之为"太虚无形，气之本体"。[2]太虚是"至静无感"[3]的，它贯穿于感应，并成为感应得以持续下去的基体。《正蒙·乾称》云：

---

[1] 章锡琛点校：《张载集》，第231页。
[2] 同上，第7页。
[3] 同上。

> 太虚者，气之体。气有阴阳，屈伸相感之无穷，故神之应也无穷；其散无数，故神之应也无数。虽无穷，其实湛然；虽无数，其实一而已。阴阳之气，散则万殊，人莫知其一也；合则混然，人不见其殊也。形聚为物，形溃反原，反原者，其游魂为变与！所谓变者，对聚散存亡为文，非如萤雀之化，指前后身而为说也。[1]

太虚渗透于阴阳感应而为其基体的这种作用被称为"神"。虽然阴阳的聚散感应无穷，但都为太虚所贯彻，故而仍归于"湛然"之"一"（这里，"湛然"的说法再次表明，此"一"是纯一、同一，而非统一）；而太虚之所以"神"，正在于阴阳"两体"的感应瞬息万变，而阴阳感应又造成万殊之物。这里，以阴阳的聚散为中介，太虚与万物构成循环，即"形聚为物，形溃反原"，而当万物散灭而返归于太虚这一本原时，太虚又重新酝酿出感应聚散，此即"游魂为变"。这与"太虚不能无气，气不能不聚而为万物，万物不能不散而为太虚"的说法，如出一辙。

太虚既然参与到气化过程中，就变成了实存性的湛一，剥离了太虚意涵的气，就只剩下实存性的阴阳变化。这里要指出，张载的"气"有两种含义：其一，统称太虚之气与阴阳之气；其二，当与太虚对举时，则指阴阳之气。实存性的阴阳变化又以实存性的湛一为现实的基体，按照本体与现象二分的形而上学的双层结构，太虚这种"本体"当然就仍归于现象界，而非本体界。然而张载想要描述的本来就不是那种"非实存"的"本体"：如果太虚是非实存的"形而上"的本体，鉴于本体与现象分属两个层级，现实层面的气将只剩下阴阳，也即只剩下对立性，就只有对立斗争而没有同一、互通，"仇必和而解"也就无从谈起。故而在张载看来，气既然是实存的，它的同一性的面向，也应与对立性的面向一样，都是实存的。

但这就造成一个问题：太虚作为"至静无感"的湛然之"一"，摄取了虚实、动静、聚散、清浊之"两"，那么此"一"之虚、静，与"两"中的虚、静有何

---

[1] 章锡琛点校:《张载集》，第66页。

不同？由于太虚之气和虚实、动静的阴阳之气都是实存的，太虚之"虚"恐怕同时也是虚实相对之"虚"，两者的差别只在于，前者是"清通而不可象"的，后者虽无形，但却有象。他说：

> 故形而上者，得辞斯得象，但于不形中得以措辞者，已是得象可状也……如言寂然湛然亦须有此象。有气方有象，虽未形，不害象在其中。[1]

从这里看，只要能用言辞去表述，都是象，即便说湛然之虚、寂然之静，既有湛然、寂然诸辞来形容之，即已是象。不过，这种虚、静显然是对实、动而言，才成其为象的，所谓"有气方有象"，有阴阳之对立，才有拘于一隅之"象"。而"太虚"是虚的极致，没有"太实"与之相对，因而是无形无象的，此即《语录》所谓"静犹对动，虚则至一"之意。[2] 至一的太虚无形无象，但至一本就涵摄聚散感应之潜能，一旦有感应，就不再是无形无象的太虚，而是在清虚之外又产生重浊，于是清与浊对生，而有阴阳之气的凝结酿造，聚而成形："太虚为清，清则无碍，无碍故神；反清为浊，浊则碍，碍则形。"[3]

这里说"反清为浊"，指太虚在其所涵摄的对立之性的作用下，凝结造作浊碍之形，这样一来，原本"无对"的太虚之清，堕入一隅而与有碍之浊相对，就成了清之象。虽然如此，浊象亦是因至一之清的变化而建立起来的，太虚清通之性其实仍贯彻于浊碍之形之中。至清之太虚，其实是自作清、浊之象，因而兼摄清浊之象，而不局限于某一固定之象。本着"体不偏滞，乃可谓无方无体"的立场，太虚之"清"就可谓为"无象"，由于此"清"并非是一种固定化的描述，不可谓"得辞"；同时，由于太虚又自作清浊，故而可以"于不形中得以措辞"，故而象又是始终存在于"未形"（形而上者）之中的。即是说，至一可以造成二，

---

[1] 章锡琛点校：《张载集》，第231页。
[2] 同上，第325页。
[3] 同上，第9页。

同时至一就是二；太虚可以造成清浊之气，同时太虚本身就是清浊之气。这里，太虚之无方所之清，与两体相对的清浊，本就是一体的。二程、朱子说张载以清兼浊，虚兼实，此说固然无误，但更恰当的说法是，清兼清浊，虚兼虚实，后一个清、虚是有对之象，而前一个清虚兼有此对，故而无对无象，而"不害象在其中"，如此方是"一物两体"。

由于太虚既是至一之清，又造成清浊之象而与它们同一，故而它既是"至静无感"的，又是有感应而"不可以形器拘"的，故而，太虚是形而上者。而阴阳之气的屈伸往来的变化，也是有感而"不可以形器拘"，故也是形而上者。较之于太虚，气化似乎少了"至静无感"的意涵，看起来与太虚不同。然而实际上，太虚必然贯彻于气化之中，正如气化亦贯彻于太虚之中一样，所谓"两不立则一不可见，一不可见则两之用息"，故而气化也具有"至静无感"的意涵。即是说，太虚与气化，都具有"一物两体"的特性，只不过前者似侧重于"一物"，后者似侧重于"两体"，但对立同一性是无法分割的，强调某一方，另一方也必然俱在，故而太虚即意味着气化，气化即意味着太虚，这两个概念是"形而上者"所具有的两种面向，共同指示"道"。

张载所描述的这种形而上之道，指的就是天地之化本身，这同时也被他称作"太和"。太和是"气坱然太虚，升降飞扬，未尝止息"[1]的天地变化之道，其中含有"一物两体"之性："两体"指对立性，即"浮沉、升降、动静相感之性"，由对立性而造成阴阳之气的氤氲变化，而有"散殊而可象"的各种差异性产生；然而各种差异性又是同一的，因为有"清通而不可象"的太虚之神为其本原。[2]太和描述的就是这种虚实、动静相感，相反相仇，而又相和相一的状况。它是对太虚与气化的全面表达，是对一物两体之气的感应与和一的充分描述。

以上即是我们对太极、太虚、太和的分析。结论认为：抛开本体与现象二分的形而上下结构，张载自身对形而上的界定是清楚的，即无形无象，或不拘于固定形象；他的核心概念不在于形而上下，而在于"一物两体"，这是太极的意涵，

---

[1] 章锡琛点校：《张载集》，第8页，第224页。
[2] 同上，第7页。

指的是气所具有的对立同一性；其中，太虚是气的同一性的面向，阴阳则是气的对立性面向，一方的存在必涵摄着另一方的存在；太虚是至一无感的实存，它造成阴阳清浊之二分感应，同时又渗透其中而为其基体，这种太虚造成阴阳之气，而凝聚为万物，又溃散入太虚的循环过程，就是太和，这种至高的和谐，是由对立面的同一而保证的。

朱子之"戒惧""慎独"观与邹守益之"戒惧"说比论[*]

钟治国[**]

> 朱子认为"戒惧"与"慎独"微有不同:"戒慎恐惧"主要是存养于未发时的保守天理之功,也是贯穿于已发时的警惕谨畏工夫。由不睹不闻至睹闻处皆有不可须臾离之之道,皆须戒慎恐惧。"慎独"则大致是将发、已发时防检人欲的省察之功,是于幽隐细微之处尤加致谨。"王门宗子"邹守益之学合"戒慎恐惧"与"慎独"为一,以"戒惧"为话头。此说统摄了阳明学"悟本体即是工夫"和"用工夫以复本体"的双重工夫进路,因而他既高度认同保有、任运良知之精明流行的第一义工夫,又在去欲复性的工夫理路上有取于朱子之"戒惧""慎独"说的工夫内涵,将自然、简易的工夫面相融摄至"戒惧"工夫中,表现出更为丰富、多元的工夫实践面貌和义理诠释倾向。

邹守益(1491—1562,字谦之,号东廓)之学以"戒惧"为常提的话头,似乎与阳明的"致良知"提法不同,但从义理内涵的根本实质来看,正如黄梨洲对东廓之学的评论所云:"先生之学,得力于敬。敬也者,良知之精明而不杂以尘俗者也。"[1]戒惧是恢复、保任良知精明流行的敬的工夫的另一种表述方式,

---

[*] 本文系国家社科基金一般项目"北方王门后学研究"(项目编号:19BZX067)阶段性研究成果。

[**] 钟治国(1982—),哲学博士,西安交通大学人文社会科学学院哲学系副教授,主要从事朱子学、阳明学研究。

[1] (明)黄宗羲著,沈芝盈点校:《明儒学案》卷十六,中华书局,2008年,第332页。

与阳明之说并无二致。[1]此说颇能破除阳明后学中的玄虚、猖狂之弊，因此蕺山、梨洲师徒二人才认为东廓之学是阳明之的传，以其为阳明之教赖以不坠的宗子。[2]此外，自嘉靖二十年（1541）落职归乡后，他日以讲学为事，足迹遍江南，不遗余力地敷演阳明"致良知"之教，堪称卫护、传播阳明之学的中流砥柱。邹守益于正德六年辛未（1511）以会试第一、廷试第三授翰林编修，其于当时作为主流学术思想、科考取士标准的朱子学必有相当程度的了解。这一点可从其悟入阳明学的过程中得到证明：他认为《中庸》乃子思所作，《大学》乃曾子所作，而子思受学于曾子，二人论学宗旨按朱子的解释却有不一致之处，这构成了东廓求教于阳明并进而得闻、信从良知之说的机由。[3]可见，作为先在的思维范式和经典诠释资源，宋学尤其是朱子学对邹守益之学的逐渐形成曾发生过相当大的影响。职是之故，笔者认为要厘清邹守益的"戒惧"说的义理结构和具体内涵，则须将其说与朱子之说相比较，以见其对朱子之学的去取，下文分述之。

一、传世文献中所见"戒慎恐惧""慎独"诸义

"戒慎恐惧"（简称"戒惧"）一词，出自《礼记》之《中庸》一篇所载"道也者，不可须臾离也，可离非道也。君子戒慎乎其所不睹，恐惧乎其所不闻"之文。"慎独"见于《礼记》的《礼器》《中庸》《大学》及《荀子》之《不苟》诸篇。"戒"字，《说文》训"警也"，"从廾戈，持戈以戒不虞"，其甲骨、金文、篆文字形正作人双手持戈状，《段注》又引"言"部"警"字训"戒也"来证"警""戒"二字互训。[4]"慎"字，《说文》训"谨也，从心，真声"，段玉裁引"言"部"谨"字训"慎也"，认为"慎""谨"二字为转注。又说："未有不诚而

---

[1] 关于其良知之说与阳明之说的根本趋同的详情，请见钟治国：《邹东廓哲学思想研究》一书第三、四两章，中华书局，2013年，第59—244页；钟治国：《明儒邹东廓的良知学简述》，《中国哲学史》2010年第2期。

[2] （明）黄宗羲著，沈芝盈点校：《明儒学案》，第8、225、331、332页。

[3] （明）宋仪望：《邹东廓先生行状》，《邹守益集》，凤凰出版社，2007年，第1368页。

[4] （清）段玉裁：《说文解字注》，上海古籍出版社，1988年，第104页。

能谨者,故其字从真。"[1]因此,"慎"字也包含有"诚"的意思。段玉裁的说法实质上是欲沟通"谨"与"诚"二义,认为谨则必诚。《说文》释"真"字曰:"仙人变形而登天也。"段玉裁解释说:"此真字本义也。经典但言诚实,无言真实者,诸子百家乃有真字耳。然其字古矣。……引伸为真诚……慎字今训谨,古则训诚。《小雅》'慎尔优游''予慎无罪',传皆云诚也。又'慎尔言也'、《大雅》'考慎其相',笺皆云诚也。慎训诚者,其字从真,人必诚而后敬,不诚未有能敬者也。敬者,慎之第二义,诚者慎之第一义。学者沿其流而不溯其原矣。若《诗》传、笺所说诸慎字,谓即真之假借字可也。"[2]可见段玉裁认为"慎"字训"诚"是第一义,由"真"所涵之"诚"义引申而来;"慎"训"谨敬"则是第二义,人必真诚而后能谨敬,不诚则未有能谨敬者。朱骏声也训"慎"为"谨",同时又引《尔雅·释诂》之训"慎"为"诚也"说明"慎"也包含有"诚"的意思。[3]郝懿行则认为《荀子·不苟》所言"夫此顺命,以慎其独者也"一句中的"慎独"之"慎"与《诗》《大学》中所言"慎独"之"慎"义同,皆当从古义训为"诚",而与《中庸》所言之"慎独"当训"谨"之今义不同:

> 此语甚精,杨氏(按:杨倞)不得其解,而以谨慎其独为训。今正之云:独者,人之所不见也。慎者,诚也;诚者,实也。心不笃实,则所谓独者不可见。《劝学篇》云:"无冥冥之志者无昭昭之明,无惛惛之事者无赫赫之功。"此惟精专沉默,心如槁灰,而后仿佛遇焉。口不能言,人亦不能传,故曰独也。又曰"不独则不形"者,形非形于外也,形即形此独也。又曰"不形则虽作于心,见于色,出于言",三句皆由独中推出,此方是见于外之事。而其上说天地四时云"夫此有常,以至其诚者也";说君子至德云"夫此顺命,以慎其独者也"。顺命,谓顺天地四时之命,言化工默运,自然而极其诚;君子感人,嘿然而人自喻,惟此顺命以慎其独

---

[1](清)段玉裁:《说文解字注》,第502页。

[2]同上,第384页。

[3](清)朱骏声:《说文通训定声》,中华书局,1984年,第829页。

而已。推寻上下文义，慎当训诚。据《释诂》云"慎，诚也"，非慎训谨之谓。《中庸》"慎独"与此义别。杨注不援《尔雅》而据《中庸》，谬矣。"慎"字古义训诚，《诗》凡四见，毛、郑俱依《尔雅》为释。《大学》两言"慎独"，皆在《诚意篇》中，其义亦与《诗》同。惟《中庸》以"戒慎""慎独"为言，此别义，乃今义也。《荀书》多古义、古音，杨注未了，往往释以今义，读以今音，每至舛误。[1]

王念孙不同意郝懿行的观点，认为《中庸》"慎独"之"慎"字亦当训"诚"，除去《中庸》"戒慎恐惧"之"慎"与"慎独"语境之下的"慎"不同，《礼器》《中庸》《大学》《荀子》之"慎独"，其义一也，皆当训"诚"。广义上"慎"字训"谨"、训"诚"皆可，并无古义、今义之分：

《中庸》之"慎独"，"慎"字亦当训为诚，非上文"戒慎"之谓。（原注："莫见乎隐，莫显乎微"，即《大学》之"十目所视，十手所指"，则慎独不当有二义。陈〈按：陈奂〉云：《中庸》言慎独，即是诚身。）故《礼器》说礼之以少为贵者曰："是故君子慎其独也。"郑注云："少其牲物，致诚悫。"是慎其独即诚其独也。慎独之为诚独，郑于《礼器》之释讫，故《中庸》《大学》注皆不复释。孔冲远未达此旨，故训为谨慎耳。凡经典中"慎"字，与"谨"同义者多，与"诚"同义者少。训谨训诚，原无古今之异，（原注：慎之为谨，不烦训释，故传注无文，非诚为古义而谨为今义也。）唯"慎独"之"慎"则当训为诚，故曰"君子必慎其独"，又曰"君子必诚其意"。《礼器》《中庸》《大学》《荀子》之"慎独"，其义一而已矣。[2]

---

[1]（清）王先谦：《荀子集解》，中华书局，1988年，第46—47页。
[2]（清）王念孙：《读书杂志》，江苏古籍出版社，2000年，第642页。王力先生认为"谨""慎"二字都表示小心谨慎，古人多以互训。但"谨"与廑、僅同源，有少义，是寡言少语，在言语方面小心谨慎；"慎"则与"真"音近义通，是思想品德方面真诚严谨，以"慎"统合"谨""诚"义项。见氏著：《王力古汉语字典》，中华书局，2000年，第1294页。

《礼记·礼器》"礼之以少为贵者,以其内心者也。德产之致也精微,观天下之物,无可以称其德者,如此则得不以少为贵乎?是故君子慎其独也"之文,郑玄注曰:"少其牲物,致诚悫。"王念孙据郑注所言"少其牲物,致诚悫"断定郑玄训"慎"为"诚",慎独即为诚独,其说可从。孔颖达疏曰:"是故君子慎其独也者,独,少也。既外迹应少,故君子用少而极敬慎也。"[1]孔疏训"慎"为"谨敬"之"谨",亦未必为非,礼以少为贵,不必求外物之备,要当诚悫,故君子须谨其外应之少以致其在内之诚。《中庸》"是故君子戒慎乎其所不睹,恐惧乎其所不闻"之文,郑玄注曰:"小人闲居为不善,无所不至也。君子则不然,虽视之无人、听之无声,犹戒慎恐惧自修,正是其不须臾离道。"正是训"慎"为"谨"。孔颖达疏曰:"是故君子戒慎乎其所不睹者,言君子行道,先虑其微,若微能先虑,则必合于道,故君子恒常戒于其所不睹之处。人虽目不睹之处,犹戒慎,况其恶事睹见而肯犯乎?故君子恒常戒慎之。恐惧乎其所不闻者,言君子恒恐迫畏惧于所不闻之处。言虽耳所不闻,恒怀恐惧之。不睹不闻犹须恐惧,况睹闻之处,恐惧可知也。"亦是训"慎"为"谨"。《中庸》"莫见乎隐,莫显乎微,故君子慎其独也"一句,郑玄注曰:"慎独者,慎其闲居之所为。小人于隐者,动作言语自以为不见睹、不见闻,则必肆尽其情也。若有佔听之者,是为显见甚于众人之中为之。"仍训"慎"为"谨"。孔颖达疏曰:"莫见乎隐、莫显乎微者,莫,无也。言凡在众人之中,犹知所畏,及至幽隐之处,谓人不见,便即恣情,人皆佔听察见,罪状甚于众人之中,所以恒须慎惧如此。以罪过愆失无见于幽隐之处,无显露于细微之所也。故君子慎其独也者,以其隐微之处恐其罪恶彰显,故君子之人,恒慎其独居言。言虽曰独居,能谨慎守道也。"[2]也训"慎"为"谨"。王念孙认为郑玄训《中庸》"慎独"之"慎"为"诚",而孔颖达训"谨",恐未达郑氏之旨。《大学》两言"慎独",如王念孙所说,郑玄于此不复释,而孔颖达疏则曰:"所谓诚其意者,自此以下至此谓知本,广明诚意之事。此一节明

---

[1](清)阮元校刻:《十三经注疏》,中华书局,1980年,第1434页。
[2]同上,第1625页。

诚意之本，先须慎其独也。"[1]仍训"慎"为"谨敬"之"谨"，于《大学》原义未必为非。要之，《中庸》"戒慎恐惧"与"慎独"之"慎"，未必如王念孙所说，前者训"谨"而后者训"诚"，训"谨"训"诚"，此二义本来可通，如段玉裁所说，人必真诚而后能谨敬，不诚则未有能谨敬者。[2]

二、朱子论"戒惧""慎独"之诸义

朱子释《中庸》之"戒慎恐惧"和"慎独"及《大学》所言的两处"慎独"之"慎"时，皆训为"谨畏"之"谨"，在这个意义上，朱子的诠释并未逸出此前的解释传统。然按照朱子理学的理路，道是天命之性在人伦日用中的自然展开，"道，犹路也。人物各循其性之自然，则其日用事物之间，莫不各有当行之路，是则所谓道也"，[3]"道者，日用事物当行之理，皆性之德而具于心，无物不有，无时不然，所以不可须臾离也。若其可离，则为外物而非道矣"。[4]道溥在天下，作为日用当行之理而具于心，时时皆有，处处遍在，因此道是不可离的，亦是不能离、离不得的。天命（天理）流贯在人而为性，循性而为则为道，天命、天理之至善也使得道具有至善的性质，故虽是展开在日用常行中的自然之道，但也不能以饥食渴饮的生理本能、手持足行的日常活动便是道。朱子说："桀、纣亦会手持足履，目视耳听，如何便唤做道？若便以为道，是认欲为理也。"[5]在理、欲对峙的理论架构下，道（理）有被存在于人伦日用中的物欲、气禀遮蔽的可能性，故须戒慎恐惧以去私去蔽。"若便以日用之间举止动作便是道，

---

[1]（清）阮元校刻：《十三经注疏》，第1673页。
[2] 廖名春先生引唐兰先生、朱芳圃先生的说法，并佐以郭店楚简、金文、玺书之证，认为"慎"字义符本从"心"，或作"言"，其初文义符从"贝"，或作"鼎""玉"。以"真"为"珍"之初文，而"慎"字是后起分别字，因此"慎"字之本义不当为"谨"，而应当训为"心里珍重"。可备一说。见氏著：《"慎独"本义新证》，《学术月刊》2004年第8期。
[3]《四书章句集注》，中华书局，1983年，第17页。
[4] 同上。
[5]《朱子语类》卷六十二，朱杰人等主编：《朱子全书》第十六册，上海古籍出版社、安徽教育出版社，2002年，第2026页。

则无所适而非道，无时而非道，然则君子何用恐惧戒谨？何用更学道为？为其不可离，所以须是依道而行。如人说话，不成便以说话者为道？须是有个仁义礼智始得。若便以举止动作为道，何用更说不可离得？"[1] 正因为道是义理之当然、应然，人不可离之——从伦理价值上说是可取的故而是不可遗弃的，君子之心便要常存敬畏，"虽不见闻，亦不敢忽"[2]，戒慎恐惧在此处便具有了"存理去欲"或"去欲复性"的工夫论意味。如上文所论，"戒"训"警"，"慎"训"谨"，"戒慎"即警惕、谨畏之义。"恐""惧"二字，在《说文》中互训：恐，惧也；惧，恐也。[3] 恐惧在朱子处不是单纯的惧怕、畏惧，而是与戒慎合用，指示着警惕、醒觉、提撕、谨畏的工夫状态。君子无时不戒慎恐惧，则可以保持天理的本然不离。朱子认为，戒惧于其所不睹不闻，不是阖眼掩耳式的无见、无闻：

> 所不闻，所不见，不是合眼掩耳，只是喜怒哀乐未发时。凡万事皆未萌芽，自家便先恁地戒谨恐惧，常要提起此心，常在这里，便是防于未然，不见是图底意思。[4]

> 盖心之有知与耳之有闻、目之有见为一等时节，虽未发而未尝无；心之有思乃与耳之有听、目之有视为一等时节，一有此则不得为未发。故程

---

[1]《朱子语类》卷六十二，《朱子全书》第十六册，第2025—2026页。此段引文中"然则君子何用恐惧戒谨？"一句，中华书局所刊黎靖德编本作"然则君子何用恐惧戒慎？"用"谨"字还是用"慎"字，二者在朱子的思想和语脉中其义本通，不必分别太过。《朱子全书》所收《朱子语类》所用底本为成化九年（1473）陈炜刻本，此本为现存最早的《朱子语类》版本，对校以明万历三十二年（1604）婺源朱崇沐刻本（简称万历本）和朝鲜古写徽州本（简称朝鲜本），并以清贺瑞麟校刻的刘氏传经堂刊本（简称贺本）等参校。中华书局所刊《朱子语类》则以贺本为底本，以陈炜本、清康熙吕留良天盖楼刻本（简称吕本）、清同治壬申（1872）应元书院刻本（简称院本）、万历本、日本宽文八年（1668）刻本参校。宋孝宗讳"昚"，乃"慎"字古文，朱子为避讳而改"慎"为"谨"，正是合制之举，而成化本作"谨"，正是仍朱子因避讳而用"谨"字之旧。以同义字替避讳字，恰证明朱子训"慎"为"谨"。

[2]《四书章句集注》，第17页。

[3]《段注》云："'恐'下曰：惧也，是为转注。"惧字古文作"愳"，是形声兼会意字，本为左右视之义，左右视则引申为惧怕之义。详见《说文解字注》，第506页。

[4]《朱子语类》卷六十二，《朱子全书》第十六册，第2027页。

子以为有思为已发则可,而记者以无见闻为未发则不可。[1]

从认知能力上说,日用之间目常见、耳常闻,所谓不睹不闻不是指自己阖眼掩耳不去睹闻,而是指事物未至、思虑未萌的未发状态,此时耳目尚未应事接物而未有所见闻,或者说有些事物尚未被耳目所及而未有所见闻。此即上文朱子明确指出的,知、闻、见与思、听、视不同,心之能知、耳之能闻、目之能见是虽未发但却存在的,而心之有所思、耳之有所听、目之有所视是对象化的,一旦有思、听、视,便不能再将之归为未发。正如陈来先生指出的,朱子己丑之悟所谓的未发已发,包含心的未发已发和性情的已发未发两个方面的意义,而这两方面不是一回事。心之未发是指思虑未萌时心,心之已发是指思虑已萌时心。思虑未萌时的心与未发之性、思虑已萌时的心与已发之情是不能画等号的。尽管一方面未发时候的心与性,已发时候的心与情在时间上平行,即性未发时心也未发,性发为情时心亦已发,但另一方面,性未发时不可谓无心,性仍然具于心中,所以未发时的心不等于性;已发时的心可以主宰情感,所以不等同于情,心是贯穿未发已发的。心的未发已发是区别心理活动及其状态的两个阶段,此处的未发已发是同一层次的概念。而性情未发已发则是体用关系,两者不但在实际过程上有区别,层次也不同。[2]正是在二者时间上平行的意义上,不睹不闻既可指事物未至、思虑未萌的心之未发状态,也可指性尚未发作为喜怒哀乐之情的未萌状态,不睹不闻的这两种内涵可以并行不悖;也正是在二者所属层次不同的意义上,朱子指出不闻不见不是合眼掩耳,只是喜怒哀乐未发之时。就一般情形而言,耳目常有所闻见,但其喜怒哀乐之情也可以处于尚未发动的状态,谓之未发也是可以的。缘此,朱子所说的戒慎恐惧主要是不睹不闻即未发时的存养工夫,同时也是贯穿于已发即睹闻时的常提此心、警惕谨畏工夫:

"戒谨恐惧是未发,然只做未发也不得,便是所以养其未发。只是耸

---

[1]《答吕子约》,《晦庵先生朱文公文集》卷四十八,《朱子全书》第二十二册,第2223页。
[2] 见氏著:《朱子哲学研究》,华东师范大学出版社,2000年,第179—180页。

然提起在这里,这个未发底便常在,何曾发?"或问:"恐惧是已思否?"曰:"思又别。思是思索了,戒谨恐惧正是防闲其未发。"[1]

"戒谨不睹,恐惧不闻",非谓于睹闻之时不戒惧也。言虽不睹不闻之际,亦致其谨,则睹闻之际,其谨可知。此乃统同说,承上"道不可须臾离",则是无时不戒惧也。然下文谨独既专就已发上说,则此段正是未发时工夫,只得说"不睹不闻"也。[2]

戒慎恐惧当然是未发时的常醒觉、常警惕,但戒惧贯穿未发已发,不睹不闻时固然要戒慎恐惧,睹闻时也要戒慎恐惧,戒惧显然不同于纯然已发时的思索、反思。此外,《中庸》下文"莫见乎隐,莫显乎微,故君子慎其独也"一句既然专门就已发上说工夫,则戒慎恐惧主要说未发时的工夫便是不得不然的了。缘是,"不睹不闻"语境下的"戒慎恐惧"与"莫见莫显"语境下的"慎独"在朱子看来便微有不同:

"不睹不闻"是提其大纲说,"谨独"乃审其微细。方不闻不睹之时,不惟人所不知,自家亦未有所知。若所谓"独",即人所不知而己所独知,极是要戒惧。自来人说"不睹不闻"与"谨独"只是一意,无分别,便不是。[3]

隐,暗处也。微,细事也。独者,人所不知而己所独知之地也。言幽暗之中,细微之事,迹虽未形而几则已动,人虽不知而己独知之,则是天下之事无有著见明显而过于此者。是以君子既常戒惧,而于此尤加谨焉,所以遏人欲于将萌,而不使其滋长于隐微之中,以至离道之远也。[4]

不睹不闻是己之所不睹不闻,不但他人不知,自己也未有所知,而"独"则是他人之所不睹不闻之处,是人所不知而己独知之地。此亦正如朱子所说:"这

---

[1]《朱子语类》卷六十二,《朱子全书》第十六册,第 2027—2028 页。
[2] 同上,第 2034 页。
[3] 同上,第 2035 页。
[4]《四书章句集注》,第 17—18 页。

独也又不是恁地独时，如与众人对坐，自心中发一念，或正或不正，此亦是独处。"[1] 独不仅仅是独处之时，虽在众人之中，其心所发念虑之正或不正也唯有己知之，这也是独或者说更深微的独。"莫见乎隐，莫显乎微"是说此幽隐、细微的人所不知而己所独知之处亦是道的显见之处，慎独便是遏人欲于将萌的隐微之际的谨畏，是在戒惧的统体工夫中于其"紧切处加工夫"，"于独处更加谨也"。[2] 戒慎恐惧之"慎"与慎独之"慎"在朱子这里都训"谨"，即警惕、谨畏之义，[3]但戒惧与慎独在朱子看来并不是一回事，二者微有区别。道不可须臾离之，道至广至大、无所不在，"'戒谨恐惧'是普说，言道理偪塞都是，无时而不戒谨恐惧"[4]，因此戒惧便是统体、纲领工夫，是贯穿未发已发的戒谨，从不睹不闻处至睹闻处都要戒谨，但侧重于事之未发时；"莫见乎隐，莫显乎微"是就道的至精至极而言，因此慎独便是具体、细微工夫，是于隐微之独处尤加戒谨，是戒惧之紧切处，侧重于"几"之将然时。《朱子语类》中载：

"戒慎"一节，当分为两事，"戒慎不睹，恐惧不闻"，如言"听于无声，视于无形"，是防之于未然，以全其体；"谨独"，是察之于将然，以审其几。[5]

问："'不睹不闻'与'谨独'何别？"曰："上一节说存天理之本然，下一节说遏人欲于将萌。"又问："能存天理了，则下面谨独，似多了一截。"曰："虽是存得天理，临发时也须点检，这便是他密处。若只说存天理了，更不谨独，却是只用致中，不用致和了。"又问："致中是未动之前，然谓之戒惧，却是动了。"曰："公莫看得戒谨恐惧太重了，此只是略省一省，不是恁惊惶震惧，略是个敬模样如此。然道着'敬'字，已是重

---

[1]《朱子语类》卷六十二，《朱子全书》第十六册，第2033页。

[2] 同上，第2030页。

[3] 朱子解释《大学》"诚意"章所载两处"慎独"时，也都训"慎"为"谨"。见《四书章句集注》，第7页。

[4]《朱子语类》卷六十二，《朱子全书》第十六册，第2029页。

[5] 同上，第2031页。

了。只略略收拾来，便在这里。"[1]

戒慎恐惧是要存天理之本然，是防患于未然；慎独则是要遏人欲于将萌，是察之于将然，二者都是遏人欲、存天理之实功、实事。朱子在此以"将然之几"来界定"独"的状态，此时是临发之际的几微状态，不是未发，然也不可径直将之归于应事接物意义上的已发。因此，戒惧虽然从常惺惺、常警惕、常谨畏的心理状态上说与贯穿未发已发的"敬"相似，但也不同于"敬"的实然性。作为未发工夫，戒惧不是"怔惊惶震惧"地着力把持，只是"略省一省""略略收拾来""略是个敬模样"；而慎独则虽不可被归于未发工夫，但从上引文来看，也不可将之全归于形迹已显意义上已发时的省察。然而需要指出的是，朱子在别处又将"独"界定为念虑初萌的已发，从而慎独便成了念虑发动意义上已发时的致谨：

问："'不闻不睹'与'谨独'如何？"曰："'独'字又有个形迹在这里可谨。不闻不见，全然无形迹，暗昧不可得知。只于此时便戒谨了，便不敢。"[2]

问："'谨独'是念虑初萌处否？"曰："此是通说，不止念虑初萌，只自家自知处。如小可没紧要处，只胡乱去，便是不谨。谨独是已思虑，已有些小事，已接物了。'戒谨乎其所不睹，恐惧乎其所不闻'，是未有事时；在'相在尔室，尚不愧于屋漏'，'不动而敬，不言而信'之时，'谨独'便已有形迹了。'潜虽伏矣，亦孔之昭'，诗人言语，只是大纲说。子思又就里面剔出这话来教人，又较紧密。"[3]

盖无所不戒谨者，通乎已发、未发而言，而谨其独则专为已发而设耳。[4]

---

[1]《朱子语类》卷六十二，《朱子全书》第十六册，第2031—2032页。
[2] 同上，第2032页。
[3] 同上。
[4]《答吕子约》，《晦庵先生朱文公文集》卷四十八，《朱子全书》第二十二册，第2233页。

不睹不闻是全无形迹，而独则是约略有个形迹，因此慎独似乎是有形迹的已发工夫了。一念萌动，虽然至隐至微而不为人所知，但总是带有已发的倾向，相比于不睹不闻的全无形迹，莫见莫显则是形迹微露。然而相较于纯然已发的应事接物，一念萌动而己所独知又非形迹彰著显明意义上的已发，而是未发已发之间的几微状态，是形迹未有而其几先动。如果认为戒慎恐惧与慎独无所区别，在朱子看来，则工夫便是全部施于幽隐之间了，而平常之处则没有持守之功。而且从文本看来，若二者都是慎独，则上下文重复烦琐，于文义不合。[1] 要之，朱子认为戒慎恐惧主要是未发时保守天理的存养之功，又是贯穿已发的警惕谨畏，由不睹不闻至睹闻的平常之处皆有不可须臾离之道，故皆须戒慎恐惧；慎独则大体上是将发、已发时防检人欲的戒谨之功，是于幽隐细微之处尤加致谨。

三、"戒惧"与"致良知"

戒慎恐惧与慎独在朱子的经典解释体系和理学架构下各有其独特的意义，但在作为阳明学的代表性人物邹守益的经典诠释和义理建构中，戒慎恐惧与慎独并无差别，邹守益将戒惧与慎独打并为一而作为致良知工夫的具体表达形式：

> 戒慎不睹，恐惧不闻，便是致良知工夫。古之人不显亦临，无斁亦保，故纯一不已，与维天之命同运。[2]
>
> 慎独之义，圣门于《大学》《中庸》皆揭此二字，此是最切要处看来。慎字从心从真，天命流行，物与无妄，无不具祇个真。人能戒慎恐惧，顾諟明命，便是朴朴实实见在工夫，成己成物，皆从一诚字出。此独知之真，无分动静，十目十手与屋漏，皆灵明独觉，莫见莫显。于此须臾不离，乃为致良知之学。使一毫未真，便自欺，自欺即是大病。故尝语南岳

---

[1]《中庸或问》，《朱子全书》第六册，第 554—556 页。
[2]《简杨道亨》，《邹守益集》，第 677 页。

> 同志曰：除却自欺便无病，除却慎独便无学。[1]

东廓认为阳明之学的宗旨就是致良知三字，良知之外别无体，致良知之外别无功，而在东廓，致良知工夫就是戒慎恐惧。只要实致其良知，在庸德之行、庸言之谨上戒慎恐惧，着实点检而不苟且放过，就不必于致良知之外别求高明玄妙的为学工夫。戒惧又统括了慎独在内，"慎"字从心从真，此真是天命流行的真实无妄，也是良知发显意义上的真实诚恳。良知在不与众对的独时也自知"十手所指，十目所视"的善恶之不可掩，自能不愧屋漏，故良知便是独知，良知的真实无妄便是独时的良知的诚不可掩。慎独便是去其自欺而求自慊，是使良知呈露的致良知工夫。天命、良知的精明、真实使得统括了慎独在内的戒惧达至合于良知本体层面的戒惧，戒惧在良知学涵盖之下贯彻本体与工夫，使得本体与工夫达到了原本的圆融不二。东廓说：

> 良知本体，原自精明，故命之曰觉；原自真实，故命之曰诚；原自警惕，故命之曰敬、曰戒惧。不须打并，不须挽和，而工夫本体，通一无二，更何生熟先后之可言？今乃曰"只用得一觉，再不得戒惧"，又曰"觉无下手处，戒惧是下手处"，皆不得见良知，而以名目文词妄加测度，毕竟两失之矣。[2]

> 从心从真便是慎矣，即此是本体，即此是工夫。故除却自欺更无病，除却慎独更无学。[3]

良知本来精明、本自健动流行，从其原自精明的角度来说良知是觉而不昧，从其原自真实的角度来说是真诚无妄，从其原自警惕而不懈怠的角度来说是戒惧、敬，工夫是本体蕴含的工夫，本体是工夫中显现的本体，本体与工夫在良知中

---

[1]《答洪生谦亨论学》，《邹守益集》，第777页。
[2]《答詹复卿》，《邹守益集》，第650页。
[3]《答夏卿谢高泉名东山》，《邹守益集》，第576页。

本来通一不二，不须打并，不必挽和。致良知从本体即本来状态、样貌层面来说是本体和工夫同时含摄在内的，只戒惧慎独便本体工夫俱到而不必别寻一个工夫以致良知。然而在东廓的思想中，承袭自宋学的去欲复性、去私复理的工夫路数一直存在，因此提揭戒惧作为致良知工夫便具有去欲复性的工夫论含义，戒惧包含的警惕敬畏的工夫形态正与其一贯重视的去欲复性的工夫理路相合。在东廓看来，人有生知安行、学知利行和困知勉行的差别，对于常人来说，虽然天命之性、降衷之懿与圣人本无不同，但因自私用智、嗜欲气质的障蔽而使得良知之本来精明不得完全呈露，因此便需要戒惧的磨洗之功以去私去蔽而回复本体之明。从去私去蔽的角度来说，戒惧表现为复其良知本明的去欲复性或去私复理工夫的战战兢兢、临深履薄；从良知本来精明的角度来说，戒惧是保任其良知精明之功，自自然然，从容中道。戒惧这两方面的工夫论意义在东廓的思想中并不存在矛盾，亦即战兢惕厉不碍自然流行，都统合在致良知之中。戒惧是去私去蔽以复其良知精明之功：

> 良知之精明，人人具足，然而或精明或障蔽，则存乎其人。学者果能戒慎恐惧，常精常明，而纵横酬酢，无一毫间断，则即此是善，更何所迁？即此非恶，更何所去？一有自私用智之障得以间隔之，则须雷厉风飞，迁而改之，如去目中之尘而复其体之明，顷刻不能以安，便是实致良知手段。故尝谓乾乾不息于诚，所以致良知也；惩忿窒欲，迁善改过，皆致良知之条目也。[1]

> 守益窃闻绪言之教矣。先生之教，以希圣为志，而希圣之功，以致良知为则。良知也者，非自外至也。天命之性，灵昭不昧，自途之人至于圣人同也，特在不为尘所萦而已矣。二三子亦知尘之害乎？目之本体，至精至明，妍媸皂白，卑高大小，无能遁形者也，一尘蒙之，则泰山秋毫莫之别矣。良知之精明也，奚啻于目？而物欲之杂然前陈，投间而抵隙，皆尘也。故戒慎恐惧之功，如临深渊，如履薄冰，所以保其精明，不使纤尘之

---

[1]《与董生兆时》,《邹守益集》, 第531页。

或蔽之也。[1]

《中庸》所谓天命之性,《大学》所谓明德,[2] 皆是良知之别名。良知之精明是人人具足的。良知之精明主要表现为知是知非、知善知恶的道德判断的明辨和是是非非、好善恶恶的道德情感的鲜明,统合了知识和价值。当然,认知意义的精明也主要是对人伦日用中的事事物物的了知和把握,这一认知和把握不是在事物上求理,而只是求致吾良知,亦即推致良知于事事物物而使事事物物皆得其理,认知意义的精察实际上已经收摄在道德意义上的精明之中而具体展现在人人不可须臾离之的由人伦庶物构成的生活世界的"道"中了。良知之精明如目之本明、鉴之本明,只是由于自私用智、俗习嗜欲的遮蔽障碍,得不到显发或者虽显发不能时时接续、处处遍在,故须戒惧以去私去蔽而复其良知之精明。所谓私欲、私智,并不是从人生而有之的气禀上生起的,尽管它必然与气质相关,亦即必因气质而有。天性如元气,本自生生而不可遏抑,或有不能爱敬者,则必是自私用智,如同有痿厥内伤之疾,必须洗髓伐骨方可。[3] 自私用智实际上是对良知这一对万物一体的本体境界的原本觉知设置的人为隔碍,而戒惧以去私去蔽的工夫过程就是去除私欲私智造成的对良知的隔绝和障蔽的过程。东廓对这一工夫形态的重视显然与朱子学的相关理念相契合,这是其承袭包括朱子学在内的宋代理学传统理念的一种方式。东廓同时也指出,戒惧所复之良知精明也只是良知之本明,而非在其本明上有所增益。从这个意义上说,致良知是至易的。但从物欲私智之障而言,致良知又是行难的,亦即必须兢兢业业地加以戒慎恐惧之功才能复其本体之明。因此,从良知之自我显发之易的角度来说,戒惧便非"有所"恐惧忧患地检点省察,而是保任其良知之精明的体上之功:

迁善改过,即致良知之条目也。果能戒慎恐惧,常精常明,不为物欲

---

[1]《九华山阳明书院记》,《邹守益集》,第322页。
[2] 东廓云:"明德者,天然自有之鉴也。"(《鉴文祖言》,《邹守益集》,第165页)在本明的意义上,明德之明就是良知之原本精明,或者说明德就是良知。
[3]《复余子庄诸友》,《邹守益集》,第548—549页。

所障蔽，则即此是善，更何所迁？即此非过，更何所改？一有障蔽，便与扫除，如雷厉风飞，复见本体。所谓闻义而徙，不善而改，即是讲学以修德之实。其谓落在下乘者，只是就事上点检，则有起有灭，非本体之流行耳。[1]

良知之本体，本自廓然大公，本自物来顺应，本自无我，本自无欲，本自无拣择，本自无昏昧放逸。若戒慎恐惧不懈其功，则常精常明，无许多病痛。特恐工夫少懈，则为我、为欲、为昏、为放，虽欲不拣择，有不可得尔。……索居之虑，正是吾辈通患。然独知之明，即是严师。为其所为，欲其所欲，无为其所不为，无欲其所不欲，便是终日在阳明洞中矣。[2]

东廓将横逆之忿、货利声色之欲，归于习气之蔽，这些都是因人自私用智而起的。从其生起的过程来说，必定是与视听言动的活动关联在一起的，亦即其生发虽然不是源自气禀，但也是经由气禀层面的视听言动表现的。然而从良知方面来说，知忿知欲的是良知，惩忿窒欲、迁善改过的也是良知。良知作为"能视听言动"者是原本地活动在视听言动的活动之中的，是以天地万物感应之是非为体的。因此，视听言动并不能简单地视为身体感官乃至思维意识对外物的被动接受，视听言动皆是由心所发，正如《大学》所言："心不在焉，视而不见，听而不闻。"良知始终在与天地万物的相互构成的境遇中展现其活动的存有，良知所发的视听言动的这种主动性并非作为先在的认知主体支配感官去主动感觉，而是展现在视听言动中的对存有的原本领会，因此便是精明而不爽失的。良知之本体，本自廓然大公，本自物来顺应，本自无我，本自无欲，本自无拣择，本自无昏昧放逸，故惩忿窒欲、迁善改过的戒慎恐惧之功便不曾于良知本体上有所增益或减损，而只是保任其原本精明的体上之功。所谓拣择，正是不循从良知而用其私智，私意一萌则良知不明，因而会为所不为、欲所不欲，而致良知之功便是从

---

[1]《答徐子弼》，《邹守益集》，第508页。
[2]《复石廉伯郡守》，《邹守益集》，第511—512页。

其良知之所欲，如孟子所云："无为其所不为，无欲其所不欲，如此而已矣。"东廓又指出，戒惧虽然是体上之功，然而也并不脱离视听言动，也必在日用常行当中才能实致其用。达致本体戒惧的致良知之功体现为统括事为、念虑和本体三个层面在内的一体之功：

> 戒慎恐惧之功，命名虽同，而命意则别。出告反面，服劳奉养，珍宅兆而肃蒸尝，戒惧于事为也。思贻令名，必果为善，思贻羞辱，必不果为不善，戒惧于念虑也。视于无形，听于无声，全生而全归之，戒惧于本体也。戒慎不睹，恐惧不闻，帝规帝矩，常虚常灵，则冲漠无朕，未应非先，万象森然，已应非后。念虑事为一以贯之，是为事亲事天仁孝之极。[1]

戒惧之功虽必须在事亲从兄的日用伦常处实致其力，然而也不是只在事为、念虑上战兢警惕。若只是就事为、念虑上点检，则有起有灭，终落在下乘而非本体之流行。只有在不睹不闻的体上戒惧，方是合于冲漠无朕而又万象森然已具的本体的第一义工夫：

> 不睹不闻，是指良知本体；戒慎恐惧，所以致良知也。良知一也，自其无昏昧，谓之觉；自其无放逸，谓之戒惧；自其无加损，谓之平等。其名言虽异，其工夫则一。今若以觉与平等为简易，而以戒惧为涉于起意，非特误认戒惧，亦误认觉与平等矣。今且试察戒慎恐惧时，此心放逸乎？不放逸乎？昏昧乎？不昏昧乎？有加损乎？无加损乎？得则俱得，失则俱失，未有得其一而失其二者也。自尧舜以来，曰兢兢，曰业业，曰克勤克俭，曰不迩不殖，曰亦临亦保，曰忘食忘忧，曰不迁不贰，皆是学也。使有简易直截如或者之说，圣人何靳以示后学，而谆谆以第二义为训乎？[2]

---

[1]《书谢青冈卷》，《邹守益集》，第819页。
[2]《答曾弘之》，《邹守益集》，第522页。

东廓虽然赞同不局限于事为、念虑的点检的用功方向，但他对于那种在本体上安排、臆料从而陷于把捉、执持的用功方式，却着力反对。良知本体不睹不闻、无声无臭，自其本体流行原无间断而言，同于天命之於穆不已、源泉混混而不假造作、安排；自其本无昏昧而言，精明灵觉、通乎昼夜而不蔽于嗜欲私智；自其本无放逸纵肆而言，自戒自惧、警惕谨畏而不必固执、把捉；自其人人具足而言，无分圣凡、人人平等整全而不可加损一毫。醒觉、戒惧、平等，三者名言虽异而工夫实是一个，因此若以无加损之平等与无昏昧之醒觉为任运良知之简易工夫，而以战兢惕厉之戒惧为涉于起心动念之粗机，便是陷于工夫的支离分裂。戒惧是体上之功，正如东廓所云："须是戒慎不睹，恐惧不闻，直从天命之性，精明真纯，自本自根，无须臾忧惕，则人伦以察，庶物以明，凡千圣六经之蕴，粲然如指诸掌。由是写出胸中所蕴，不费推测，不藉穷索，方是修辞立诚之学。"[1]良知精明真纯，戒惧以保其精明流行，则人伦庶物、三千三百自能照察、明了，不费推测，不藉穷索。[2]

总之，就去私复理或去欲复性的工夫理路上说，东廓之戒惧说接近于朱子之戒惧、慎独说，是复其良知之本明的警惕、醒觉、谨畏工夫。相较于王龙溪诸人，东廓的确表现出更明显的兼取于宋学的倾向。然就保任良知之精明而言，东廓之戒惧又显然不同于朱子之说而归宗于阳明的致良知教，其戒惧之功所蕴含的自然、任运、简易的工夫面相逸出了朱子理学和经典诠释传统的范围，表现出阳明学的独特义理内蕴和工夫取向。

---

[1]《复濮致昭冬卿》，《邹守益集》，第536—537页。
[2] 东廓云："万象森然皆度内，一毛不挂是真修。……一毛不挂是真修，戒惧宁容顷刻休？不信化机原浩浩，大江日夜自东流。"(《顺之周司谏趋别池口李古原及直卿仁卿胡士选柯元进汝邦汝家丁惟寅诸友夜话舟中》，《邹守益集》，第1274页）万象森然都在良知的流行之中，因此工夫便在于时时戒惧以保良知之精明流行，所谓"一毛不挂"意谓工夫的自然无滞，这一工夫简易直截而合于本体的浩浩流行，是本体之功，是第一义工夫。

语言的现象学分析：以胡塞尔的《逻辑研究》为例*

赵猛**

> 现象学的一般方法要求第一人称视角的描述分析和本质变更。胡塞尔的现象学突破性著作《逻辑研究》的"第一研究"以这种哲学方法，对语言现象进行了系统的分析，从而揭示出语言表述内在的意向性结构，即表述活动与理念性的含义之间的意向性关系。尽管在胡塞尔之后的现象学和现象学追随者们的工作中，《逻辑研究》中的许多论题受到了挑战和更新，但是它回到语言现象本身的姿态以及现象学的方法的应用，确实是现象学分析的一个范例。本文通过细致地分析"第一研究"中的语言现象学，试图展示现象学工作的一般方法，以及对语言的现象学分析的特色。

一、《逻辑研究》与语言现象

埃德蒙德·胡塞尔《逻辑研究》的整体目标在于，在现象学的立场上，澄清科学的科学性，为纯粹逻辑提供一个认识论的奠基。在胡塞尔思想中，纯粹逻辑（reine Logik）是一门独立自足的学科。它的研究对象是命题（或含义）的形

---

* 本文系国家社科基金青年项目"胡塞尔的语言符号理论研究"（项目编号：17CZX044）阶段性研究成果。
** 赵猛（1983—），男，中国社会科学院大学人文学院副教授，研究方向为现象学、心灵哲学与德国古典哲学。

式本质和对象的形式本质。于是，它包含两个部分，即形式命题论（die formale Apophantik）与形式本体论（die formale Ontologie）。前者界定独立的和非独立的含义形式，并探讨这些含义形式相互结合的原则——"纯粹逻辑语法"（die rein-logische Grammatik）以及完整的含义形式之间的有效逻辑推理——"形式命题论的推理逻辑"（die Konsequenzlogik）的原则，进而是关于所有理论形式的理论，即科学命题的各种可能形式之间的演绎系统（die Mannigfaltigkeitslehre）。[1] 形式命题论所研究的逻辑规则是关于表述的含义的规则，先天地规范着表述中的含义以及含义之间的组合。用平实的话来说，语言符号的一种（基本）用法是作为有含义的表述，而有含义的表述（或表述系统）必须满足一些先天的逻辑的语法、含义组合、推论与知识系统之构建的规则；否则的话，它们就不是有含义的表述或知识系统。我们需要指出，形式命题论的对象不是具体表述的含义，而是含义的形式本质，它们先天地规范着含义。

胡塞尔所考察的仍然不是具体的某个表述或具体的表述的含义，而是讨论它们的现象学的本质，即向主体显现的有含义的表述的一般本质。我们知道，不同的人，在不同的场合，甚至以不同的语言，做出具有相同含义的表述。这些经验性的表述具有某时某刻、某种场合、某种形式（声音、书写或某一语言等）的个别性的特征，但是它们可以具有相同的含义。胡塞尔做了一个类比，他将经验性的表述与本质意义上的有含义的表述的关系类比于个别事物的红色与本质性的红之间的关系，即例示性的个体与同一性的本质的关系。[2]

所以在这里，我们明确区分三个东西：首先是作为纯粹逻辑的形式命题论研究对象的含义的形式本质（die formale Wesens），其次是作为现象学的研究对象的本质（Wesens）意义上的表述、含义、意向性意识以及对象，再次是与具体的经验性的表述、意识和与经验对象的关系。含义的形式本质规范着表述、含义、意向性意识和对象性关系的本质，而经验性的表述、意识与经验对象的关系则是作

---

[1] Edmund Husserl, *Logische Untersuchungen. Erster Band. Prolegomena zur reinen Logik. Hrg.* Elmar Holenstein. The Hague, Netherlands: Martinus Nijhoff, 1975. See §§ .67–69.

[2] Edmund Husserl, *Logische Untersuchungen*. Erster Band. § . 135.

为本质的表述、意识与对象性关系的个例化。胡塞尔坚持含义的理念性，即含义所受到的规范性并不来源于经验和经验事物，而是先天的形式本质；只有如此，含义才能作为含义，语言符号才能作为有含义的表述。反过来，当我们在经验中做出或理解有含义的表述的时候，我们的经验也必须受这些规范性条件的限制，只有如此，它们才能作为表述活动；否则，它们就不是真正的表述活动。

做出如上的界定与区分，我们应该明白，《逻辑研究》的任务并不是站在逻辑学家的立场，对纯粹逻辑的体系进行系统的阐发，不是像分析的语言哲学那样关注含义，分析语义内容及其与语言和指涉的关系，也不是对语言表述、含义和相关的意识经验的经验性研究。其理论旨趣在于对纯粹逻辑的知识论基础进行现象学的研究，即以现象学的第一人称视角，对表述、含义、含义关联、意向性意识以及对象等向认知主体的给予方式进行本质性描述和分析，从而说明，它们为什么以及如何遵循纯粹逻辑的这些规范性的制约，它们作为知识的相关要素对知识的构成各自做出了怎样的贡献。

在《逻辑研究》中，表述的应用或者胡塞尔对表述的现象学分析，服务于一种知识论批判的目的。知识提供了语言符号与世界中的事物相关联的一种基本方式，其成就实现于和保持于语言表述之中。例如，我将眼前所观察到的景象诉诸语言，宣称"一阵风将这棵树上的花朵吹落"，或者，我们看一下记录这个大千世界的各种知识的科学书籍。知识不同于心理状态，尽管后者是其经验承载者，知识也不同于单纯的"意见"（groundlose Meinung; groudless opinion），尽管纷繁芜杂的意见是我们的信念体系的一部分，因为，知识要求明见性（Evidenz），它是对真理的洞见（Einsicht）。[1]因此，胡塞尔对语言表述的现象学分析为一种知识论的考量所制约，即表述的"真"（Wahrheit）。一方面，真之明见性关乎认知主体在第一人称视角的认知经验；另一方面，它又关乎语言表述所关涉的事态的实在性。简言之，真之明见性在于语言表述所指涉的事物自身，向认知主体的第一人称视角意识的明见性的给予。我们可以说，在胡塞尔的观点中，"真"既不单纯在于表述，也不单纯在于事物自身，甚至也不在于表述与事物自身之

---

[1] Edmund Husserl, *Logische Untersuchungen*. Erster Band. §.29.

间的"符合",而在于表述中的符号意向与事物自身给予的直观之间的充实综合（Erfüllungssynthesis）。[1]正是在认识论批判的理论导向中,"《逻辑研究》的全部工作,旨在不懈地思考事物、意识与语言之间的原初的交错及其各自对真之发生所做的独特贡献"。[2]而我们对语言符号的集中关注,正是在这样的问题导向之中展开。

毋庸置疑,胡塞尔在《逻辑研究》中对语言符号的考察限制于他所关心的论域,即限于有含义的语言表述（bedeutungsmäßige sprachliche Ausdrücke）与对象化的意向性活动（objektivierende intentionale Akte）的关联,而淡化甚至轻率处理了在其他的意识活动语境中的语言符号的现象学界定,例如际遇性的表述,语言符号应用于日常交流,语言符号应用于对感性经验的表述,关于非对象化的体验（感受、欲望与意愿等）的语言表述等。

本文将遵循胡塞尔在《逻辑研究》的"第一研究"（表述与含义）的分析,对语言符号与意向性意识之间的关联（Zusammenhangs）做现象学的描述和说明（Beschreibung）。这项任务包括,如何通过它们的现象学的给予方式,将有含义的表述从其他涉及语言符号或与之类似的符号现象那里区分出来,并且在有含义的表述与进行表述的意识活动的关系中,界定其本质特征,即含义的理念性。

二、从符号到语言表述

Robert Sokolowski 指出,胡塞尔《逻辑研究》的一个主题是从表述中提炼出理念性的含义（Bedeutung）。也就是说,胡塞尔认为,作为表述的语言符号,其本质规定在于其中理念性的含义。我们知道,表述表现为一种语言符号,语言符号是一种符号。对胡塞尔来讲,"他必须首先确定哪类符号是表述,如此才能

---

[1] Edmund Husserl, *Logische Untersuchungen. Zweiter Band: Untersuchungen zur Phänomenologie und Theorie der Erkenntnis*, Ursula Panzer (Hrsg.), Martinus Nijhoff, 1984, S. 651.

[2] Rudolf Bernet, "Desiring to know through intuition." In *Husserl Studies* 19.2 (2003): 153–166.

弄清含义如何能从中被离析出来"。[1]以形象的方式来说，这项工作是"剥洋葱"式的：先确定符号的范围，从中剥除非语言符号的符号，而留下语言符号；进而，剥离缠绕于语言符号但对其作为表述而言并非本质性的东西，例如，相关的心理活动和语言的物质形态等，最终，提炼出作为语言表述的本质的含义；继而再以此为新的出发点，专注于对表述、含义、意向性意识的研究。这项工作的具体推进是胡塞尔现象学的本质研究的一个典范。一方面，我们需要通过符号、语言符号与表述向主体第一人称视角的显现，来对它们的做出界定和层层区分；另一方面，在确定表述的本质性规定时，我们通过本质变更的方式，剥离非本质性的东西，确定其"具有含义"（Bedeutungsmäßigkeit；meaningfullness）这一本质。

语言表述是一种特定的符号（Zeichen）。我们先理解符号的现象学特征。

我们的生活中到处都有符号的现象：语言是一种符号，数学、逻辑、化学等学科中的符号、计算机代码是符号，交通标志、商标、旗帜、徽章、宗教标志是符号。除了这些人工产物，在宽泛的意义上，我们可以认为，孱弱的呼吸是病重的符号，张开的双臂与笑脸是欢迎的符号，高山上一块鱼骨骸化石是沧海桑田的符号，狂风与乌云是暴雨将至的符号，浓重的雾霾是大气污染的符号。无论是人工的，还是自然世界的，这里所列举的符号首先都是某种可感知的事物。但是，符号的存在意义并不等于可感知事物的存在意义，显然，一个不熟悉某个符号意义的人同样可以感知到它，就像直接感知一个自然事物一样，但是这个时候，符号便丧失了它作为符号的存在意义。因此，在面对一个符号现象时，我们除了感知到它之外，还需要将之作为符号来把握，或者说，我们对符号的把握奠基于我们对它的自然存在的知觉。这也表明，符号除了像自然事物向知觉主体显现之外，还必然显现出其他的存在意义。如此，我们才能将符号从一般的自然事物中区分出来，将对符号的把握与一般知觉区分开。

那么，奠基于自然存在之感知的显现方式，符号是如何向我们显现为符号呢？当我们将一个事物作为或辨识为一个符号时，我们总是将之作为某个其他

---

[1] Robert Sokolowski, "The Structure and Content of Husserl's Logical Investigations", in *Inquiry*, 14（1）: 318–347, 1971.

事物的代表，总是需要意识到另外一个事物，否则，我们无从谈论作为符号的东西。胡塞尔对符号作了明确的界定："每个符号都是某东西的符号。"（Jedes Zeichen ist Zeichen für etwas）[1]一个符号除了自身作为自然事物存在之外，更重要是它需要"为了"（für）别的什么事物而存在，它总是代表了其他事物，一个作为符号而显现的东西总是在其显现中必然将我们的意识引向它所代表的其他的事物。我们在理解符号时，总是超出对符号的直接知觉，遵循符号与它所代表事物的关系，意向地朝向其他的事物。通俗地说，符号的功能在于，当我们"看见"一个符号时，它总是使我们"看见"它所代表的东西，它总是迫使我们的"目光"脱离它，而朝向其他的东西。然而，这一描述仍然无法界定作为自成一类现象的符号，因为，当我们说一个事物代表了另一个事物的时候，我们固然可以联想到一幅照片可以代表它所拍摄的事物或场景，一个人可以代表一个团体，等等。所以，我们需要对符号的代表功能做进一步的规定，对符号进行分门别类的区分，再对它们特殊的功能做详细的现象学分析。

为显明与简便起见，我们对胡塞尔关于符号的总体分类做一个示意图，然后我们再对这些分类的依据以及每一种符号的本质做现象学的阐明。

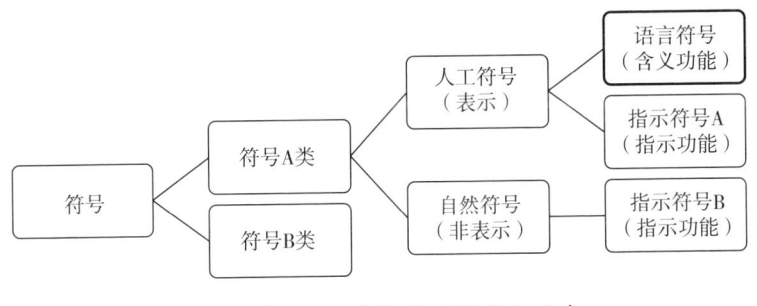

图 1 《逻辑研究》中的符号分类表

在这张图 1 中，我们把符号分为"符号 A 类"和"符号 B 类"。符号 B 类属于胡塞尔现象学的理论兴趣之外的符号现象，例如神迹等。我们直接考虑符号 A 类；为简便起见，我们直接称之为符号。符号的一般本质就是代表某事物（für

---

[1] Edmund Husserl, *Logische Untersuchungen*. Zweiter Band. §. 30.

etwas）。胡塞尔首先按照功能区分了人工符号（künstliches Zeichen；artificial sign）与自然符号（naturales Zeichen；natural sign）。在胡塞尔的界定中，人工符号有"表示"（Bezeichnen；signify）功能，而自然符号不具有表示功能，仅具有"指示"（Anzeigen；indication）功能，例如火星运河是火星人存在的指示符号，动物骨化石是远古动物存在的指示符号，等等。根据胡塞尔的观点，自然符号由于不具有表示的功能，并不是严格和真正意义上的符号。他在《逻辑研究》中主要针对具有表示功能的人工符号进行分析。在具有表示功能的人工符号这一类中，胡塞尔按照功能区分了语言符号（linguistische Zeichen）与非语言的人工符号。语言符号通过"含义"（Bedeutung；meaning）或"有含义性"（Bedeutungsmäßigkeit；meaningfullness）的特征成为一类独特的符号，即表述（Ausdruck；expression）。进行表示，但是没有含义，即不是表述的人工符号，胡塞尔称作"指示符号"（Anzeichen；indicator），它包括约定俗成的标记（如信号、旗帜、徽章与商标等）与记忆标记（如结绳记事等）。按照《逻辑研究》中的观点，非语言的人工符号与自然符号具有相近的功能，即它们都进行指示，所以，胡塞尔把它们都看作指示符号，我们在示意图中分别标记为"指示符号 A"与"指示符号 B"。而语言符号作为自成一类的符号，即表述，被胡塞尔看作真正和严格意义上的符号，其含义功能成为胡塞尔所分析的重点。

在这三类符号——表述、非语言人工符号与自然符号——中，我们注意到它们的功能具有交叉的特征。表述与非语言人工符号的共同功能是表示，自然符号不具有该功能；非语言人工符号与自然符号的共同功能是指示，表述的本质功能则不是指示。尽管如此，胡塞尔所注重强调的区分在于表述（即发挥含义功能的真正的符号）与指示符号（即发挥指示功能的非语言人工符号与自然符号）。接下来，我们通过对胡塞尔文本的细致分析，以现象学的本质研究的方法，对关于符号的这些区分以及不同符号的功能本质进行界定。

我们先分析指示符号（即非语言人工符号与自然符号）所具有的指示功能这一本质；尔后，以此为对照，分析表述所具有的含义功能的本质。

虽然，指示符号横跨进行表示的符号（即非语言人工符号）与非表示的符号（即自然符号）两个类别，但是胡塞尔认为，指示符号具有某种本质的统一性

（wesentliche Einheit）。[1] 胡塞尔对指示符号的本质作了清楚的界定：当一个符号对一个有思维的人来讲，事实上用作对某东西的指示（Anzeige）的时候和场合，我们称之为指示符号（Anzeichen）。根据这个界定，自然符号满足指示符号的特征，尽管它本身是一个自然现象，但是我们可以将之作为符号，联想和辨识与之相关的其他自然现象，例如根据浓烟联想和辨认火的存在。一些人工符号也满足这样的特征，例如，我们根据商标辨认出奔驰汽车，根据星条旗辨认出美国。但是，与自然符号不同，这些人工符号不是单纯自然界的现象，它们是人们"任意和刻意制造出来用以指示"的符号，因此，它们除了具有指示功能之外，还凭借这种"人为"的特性具有表示的功能。[2] 总结这两种指示符号的共同本质：首先，它们都在事实上被人用作符号；再次，它们都指示某东西。我们注意到，作为表述的语言符号也满足这之中的第一个特征，即作为符号，并且它与人工指示符号都具有表示这一共同功能特征，因为它也是人为制作的符号。但是，胡塞尔明确将语言表述的本质功能从指示符号的指示功能中离析出来。反过来说，真正构成指示符号的统一的本质特征，并从本质上区别于语言表述的是指示的功能。接下来的问题就是，到底什么刻画了指示的本质？

胡塞尔对指示符号如何向我们显现其本质功能作了现象学的描述说明。

指示关联着指示符号与它所指示的事物。让我们回到它们在我们的现实经验中发挥"活生生的"（lebendige；living）功能的情况。在它们的显现中，我们从对指示符号的经验，转移到对其指示的事物的经验，这之间发生了一个关键性的存在信念的"转移"（Überzeugung）。这个转移是如何发生的呢？我们发现，我们对一个对象或事态（作为指示符号）之存在的体验"引发"了我们对另一个对象或事态之存在的信念或猜测，前者提供了信念转移的"动机"（Motiv），通过动机引发的关系，我们转向了对后者的信念或猜测。让我们继续分析这种基于动机而引发的信念转移的体验的构成。面对一个指示符号时，我们直接体验到一个对象或事态，但是在这一体验中，同时体验到一种"牵引力"，它将我们的意识从这

---

[1] Edmund Husserl, *Logische Untersuchungen*. Zweiter Band. §.31.
[2] Edmund Husserl, *Logische Untersuchungen*. Zweiter Band. §.31.

个对象或事态那里"引出去",逾越当下的所见、所听和所感,趋向它所指引给我们的别的对象或事态。在这里,我们体验到两个(组)不同的对象或事态,同时在对它们的体验中贯穿了对动机引发的牵引力的体验,以至于我们整个体验不是离散的,而是构成了一个现象学的描述的统一体(deskriptive Einheit)。[1]在对指示符号的鲜活的体验中,指示功能的本质显现为这一现象学描述统一体的构成原则的动机引发(Motivation),它实现了我们从对指示符号的直接经验向被指示事物的信念和猜测的转移,也因此刻画了指示符号的本质功能。

在现象学的描述中,动机和动机引发涉及复杂多样的意识现象。有符号现象范围之外的动机引发,例如,一个人的意图或情绪引发了他的行动,童年的照片引发了回忆等等。在这里,我们将动机引发的情况仅限于符号现象。而即使如此,也有数学和逻辑符号引发了我们对抽象的本质的理解,从而引发了我们的数学和逻辑推演的情况。所以,我们必须进一步限定将指示符号体验构成一个现象学的描述统一体的动机引发的特征。胡塞尔从两个方面做了限定性的刻画:一方面,他将其刻画为"非洞见性的"动机引发;另一方面,他将其本质特征追溯到基于物理因果和心理因果关系的联想。我们依次加以说明。

胡塞尔强调,构成了指示的功能本质的动机是"一个非洞见性的动机"(ein nichteinsichtiges Motiv)。[2]何为非洞见性的动机?理解这一问题,我们自然而然地会将非洞见性的动机与洞见性的动机进行对比说明。洞见是一种理解活动,它意味着理解者对本质性的对象、必然原则和逻辑关系的有明见性的把握,而动机引发虽然说的是我们的体验和体验统一体之内在的关系,但是这种统一的内在关系的建立并不基于心理、物理或心理—物理等仅具有或然性和几率性的事实与关联,而是基于对本质和必然性关系的理解。例如,我们在数学、逻辑,甚至真正哲学中的有洞见性的思考,所依据的是对本质性的对象的理解,而不是偶发的心理活动或物理事件。对于洞见性的动机引发,胡塞尔认为,严格的数学和逻辑意义上的证明(Beweis)是一个典型的例子。例如,当我们带有洞见地进行推论的

---

[1] Edmund Husserl, *Logische Untersuchungen*. Zweiter Band. §.32.
[2] Edmund Husserl, *Logische Untersuchungen*. Zweiter Band. §.32.

时候，我们从前提｛4>3&3>2｝，按照数学和逻辑推理规则得出结论｛4>2｝。我们从对前提，即作为本质的数字和数学关系的理解，按照对逻辑推理规则的把握，推导出必然的逻辑结论，获得对结论的确凿的信念。不需否认，我们的理解与推理活动涉及心理与物理关联，但是前者受到推理的有效性或真的规范性的制约，而后者则是单纯的事件的发生，不具有规范性，不具有有效性和真的特征。

在许多情况下，我们试图进行证明时，实际上是没有洞见性的，甚至是错误的。例如，当我们错误地进行数学演算的时候。也有一些情况，我们从前提到结论的推演过程中，并不真正理解对象，没有严格掌握数学和逻辑规则，但是偶然碰巧达到了正确的结论。在这两类情况中，我们的认知活动都不是洞见性的。其中的关键因素就在于，洞见性的认知活动受到认知对象的必然本质、原则与关系的制约，受到真之规范性的制约；藉此，它才能够从单纯的心理和物理事件中区别出来。

指示的情况则与此不同。在指示的情况中，则没有类似数学和逻辑证明中的洞见性。当我们说事态A是事态B的指示符号，事态A的存在指明（hinweise）事态B的存在，甚至当我们能够从事态A的存在满怀信心地期待事态B的存在时，这并不意味着，在A与B之间存在着洞见性的、本质必然的关系。例如，我们看到一面旗帜的存在，从而确信它所指示的国家的存在，但是并不认为这二者之间的关系是前提与结论之间的本质必然的关系。因为，这面旗帜也可能被另一国家采用做国旗，或者这个国家也可能使用另一面旗帜。将指示符号与被指示对象或事态联结在一起的是物理的、心理的或习俗的因素，例如，烟指示着火，俗语说的"一朝被蛇咬，十年怕井绳""击鼓进军，鸣金收兵"等。

对于指示关系与严格逻辑意义上的推理，动机引发是二者共同的现象学特征。而通过以上对指示关系与逻辑推论或证明所做的对比，我们可以明白，我们对前提与结论之间的严格的推论或证明是一种洞见，而使得我们关于指示符号与被指示对象或事态的经验构成统一体的动机引发是非洞见性的，即它的基础在于经验性的物理的、心理的或习俗性的因素。在明确了指示关系基于非洞见性的动机引发之后，我们需要进一步明确，规定指示关系的动机引发的机制是什么。

胡塞尔进一步探讨了指示的产生机制——联想（Assoziation; association）。

"联想"是我们的一个日常用语,我们从一个事物或事态联想到另一个事物或事态。在文学、艺术的虚构中,丰富和新奇的联想是创作的一个源泉。在哲学传统中,联想是休谟经验主义哲学中的重要概念,是心灵运作的基本原则。休谟从心灵的基本元素——印象与简单观念——开始,通过联想原则,为这些离散的现象能够相互结合为统一的心灵,提供了一个自然的和经济的解释。[1]在胡塞尔现象学中,联想绝不仅仅意味着,传统的联想规则所说的通过再次复苏而进行的观念的群集("Vergesellschaftung der Ideen" durch "Wiedererweckung")。[2]联想也绝不仅仅是说,将特定内容召回到意识中,任凭它与给定的内容相结合,仿佛它们的本质事先就已经被规定好了。例如,仿佛是当我们听到一个音符时,我们通过联想将已经听到过的一个音符唤回到意识中,由于这两个音符本质上很相似,因此二者自动地相互结合。相反,胡塞尔揭示了联想具有创造性(schöpferisch)的一面,联想创造了描述性的独特特征与统一性形式。例如,在视觉中,我们关于一个物体的视觉内容是片段性的和流动性的,随着我们目光的变化,我们从对物体这个部分的观看转变到对另一部分的观看,从对这一特征观看转向对另一个特征的观看;然而,通过联想,新的现象学特征与统一性建立起来,我们看到了——一个红色的苹果,而不是这一块或那一块红色,或者红色的属性等。藉此,在流动的体验中,一个朝向同一对象的意向性经验统一体得以建立。

在胡塞尔的现象学的本质性的说明中,联想的贡献并不在于不同的体验内容之间的机械的联结,而是一种"意向性的综合"(intentionale Synthesis),其成果是统一的意向性经验的建立。[3]当联想进行时,不同的体验内容相互结合,例如,

---

[1] 在《人性论》中,休谟刻画了三类基本的联想机制:相似性、时空中的临近与因果关系。休谟认为,就像自然世界中的引力一样,联想是心灵领域的原初性的普遍原则,是人性的原初特性,但是其原因是未知的,他也拒绝对此做出进一步的解释。(David Hume, *A Treatise of Human Nature*, Oxford University Press, 1960, p. 13)总体来说,休谟给予联想一个心理学的、自然主义的说明,联想的基础在于心理内容或心理事件之间的汇集。胡塞尔则给出一个现象学的本质性的说明,联想是经验的意向性统一体的构成原则。

[2] Edmund Husserl, *Logische Untersuchungen*. Zweiter Band. §. 36.

[3] Elmar Holenstein, *Husserls Phänomenologie der Assoziation*, The Hague: Martinus Nijhoff, 1972. §. 20.

我们看到一个红色的苹果，触摸到它的质感，品尝到它甜美的味道，但是联想的关键并不在于这些感觉经验之间的相似以及它们在经验的时间与空间中同时或相继发生，而在于这样一个综合的、统一的意向性经验的构成，即我们在这个变换的经验过程中，这些感觉经验被纳入到一个经验统一体之中，我们意向性地经验到一个同一的对象，即这个苹果。意向性的经验统一体与构成它的诸经验是整体与非独立的部分的关系；通过联想的综合作用，成为统一体的非独立部分的诸经验不再是离散的、单纯的心灵状态，而是整个指向意向对象的经验的构成要素。在联想的意向性构成作用之下，所有的这些经验内容都作为关于同一个苹果的经验，而在通过联想所构成的这个经验统一体中，我们意识到作为同一的意向对象的苹果。从现象学的第一人称视角来看，我们并不单单经历着同时或相继的经验内容，而是在一个具有统一性的经验中经历这些诸多的经验内容，或者说，一个可以感觉到的关联（fühlbarer Zusammenhang）耸然而出，诸多经验内容共同属于这个关联。"通过显现的对象性的部分和方面之间的明显的共属关联，作为关于物体、事件、事物的次序或关系的经验性统一性，所有的统一性成为现象学的统一性。"[1] 这些部分和方面结合在特定的关系中，不仅仅是被体验到的内容，而被经验赋予了新的现象学特征，不是孤立自在的片段，而是服务于表象与它们不同的完整的对象。因此，甚至最基本的知觉意向性的建立，都需要依赖联想的贡献。无论是我们的视觉、听觉还是触觉，我们所体验的内容都是片段性的和变动的，而我们关于确定的知觉对象的意向性意识需要在联想功能的作用下，构成统一的朝向对象的意识。

让我们将对联想的本质的现象学分析应用于指示符号与指示对象或事态之上。在指示的情况中，联想将我们对指示符号的经验与对被指示对象或事态的信念结合起来，构成一个指示关系的经验的统一体。凭借指示的关系，我们从对A存在的信念转变到对B存在的信念。在这样一种指示关系中，联想在发挥作用，前一个信念为后一个信念提供了见证（Zeugnis）。通过联想，在关于A和B存在的信念之上，建立了一个新的信念层次，即关于二者之间的指示关系的信念。联

---

[1] Edmund Husserl, *Logische Untersuchungen*. Zweiter Band. §. 36.

想解释了一个新的意识活动层面与指示关系的这一新事态的构成,因此我们可以说,联想是指示符号之功能的源泉(Ursprung)。

通过联想构成的指示关系不是外在的联结,仿佛是两个(组)独立对象或事态的共存。这种联结是意识以联想方式实现的综合,它向我们施加了一种"压力",使我们在第一人称视角的体验中明显地"感觉到"了它。在关于指示关系的意识经验统一体中,指示符号在作为单纯的对象或事态这一存在意义之上,又获得了它作为指示符号的本质规定,在我们关于它向被指示的对象或事态的指示的体验中,显现出其本质。胡塞尔使用了形象的语词来描述:

> 当A将B召唤进意识,我们并非仅仅只是同时或相继地意识到二者,而且,一种可以感觉到的关联强加于我们(ein fühlbarer Zusammenhang aufzudrängen),在此种关联中,一者指向另一者,这个属于那个。[1]

在胡塞尔的描述中,指示关系具有一种强制力,迫使我们进行信念的转变。由于指示关系的强制力,我们并不是任意地进行联想,也不是通过自己的心理活动随意制造指示关系。那么,从描述现象学上来讲,这种强制力的根据在哪里?回答这个问题,我们需要分别分析胡塞尔所区分的两种指示符号,即自然指示符号与人工指示符号。

火星运河与火星人,化石与远古生物,火山运动与地壳以下的熔岩,这些都是自然符号与自然事态的指示关系。通常,对进行指示的事态与被指示的事态之间的因果关系的表象,约束着我们的联想活动。也就是说,我们之所以从对一个事态存在的信念转移到另一个事态存在的信念,原因在于,我们认为两个事态之间有因果关系。我们有时候将结果事态作为进行指示的符号,联想到作为其原因的事态,例如,从对火星运河联想到开凿了它的火星人;有时候也将原因事态作为指示符号,联想到作为结果的事态,例如,我们看到普降甘霖,就联想到干

---

[1] Edmund Husserl, *Logische Untersuchungen*. Zweiter Band. §.36.

旱的缓解，等等。正是我们在事态之间建立因果关系的表象，两个事态之间的关联才对我们具有了约束力。在现象学的第一人称描述中，我们对于两个不同的自然事态之间的指示关系的经验，建立于我们对于它们之间的因果关系的信念。自然事态之间的因果关系是一种客观的、物理性的关系，显然不同于我们在语言符号与对象或事态之间的语义指称关系。对此，无论是从基于联想的指示关系的角度，还是从物理关系区别于语义关系的角度，我们可以在从符号通向语言表述的道路上，放心地将自然指示符号排除出去。

对于人工制造的指示符号与指示关系，这种强制力来自于文化共同体所形成的约定的约束。例如，交通信号灯指示着行驶规则，蓝黑条纹代表着国际米兰，绳结标记着一件值得记住的事情。在这些情况中，在不同的对象或事态之间建立指示的关系，并不是由于我们意识到某种因果性。由于某个文化共同体出于某种动机，人为地制造了某种特定的符号，用以表示其他特定的事态。例如，人们为了维护交通秩序和安全，规定了特定的交通信号指示特定的通行规则。我们在面对某个交通信号时，感受到了它与特定的行驶规则之间的指示关系带给我们的约束力。社会机构为了标识自身或产品的身份，设计了一些代表性的标记。我们看到这些标记的时候，联想到它们所代表的机构或物品。当然，在有的情况下，我们个人制造某种标记，用以提醒自己过去发生的事情，或者该做某件事情；这种标记通常仅仅对我们个人有约束力。这种约束力来自我们自己与自己的约定和对规则的遵守。当我为了帮助记忆，在日历表上做一个标记，目的是提醒我在某一天该做某件事情。我自己就在这个标记与该做某件事情之间建立了指示的关系。当我看到这个标记时，我感觉到在这个标记与该做某件事情之间所建立的关联所带给我的约束力。原因就在于，我给自己所建立的规则和所做的约定。

与自然指示符号相比，人工指示符号也属于指示符号。它们之间共同的现象学意义上的本质在于，基于联想的非洞见性动机引发所建立的经验统一体，这一统一性的经验意向性地有关于将指示符号与所指示的对象或事态结合在一起的指示关系。当然，二者之间也存在明显的差异，人工指示符号与所指示的对象或事态之间的自然物理关系并不紧密。它们被人为地用作指示符号，是人们出于某种意图,"有意地"设计出来,用以"表示"(bezeichnen,signify)某个对象或事态的符号。在我们对人工指示符号的经验中,我们体验到人们赋予它们以表示功能的意志(Will)——无论是社会的还是个人的,即交互主体的或主体的进行表示的意向(bezeichnende Intention;signifying intention)。进行表示的意向构成了我们关于人工指示符号的经验的意向性本质,如果我们没有进行或者体验到这种意向,那么,我们也就没有关于人工指示符号的经验,那个向我们显现出来的东西也就不会作为人工指示符号而显现。

据此,我们可以理解,如"图1"所示,胡塞尔为何统一将人工符号与自然符号区分开来,并将前者的本质功能界定为"表示"(Bezeichnen),原因就在于我们关于人工符号经验中的进行表示的意向,我们所进行的或所体验到的人为地将之作为"符号"的意愿。在这个意义上,只有人工符号——人工指示符号与语言符号——才是真正意义上的符号。根据现象学的本质性的研究,我们可以对符号做出本质的界定——作为符号进行表示,从主体方面而言,使得符号作为符号进行自身显现的意向性意识的本质在于——进行表示的意向,即"符号意向"(signitive intention)。所有的人工符号的本质在于其表示功能,一个意识经验的符号意向赋予符号以意义(Sinn;sense),人工符号通过意义来表示某个对象或事态。

我们总体比较一下自然符号、非语言人工符号与语言符号这三类符号。首先,我们已经指出,自然符号与其所指示的对象或事态之间的指示关系的基础在于,它们之间存在紧密的自然物理关系,特别是因果关系,但并不存在紧密的语义关系。其次,在语言符号与它们所表示的对象或事态之间,并不存在紧密的物理因果关系。一个语言符号指称某个对象或事态所依据的是语义,或者说语言表述的理念性的含义;它们之间存在紧密的语义关系。再次,非语言人工符号居于二者之间。与语言符号类似,非语言人工符号也具有人为赋予的特定意义。但是,非语言人工符号与其指向的对象或事态之间的语义关系并不足够紧密,它们之间的关系依据于文化、习俗或心理的约定,而非语言人工符号的物理的呈现也是这种指示关系建立的一个条件,因此,这种约定的约束力具有太多的相对性和不稳定性,并不像语言表述中的理念性的含义的规范性那么强。出于这些考虑,我们可以理解，胡塞尔根据知识论批判的要求，以语言表述的含义的理念性为导向，颇显仓促地剥离了非语言人工符号，从而转向了对语言符号及其理念性的含义的分析。

以上，我们梳理了胡塞尔对指示符号的指示功能所做的现象学的本质性的分析。在这项工作中，胡塞尔的真正意图并不是想提供一套关于指示符号的完整理论，而是以剥离指示符号，以指示功能为对照，澄清语言表述与含义的本质，特别是作为理念性的含义的本质，以及相关的含义体验的意向性本质。

三、语言表述的含义

根据《逻辑研究》的观点，语言表述是一种自成一类的符号，对于其本质，胡塞尔从两个方面加以分析，即语言表述所具有的理念性的含义，以及"赋予意义"（Bedeutungverleihen，meaning-bestowing）的意识活动的意向性结构。上文的分析已经表明，在宽泛的意义上，指示符号与语言表述都具有指向（Hinzeigen）的功能，但是这是两种类型的指向。在前者中，这种指向被刻画为，我们通过联想，从对一个事态的存在信念转移到对另一个事态的存在信念；简言之，这种指向说的是存在信念的转移。指示符号与被指示的事态在因果关系上有依赖关系，关于这二者的经验通过动机引发建立起联系，构成统一的关于指示关系的经验。在后者中，这种指向并不在于对表述符号的存在信念向对含义存在的信念的转移，因为，在现象学的描述中，我们关于表述符号的经验与关于含义的经验直接构成了"一个具有独特特征的、紧密融合的统一体"。[1] 因此，我们的现象学分析从关于表述符号与含义的经验统一体的意向性本质开始。

语言表述是一种通过语义指向对象的意向性活动，这要求我们既要对语言符号的含义有所理解，又要对它关于对象的指称关系有所理解，才能实现成功的语言表述。在面对感性符号的直观呈现时，我们将之作为符号，这意味我们不能仅仅有关于它的感性经验，而且要将之理解为有含义的。这种理解符号的意向性经

---

[1] Edmund Husserl, *Logische Untersuchungen*. Zweiter Band. §.45.

验"激活"了感性的语言符号,后者不再是单纯的感性事物;在这个意义上,胡塞尔将我们对语言符号的理解活动称为赋予意义的意向性经验。而语言符号作为人工符号,还具有"表示"这一本质功能,即表示某个对象或事态,它使得所表示的对象或事态处于与语言表述的语义关系之中,成为所谓的指称对象。这就是我们通常所理解的,含义与指称构成了语言表述的两个基本要素。在胡塞尔关于表述的语义学框架的讨论中,我们对语言符号的理解包含两个意义上的指向(hinweisen):一个是我们从语言符号指向含义,另一个是从含义指向指称对象。前者称作符号意向(signitive Intention),后者称作意指意向(signifikative Intention)。[1] 这两个意向构成了统一的含义意向(Bedeutungsintention)。通过符号意向,语言符号作为有含义的表述呈现;通过意指意向,语言符号作为表示某个对象或事态的符号呈现。这两个意向构成了我们理解语言符号的经验的意向性本质,而通过这两个意向,作为表述的语言符号呈现其本质规定。对语言表述的现象学的本质性的研究任务就在于,在意向性的相关性关系之中,澄清意向活动的本质与语言表述的本质。

胡塞尔对于符号意向的本质性的刻画包含两个步骤:第一步,胡塞尔将表述的本质抽离它对语境的依赖,特别是语词的具体存在的物理形态,从而还原到语词的本质功能。第二步,以纯粹现象学的方式描述语词表象与含义意向之间的现象学统一性。关于意指意向,胡塞尔认为,含义意向不仅包括表述与含义之间的关系,而且包含了指向对象的意指意向。含义是一个语义学概念,我们以语言符号来表述一个对象,并不仅仅是单纯地关涉某个对象,同时也是以语义的方式对之进行规定。也就是说,含义意向以语义范畴的形式指向对象,这里的对象是指称对象(als Referenzobjekt)。如果说,语词表象与含义意向的统一、符号意向与意指意向的统一是在主体方面构成含义的活动,那么作为种类的表述、理念性的含义以及与对象之间的指称关系则是在对象方面被构成的结果(见图2)。从对

---

[1] Ullrich Melle, "Signitive und Signifikative Intentionen", in *Husserl Studies* 15: 167-181, 1999. Rudolf Bernet, "Husserl's Theory of Signs Revised", in *Edmund Husserl and the Phenomenological Tradition*, ed. by R. Sokolowski, The Catholic University of America Press, 1988, pp.1-24.

象方面，胡塞尔强调了表述与含义的理念性关系。进而，胡塞尔主张，在表述的语义功能的框架之内，含义包含了与对象之间的指称关系。含义与对象之间的指称关系属于表述的语义本质，并不依赖被指称的对象是否直观地给予。根据胡塞尔对表述的认知功能的刻画，含义与对象之间指称关系的实现依赖含义意向通过相应的直观获得充实，即含义意向与含义充实之间的综合。这就是胡塞尔在认识论批判的导向中，以有效性和真作为规范性条件，对语言表述的含义与指称所做出的现象学本质性的规定。

主体活动方面	对象方面
语词表象	作为种类的表述
符号意向	理念性的含义
意指意向	指称对象
直观充实	真值

图 2　语言表述的意向性关系

在接下来的讨论中，我将依次考察：首先，胡塞尔如何通过对表述的"去物质化"（dematerialization），离析出表述的本质。其次，在表述活动中，语言表述的物理现象与含义意向构成了现象学上的经验统一体，二者在现象上是一个（phänomenal eins）。再次，符号意向与意指意向统一于表述的含义意向。然后，含义意向同时构成了指称关系。最后，对表述的认知功能实现机制的刻画通过对含义意向与含义充实以范畴形式实现的综合来完成。

（一）表述的去语境化与去物质化

我们所说的"表述的去语境化与去物质化"是指，胡塞尔通过对交流语境与独白语境中的表述的对比，从表述的本质中剥除表述对物质形态（语音或笔迹等）的依赖，还原到一般的语词表象或物理现象。

简单来说，每一段话语、话语的每一部分以及本质上与此类似的符号都是表述。然而，我们经常注意到，当我们说话或者交流的时候，时常不自觉地伴随着一些面部表情和手势,甚至我们有时候通过表情和手势也能够进行一定程度的交流。那么,这些表情和手势算不算是表述?在交流的语境中,我们不仅理解到对方的表述的含义,有时候,还会理解到当对方做出这些表述时,处于怎样的心理状态。那么,我们通过对方的表述理解到他的心理状态属于表述的本质功能吗?还有,当我们说出某个表述的时候,会发出一组语音,写下一个表述的时候,会在纸上画出一些笔迹。那么,这些语音和笔迹的物质的形态对于表述而言是本质性的吗?

对于这几个问题,胡塞尔都给予了否定的回答:表情和手势根本就不是表述;表述在交流语境中与特定心理状态之间的指示关系也不属于表述的本质;构成表述的物理现象的不必是物质性的语音或笔迹,也可以是想象的、内心默念的语词表象。胡塞尔对表述的去物质化包含对这三个观点的论证。对第一个观点的论证排除了与表述无关的其他现象;对第二个观点的论证是在对指示关系讨论的基础上,将表述在交流语境中被附加的指示功能剥离出去,实现对表述的去语境化;对第三个观点的论证实现了对表述的去物质化。

1. 表情与手势

我们需要区分使用表情和手势的不同情况,以便明确胡塞尔从表述中驱逐出哪些表情和手势。我们有种类非常丰富的表情与肢体"语言":没有任何的语言行为,我们所做的一些表情和手势,例如,吃到柠檬时的咧嘴,高兴时的拍手,生气时的皱眉;当我们进行表述,尤其是在谈话中,经常会下意识地伴有一些表情和手势,例如眨眼、撇嘴、摆手或摇头晃脑等;而有的时候,为了表示强调,增加话语的感染力,我们在谈话中刻意加上某些表情和手势;还有一些手势是人们专门发明出来,赋予特定的意义,用以表达和交流的,例如手语等。对于这几种情况,胡塞尔明确排除了第一种和第二种情况中的表情与手势。这些表情和手势是无意的(unwillkürlich),也不是以交流为明确的目的而做出的,甚至可以根本不伴随语言活动。它们当然也就不能满足表示(Bezeichnen)的要求,即制造或使用符号的意志(Will),当然也就不能算作表示符号。根据这类表情和手势,尽管我们可以推断出一个人的心灵状态,因而可以称之为一种表达

（Äußerungen），但是，在严格意义上，它们不是表述。[1] 因为，首先，这些所谓的表达不是话语意义上的表述。在表达者的意识中，它们与被表达的体验在现象上并不是同一的，而是一种生理或心理—物理的关系，例如，咧嘴与酸的体验，拍手与高兴的体验并不同一。其次，在这些表达中，并没有表述特定思想的意向，也就是我们刚刚所说的，其中缺乏表达某个意义的意志。尽管，在宽泛意义上说，这类表达是有意义的，或者恰当地说，是有信息含量的，然而，它们并不像语言符号一样具有真正的含义。它们所具有的意义类似自然指示符号，我们可以从对一个事态（表情或手势）的信念获得对表达者的心灵体验（如酸的体验或高兴）的信念。

对于第三种情况的表情和手势，我们仍然可以认为，它们不能算作表述。因为，这类表达并没有独立的含义，它们只是对有含义的表述进行辅助，真正的含义仍然只存在于话语表述之中。并且，更为重要的是，它们缺乏语法和范畴的形式。[2] 第四种情况中的手势是一种语言，尽管这种语言并不是说出的或者写下来的，但是它们是人们刻意创造出来的，具有语言所要求的语法和逻辑形式，能够表述思想，具有特定的含义。按照我们马上要讨论的胡塞尔对表述的去物质化，表述并不一定依赖说出的语音、写下的笔迹，想象也可以作为表述的感性载体，同样，手语也可以向表述提供感性载体。

抛开表情和手势的话题，胡塞尔指出，人们关于表述与含义会有一些寻常的见解。根据这些见解，每一个表述可以分为两个方面：（1）表述的物理方面——感性符号，例如说出的语音组、写在纸上的字符串等等；（2）与表述通过联想的

---

[1] 身体性的表达（bodily expression），将他人的身体表达体验为心灵的表达（körperlicher Ausdruck als Ausdruck von einem Seelischen），即理解为共现了他人心灵的身体（Edmund Husserl, *Zur Phänomenologie der Intersubjektivität*. Zweiter Teil. Hrsg. Iso Kern. Martinus Nijhoff, 1973. §. 491, 493；Edmund Husserl, *Zur Phänomenologie der Intersubjektivität*. Texte aus dem Nachlass. Dritter Teil: 1929–1935. Hrsg. Iso Kern. The Hague: Martinus Nijhoff, 1973. S. 83）。
[2] 根据胡塞尔1914年修正的符号理论，这类表情和手势也具有表示的功能。首先，它们是我们有意地制造出来的。其次，它们通过含义意向指向特定的对象，例如我们在诉苦的时候有意地做出凝重表情，以便向听众传达我们内心的困难情感。但是，它们仍然不是表述，仍然不是人工语言符号。这是因为，无论是在《逻辑研究》中还是在修正的手稿中，胡塞尔坚持认为，表述必须具有语法与范畴形式。

方式结合（assoziativ geknüpft）在一起的特定的心理体验过程，人们经常会把这种心理体验看作表述的意义。进一步，人们还会区分出（3）表述所意谓的东西，即表述的意义，以及（4）表述所指称的东西，即对象。

胡塞尔认为，寻常的区分和见解有些地方是不正确的，有些是必须通过进一步的研究进行清楚地界定的。我们接下来将讨论：（1）寻常见解所区分出来的表述的第一个方面不仅仅限于那些我们可以知觉地说出的语音组或字符串，而具体语音和字符也不构成表述的本质性的东西；（2）我们能够从对表述的本质考察中，清除表述在交流情境中作为指示符号所发挥的指示功能，即对表述者的心理体验的传诉；（3）表述的含义不是通过联想与表述结合在一起的特定的心理体验，表述与含义构成了一个现象学上的统一体；（4）为了认识论澄清之目的，我们还需要明确含义与进行说明的直观、可能提供明见性的直观之间的区分与关系。如果我们希望对含义概念做出明确的界定，进而将含义的象征功能与认知功能对置起来，那么这它们之间关系的讨论必不可少。[1]

对于前两个任务，胡塞尔比较了交流情境与独白情境中的表述，从而排除那些依赖具体情境的、不属于表述之本质的东西。对于后两个任务，胡塞尔主要通过刻画表述的语义特征、指称关系来完成的。

2. 交流语境与独白中的表述

在"第一研究"第一章的第一节中，胡塞尔就指出：

> 如果我们——就像我们在谈及表述时不由自主地习惯做的那样——首先将我们的讨论范围局限于那些在活的对话中起作用的表述上，那么指示符号这个概念与表述概念相比便显得是一个在范围上更广的概念。但就其内涵而言，这丝毫不意味着，指示符号在内容上是一个种，而表述则是其一个属。[2]

---

[1] 由于本文主要关注的是语言现象，而不是认知现象，且限于篇幅，我们将不专门讨论语言表述与直观之间的充实关系。

[2] Edmund Husserl, *Logische Untersuchungen*. Zweiter Band. §.30.

这段话告诉我们，人们常常会在考虑语言交流活动时发现，语言符号也发挥着指示的功能，从而误以为语言符号的含义功能是一种特殊的指示功能。但是，正如在前面我们看到，胡塞尔区分了作为语言表述的符号与作为指示符号的符号，它们是本质上具有两种不同功能的符号。胡塞尔坚定地主张，虽然在语言交流这种特殊的情况下，语言符号不仅具有含义功能，而且还作为指示符号发挥指示的功能，即"传诉"（kundgeben）说话者的心理体验，但是，含义功能与指示功能仍然具有本质性的差异。[1]我们具体分析胡塞尔的论证。

语言交流的实现需要几个层次。

首先，交流者用以交流的物理手段——说出的语音组或写下的字符串。符号的物理方面是表述和交流得以进行的支撑（Stütze）或载体。其次，在说话者方面需要具备，说者通过语音组或字符串来传达什么的意愿（Will），说话者赋予自己的语音或字迹以意义的心灵活动。当说者着眼于表达什么的时候，或者说，当说者在特定的心灵活动中将他想传达给听者的意义赋予这些物理载体的时候，它们成为用以交流的语词和话语。再次，说话者需要将对话者理解为一个人（als eine Person），"朝他说话"（zu ihm spricht）。[2]最后，交流活动不仅需要说者，还需要听者，听者理解说者的意向和表述的含义。听者将说者理解为一个向他说话的人，即理解到这个人在发出声音的同时，进行特定的赋予意义的活动，将意义告知自己。一个对话交流的语境的形成，需要说话者与听者之间的心灵活动的传诉与接受能够顺利进行，话语的含义相互顺畅的传递。

在语言交流活动中，表述的物理形态的现实存在、对体验的传诉与接受这两个方面显得尤为重要。因为，一方面，语言交流至少在两个人之间进行，而一个人想去理解另一个人的时候，必须听到或看见对方发出的声音或写下的字迹，否则思想和含义缺乏载体，交流根本无法实现。另一方面，交流得以实现的一个关键在于，我们把对话者理解为具有心理体验、意图向我们传达什么、向我们说话

---

[1] Edmund Husserl, *Logische Untersuchungen*. Zweiter Band. §.38.

[2] Edmund Husserl, *Logische Untersuchungen*. Zweiter Band. §.39.

的人。尽管如此，胡塞尔对表述的交流功能的讨论，意在澄清两个通常的误解：一、把在交流中被传诉的心理体验称为被表述的意义或含义；二、表述与含义依赖我们对具体的语音组或字符串的知觉。

在交流的话语中，表述同时作为指示符号发挥指示的功能。这种指示关系存在于听者所知觉到的语音或字迹与所假定的对方的心理体验。对于听者，表述成为说者的相关心理体验的指示符号，它向听者指示着说者的特定的心理体验。当我们听到一个人说话时，我们知觉到他所发出的作为物理符号的表述。在我们的知觉中，包含着一个关于对方的表述的存在信念，这个信念与知觉必然地结合在一起。我们从对说话者的表述的存在信念出发，转移到与说话者的表述相关的特定心理体验的存在。这样一种指示关系，在听者关于说话者的表述与他的特定的心理体验的信念之间建立起来。对于听者，表述作为指示符号，指示着说话者的心理体验。

胡塞尔将语言表述在交流中作为指示符号所发挥的指示功能称作"传诉功能"（kundgebende Funktion）。[1] 根据上文对指示关系的分析，指示的本质在于一种非洞见性的动机引发的关系。我们将胡塞尔对指示关系本质的刻画应用于他对表述的传诉功能的分析上。

在语言交流中，听者从他所听到的话语，联想到说话者的心理体验。听者将说话者直观地（anschaulich）把握为或知觉（wahrnimmt）为一个人，听者知觉到另一个人的心理体验。[2] 胡塞尔对这里的知觉概念作了一个简要说明。知觉的本质特征在于，以直接面对对象自身的方式把握到一个事物或过程的存在。知觉分为内知觉与外知觉。我们在内知觉中经历自己的心理体验，这种知觉是充分的，因为我们无一例外地经历了自己的体验，否则这就不是我们的体验。外知觉是我们通过感官所进行的认知活动，例如视觉、听觉和触觉等。这种外知觉也是对事物或过程的本身的直接的认知，但是，它是不充分的，因为我们无法穷尽关于对象所有细节的知识。根据知觉的本质以及内知觉与外知觉的区分，胡塞尔

---

[1] Edmund Husserl, *Logische Untersuchungen*. Zweiter Band. §.40.

[2] Edmund Husserl, *Logische Untersuchungen*. Zweiter Band. §.40.

把对传诉的知觉看作一种不充分的"外部知觉"(äußere Wahrnehmeng)。在语言交流中，虽然我们能够通过话语，知觉到对方的心理体验，但是，我们并不像在内知觉中经历自己的体验那样，我们没有直接经历对方体验的存在，只是根据指示关系，从关于对方话语的信念，获得关于对方心理体验的假设性存在(supponiertes Sein)的信念。[1]因此，以不充分的外知觉的模型来解释对传诉的把握，使我们能够更好地将其理解为指示的一种情况，而不是概念性的认知。

从听者的角度出发，我们还可以界定一个理解表述与理解传诉的本质性的区别。对说者的表述的把握与对说者的心灵体验的把握在本质上是不同的意向性活动，前者是一个概念性的认知(ein begeriffliches Wissen)，后者不是概念性的认知，而是一个直观的知觉。[2]我们对表述的理解是概念性的，因为我们必须对说者所使用的语词和句子有语法的和范畴的把握。然而，我们却是非概念性地、直观地将一个人把握为一个人，甚至如果交流和对表述的概念性理解能够开始，也要这样的前提，即我们需要先意识到，对面是一个人在向我们说话，以此为基础，我们才会形成去理解他的话语的意愿。在交流过程中，如果对话者做出了关于强烈的愤怒、痛苦或希望的表述，除了对这些相关表述的概念性认知之外，我们还可以直接"听到"或"看到"对方的愤怒、痛苦或希望。在活生生的交流语境中，我们不仅通过语词表述和概念理解来传递含义，而且还相互传递和理解彼此的内心感受、情绪与态度等，语言表述的这一维度甚至构成了日常的交流语境中的语言符号的主要功能。[3]

---

[1] Edmund Husserl, *Logische Untersuchungen*. Zweiter Band. §.41.

[2] Edmund Husserl, *Logische Untersuchungen*. Zweiter Band. §.40.

[3] 胡塞尔一方面将表述在交流语境中的传诉功能界定为指示功能，另一方面又认为对话者对所传诉的心灵活动是一种直接知觉式的把握，而这两个观点至少看上去并不融洽。根据前一观点，我们从对说话者语言表述的把握，根据其动机引发，联想到它所指示的对象或事态（说话者的心灵活动），如此，便难以说，基于语言表述的指示功能的对他人心灵活动的把握是直接知觉式的。从现象学的描述而言，我们在交流语境中确实能够直接"听到"或"看到"他人的心灵活动，比如，我们常说，某人娓娓道来，或某人话语中充满了愤怒，或满怀希望等等。对于这个问题的进一步讨论，以及可能的处理方案，我们参考胡塞尔对语言符号的本质功能，特别是它在交互主体性语境中的功能的重新思考，以及对表达性的身体的讨论。

尽管在日常交流语境中，语言符号的传诉功能极其重要，胡塞尔也承认，表述首先是用于实现交流功能，对语言符号的交流功能的现象学本质性研究也尤为必要，但是，《逻辑研究》明显志不在此。我们在上文就已经看到，胡塞尔出于认识论的意图，将非语言人工符号排除出有语义功能的符号之列，在这里，胡塞尔对语言表述的认识论功能的偏执再次引导了他接下来的研究走向。

鉴定了交流语境中的表述所具有的指示功能之后，胡塞尔对表述的这种附加功能从其本质功能那里剥除。那么，表述的本质功能是什么呢？胡塞尔对此进行了一个本质变更，即变换表述的不同情景，在其中寻找表述所发挥的一致的功能。如果说交流语境是语言表述的公共使用的场景，那么在"单独的心灵生活中"（im einsamen Seelenleben）的内心独白（Monolog）是其私人使用的场景。表述无论是应用于交流，还是在独白式的话语中，都是表述，都具有其含义。而如果在表述的应用的某些情境中，出现了与其他情境不同的特征与功能，而这又无损于表述作为有含义的表述，那么，这种特征和功能便是由于具体情境而被附加的功能，因而并不构成表述之本质。胡塞尔以对比的方式考察了表述在交流与心灵独白中的应用，从而揭示出，表述的传诉功能依赖交流情境，在独白式的话语中则不具有这种功能。因此，表述的传诉功能不构成表述的本质。

上文分析指出，指示关系的本质在于，我们从对一个事态的存在信念转变到对另一个事态的存在信念。对进行指示的事态的存在信念是指示关系的一个必要的因素，因为它是这种关系的一个关系项，是引发信念转移的动机，从这一存在信念出发，才引起了对被指示事态存在的信念。在交流功能中，听者知觉到说话者所做出的陈述，将它知觉为"存在的"；陈述的存在引发了听者从对说话者的陈述的存在信念，转变到对其心理体验存在的信念。这一关系的建立依赖两个关系项：关于表述存在的信念与关于表述者心理体验存在的信念。但是，胡塞尔的分析向我们揭示出，在独白情境中，这两个关系项根本没有存在的必要。

一方面，我们在独白中不需要知觉到我们的语词，就能够有意义地进行表述。诚然，"我们能够用作指示符号（标记）的东西，必须能够被我们知觉为存在的东西"。[1]在交流情境中，说话者的表述作为指示符号，向我们指示着他的心理体验。表述不仅需要有意义，而且必须是被说出来或写出来的词句，或者说必须现实地存在。因为，我们必须从对说话者的表述的知觉出发，联想到说话者的心理体验。

而在独白式的心灵生活中，表述根本不作为指示符号发挥指示的功能。胡塞尔明确指出："符号的存在并不引起含义的存在，或者更恰当地说，引起我们关于含义存在的信念。"[2]这是因为，在交流情境中，表述必须以词句的形式出现，听者知觉到其存在。而在独白式的心灵生活中，我们不需要现实地说出或写出的语词，仅仅通过"想象"（Phantasie）来表象词句符号即可，或者就像我们通常说的，在心里默念着、琢磨着。与在知觉中的情况不同，我们在这种想象中，并不需要赋予语词以物理的感性形式。但是，想象的语词的不存在（Nicht-Existenz）并不影响我们的表述及其含义。——我们在独白中恰恰就是这样做的。因此，在这种情境中，语言的使用者没有关于表述的存在的信念，不存在指示关系所必须依赖的关于指示符号的存在信念。

另一方面，在独白式的心灵生活中，我们不需要通过指示关系获得对特定心理体验的存在的信念。在交流情境中，关于对方的心理体验，我们需要通过对方的语词的存在联想到其心灵体验的存在，并且也只是一种假设的存在。而在独白式的心灵生活中，我们根本不需要语词的存在向我们指示自己心灵体验的存在。因为，我们关于自己的心灵体验有直接的、内部的知觉。因此，这种指示关系在独白式的心灵生活中完全缺乏被指示项，是无目的的。

总之，与交流功能中的表述不同，在独白式的心灵生活中，表述根本不作为指示符号发挥指示的功能。因为，在后一种情境中，指示关系既没有动机——关于表述的语词的存在信念，也没有被指示的目标——特定的心灵体验的存在。表述在交流中与独白中同样具有含义，而只在交流中才作为指示符号发挥指示的功能，因此，指示功能不是表述的本质功能，必须与表述的含义区分开来。

---

[1] Edmund Husserl, *Logische Untersuchungen*. Zweiter Band. §.42.
[2] Edmund Husserl, *Logische Untersuchungen*. Zweiter Band. §.42.

3. 表述的语词表象

胡塞尔通过对比交流语境与独白语境中的表述，将依赖交流语境的表述的传诉功能剥离出去，其目的在于，考察去语境化之后的表述的一般本质。对此，胡塞尔说道：

> 如果我们现在撇开那些专（speziell）属于传诉的体验不论，而是着眼于表述所包含的区别来考察它——无论是在独白中，还是在交谈中起作用，表述都包含这些区别——，那么，看来仍有两样东西保留下来：一是表述本身（Ausdruck selbst），二是它所表述的作为其含义（其意义）的东西。[1]

对于有意义的表述这一现象，我们可以通过反思，抽象地将表述分为语词形态与意义这两个要素。诚然，语词的可知觉的物质形态对语言交流十分重要，例如，言说、交流、写作或阅读中都离不开可知觉的载体。但是，这并不意味着，表述本身就是这些具体的物体载体。同样，现象学的本质变更方法实现了分离表述的物质载体与其含义的任务。我们可以变换表述的物质载体的形态，继而在其物质载体与想象表象载体之间进行变换，以便认识到，在这些变换之中，表述可以拥有同一性的含义。让我们尝试进行这样的本质变更。

同一个表述可以在不同的具体存在的物质形态中获得其支撑。比如，对于同一个表述，不同的人在不同的时间地点可以发出语音组，这些语音组都是不同的个体；而且，我们还可以在纸上写下它，不同的人的笔迹也是不一样的。进一步，同一个表述可以通过不同的重言式的语词来做出，例如，我们可以写下"伦敦"，"London"或"Londres"等。它们的具体存在的物质形态差异很大，但却具有相同的含义，是具有同一性的表述。因此，表述本身并不依赖具体的某一种实际存在的物质形态。

不仅如此，表述本身也不依赖于一般的具体存在的物质形态。正如胡塞尔在

---

[1] Edmund Husserl, *Logische Untersuchungen*. Zweiter Band. §.43.

对独白情境中的表述的分析,我们在内心独白中,可以完全不借助于任何一种具体存在的物质形态,仅仅在内心默念,通过想象的语词表象做出一个表述。而我们在想象的语词表象中做出的表述,与借助具体存在的物质形态做出的表述可以是同一个表述。在这里,想象的语词表象与语词的具体的物质形态所发挥的功能是一样的,因此,这种同一性的功能对于表述而言才是最重要的和本质性的。

即使表述在某种具体存在的物质形态中获得其载体,在对表述的纯粹现象学描述中,我们也会发现,我们在表述中并不将具体的物质形态作为直观的对象,也就是说,我们并不以在知觉中直观一个对象的方式来表象语词。在表述中,虽然我们表象了或者说意识到了语词的具体的物质形态,但是,严格说来,我们并没有关于它的典型的知觉,因为我们的整个活动的旨趣完全不朝向这个具体的物质形态,而完全在于赋予意义的活动。在一个表述活动中,"物理表述、语词声音总是没有起到本质性的作用。因为,任意其他的语词声音可以取代它,并且能够发挥同样的作用;它甚至都能被完全取消"。[1]在胡塞尔所说的后一种情况中,我们以想象的语词表象来取代实际存在的物质的语词。所以,在表述中,我们根本不关注表述的载体本身自在的物质的属性,而这完全不损害完整的表述活动。简言之,表述在本质上与语词的实在的物质存在与性质无关。

因此,虽然表述需要某种语词表象作为其支撑和载体,但是这一载体的本质在于其功能,而不在于其具体的存在样态——无论是以可知觉的现实存在的物质形态,还是仅仅想象中的语词表象。胡塞尔以不同的措辞来指为表述提供支撑的语词,例如,"语词表象"(Wortverstellung)、"表述显现"(Ausdruckserscheinung)和"物理现象"(physische Phänomen)等。无论如何,"真正发挥作用的是作为介质的这种功能得以保持,而不是感官上的符号的物质存在",语词的具体的存在形态和属性并不构成对于表述而言本质性的东西。[2]

在胡塞尔提炼语言表述的理念性的含义的任务中,对表述的去物质化构成了重要的一环。凭借这一步,胡塞尔将表述从实际的物质存在还原到语词表象的一

---

[1] Edmund Husserl, *Logische Untersuchungen*. Zweiter Band. §.421.
[2] Rudolf Bernet, "Husserl's Theory of Signs Revised", p. 9.

般功能——即我们接下来将要讨论的符号意向,进而进入到对作为种类的表述的讨论中。

(二)语言符号与含义意向的统一

经过去语境化和去物质化的工作之后,胡塞尔对语言表述活动的意向性进行了现象学的本质性研究,刻画了语言表述的物理现象与含义意向之间的现象学的统一性。

从对意识活动方面的现象学本质性描述的角度,有含义的表述的现象可以分为这个方面:一是构成了表述的载体的物理现象(physische Phänomen),二是赋予表述以含义的意向,三是通过表述的含义指向对象的意向。[1]这一区分涉及两个关系:一、物理现象与含义意向的关系;二、与所指对象的指称关系。对于第一个关系,从物理现象到含义意向也是一种指向的关系(Hinzeigen),或者说符号意向(signitive Intention),但是,二者在符号意向中构成了一个现象学的统一体,这完全有别于指示关系——我们已经做了足够的说明,也不同于意识通过含义指向某个对象的意向性关系。对于第二个关系,含义意向除了符号意向之外,还具有另一个方面,即指向对象的意指意向(signifikative Intention)。符号意向与意指意向统一在含义意向(Bedeutungsintention)之中,构成了含义意向的两个

---

[1] 胡塞尔的"物理现象"(physische Phänomen)的用语可能会引起误解,仿佛表述必须包含我们能够知觉到的物质方面,例如语音组或字符串。在这里,我需要提醒,胡塞尔所说的物理现象并不等同于关于物体形态的知觉表象。因为,正如我们刚刚谈到的,语词符号的想象表象可以不实际存在,也没有物质属性(如声音、颜色或形体),但是它可以在独白情境中作为表述的载体发挥作用。因此,无论表述是否具有可被知觉的物体形态都没有本质性的影响。就像胡塞尔所说的:"这里有关的活动当然是知觉表象或现象表象,表述借助它们而在物理的意义上得以构成。"(Edmund Husserl, *Logische Untersuchungen*. Zweiter Band. §.421)在不同的情境中,表述总是需要某种表象,——无论是知觉表象,还是想象表象,都统称为"物理现象"。诚然,胡塞尔在论述中经常以具有物质形态的表述作为例子进行分析,只是我们需要注意,构成表述的一个本质方面的物理现象不固定于语词的某种具体的物质形态,而是一般而言的表述的功能性的载体。

方面。[1]

1. 符号意向

关于第一个关系，胡塞尔认为，表述的物理现象与符号意向相统一，虽然前者在某种意义上指向（Hinzeigen）后者，但是二者以非独立的部分的方式构成了"一个统一的整体活动"（einer einheitliche Gesamtakt），"在现象学上是一个"（phänomenal eins）。[2] 胡塞尔认为，在具体的表述体验中，这两个要素紧密结合，形成了一个具有独特特征、紧密地融合在一起的统一体（eine innig verschmolzene Einheit von eigentümlichem Charakter）；这对表述活动而言是本质性的。[3] 这二者如何作为非独立的部分构成表述现象的统一体呢？我们知道，通过去语境化与去物质化的论证，语词表象的具体的物质形态对于它在表述中的功能而言，是无关紧要的。但是，我们如何对语词进行表象，从而使它成为统一的表述现象的非独立部分呢？与此相关的出现了另一个问题，符号意向如何将语言表述的物理现象结合并统一于整体的表述现象之中？

---

[1] 胡塞尔在对表述与含义理论的修正中提到，他在第一研究与第六研究的第一次修改中，混淆了符号意向与意指意向，他承认这是一个错误。（Edmund Husserl, *Logische Untersuchungen. Ergänzungsband. Zweiter Teil. Texte für die Neufassung der VI. Untersuchung. Zur Phänomenologie des Ausdrucks und der Erkenntnis.* Hrg. Ulrich Melle. The Hague, Netherlands：Kluwer Academie Publishers，2005. §.204）在第六研究及其第一次修改中，这个混淆十分明显。胡塞尔在第六研究的一个注释中提到，signitive Akte 是对 signifikative Akte 的简称，与含义意向活动（Akte der Bedeutungsintention）在相同的意义上使用。（Edmund Husserl, *Logische Untersuchungen. Zweiter Band.* §.567）而在对第六研究的修改中，胡塞尔直接移植了这个注释。（Edmund Husserl, *Logische Untersuchungen Ergänzungsband Erster Teil：Entwürfe zur Umarbeitung der VI. Untersuchung und zur Vorrede für die Neuauflage der Logischen Untersuchungen.* Hrg. Ulrich Melle. The Hague, Netherlands：Kluwer Academic Publishers，2002. §.39）虽然，我必须承认，在胡塞尔提到的这个注释中，他确实没有在术语上对这两个表述进行界定，但是，即使在第一研究中，在胡塞尔对语词表象与含义意向以及指称关系的讨论中，我们能够根据他实质性的分析与论证，整理出他关于符号意向与意指意向的不同界定。他在第一研究中已经在有分别地处理这两个意向，只是没有给予术语上的界定。而在对表述与含义的修正中，胡塞尔以符号倾向（signitive Tendenz）来进一步刻画符号意向。

[2] Edmund Husserl, *Logische Untersuchungen. Zweiter Band.* §.421，37.

[3] Edmund Husserl, *Logische Untersuchungen. Zweiter Band.* §.45.

我们先来描述一下当我们进行表述或理解表述的时候，其中关于语词的第一人称视角体验是怎么样的。

在表述活动中，我们的体验有两个基本方面：一方面是语词表象，另一方面是赋予意义的符号意向。在正常的做出表述中，例如，当我说出"苏格拉底是一个伟大的古希腊哲学家"的时候，我并不致力于发出怎样的声音，并不像歌手一样执着于辨识自己声音的优美与否。或者，我只在内心思索"苏格拉底是不是最勇敢的雅典人"的时候，我甚至不需要直观到语词表象，而是直接完全地思考这件事情。在这类情况中，我们都做出有意义的表述，意在通过表述和贯穿于表述中的思想，表达或思考某个对象，关于这个对象的事情。当我们在倾听或者阅读一段话语的时候，我们体验到语词的直观表象，然而，如果不是出于对这段声音或字迹是否优美的兴趣，那么，我们直接理解它的含义，理解到这段话语所表述的事态。甚至，当我们遇到难以理解的话语时，我们也通常是集中注意力，辨析它的意思，而不是关注它的语词形态。所以，严格说来，在具体的表述经验中，这两方面的体验是"不等值的"（ungleichwertig），即"当我们体验语词表象的时候，我们全然无意于体验对语词进行表象，而是完全处于对其意义、含义活动的执行之中"。[1]

让我们接着对语词物理符号的知觉与具体的表述进行对比，并尝试描述从前者向后者进行过渡的意向性体验的变化，以便明确在这二者之中，语词表象所具有的体验上的差异。我们以对唐代书法家怀素的《自叙帖》的体验为例。对于面前出现的语词物理符号，我可以单纯观看其物理形态——在我面前出现的是一片狂乱的墨迹，间杂着一些红色的印记，散落于枯黄的纸张之上。在这种情况中，我的体验是一个知觉体验，我看到眼前的这些东西，正如我看见一支笔、一棵树等。但是，随着观看的进行，我发现，眼前的这幅作品竟然有说不出的美妙，于是，我对中国传统书法艺术的兴趣被勾起，找来关于这幅作品的鉴赏报告，细细品味其"铁画银钩"的书法之美。在这种情况中，基于我的知觉体验，一种审美兴趣和体验建立起来，眼前的事物不再是单纯的知觉对象，而是作为具有极大美

---

[1] Edmund Husserl, *Logische Untersuchungen*. Zweiter Band. §.46.

感意义的艺术作品显现。如果，我不满足于此，而是对这幅作品到底写了什么、表达了什么内容产生了兴趣，于是我便仔细辨认这些汉字，或者找来印刷体对照进行辨认，从而认识到，怀素写的是他自己写草书的经历与体验，以及时人对其书法的品评。在这种情况中，我既不将眼前的这些字迹作为单纯的知觉对象，也不是书法鉴赏对象，而是作为语言表述；在对表述的理解经验中，我将之作为有含义的语言表述的意向贯穿于其中，而这些字迹则首要作为语言表述向我传达了它们的含义。总起来说，在这三种情况，这些物理字迹一直向我显现，但是我的三种意识体验的意向并不一样；分别与知觉意向、审美意向与符号意向相结合，这些字迹在向我的意向性体验的显现中，分别具有了不同的意义——或者作为知觉对象，或者作为艺术作品，或者作为语言表述。显然，我的意识活动的意向赋予了这些字迹的物理现象以不同意义，使之作为具有不同存在意义的东西而显现。

当然，我们能够变更分析的案例。比如，我们可以拿对一段声音的体验为例——我或者单纯听到一段声音，或者聆听到一段美妙的歌声，或者理解它作为表述所传达的含义等。依据对这些不同类型的意向活动进行的变更，我们发现，作为语言表述的物理现象的存在意义是通过赋予意义的意向活动构成的。"当直观的对象具有了表述之用时，语词的物理显现藉以构成的直观表象经历了一个本质的、现象的形态变化（eine wesentliche phänomenale Modifikation）。"[1]当语词符号发挥表述的作用时，它仍然作为一种物理显现，感性地向我们显现。但是，我们的意识活动不再是一个单纯的知觉，体验的意向性特征发生了改变，我们的旨趣与意向从外知觉的对象（物理存在）那里，转移到赋予意义的活动所用意的事情之上。因此，胡塞尔说："看上去语词自身自在地是怎样的无关紧要，而意义对我们而言则是通过语词'所针对的东西'，借助于这些符号做意谓的东西。"[2]因为，在表述中，我们的旨趣完全抛开了语词的物质形态，指向了意义。

在这里，为了进一步明确这一点，我们需要借用胡塞尔在"第五研究"中的

---

[1] Edmund Husserl, *Logische Untersuchungen*. Zweiter Band. §.47.

[2] Edmund Husserl, *Logische Untersuchungen*. Zweiter Band. §.42.

一个阐明，即现象内容与意向性特征之间的区分。相同的现象内容可以与不同的意向性特征相结合；反过来，也可以。在这里所处理的转变中，符号的感性的物理显现没有发生变化，但是体验的意向性特征发生了改变，从知觉意向转变为符号意向，因此，整个意识活动亦随之更新，从知觉意向活动变为符号意向活动。所以，物理符号作为单纯的知觉对象向知觉活动显现，而在表述现象中，物理显现与符号意向构成了一个现象学的统一体。脱离了符号意向，语词符号的物理显现便丧失了它作为语言表述的意义，在这个意义上，语言表述的物理现象构成了表述现象的非独立的部分。

对语词表象在整个表述现象中的非独立性做出说明之后，我们接着讨论，它如何与符号意向一起构成表述现象的统一体。

在《逻辑研究》中，胡塞尔将语词表象与赋予含义的意向活动之间的关系称为"激发"，语词的物理现象与含义之间的"指向"，即符号意向的关系：

> 语词（或者更确切地说，直观的语词表象）的功能恰恰在于，它激发（erregen）我们赋予含义的活动，指向（hinzuzeigen）在赋予意义的活动"中"被意向地朝向的东西，以及或许通过进行充实的直观所给予的东西，迫使（drängen）我们的旨趣完全进入这一方向。[1]

胡塞尔谈到，语词表象与赋予含义的活动处于一种"激发"（erregen；excite）的关系。对于这种关系，我们必须明确它与指示情况中的动机引发的区别。对于指示中的动机引发，我们说这种关系在于，我们对一个事态存在的信念引起了对另一个事态存在的信念。这是一种心理—物理的联结关系。这种联结关系的建立必然要求两个联结项：对两个事态存在的信念。一方面，正如我们在上文中关于表述的去语境化与去物质化中所论证的，我们不需要对语词存在的信念，因为单纯的关于语词的想象表象就可以支持它在表述中的功能。另一方面，根据胡塞尔对表述体验的现象学描述，在表述体验中，并没有一个独立的、单独执行语词表

---

[1] Edmund Husserl, *Logische Untersuchungen*. Zweiter Band. §.46.

象的活动。表述活动是一个统一的活动,激发关系内在于这种活动之中。

内在于表述现象之中的激发关系仍然表明了语词与含义之间具有某种指向（Hinzeigen）关系,当然,这种关系并不是一种外在的联想。胡塞尔说:"这种指向不能被描述为兴趣点根据规则从一个事物转移到另一个事物的单纯的客观事实。"[1]我所谓的"外在"是指,我们能够独立地表象两个事物或事态。我们经常会由于一种心理学的协调,将对两个事物或事态的表象处于一种联系之中,根据这一联系,我们对于一个事物的表象按照心理学协调的规则唤起（erweckt；awaken）对另一事物的表象,我们的旨趣从一个事物过渡到另一个事物上。例如,我们在中国传统诗文作品经常见到的,从"孤鸿",联想到"游子",从夕阳下的"枯藤老树昏鸦",联想到"断肠人在天涯",等等。尽管这种联系依据某种心理联想的规则,但是这并不能使得一个事物成为另一个事物的表述。语词与含义的指向关系不是一种心理上的引起或唤起的关系。在我们将语词作为真正的语词来使用或理解时,语词并不是将我们的旨趣固定在它的物理形态之上,而是直接将之引向它所指向的含义之上。"表述显现为将兴趣从它自身那里引开,而引向意义（auf den Sinn hinzulenken）,指向意义（auf diesen hinzuzeigen）。"[2]只有当我们无法辨认语词,或者纯粹欣赏其感性的声音或书法美感时,我们才将兴趣放置在语音或字迹之上,而这个时候,它已经不再主要地作为有含义的表述而显现了。

当我们考虑到内心独白体验进行现象学描述时,语词表象与符号意向的统一性则更加显而易见了。在内心独白中,我们几乎完全无法做到将语词表象与符号意向分离开。我们没有办法做到单纯进行语词表象,而不同时理解它的意义,因为,在这种情况中,我们心里默念的语词没有任何物质的、感性的性质,它没有笔迹,没有音色,也没有形态上的优美与否。想象中的语词表象完全不可分割地与符号意向统一于一个独白式的表述中。

用隐喻的方式来说,对于具体的表述而言,语言符号的物理现象是其"身

---

[1] Edmund Husserl, *Logische Untersuchungen*. Zweiter Band. §.46.
[2] Edmund Husserl, *Logische Untersuchungen*. Zweiter Band. §.42.

体的方面"(leibliche Seite),含义是其"精神的方面"(geistige Seite)。[1] 符号意向搭建了从前者向后者的桥梁,将二者结合为统一体,使之作为有含义的表述而显现。这一意向在其本质中包含了我们前面曾经涉及的使用符号进行表示的意志(Will),在这里表现为"我"要去使用语言符号进行表述,或要去理解语言表述的意愿(Wollen)。当然,这种意志或意愿可以意味着主动地、集中注意力地进行使用语言符号进行表述,或理解语言表述,例如,当我们极力寻找合适的语词,或者努力理解不清晰或深奥的话语时。而在大多数日常的语言表述中,我们很自然地就能做出或理解语言表述,这是我们所具备的"能力"(Können)。因为我愿意、我能够做出或理解语言表述,所以,我就自然而然地做出了或理解了语言表述。这种能力是我们在交互主体性的语境中,在对语言的习得与不断的应用中所形成的意向性能力。它意味着我们对语言符号、特定表述的形式与意义的熟知,在这种熟知中所形成的风格(Style)。与我们的表述活动中的这种能力一起构成的还有语言符号对我们施加的一种要求,也就是说,当我们面对这些语言符号时,它的显现抓住了我们的兴趣点,我们应该(Sollen)或被要求将之作为有含义的表述,正如胡塞尔所说的,语言符号的物理显现"激发"和"迫使"我们去理解它的含义。当我们面对熟知的语言符号的时候,我们总是能够自然而然地将之作为表述,"透过"它的物理现象,进入到其意义的"空间"的游戏之中。并且,通常,我们甚至很难做到不直接将之作为语言表述,例如,当我们听到一个人在耳边说话,很难屏蔽掉其中的语义内容而单独将之作为物理声音来听,或者,在面对这篇文章中任意一个句子或词语的时候,读者们恐怕也很难做到不去理解它们的意思而仅仅关注其物质形态。

虽然,胡塞尔关于语言表述的物理现象与符号意向的区分有些"形而上学的二元论"的嫌疑,甚至他关于"赋予含义的意向"的刻画看上去有"理智主义"的倾向。但是,我们看到,胡塞尔更多地强调和描述了语言表述经验的统一性这种意向性的本质,而且在对表述经验的统一性意向结构的深入分析中,打开了一个在被动性和发生性层面上的意向性构成的维度,向我们敞开了理解语言符号与

---

[1] Edmund Husserl, *Logische Untersuchungen*. Zweiter Band. §.421.

意向经验之间的深层的关系。

2. 意指意向

如果说符号意向意味着我们从语言符号的物理现象"自觉地"进入到其意义空间，那么，意指意向则意味着，我们对其含义的理解本质性地包含了语言符号通过意义向对象的指向性，即在意指意向中所构成的指称关系。我们所分析的由语词表象与符号意向所构成的统一体仍然不是自足和独立的意向性活动，因为，当我们根据语言符号的物理现象而将其作为有含义的表述来理解时，我们总是或多或少理解了语言表述通过含义所规定的对象性关系。符号意向所指向的含义不是我们的兴趣的目标，我们的目标在于通过含义所意指的指称对象。符号意向与意指意向构成了一个统一的含义意向，通过含义意向，指称对象以它们被表达的语义所规定的方式显现。

根据胡塞尔的观点，指称关系不是表述与对象之间的直接关系，它本质上属于表述的含义意向：

> 这个对象性的东西或者通过相伴随的直观而现时地当下呈现，或者至少通过再当下化的直观（例如，在想象图像中）而显现。当这发生的时候，与对象性之间的指称关系得到实现（realisiert）。或者，在与此情形不同的情况下，尽管表述缺少了给予它以对象的基础的直观，但是表述仍然不仅仅是空的语音，它仍然作为有意义的表述起作用。表述与对象之间的指称关系现在尚未实现，而是包含在单纯的含义意向之中。[1]

显而易见，胡塞尔认为，指称并不标志着表述与对象之间的现实的关系，无论指称对象是否现实地出现或存在，都无损于语言表述的含义，以及包含于其中的指称关系。指称在本质上属于表述的意义，可以在语义的框架之下得到完整的

---

[1] Edmund Husserl, *Logische Untersuchungen*. Zweiter Band. §.44.

界定。[1]胡塞尔的指称理论的一个特点在于,将指称关系或指称(reference)刻画为一种意向性关系,它直接呈现于含义意向的一个非独立的要素,即意指意向;而指称对象(referent)则并不属于表述的含义。

　　胡塞尔认识到,表述的含义建立了指称关系,这一指称关系是意向性的,是语义的,即表述通过意义指向对象,但是它绝不是实在性的关系。现象学的立场就要求我们事先排除对一切形而上学的立场的设定,对实在性的设定,从而在现象学的本质性的描述中理解表述如何通过含义指称对象,对指称对象的直观如何充实了含义意向,从而实现了特定的认知价值。即使当胡塞尔说,在对指称对象的直观之中,这一指称关系得到了实现,但是实现了的指称关系也不是一种实在的关系,而是得到直观充实的意向性关系。指称关系及其实现在现象学描述的意义上可以得到合理的说明。如果我们先入为主地认为指称关系是一种实在的关系,仿佛它一端连接着含义,另一端连接着对象,那么当其中的一个关系项(指称对象)不存在时,这一实在性的关系当然无从建立。很显然,胡塞尔并没有在实在性的意义上理解指称关系。虽然我们说,胡塞尔在《逻辑研究》中的某些论述仍然有一些"形而上学的偏见",但是就他对含义意向与指称关系的讨论而言,我们并没有发现他将指称关系设定为一种形而上学的实在关系。

　　表述活动中的意指意向建立了指称关系,它在本质上仍然是"关系性的"(relational),虽然不是心理的或物理的实在性关系。让我们在排除心理的或物理的实在性关系的前提下,考察一下这种意向性的、关系性的指称关系如何建立在语言符号的含义之中。就语言符号作为物理现象而言,如果我们像上文所做的那样,剥除其物理与语境层面时,它们在存在意义上并没有区别,例如,我们单纯表象"一匹马""一只独角兽"和"一个方的圆",它们仅仅是我们的心灵表象。但是,我们已经指出,在符号意向的作用之下,当我们理解一个语言符号时,我们并不单单是处于对它们的物理现象的表象之中,而是理解了它们的含义。这个时候,它们不再单纯作为物理现象,而是作为表示某东西的语言符号。如果我们

---

[1] 我们所使用的"指称"一词,并不是指语词的指称对象(Referenzobjekt),而是指称关系,当我们意指对象的时候,我们都使用"指称对象"一词。

将其作为语言符号,那就意味着,我们"被迫"或"被牵引着"去设定在单纯的语词表象之外存在的某东西,而这些东西为语言符号所表示。也就是说,语言符号以表示的方式与某东西相关,从而具有了"对象有效性"(objective validity)。在我们关于"一匹马""一只独角兽"和"一个方的圆"的表象中,我们理解了这些语词的含义,从而将其作为语言符号而设定某些它们所表示的东西。这些语言符号具有含义内容,具有对象有效性:一方面,其对象自身并没有包含在其含义之中,否则我们只要理解了它们的含义,其对象就在含义之中同时给予了,而这是荒谬的;另一方面,它们具有对象有效性,我们说,"一匹马"所代表的是可以在实际的知觉中直观到的实在对象,"一只独角兽"所代表的是只能在想象中把握的虚构对象,而"一个方的圆"所代表的对象不存在。在这些判断之中,语言符号的认知价值得以实现,而认知价值的实现依赖含义意向与直观之间的综合,如果这些语言符号的含义之中不包含指称关系,不设定它们所表示的对象,那么,当我们直观到一匹马,或想象到一只独角兽,或澄清了"方的圆"的逻辑谬误,也就不会发生语词符号与相应的直观(对一匹马的知觉、对一只独角兽的想象)或逻辑澄清(方的圆的谬误)之间的综合。我们将这三个层次表示如下:

(1)物理现象:"一匹马""一只独角兽"和"一个方的圆"。

(2)含义:"一匹马""一只独角兽"和"一个方的圆"的对象有效性。

(3)认知价值:"一匹马""一只独角兽"和"一个方的圆"与对一匹马的知觉、对一只独角兽的想象、对方的圆的谬误的澄清之间的综合。

通过与相应直观或逻辑澄清之间的综合,这些语词符号的认知价值确实可以实现,这就意味着,这些语词符号的含义之中确实包含着对象有效性,即对特定的对象的指称;而这种对象有效性并不意味着将对象自身包含于含义之中,因此,我们断定,语言符号的含义内在地包含指称关系,而这种指称关系是"关系性的",即具有客观有效性,但是并不是一种实在性的关系。正是由于指称关系是"关系性的",在指称对象自身的直观给予之中,含义意向得到了直观的充实。通过指向对象的含义意向与对象自身给予的直观之间的综合,一个表述之真获得了它的明见性。无论是含义中的指称关系,还是与直观的综合关系,都是可以在现象学的本质描述中澄清的理性的逻辑认知关系,而不是任何心理的、物理的实在性关系;而这也是胡塞尔努力排斥心理主义、自然主义,从而在纯粹现象学的意义上进行认识论批判研究的应有之意。

在澄清了这些误解之后,我们来分析,在何种意义上,指称对象处于与表述的含义意向的关系之中。

从意识活动方面,我们区分赋予意义的活动与对指称对象的直观活动;从在这两种活动中给予的内容方面,我们区分含义(包含指称关系)与直观对象。赋予意义的活动通过含义建立了对特定对象的指称关系,而这一关系则是通过可能的直观来实现表述的认知价值的前提。胡塞尔说:"每个表述不仅仅说了些什么,而且它还针对某东西(über Etwas)而言说;它不仅有其意义,而且它还关联于某些对象。"然而,表述的含义绝不等同于指称对象,我们必须区分表述"所意味的或'所言说的'与它的言说所针对的(woüber)"。[1]对于表述而言,含义(包括指称关系)是本质性的,而指称对象则不是本质性的要素;前者可以在单纯的语义学框架内得到说明,而后者则超出了语义范围,拓展到认知的范围。

我们先看表述的含义与指称对象的区分。这是一种常见的语言现象,具有不同含义的表述可以有相同的指称对象。例如,"苏格拉底的学生"与"亚里士多德的老师"是含义不同的两个表述,柏拉图是这两个表述的共同的指称对象;"耶拿的胜利者"与"滑铁卢的失败者"这两个含义不同的表述都指称拿破仑;再比如"等边三角形"与"等角三角形"等。作为同样常见的语言现象,一个表述可以在不同语境之下指称不同的对象,例如"一匹马",它的含义就是一匹马,在某个语境,它可以指称亚历山大大帝的战马,在其他语境中,它可以指称说话者所看见的马棚里的一匹普通的马。当然,还存在许多有含义但是没有指称对象的表述,例如"方的圆"或"独角兽"等。通过类似的这种变换,我们可以很容易理解表述的含义与指称对象的区别。

那么,指称关系如何统一于表述的含义呢?在没有与对象建立起直接的认知关系的情况下——无论是当下的直观,或再当下化的直观,表述与对象之间的指称关系在含义意向中已经构成,即含义意向包含表述指向对象的意指意向

---

[1] Edmund Husserl, *Logische Untersuchungen*. Zweiter Band. §.52.

（signifikative Intention）。将意指意向与符号意向结合起来，我们可以说，表述以符号意向指向含义，并通过含义，以意指的方式指向对象。甚至，严格说来，从语词表象到含义的符号意向不是一种指向对象的意向性关系，因为，在表述中，我们的旨趣并不指向含义本身，而是意向性地朝向对象。当我们理解一个表述时，"我们的整个旨趣在于在含义意向中被意向地朝向的对象上面，借助于含义意向被称呼的对象上面"。[1] 当我们使用一个有意义的表述的时候，我们既不是在单纯地进行语词表象活动，也不是重在理解表述的含义，而是通过含义指向对象。例如，当我们做出或理解一个表述——"今天的天气很晴朗"——的时候，正常情况下，我们并不执着于这个表述的语词表象的感性形态，也不会在理解这个句子的意义上产生困难，而是在对这个句子的含义的理解中朝向它的对象——今天的天气很晴朗这一事态。即使，我们并没有直接看到或推测今日的天气状况，但是只要我们是在有意义地使用这个句子，只要我们理解了这个句子，那么我们就是在讨论今天的天气。因此，胡塞尔说："使用一个有意义的表述与以表述的方式指称对象（表象对象）是一回事（einerlei）。"[2] 与对象之间的指称关系正是在含义意向活动中建立起来。在此意义上，胡塞尔告诫我们，不要将表述的"指向对象之规定性"（Bestimmtheit der gegenständlichen Richtung）从表述的含义那里分离出来。在现象学描述的意义上，表述活动的意向性就意味着，表述者或理解者"超出"表述的物理现象，通达其含义，并"超出"其含义，指向表述所指称的对象。

综合以上两个部分的讨论，含义意向包含两个方面：一个是从语词表象指向含义的符号意向，它使得语词表象具有含义（bedeutsam）；另一个是建立了表述与对象之间的指称关系意指意向，通过意指意向，一个有意义的表述意指、表示或称呼（meinen, bezeichnen oder nennen）某个对象。一个表述必然是有意义的表述，而不是单纯的语音组，而一个有意义的表述必然包含与对象之间的指称关系。在具体的表述体验中，这几个方面紧密地结合在一起，以至于胡塞尔称它们

---

[1] Edmund Husserl, *Logische Untersuchungen*. Zweiter Band. §.46.
[2] Edmund Husserl, *Logische Untersuchungen*. Zweiter Band. §.59.

"在现象上是一个东西"。

四、作为理念的含义

以现象学的方法,胡塞尔提炼理念性的含义的工作在两个方面进行:一个是从主体方面或者说心灵体验方面,刻画语词表象、含义意向与含义充实的本质,考察它们之间的关系;另一个是从对象方面,讨论作为种类的表述(Ausdruck in specie)、理念性的含义以及对象性。在主体方面,对于语词表象与赋予含义的活动,胡塞尔给出了描述上的区分,同时强调其在现象学上的统一性。在对象方面,根据胡塞尔的立场,作为种类的表述、含义与对象性区别于主体的活动,但是其理念性又必须通过明见性的意识来把握。这两个方面处于意向性的相关关系之中。对于胡塞尔所主张的理念性的含义,我们需要将其理解为意向性的含义概念。对于现象学的工作方法而言,"无论是在关于对语言表述的理解活动的分析中,还是在对其指称性的指涉的分析中,都回溯到对意向性意识的功能性描述"。[1]

对于一个表述,可以由不同的人在不同的时间地点来做出,也可以借助不同的物理载体和语言。但是,正如胡塞尔对表述的去语境化与去物质化所达到的结果,表述是非语境、非人格和非物质的。简言之,表述在本质上不能还原为它的物理载体的形态。表述也不同于做出表述的心灵活动,无论是语词表象还是赋予含义的活动。因为,语词表象与赋予含义的活动是流动的意识体验(flüchtige Erlebnisse),本质上具有时间性与个体性,而表述则具有非时间的、公共的理念性。

胡塞尔认为,作为种类的表述所具有的同一性在于它与含义之间的关系的理念性(Idealität des Verhältnisse)。[2] 在胡塞尔的理论预设中,语言与思想之

---

[1] Rudolf Bernet, "Bedeutung und intentionales Bewusstsein. Husserls Begriff des Bedeutungsphänomens", in *Studien zur Sprachphänomenologie. Phänomenologische Forschungen*, vol.8, 1979. §.31-64.

[2] Edmund Husserl, *Logische Untersuchungen*. Zweiter Band. §.48.

间有着严格的平行对应关系。对于一个思想，只有一个作为种类的表述与其对应，这个作为种类的表述可以通过不同的语言形式（英语、汉语或德语等，语音、笔迹或内心独白等）具体表达出来。[1]基于这种严格的平行对应关系，胡塞尔坚持，我们能够重复同一个表述，原因在于"它恰恰是那个同一的东西，即所谓的它的含义的那一个唯一合适的表述形式（die eine und eigens angemessene Ausdrucksform）"。[2]也就是说，作为种类的表述的同一性的原因在于含义的理念性的同一性。如果含义具有理念性的同一性，那么它所对应的唯一的独特的表述也具有同一性。

胡塞尔在第一研究中主要从三个角度来刻画含义的理念性：含义在不同的心灵体验中作为同一者的可重复性，含义作为柏拉图式的理念，以及在反思中作为同一者的可被辨识性。

首先，对于含义的理念性，胡塞尔这样理解，在不同经验条件下，含义具有可重复的同一性（wiederholbare Identität）。"无论何时，我们都能够在对一个陈述的重复中，明见性地意识到（zu evidentem Bewußtsein bringen）同一性的含义。"[3]那么何谓明见性地意识到同一性的含义呢？

在日常经验中，当我们问及一个表述——"三角形的三条垂线相交于一点"——的含义的时候，我们不会去追问做出这个表述的人当时心里在想什么，也几乎没有人会认为，我们应该回到某个进行判断的心理体验那里寻求答案。我们会说："无论何时何地，无论是谁做出这个陈述，它的含义都是一样的。"我们可以无数次地重复同一陈述，因为它同一个含义的表达形式。

从现象学描述上，我们能够区分易逝的心理体验与同一性的含义。"在陈述

---

[1] 很明显，胡塞尔在《逻辑研究》中所考察的语言是形式性的逻辑的语言，而不是日常语言。对于语言与思想在逻辑形式上的平行对应关系，这个预设是胡塞尔讨论表述与含义的理念性的一个基础。我仅仅从这一预设出发来讨论胡塞尔的含义理论，而对胡塞尔关于这一预设的理由及其正当性则存而不论。

[2] Edmund Husserl, *Logische Untersuchungen*. Zweiter Band. §.49.

[3] Edmund Husserl, *Logische Untersuchungen*. Zweiter Band. §.49.

中所陈述的东西，完全不是主体的东西。"[1]首先，前者是流动的体验，产生又流逝，而后者则不是能够产生和流逝的东西；其次，当我在不同时候，或者我们每个人做出相同的表述时，当时的判断活动都是个别的，都相互不同，但是，所判断的东西、所陈述的东西是相同的。就像一个几何学真理，尽管我们在无数不同的时间和地点无数次地陈述它，我们都把它作为同一性的东西。总之，我们需要区分"认之为真（Fürwahrhalten）、陈述的易逝体验与其理念性内容，即作为流型中（Mannigfaltigkeit）的统一体的陈述的含义"。[2]

其次，胡塞尔还把理念性的含义解释为独立于判断活动、具有自在的有效性的柏拉图式的理念。如果我们确信一个事态的客观有效性，我们以陈述命题的形式把它诉诸表述，但是它的客观有效性并不依赖、或者能够还原为我们的陈述活动。"事态自身是它所是，无论我们是否断言其有效性。它是一个自在的有效性统一体（eine Geltungseinheit an sich）。"[3]在柏拉图主义的意义上，这种理念性表现在不依赖经验世界，以及人的心灵体验的本体论上的实在性。按照这种解释，当含义向我们显现的时候，我们以陈述命题的形式将它付诸表述。当然，如果我们不对它进行断定，它也不通过陈述的形式向我们显现，但是，它自在的有效性不会受到是否向我们（für uns）显现而受到影响。

最后，胡塞尔指出，我们总是能够在反思的明见性的活动中，认识到同一性的含义。按照胡塞尔的说法，我们"并不是任意的将【含义】归属给表述，而是在表述中发现了它"。[4]对于通过反思辨识含义的同一性，胡塞尔在这里并没有做过多的论述。关于从这一角度来刻画含义的理念性，需要依赖对现象学反思的方法和能力的进一步探讨，特别是现象学反思如何能够不改变含义意向与含义，并且区别二者，确定后者的理念性。

然而，胡塞尔从前两个角度对含义的理念性的刻画之间却存在着理论上的矛盾。

---

[1] Edmund Husserl, *Logische Untersuchungen*. Zweiter Band. §.50.
[2] Edmund Husserl, *Logische Untersuchungen*. Zweiter Band. §.50.
[3] Edmund Husserl, *Logische Untersuchungen*. Zweiter Band. §.49.
[4] Edmund Husserl, *Logische Untersuchungen*. Zweiter Band. §.50.

从第一个角度，胡塞尔所提出的是关于含义的意向性概念。胡塞尔多次称含义为"意向的同一者"（Identisches der Intention）、"意向性的统一体"（intentionale Einheit）。[1] 既然，含义是意向性的理念的同一者，那么我们就不能预设它是可以脱离含义活动独立自存的东西。我们认识到，胡塞尔在处理含义问题上的意向性分析的原则，即对含义的理念性的理解不能离开对主体方面的含义意向的考察。尽管，我们说胡塞尔所考察的含义意向不是具体的某一个心理体验，但是它仍然是意识的本质性结构。进一步，正如我们在讨论含义与对象之间的分离与关系时看到的，对胡塞尔而言，与对象之间的指称关系对于含义是构成性的，即一个有含义的表述必然指称对象。而能够将含义与指称关系结合于表述的恰恰是赋予表述以含义的心灵活动。[2] 因此，无论如何，含义的理念性也不能被理解为独立于意识活动的自在性。但是，从第二个角度，胡塞尔则指向了关于含义的柏拉图式的理念性的概念。胡塞尔承认，含义的客观有效性是自在的，不依赖具体的某个心灵体验，也不依赖一般的意识的本质结构。[3]

我们可以说，意向性的含义概念是认识论意义上的，而含义的柏拉图式的概念则是本体论上的。但是，如何对这样一个本体论上的概念做出论证，以及如何将这个本体论概念纳入到胡塞尔对科学性的认识论奠基的整体工作中，这是胡塞尔在《逻辑研究》中没有明确解决的问题。

---

[1] Edmund Husserl, *Logische Untersuchungen*. Zweiter Band. §. 50, 51, 58.
[2] Edmund Husserl, *Logische Untersuchungen*. Zweiter Band. §. 52.
[3] Rudolf Bernet 也强调，表述与含义的理念性是一个认识论而非形而上学的范畴，"它意味着在不同情境中可被识别的同一性，而不是与实在存在相分离的一种存在形态"（Rudolf Bernet, "Husserl's Theory of Signs Revised", p. 22.）。

论爱情：从柏拉图到茨威格
——一个有关爱情观念史的考察

尚文华*

> 爱情的神圣性在于其突破了人的有限性和世俗性，这是爱情打开的绝对维度。本文将从柏拉图到基督信仰之下的爱情观把握为爱情之绝对维度的发现和开启；并认为，《一个陌生女人的来信》则是对古典价值和基督信仰失落之后的现代人爱情状况的描写。由于丧失其绝对的神圣维度，现代人的爱情被理解为一种命运。我们的分析显示，丧失了神圣维度的爱情是危险的。

爱情是个古老的话题，无数人对之痴迷癫狂，却又对之百思不得其解。《一个陌生女人的来信》是描写现代爱情的影响深远的经典篇章。那位陌生女人的言说令人动容，让人叹息，更让人沉思：爱情何以有着如此强大的动力，能让人做如此的选择？又是因何，这种强大的动力却又显得如此无力？为了理解这一点，让我们分析思想史上的几份经典文本，以期对这种状况的造成有所理解；同时，这种观念史的追踪能让我们更好地看清现代爱情的危险性。

一、柏拉图论爱

众所周知，柏拉图在《会饮篇》中专题性地考察了"爱"，并以对"爱情"的探讨作为对话的开端和主题。在开始对话不久，阿里斯多潘提到了那个古老的

---

* 尚文华（1984—），哲学博士，山东社会科学院副研究员，研究方向为西方哲学、基督教神学、中西哲学比较等。

传说：人原来是一个整体，他有着非常强大的能力，为了限制人的能力，诸神就把他劈为两半，一半是男人，另一半是女人。"所以我们每人都是人的一半，是一种合起来才成为全体的东西。所以每个人都经常在寻求自己的另一半。"[1]这就是男女之间的爱情。爱情乃是一种寻求合一、由残缺而重新达至完整的动力；其外在表现就是"经常寻求自己的另一半"，而在寻求到之后，那种欲望的满足和达至的幸福乃是对之前被剖开的伤痛的治疗。

我们从这个故事中看到，一方面，爱意味着觉识到自己的残缺和不足，但另一方面，这种残缺和不足可以通过与他者的合一而获得满足，从而重新达至整。但无论如何，爱情与爱智慧、爱体育、爱钱等是不同的，其差异在于"只有那些以某种方式发挥作用的喜好者，才占有全体的名称，我们说他们在爱，称他们为情人或钟爱者。……爱所奔赴的既不是一半，也不是全体，除非它是好的"。[2]究竟在爱情中，那以某种方式发挥作用的喜好者意味着什么呢？柏拉图说，那是一种好，"是自己会永远拥有好的东西"。[3]爱智慧，所以为爱，乃是因为我们不"拥有"智慧，同样，爱体育和爱钱也是如此。但爱情不同，我们在爱中的完整乃是永远"拥有"这种完整，永远"拥有"这种好的东西。

但无论如何，一旦永远"拥有"了这种好的东西，人就进入一种"完善"的状态——这被称为"幸福"，而最初作为摆脱残缺、进入完整的动力的爱情也就消失不见了。于是，一旦爱情的"目标"达到了，即双方处身于达至完整的好的状态，爱情自身也就消失了：爱情和幸福状态乃是一对悖论性的存在。柏拉图通过"爱神不爱"说明了这一点。[4]这也跟我们实际对爱的生存经验相契合：那在爱恋中的人们是不完全"拥有"对方的，即：对方还有"好"的东西未被发掘；而一旦全部"占有了"他的好，你也就不再在爱情中了。正是由于存在着这种根本性的悖论，柏拉图转而从"求知识"的角度分析爱情所追求的"好的东西"，即完善性是什么。

---

[1] [古希腊]柏拉图著，王太庆译：《会饮篇》，商务印书馆，2015年，第32页。
[2] 同上，第56页。
[3] 同上，第57页。
[4] 同上，第47—53页。

我们可以从两个角度分析爱情与幸福状态的悖论。如果人总是生存在爱情之中，会是怎样的呢？爱情意味着知道自己的残缺不足，同时看到对方的好，并希望与这种好相互合一，所以爱情就是一种走出自己的残缺不足而进入好的合一的状态。因此，处身于爱情之中的人是没有完整的自我的，他需要把自己的自我放置在对方那里才能得到满足。如此来说，那总是生存在爱情中的人乃是永远缺失真正的完整自我的人。在具体的生活经验中，我们也经常看到爱情中的人们迷失了自我，丧失了正常的判断能力，这是不奇怪的。这一点，我们可以通过下面的海萝丽丝的文字看到。很多爱情中的人也把这种状态称为幸福，那么，这种幸福就是一种虽在情感上充实，但却空洞的无自我的幸福。与之相对，那与对方进入完善的状态，却不再在爱情中的幸福的完善性是什么样子呢？人是否可以进入这种状态呢？在柏拉图看来，这是真正的问题所在。

爱情的最终目的（即幸福）是合一，其追求的完善性也就是与对方的合一状态。什么是两者的合一呢？首要的，合一意味着双方都走出自己的残缺不足，从而进入完整的状态。在这里，一方不会把自我完全放置在对方的存在中；或者说，在完善的幸福状态下，任何一方都有着完整的自我，并且同时在对方那里认识到自己的自我。此时，"好"并非只是对方的好，相反的，我们既看到对方的好，同时又自身处于"好"之中；甚至更恰当地讲，我们是在"好"中看到彼此。于是，追问什么是两者的合一，其本质乃是探寻何谓"好"，并且这种"好"不是个人的意见，而是双方甚至普遍认可的"好"。此时，追问爱情的目的即幸福以及完善性就转而成为一种知识论意义上的关于"好"的知识界定问题，只有知道了什么是真正的好，我们才能理解爱情究竟是什么。

于是，我们看到，追问行为的善和追问爱情中的好一样，其最终都是追问真理问题，即到底什么是"真正的"。无论是《会饮篇》，还是《蒂迈欧篇》或《国家篇》，甚或"未成文学说"中，柏拉图的追问都是由"什么是真正的……"所带动起来的。[1] 但无论何种追问，也无论柏拉图给出何种方案，最终，"真正的"

---

[1] 可参阅谢文郁教授对这些问题的有关追索，如《柏拉图真理情结中的理型和天命——兼论柏拉图的"未成文学说"》(《北京大学学报》2016 年第 2 期）。

是无法给出的。柏拉图去世之后的希腊怀疑主义在逻辑上证明了这一点。追求什么是"真正的",首先需要对什么是"真正的"做出论证;而论证需要确切的前提或标准。如何确立标准呢?首先,论证的标准可能是自己的预设,为了论证这个预设,我们所依据的只能是自己的概念体系。这是一种在自己概念体系中的循环论证。其次,为了提供一种超出于个人的标准,我们需要找到共同的标准。但问题是,对于任何标准,我们总是可以追问这个标准的真理性的根据;这会导致无穷后退。[1]

无法给出爱情所追求的真正的完善性,也就意味着我们不能凭自己的判断判定对方的好,甚至自己的好;甚言之,一切出于自己的判断的好或完善性都是盲目的。而根据我们对爱情的理解,所谓的走出残缺不足,在合一中达至完整完善可能只是一种幻觉,原因很简单:我们不知道真正的好、真正的完善性是什么。在这种理智的考察下,在情感性爱情中人们只是被自己的情绪冲昏了头而已。在这种悲惨的境遇下,基督教信仰的发生既让我们更清楚地看到爱情能够让人迷失到何种地步,同时也为思想家们对爱情的理解提供了新的视角,让我们以中世纪一段旷世奇恋作为分析的引子。

二、基督教信仰下的爱情

阿伯拉尔(Abaelard),中世纪一位重要的经院思想家,但其为历史所熟知可能并非源于其思想,而是他与一位修女——海萝丽丝(Heloise)的一段恋情。这段恋情所以著名,或许并非由于当事人的出名,也或许并非由于当事人因情欲所遭受的耻辱(被阉割),而是因为二人留下了几封让人肝肠寸断的情书。它让人看到,即使在以禁欲著称的中世纪,两位基督教修士之间的爱情都能被表达得如此炽热。这足见两性之爱的力量所在。

对于现代人而言,这些情书最能打动人的莫过于海萝丽丝的爱情表白,这

---

[1] Empiricus, *Sextus*, *Outlines of Scepticism*, ed. and trans. J. Annas and J. Barnes, Cambridge: Cambridge University Press, 1994, p. 72.

是一种炽热的情欲之爱。这种爱是如此的强烈，以至于它完全揭示了情欲之爱中的人是如何地丧失了自我——其自我只有在对方那里才存在。在这样的情欲之爱中，只有一个存在、一种意志，那就是对方的存在和意志。在这里，甚至连上帝的意志和存在都没有了，让我们阅读海萝丽丝的几句话：

> 如果我的自我不在你那里，那么它就哪里都不在，因为没有你便没有它的存在，没有它的本质。……为了听命于你的意志，我放弃了这个世界的一切欢乐，我毫无保留地献出一切，只为自己保留了那唯一者。正是通过这种奉献，我成为你的。……即便在行大弥撒时，那些欢悦的场面仍浮现在我眼前，它们完全占据了我那可怜而又可怜的灵魂。……在我心中，让你满意比让上帝满意占据更重要的位置。[1]

我们看到，海萝丽丝在爱情中的"自我迷失"是如此的强烈，以至于没有阿伯拉尔的存在，就没有她的存在和本质；甚至为了阿伯拉尔的意志，她的自我放弃了整个世界。在第一封信中，海萝丽丝尚且说，她为自己保留了那唯一者，即上帝；但在未曾得到阿伯拉尔的爱的回应之后，她坦言，让他满意比让上帝满意占据着更重要的位置，甚至在崇拜上帝之时，其脑中浮现的乃是两人欢悦的场面。如果说，把自身的存在放置在对方那里，尚且可以得到原谅的话，那么在基督教语境下，作为修女，荣耀爱人反而比荣耀上帝更加重要，不得不说，这既是爱的迷狂，同时更是对上帝之爱的僭越。在基督信仰和神学上，这绝对是不被允许的。但是海萝丽丝的这种状况是有理由的，她说：

> 如果我能在上帝面前为自己辩白，我便要说：上帝，你为何处处待我如此残酷！你，仁慈的上帝啊，你是那么的不仁慈！你赐福，可又使人何等的不幸！命运的一切力量，它所有的利箭都消耗在我身上。……我是可

---

[1] 参阅《亲吻神学：中世纪修道院情书选》，三联书店，1998年，第71、78、80页。

怜者之中最可怜者,不幸者中之最不幸者![1]

我相信,若非基督信仰的发生,海萝丽丝会把自己在爱情中的遭遇归罪于命运——这也是绝对者不在场状态下人们普遍的做法;但是,作为基督徒的海萝丽丝则凭着这些遭遇反诘上帝:人们认为的仁慈的、赐福的上帝,却是如此的不仁慈、如此的让人不幸,以至于本让人幸福陶醉的爱情却成为无情的利箭,造就出最可怜最不幸的人。《雅歌》所歌唱的美好的上帝之中的爱情距离现实是如此的遥远,以至于爱情中的人要如同无辜受难的约伯那样哭喊。从海萝丽丝的申辩中,我们看到,信仰的发生,不止让人看到爱情中的不幸,同时这种不幸能让人更深刻地质疑上帝之爱,在这种质疑中,爱情中的不幸被无限地放大——正如信仰让人间之爱充满神圣的维度。此时,人不仅在爱情中迷失了自己,同时也在爱情中失去了上帝的爱。

但是,这种迷失自己、失去上帝之爱的境遇也为思想家更深刻地理解爱情提供了契机。这一点体现在阿伯拉尔的受难和沉思中——在经历了这种炽热的情欲之爱后,阿伯拉尔更加在基督信仰中反思他与海萝丽丝的爱情,因而也更加清楚地看到海萝丽丝之爱情的危险所在,以及基督中爱情的真意。阿伯拉尔并未否定在爱情中他与海萝丽丝的合一,甚至相较于海萝丽丝强调的肉体上的合一,他更加凸显了两个人在精神上的合一。但是,也正因为更明确地体察到两个人精神上的合一,阿伯拉尔就更深刻地在信仰中把这种精神上的合一领受为在基督中的合一。即:正是因为在基督中,爱情中的合一才胜过了肉体—情欲式的合一,从而爱情的合一乃是无限的合一、是绝对者共同临在下的合一。所以,他以"基督的仆人致基督的新娘"作为第五封信的开头。[2] 让我们用心阅读阿伯拉尔的几句话:

我们俩人在基督身上合二为一,而且通过缔结婚约使我们"不是两

---

[1]《亲吻神学:中世纪修道院情书选》,第76页。
[2] 同上,第81页。

个,而是一个肉体"。属你所有者,在我看来,也为我所有。基督也是你的,因为你已成为他的新娘。而我,我要重复我的表白,我只是你的仆人,就像从前我是你的主人一样;然而,我更是在精神之爱中属于你,而不是怀着恐惧听命于你。……以基督之名多保重!你,基督的新娘,以基督之名保重,为了基督多多保重![1]

从前我是你的主人,即是说,在信仰基督之前,我同时是我的意志和你的意志的决定者,两个人的合一是一种主体意志的合一;你听从我的意志可能是出于自愿,但这种听从是一种生怕被抛弃的战战兢兢的听从,是一种缺失第三者或绝对者做保障的听从。简言之,从前的意志合一是一种绝对的第三者失位的合一,因而是没有保障的,这是爱情中"怀着恐惧听命于你"的原因。但是现在,阿伯拉尔说,我们乃是在作为上帝的基督身上合二为一,从前作为头的,现在反而作为脚;从前作为主人的,现在乃是仆人;从前的仆人被高举为基督的新娘。因此,基督中的合一乃是一种在精神之爱中的相互归属,是通过真正作为的头的基督而被连为一体。此时,由于两个人的意志共同联结在作为头的基督身上,除了精神中的合一,已经没有意志的听命和从属——只有一个共同的意志,那就是基督的意志。

正是因为看到基督的意志乃是两个人共同的意志,阿伯拉尔眼中的过去境遇已经不同于海萝丽丝。他不再像海萝丽丝那样把大弥撒时浮现的肉体欢悦视为理所当然,也不再抱怨上帝把相爱的两个人永远分离,相反,他从过去的肉体情欲中看到了罪,把被阉割看作上帝的拯救和恩典,把爱情中的分离看作多造就信仰的儿女、多运用才智荣耀上帝的名。如此,过去肉体的欢悦、爱情所遭受的困厄,由于信仰的发生与否,在阿伯拉尔和海萝丽丝那里就呈现出完全不同的生存意义和引导方向。这种悬殊境况的出现根源于绝对者是否出场,亦即神圣维度的打开与否。"如果说爱情的完美性、神圣性在于它突破了人的有限性、世俗性而打开了绝对性维度,那么爱情的危险性则在于它因封闭了神圣性维度而停留于沉

---

[1]《亲吻神学:中世纪修道院情书选》,第88页。

迷在有限性和等级世界里，而这正是一切爱情的脆弱与不完美的缘由所在。"[1]

现在让我们回到柏拉图所提出的问题。作为修女的海萝丽丝的告白让人们清晰地看到爱情的危险性，即情欲之爱让人丧失自我，甚至上帝之爱都要在这种爱面前坍塌。但阿伯拉尔的信仰则让我们看到爱情的深刻：它让上帝出场，或者说在信仰中，两性之爱具有绝对的神圣维度，这正是圣经《雅歌》篇的主旨。于是，柏拉图诉诸于理智所无法解决的爱情的完善性问题在信仰中迎刃而解：在信仰中，通过或者在作为绝对的完善者的上帝中，爱者实现了精神上的合一。并且，因为绝对者的出场，主体的意志看到了单凭理智所无法看到的东西，哪怕爱情中的困厄和悲苦，在这种有了神圣维度的意志看来，都是对完善性的赞美。因此，爱情有着超越一切有限性和世俗性的力量。

真实说来，无论基督信仰，还是其他信仰，只有爱情打开了神圣的维度，它方能超越人自身的有限性和世俗性；而若此维度未曾被打开，爱情的双方就只能停留在有限性和等级世界中，这是一切爱情的困厄和悲苦的来源。在《一个陌生女人的来信》中，在自信人的理智能够取代信仰的现代社会中，我们更清楚地看到缺失了神圣维度的爱情可能带给人的无尽的痛苦和绝望。

三、现代人的爱情

茨威格（S. Zweig，1881—1942），本雅明的同代人，受到波德莱尔的深刻影响，同样看到资本主义时代的人的具体的生存样态：这是一种从上帝那里失落的现代人。《一个陌生女人的来信》以优美动情的文字深刻地揭示了失乐园后的现代人在爱和欲上的分离，以及由自由所带动的爱的单纯的主观性。并且，尽管这种主观的爱或许能够支配爱者的整个生存，但却无法要求被爱者的交托：现代人的爱已经不要求两者共同的交托合一——这既不同于基督教语境下的爱，也不同于柏拉图时代的爱。接下来，我们以陌生女人和R作家的行为选择说明这些。

与柏拉图、海萝丽丝和阿伯拉尔对爱情的沉思和探求不同，茨威格采取了一

---

[1] 参阅黄裕生：《爱与"第三位格"》，《世界哲学》2009年第2期。

种白描的方式刻画情人们如何在爱河和欲河中挣扎或享受。这种挣扎或享受正是所谓启蒙了的现代人的生活状态。也就是说，对于现代人来说，由于神圣性的失落，一切出于生活和生存本身的，只要不侵犯他人，就是合情合理的。陌生女人不对作家在爱和性上的选择做任何价值性的判断，甚至在情感上都没有："我仍然不怪你，我只怨上帝，是他纵容了痛苦的弥漫。我不怪你，我对你发誓；我从来没有因你而恼怒过。"[1]作家在欲上也不对各种女人做任何评判："无论对情人，还是妓女，你的热情是没有什么区别的。你全然不在乎自己大量精力的消耗，恣意纵情享乐。"[2]

即使在价值观上，男人和女人接受彼此对待爱和欲的态度，但处于爱中和欲中的人的生存状态却是不同的。作为爱者，女人随着身体的成熟、欲望的萌生，"将自己献给你，委身于你便成了我唯一的愿望了"。以至于，当别的男孩注意她的时候，她都会恼怒，感觉跟被侵犯一样；但在作家面前，却像个妓女一样一心一意地想靠近，想献身。女人把这一点理解为"我陷入的是自己的命运"。[3]即是说，在女人这里，爱与欲是一体的——柏拉图和基督教传统视为理所当然的事情，女人却将之领会为命运！

与陌生女不同，作家R则是有欲无爱的。"害怕影响了他人的命运而使你不能过随心所欲、快乐不羁的轻松生活。你仿佛是采花粉的蜜蜂，喜欢在所有女人身上释放爱情，但却不愿付出什么代价。"[4]在作家这里，爱及其所负载的伦理意义与欲则是完全分离的，他害怕由于自己或他人陷入陌生女人般的爱的命运之中，在他看来，这乃是对轻松自由的生活的负担。由是观之，那在希腊人那里连在一起的"爱—欲"，到了作家这里，则实现了完全的分离：身体的交合合一只是欲望使然而已，除了快乐之外，性或欲不负载任何以往的爱情的价值，即身体的合一与精神的合一完成成为两回事。与之相对，那在爱情中完全将自己交托给对方的——如同那位陌生女人那样的爱者，只是一种命运使然而已，爱者不能要

---

[1]〔奥地利〕茨威格著，林蛟牧译：《一个陌生女人的来信》，线装书局，2012年，第25页。
[2]同上，第32页。
[3]同上，第15、21页。
[4]同上，第21页。

求爱的对象像他那样相互交托。

我们看到，这种状况之所以可能，乃是源于现代价值所由以可能的自由。现代价值观所以如此多元和开放，正是由于一切价值都是自由的产物：人被赋予一种自由地选择自己的生活的能力和权利，只要不违背不伤害他人的生活。作家所以蜻蜓点水地游走于不同女人的欲和性，并忌讳让他人陷入对自己的爱的命运之中，就在于他拥有自主选择的权利。同样地，即使在做了妓女之后——这证明，性之于爱者也是可以与爱相分离的——陌生女人依然拒绝了男人的求婚，其要求的也是自由："我不想让婚姻捆绑自己，因为你，我得让自己随时都是自由的。……我放弃了一切，仅仅是为了你而让自己拥有自由，为了在这猜想的一个小时中，能一听到召唤，就重新回到你的怀中。"[1]

但也正是因为这份自由，爱情中的爱者显得如此的脆弱无助、如此的让人怜惜和感动。现代的陷入爱情的爱者在表面上与以往并无差别：他同样地在对方那里"看到了整个世界"、把自己的存在完全放置在对方那里、要求在身体和精神上与对方实现合一——如同那位陌生女人的信中描述的那样。但由于不再像柏拉图时代那样沉思爱情中完善性的真实意义，同时又丧失了在信仰中审视爱情的神圣维度的能力，这种爱显得如此的单纯和主观，以至于除了自己承受这种爱，以及由爱带来的果实（孩子），她竟然为了对方的自由，直到生命的末了才把一切告诉他。由于深刻地领会到现代人的自由和价值观，陌生女人所做的这种完全贴合现代价值的选择愈加凸显了现代爱者的遭遇，茨威格正是因此将之把握为"爱情的命运"。

这部小说表明，茨威格深刻地感受到在古典价值和基督教信仰被启蒙理性取代的现代，做一位在行为和内心方面严格遵守现代自由和价值观的人是如此的孤独和无助，哪怕一位生存在炽热的爱情中的人，除了停留在自我认定的合一外，没有任何真正可靠的东西（绝对者）保障他。爱情如此，其余的情感生存状态亦是如此。由于缺乏（绝对者的）保障，爱情似乎都是偶然性的个体的遭遇，这是现代爱情中的命运的意义所在。甚至哪怕是相爱的双方，鉴于个体的独立性和价

---

[1]《一个陌生女人的来信》，第28页。

值观的多元，在爱情的神圣维度即对绝对者的信靠丧失之处，他们也无以获得完全的信任和合一。

由是观之，作家R那里表现出来的爱与欲的分离以及寻求爱欲合一的爱者对R表现的认可，爱情中的陌生女子的选择及其把爱视为自己命运的做法，都不是空穴来风式的虚构。相反，茨威格笔下的作家和陌生女子代表的正是现代自由及由之而来的价值观支配下的爱情和性欲的常态：爱情是一种失去了神圣维度的充满偶然性的命运，性（或欲）的价值只是快乐。这是对背离柏拉图时代的古典价值以及基督教信仰被启蒙理性取代之后的现代人的"爱情遭遇"和"性即快乐"的白描而已。

四、不尽的尾声

从柏拉图经阿伯拉尔到茨威格是一段观察和思考爱情的历史，很难说哪种或哪个时代的爱情观更好或更坏。但无疑，通过思考完善性追问爱情代表了一种理智的深度；而信仰则绝对地深化了这种理智的深度追问。阿伯拉尔在上帝中透视其与海萝丽丝的关系，在为爱情展示其神圣维度的同时，也为它如何在神圣中化解世俗和有限性提供了范例。而在启蒙理性取代基督信仰的现代，爱和欲则只成了一种生存的现象。尽管它们在某种程度上支配了人们的生存选择，但由于完善性以及绝对的神圣维度的丧失，其只是被理解为一种缺乏保障的命运，一种生活方式而已。

但正如我们在海萝丽丝那里看到的，一旦爱情失去神圣的维度，它就是充满危险的；也正如我们在陌生女子那里看到的，没有绝对者保障的爱情只能凭借一颗强大的心志维持下去，最终，它或者沦为日常生活的调节品，或者随着生命的消失而消逝。如何重新思考爱情的神圣维度是现代人面临的重要课题。

Biography | 学人述忆

汤一介先生哲学思想研究回顾

杨浩[*]

汤一介先生（1927—2014）无疑是他那一代学者的代表人物之一，他承续着其父辈汤用彤先生那一代学者的衣钵，将中国现代学术的研究继往开来。汤先生长期任教于北京大学哲学系，在中国哲学史、中国哲学、中国佛教哲学、道家与道教哲学等诸多领域有诸多建树，并培养了大批年轻一代学者。毋庸置疑，新一代学人要在相关领域继续前行，了解汤先生的思想是很有必要的。唯有了解汤先生那一代学者的所思所想，新一代学人才能接过他们的火炬继续向前。为了进一步推进汤一介先生思想的研究，本文简述截止目前有关汤一介先生研究的主要文献与研究著作、论文、文章等概况。

2014年4月，汤先生亲自编订的十卷本《汤一介集》由中国人民大学出版社出版，此书编选历时数年，收录了汤先生主要的代表著作与论文。此文集编定之后，还有一些论文因各种原因没有收录，目前我们正在收集整理过程中，期望能够完成续编，为汤先生思想的研究提供更全面的文献汇编著作。

汤一介先生对自己的哲学研究与学术研究有着充分的自觉，汤先生写作过《我的哲学之路》一文，收入十卷本《汤一介集》第6卷。在汤先生去世后由乐黛云先生整理出版的《我们三代人》（中国大百科全书出版社2016年1月出版）中有更为详尽的《我的哲学之路》，分为三篇。这些都是汤先生对自己学术与哲

---

[*] 杨浩（1981—），哲学博士，北京大学哲学系、北京大学《儒藏》编纂与研究中心助理教授，主要从事三教关系、佛教、道教、数字人文等方面的研究。

学研究的反思性著作。

汤先生八十寿辰的时候，北京大学出版社出版了《探寻真善美——汤一介先生80华诞暨从教55周年纪念文集》一书，其中不少学生撰写了研究汤先生的文章，为汤先生庆祝生日。汤先生将其中的文章收入十卷本《汤一介集》最后一卷，如景海峰《汤一介先生与中国解释学的探索》、景海峰《事不避难，义不逃责：汤一介对新时期中国哲学的贡献》、陈俊民《既开风气也为师——中国哲学范畴研究启示录》、郭齐勇《以"内在超越"为中心的思考》、赵建永《汤一介先生与"普遍和谐观念"的重构》、冷德熙《和亲、和谐及其他——贺汤一介先生八十华诞》等。

2014年9月9日汤先生去世当天，汤先生的一批弟子与学生受汤先生委托赶赴汤先生老家黄梅县参加坐落在黄梅一中的汤用彤纪念馆正式开馆的活动。2014年9月10日上午，汤用彤纪念馆正式开馆，下午"纪念汤用彤先生逝世50周年学术研讨会"举行。在研讨会上，主持人雷原倡议学者们写作纪念文章，结集《汤一介学记》出版。该书于2015年年初由新华出版社正式出版，该书责编刘志宏当时正在黄梅，对此书的按时出版倾注了心血。

《汤一介学记》一书保留了汤先生去世之后一批珍贵的发表于网络的文献。该书前刊发了汤先生遗像，并选录了自2008年以来的6张单人照片。该书由汤先生老友杨辛撰序，首载星云大师的《生西祈愿文》，刊发了2013年年底至汤先生去世的6次讲话，并选录唁电、报道当中对汤先生的评价。如载录饶宗颐、卿希泰等的唁电，摘录方立天、楼宇烈、魏常海、王博等在会议上或接受采访的发言。书末附录了悼念汤先生的诗词三十余首，悼念挽联七十余首。文末附录了汤用彤纪念馆开馆仪式时采集的三篇文章，两篇与汤用彤有关，一篇与汤用彤的祖父汤霖有关。正文全部由纪念汤先生的文章组成，按照主题与作者身份分为四大类，第一类为研究、评析汤先生思想方面的文字，第二类为学生、弟子追忆受教方面的文字，第三类为学界同人的回忆文字，第四类为其他师友的杂忆文字。研究性文章如金春峰《自由即创造力——读十卷本〈汤一介集〉》、李中华《承百代之流而会乎当今之变——汤一介先生的学术担当与"大我"情怀》、郭齐勇《守行蓄德　光前裕后——汤一介的人与书》、王治河等《第二次启蒙的当代拓荒者》、胡仲平《汤一介先生学术思想述略》、杨立华《先立乎其大——汤一介先生的哲学人生》等都是很有深度的对汤先生思想剖析的文章。金春峰《自由即创造力——汤先生的风范》、许抗生《怀念恩师汤一介先生》、牟钟鉴《不忘汤门两代师长的教诲》《在汤一介先生的激励下继续前行》等作者本身都是汤先生学生,汤先生的韩国弟子崔珍皙、吴相武也专门发表回忆论文。国内弟子如强昱、杨柱才、戈国龙等也都撰写回忆文章。学术界中,杨祖陶、肖静宁夫妇撰写长文《未名湖畔鸟飞何疾——在汤一介先生最后的日子里》详细记录了在汤先生罹患癌症以来他们与汤先生交往的点滴,深刻地表达了两对恩爱夫妇长达半个多世纪的友谊。陈鼓应、冯天瑜、刘笑敢、郭齐勇、李存山、干春松等也有很深切的回忆。舒衡哲作为乐先生的好朋友,专门用英文写作了回忆短文。汤先生儿时的好友邓可蕴的文章披露了她写于2001年回忆他们儿时友谊的文章。汤先生的儿子汤双也写有《时过境不迁——与父亲相处的点点滴滴》的回忆文章。该书作为保存汤先生逝世后有关重要文章具有一定价值。

在三智书院的倡议下,十二家民间机构于2016年1月22日联合成立了民间机构汤一介研究会,李中华教授担任会长,王守常教授、魏常海教授担任副会长,高斌担任秘书长。研究会成立后不久,李中华教授、魏常海教授等就提议编辑有关对汤先生的回忆文集与研究文集,后分别定名为《追维录——汤一介先生纪念文集》《钻仰集——汤一介先生研究文集》。北京大学《儒藏》编纂与研究中心也响应研究会的提议,编辑了《汤一介与〈儒藏〉》一书。此三书于2017年9月汤先生逝世三周年前夕同时由北京大学出版社出版。《汤一介与〈儒藏〉》一书共分上下编,上编为"汤一介谈《儒藏》",其中辑选了汤先生有关《儒藏》的专文、发言、讲话等。这些内容有少部分已经正式发表,绝大部分之前未正式发表,只是发表在《儒藏》中心内部流通的《〈儒藏〉通讯》上。此书的主体部分为支持或负责儒藏中心的领导、总编纂、部类主编、儒藏中心工作人员等撰写的纪念文章。此书由北京大学副校长王博教授撰序,北京大学常务副校长吴志攀、前副校长张国有回忆了《儒藏》编纂初期的星星点点,《儒藏》总编纂孙钦善、安平秋,"韩国之部"主编梁承武,"越南之部"主编阮金山等都有相应回忆文章。各位学者均肯定编纂《儒藏》的重要意义,肯定汤先生对《儒藏》编纂的贡献。

《追维录——汤一介先生纪念文集》主要收录学界对汤先生的回忆文章，除少部分曾收录于《汤一介学记》，为新修订稿之外，大部分为新稿件。著名学者如杨曾文、陈方正、锺志邦、周桂钿、丁原明、胡孚琛、郭齐勇、刘笑敢、麻天祥、赵敦华、程郁缀、于民雄、陈卫平、胡军、陈来、张学智、陈越光、洪修平、汪学群、龚鹏程、王中江、景海峰等都撰写了文章。值得一提的是，周桂钿先生眼睛不太好，专门用毛笔大字撰写了回忆文章。本书还收录了刘述先生在收到约稿函后的回函。此回函文字据刘述先生去世前手写的扫描件转录的。汤先生的女儿汤丹、儿子汤双也有专门的回忆文章。汤先生的硕士研究生，后来留学日本并在日本工作的陈继东将其发表在日文期刊上的回忆文章翻译成中文发表。杨立华老师也撰写了《渊默而雷声：忆汤先生》的回忆文章。

《钻仰集——汤一介先生研究文集》收录20篇对汤先生思想的研究论文，总论汤先生思想的有金春峰、郭齐勇、安乐哲、景海峰、杨立华的论文。分论的论文中，成中英、洪汉鼎、潘德荣讨论有关中国解释学问题，牟钟鉴先生阐述了阅读汤先生《中国儒学史总序》之后的体会，刘大钧先生论及汤先生有关易学诠释的内容，杜保瑞反思了汤先生概念范畴诠释的研究方法，黎业明论及汤先生早年对魏晋玄学的研究，张耀南论及汤先生比较哲学方面的内容，孙尚扬贡献了两篇论文，分别涉及汤先生文化问题与宗教观，陈鹏论及汤先生"普遍和谐"的观点，许多讨论"礼法合治"问题，赵建永论及汤先生的家风与家学，张雪松论述汤先生对道教的研究，杨浩分析了汤先生的三教关系。此书也收有汪德迈、张祥龙、张学智、杨国荣、强昱、干春松新撰写的代表论文。

2016年12月上旬，深圳大学国学研究所景海峰老师组织了大型学术会议，以"儒学的当代理论与实践——汤一介思想国际学术会议"为主题，不少学者发表了研究或论述汤先生的专门论文，如郭齐勇《汤一介先生的学术贡献》、刘大钧《众望从今仰斗山——怀念汤一介先生》、许抗生《汤一介先生论儒学的复兴——读〈中国儒学史·总序〉》、蒋国保《汤一介先生儒学观初探》、陈鹏《人自我身心内外的和谐——汤一介"普遍和谐"观的重要面向》、王兴国《汤一介先生对中国哲学的哲学思考——从范畴研究到哲学地思考中国哲学》、高秀昌

《论汤一介先生的中国哲学史方法论思想》、柴文华等《略论汤一介对中国传统哲学范畴体系的研究》、胡士颖《汤一介先生〈周易〉诠解述论》、黄敏浩《汤一介〈郭象与向秀〉读后——向、郭异同再商榷》、杨浩《汤一介先生的佛学研究》、邓妍《论汤一介道教研究的历史价值》、高中理《汤一介中西学术对话思想中的西方思想元素及其对西方思想的态度》、高瑞泉《新轴心时代的展望——从〈瞩望新轴心时代〉看世界秩序的重构》、张耀南《"内在关系"论——兼评汤师20岁时对金岳霖知识论之批评》、徐强《汤一介与海外中国学研究》等。

值得一提的是，已有学者完成汤一介思想研究的专著。2009年毕业于北京大学哲学系的许多博士于2014年春开始从事汤一介先生哲学研究，2015年已完成了专著《天人合一论——汤一介先生的儒家哲学和儒学启蒙》（上卷）的写作（共21万字，尚未出版），此书共分四章，第一章为儒学和哲学，第二章为儒者和境界，第三章为儒教和启蒙，第四章为儒家和社会。并已有专门以汤一介先生的哲学思想为选题的博士论文，即2019年前半年毕业于武汉大学的邓妍（现任教于深圳大学马克思主义学院），她的博士论文题目为《汤一介哲学思想研究》（共23万字），导师为文碧方教授。本论文主体分家学渊源与学思历程、哲学史方法论的探索与实践、对中国传统哲学的现代阐释、文化哲学理论等四章。

三智书院编辑出版《汤一介哲学精华编》，第一版于2015年8月由北京联合出版公司出版（此书后出修订版，于2016年6月出版）。为了更好地研究与传承汤先生的思想，三智书院于2015年10月27日上午在北京大学治贝子园举行的"汤一介先生学术思想研讨会"。本栏目选录的文章即为会上部分老师发言的录音整理稿，均为首次发表。

我们相信，随着汤先生时代的远去，我们会越来越清楚地看到那个时代的特色以及汤先生作为那个时代代表学者的价值。我们搜集的这些文献可能会对后来人提供一定的帮助。

在汤一介哲学研讨会上的发言

乐黛云[*]

非常感谢大家。各界朋友、师友、学生都对老汤满怀感情,发自内心地纪念他。大家也始终没有放弃继续从事他未尽的事业,令我非常感动。

对于老汤的思想,大家都做了许多总结,尤其是哲学方面。两个月前[1],在三智书院举办的纪念会上,杨立华提出了六个方面,他认为汤先生的思想特征是唯物的而非唯灵的,是实证的而非想象的,是哲学的而非宗教的,是整体的而非碎片的,是建构的而非解构的,是多元而普遍的。干春松那天也做了发言,他们的总结很值得大家参考。

杨立华说汤先生的思想是唯物的而非唯灵的,比如对传统道教丹道学的现代转化。我对这一点也有体会,我有个姑父曾活到了98岁,就是很会炼丹修道。不过他有很多奇怪的说法,让我从小觉得道士通常带有神秘的色彩,认为他们迷信。但实际上道教、道家是中国非常重要的学问,也是中华民族自身创造的宝贵思想文化。只是,我们今天如何让古代的学问得到适当的转换、返本开新,为我们现代人所用,以使古老的文化焕发出现代生机,这是需要我们深入思考、实践的大课题。汤一介的学问就是对这些课题、问题的实证思考,而不是想象、空想出来的。这既是哲学的方法,又是哲学的精神所在。为什么从哲学来讲,而不是落在宗教上去信仰某个神或者采用某些宗教的仪式?因为我们提倡儒、释、道三

---

[*] 乐黛云(1931—),北京大学中文系教授。
[1] 指2015年8月28日第八届三智论坛,上午杨立华做了《汤先生哲学思想概述》的主题报告。

家思想,不是单纯提倡恢复对它们的信仰,而是需要明白思想与信仰以及三家思想相互之间的界限、长处和融合创新。相对于宗教信仰的唯灵取向,汤一介的实证态度和思想取向可以说是唯物的。当然这是杨立华的总结,大家可以再考虑、讨论。

杨立华还认为汤先生的思想是一个有体系的、系统化的思考,而不是零散化、片面化的。从我的感觉来看,汤一介一直想建立一个比较有体系的学问,他反对零抄碎打,反对片面化和浅显化的治学与思考。相对于今天的碎片化趋势,这个方向是非常对的。

最后,杨立华认为汤先生的学问是建构的,而不是解构的。在后现代主义发展之后,西方解构思潮非常盛行。以前一切神圣化、本质化、核心的、道德的东西经过一番解构,好像就变得不那么重要,甚至是不存在了;解构者消解了本质和崇高,消解一切有价值、有意义的东西;解构主义在西方和其他地方,都有很强的冲击力。汤一介一直思考中国文化的复兴以及人类的生存和未来发展问题,但他的初衷不是破坏的,而是要建立、建构新的、合宜的思想主张,以期有益于社会。

此外,杨立华讲到汤先生是非常包容的,对各种学派、各种理解、各种不同的对于世界的解释都是可以兼容、讨论的,大家彼此化解矛盾,逐渐地达到一个共同学习、发展的目的。以上这些,对我也非常有启发,大家都可以再讨论。但返本开新,提倡真、善、美应该是他哲学思想最根本的精神内核。

一年多以来,我自己逐渐地从悲痛里走出来,也在考虑各种各样的问题,也有一些计划。比如说我们最近要出一本《我们三代人》,这是老汤的最后一本遗著。这本书原本是2003年完成的,写了三年,但是由于当时出版社要求删改太多,就索性不出了,成了"抽屉文学"。这部稿子睡了十多年,终于在他去世后得以适当的方式公诸世人。人民大学出版社计划在《汤一介集》的基础上,出一本三卷本的文选,但这些分量太大,对一般读者不仅价格难以承受,而且内容不够简明,不容易阅读和理解。所以,有几家出版社策划一些其他选题的,比如杨浩、刘美珍现在编的一本,收集了汤一介写"竹林七贤"的文章,虽然有些零散,却有思想代表性和生活真实性。还有一本是江力负责的,大概今年也可以出。三智书院高斌理事长、中国文化书院王守常院长主持编修的《汤一介哲学精华编》也是不错的,他们的主动、热忱很值得赞赏,在企业家中得到许多积极的反馈。但我仍然希望,不要弄一长卷,要适当选文,尽量简化,降低价格,让惠读者。此外,通过三智书院等人反馈的企业界人士对汤一介思想的学习需求,我特别建议高斌的团队能够积极创作,在现有成果的基础上,单独编写一本论商业文明的书。因为汤一介一直以来非常重视企业、商业对中国发展的重要性,认为中国要通过政界、学界、商界等社会各界的共同努力才能创造美好的未来,他有几篇文章、讲话就是直接论述商业文明的,其他一些文章也有论述中国企业家精神和发展之道的内容。中国经济发展的同时,商业文明、商业伦理方面的思想建构也是当务之急,如果做好,也是我们对国家、社会的一点贡献。

在一个过渡的历史时期,汤一介追求高尚理想,追求自由,追求思想创新,在夹缝生存中贡献了自己的哲学思考。大家通过多种方式纪念他,深入地去了解他的思想,我觉得非常不容易。我今天听了大家的发言,感到大家对汤一介的研究又深入了一层,提出很多新的创见;我看到你们之中,有个人和团体,有老师和学生,有企业家和职员,有做思想研究的,也有从事艺术创作的,都对汤一介的理论和思想有浓厚的学习兴趣,都是非常积极地关注文化发展、国家振兴的有志之士,所以我希望大家把力量汇聚起来,在分享各自活动成果的同时形成一股积极的合力,成为推动社会进步、历史往前发展的能量。正像写在老汤墓碑上最后的那段话所讲"我热爱我的祖国,所以我一定要为她做出一点贡献"。

虽然我已经八十五了,我也非常希望能看到这股力量正在兴起,正在推动我们国家往前走!这是最令人兴奋、最令人欣慰的。

"汤一介先生学术思想研讨会"发言(2015.10.27)

追随汤一介先生

金春峰*

我于1957年进入北大,1958年就接受了汤先生的教诲。那时他跟我们一起下放,住在大兴县康庄,大约一个来月。当时乐先生被打成右派,在门头沟劳动。汤先生给乐先生写信,信封写的是乐黛云同志收。透露着一份坚贞不渝的深厚情感。此事被告发,汤先生受到连累,不久就离开康庄,到芦城了。当时办人民公社,一大二公,刮起了一股共产风,要提前进入共产主义。开会讨论,大家发言表态,都是高兴拥护的。汤先生也一样,只是担心汤用彤老先生留下的一屋子书,怕充公,难以割舍。汤先生的发言至今我还有印象。到芦城后,汤先生兼任学生支部宣委,结合农村实际,做了多次"学哲学,用哲学"的示范讲解。1962年,我在北大读中哲史研究生,汤先生很关心我的学习,常给予辅导,还邀请我参加他一篇文章的讨论,对我是很大的鼓励和帮助。

研究生毕业后,我被分配到人民出版社工作。汤先生聘我为中国文化书院导师,参与讲课和种种会议,很有助于我学术研究能力的提高。1985年,我们一起到美国参加在纽约召开的第四届国际中国哲学会,会后应李绍崐教授之邀,一起访问爱丁堡大学。汤先生主编《中国文化与中国哲学》,我也一起参与编辑工作。他的《郭象与魏晋玄学》出版,我写的书评在《哲学研究》发表。以后我到新加坡,到美国,到台湾,和他的联系从未中断。纪念汤用彤老先生,我在美

---

* 金春峰(1935—),人民出版社原编审,主要研究方向为先秦文化与哲学、周易哲学、汉代哲学、宋明理学史、朱熹哲学等。

国，汤先生邀我写稿。我写了《论庄子自由思想》的文章，收入《燕园论学集》。可以说，我的学术工作始终都受到汤先生的关心、鼓励和帮助。汤先生是我的良师益友，与我亦师亦友，我们师生之谊又多了一份珍贵的友情。在老师一辈中，汤先生对我的影响、教育是最多最大的。除了言教，还有身教及不言之教。他的"自由即创造力"的名言，我奉为座右铭，可以说伴随了我学习、成长和学术研究三个重要的阶段。

人民出版社和北大相距比较远，但即便是在北京或游荡在美国和世界各地，我也总是感到跟汤先生在一起，因为我的思想、我的精神，我的前进方向和步伐与汤先生是一致的。汤先生的讲话和著作，有些当时我没有听到、看到，但事后学习、阅读，很多内容都是我想写想说而说不出的。汤先生有深厚的家学渊源，贯通儒释道，立足于民族文化根基之上，又高瞻远瞩，面向世界，有世界眼光；故对中国现实的发展与时代问题，常从学术思想上予以回答，展现出深邃的洞察力，汇成了最富现实感而又最有学术功力的哲学论著。每一时代总是向哲学提出问题，要哲学家予以解答、指路，汤先生就起到了我们这个时代哲学家的作用。

在汤先生的著作中，可以看到他对于中国文化、中国哲学在新时期的发展方向的指导意见，对于如何接受世界外来文化以发展中国文化的指导意见。所有我们时代的关键学术与思想问题，汤先生都有深入的思考与解答。我觉得这是哲学家的本质与作用所在。

汤先生的学问是一个活的源泉，可以启发我们去思考、创造、发展，而不只是提供现成的答案。就好像《论语》一样，《论语》就那么多字，孔子给学生回答的问题也只有那么多，但它是一个活的智慧源泉，可以让后人从中不断挖掘汲取且取之不尽、用之不竭，一直到今天。我想，我们学习汤先生，可以像学习《论语》一样，从他的著作中汲取活的智慧，根据他指出的方向，大家一起去思考、去研究、去发展，继续往前行进，创生出新的思想和著作。这将是对汤先生的最好的纪念。

"汤一介先生学术思想研讨会"发言（2015.10.27）

汤氏哲学之三向六度
——总结汤先生的"之间学"

张耀南[*]

今天研讨汤师一介先生,学生想汇报三方面的问题:首先汇报有关"汤氏哲学"研究的一些设想,其次谈谈汤先生著作编纂的框架问题,第三谈谈"汤氏哲学"中的"之间学"。

首先,汇报有关"汤氏哲学"研究的一些设想。

对于研究汤先生的思想,学生有一些想法。学生所在单位,有一个中国哲学的硕士点,学生也带三四个硕士研究生,所以就把汤先生的思想作为这个小团队的研究主题和方向,并且实际做了一些事情,先向诸位师长、同仁做简短汇报。

我们目前正在编《汤师一介先生年谱长编》,希望能够编出一本像《梁启超年谱长编》(丁文江编撰)那样的书,按照时间顺序,把汤先生的所有思想、著作、事迹、序编成书。

这边有几个硕士生,也在做关于汤先生研究的硕士论文,比如王乔在写"汤一介先生的中西哲学比较研究和汤用彤先生的中西哲学比较研究"论文,试图将两位先生的比较研究所得,再进行比较,我们叫"重比";陈媛同学,我们要她研究用彤先生与汤先生的书信、序跋等材料,总结其中的哲学思想;还有马鸥亚同学,写了汤先生思想与马克思主义关系的文章。

根据我们的安排,我们计划编一本《中西哲学比较研究》,专门把汤先生的

---

[*] 张耀南(1963—),哲学博士,北京航空航天大学人文与社会科学高等研究院教授。

中西哲学比较研究的著述，类编成册；此外，我们还将进一步整理汤先生的录音，并且加上详细的注释。

其次，谈谈汤先生著作编纂的框架问题。

关于《汤一介哲学精华编》，学生看到它的总体框架，是类似于中国传统的类编，分天地人、儒释道、中西印、真善美四大部分，最后还有一个商业文明论。对于这个框架，学生认为似乎还可以有所补充。因为从中西哲学比较研究角度，我们曾得出一个三款六式或三向六度的框架，可以用这个框架来补充《汤一介哲学精华编》。

"汤氏哲学"，总的三款就是真、善、美，这是汤先生思想的总坐标，又可叫作三向、三个纬度、三个方向。三向下面还有六度：一曰天地人，二曰儒释道，三曰中西印，四曰往今来，五曰知情意，六曰空假中。

其中前三个维度，在"精华编"中已有体现，后三个维度还需要补充进来。"往今来"这个维度，可参照汤先生的《昔不至今》这本书，从时间坐标作内容选编；"知情意"这个维度，是选编汤先生讨论知、情、意三方面思想的文章；"空假中"这个维度，是指三重真理，实际上就是佛家讲的三谛，可选编汤先生讨论三重真理的文章或著作。

如果"汤氏哲学"按照这个"三向六度"的框架来编，学生觉得比较齐整。"三向六度"的框架，是学生这边的团队多年琢磨出来的一个"比较哲学研究框架"。我们原来研究"问答学"，得出一个三款六式的框架，将其用到"比较哲学"上，发现"比较哲学"样式，同样是三款六式；现在我们拿来研究"汤氏哲学"或"汤一介哲学"，发现还是有用，还是可以补《汤一介哲学精华编》框架方面之不足。

第三，谈谈"汤氏哲学"中的"之间学"。

关于汤先生的思想，学生这次写了一篇《在非有非无之间观汤氏哲学》，尝试提出"汤氏哲学"这么一个概念。《在非有非无之间》，本来就是汤先生一本书的名称，是先生1995年在台湾出版的一本自传的名称。乐先生同时间的自传叫《我就是我》。从书名就可以看出汤、乐二老思维上的差别，一个是"在非有非无之间"，一个是"我就是我"。

从思维学来看,"我就是我",就是 A 等于 A,这是欧西逻辑同一律的思维方式。中华祖先的思维,稍有不同。在中华祖先的思维中,"我就是我"只说到了"我"的三分之一。"我"逻辑上有三方面:第一款,"我就是我";第二款,"我不是我";第三款,"我若是我",包含"我既是我又不是我"与"我既不是我又不不是我"两式。

汤先生讲的"在非有非无之间",处于上述三款的哪个层次呢?"我就是我"是一端,是阳,类似于六十四卦中的乾卦,只占到"我"的很小比例;"我不是我"是另一端,类似于六十四卦中的坤卦,也只占到"我"的很小比例;"我"的绝大部分情况,是"我既是我又不是我"与"我既不是我又不不是我",类似于六十四卦中其他六十二卦。

汤先生讲的"在非有非无之间",好像是与"我既不是我又不不是我"有关系,但又并不完全相同。"非有"对应于"我既不是我","非无"对应于"又不不是我";但又并不完全相同,因为汤先生讲的是"在非有非无之间",逻辑上应该对应"在我既不是我又不不是我之间"。这个"之间",是原来三款六式或三向六度中没有的。

这就是我们在研究"比较哲学"时发现的"三款",第一款是"我就是我",第二款是"我不是我",第三款是"我既是我又不是我"与"我既不是我又不不是我"。从这种思维方式看,学生觉得汤先生的"之间说"或"之间学",是一种创造。相比而言,先生的"之间学"比禅宗的"四句百非"又深化了一层。

我们知道作为禅宗基本思维方式的"四句百非"很著名,第一句"有",第二句"无",第三句"亦有亦无",第四句"非有非无"。而"亦有亦无"和"非有非无"之间,应有一个过渡,就是汤先生讲的"在非有非无之间"——从"亦有亦无"中经"在非有非无之间",最后达到"非有非无"。

汤先生这个"在非有非无之间"的思考,学生觉得在思维方式上,很有启发性。按照汤先生的思路,我们完全可以在禅宗的"四句百非"基础上,开出一个新的境界。所以学生这篇文章,主张把汤先生的思想归入到"之间学"。

什么叫"之间学"?就是在非有、非无之间的那个"之间学"。学生读汤先生的著作,有一种直觉,就是汤先生的整个思想,都是建立在"之间学"上面的。

汤先生谈到过很多"之间"，比如非有非无之间、非实非虚之间、有墙无墙之间等等。但先生不说"在有无之间"或"在材与不材之间"，所以和庄子的思维也不一样。

按照汤先生的框架，庄子的"处材与不材之间"应该修订为"处不材与非不材之间"，"处有无之间"应该修订为"处非有非无之间"。

这和汤先生的自由观，也有一定关系。汤先生不讲"在自由和不自由之间"，而是讲"在非自由和非不自由之间"。另外，我与无我的关系，汤先生不是讲"在我与无我之间"，而是讲"在非我和非无我之间"。

很明显，汤先生这个"之间学"，起点不在"是"，而在"非"，不在"直款"，而在"不款"。这个"之间学"，跟别人的"之间学"不一样，起点非常之高。所以，学生认为汤先生的这个"之间学"，非常值得我们认真总结。

最后，学生同意大家的意见，成立汤先生思想研究会，具体情况，会下可以仔细商谈。学生的文章主要是想从思维方式上研究汤先生，将来还会有很多补充。学生想作完汤先生的"之间学"之后，继续作汤先生跟乐先生之间的"之间学"，因为比较文学与比较哲学之关系、关联，也是不错的话题。

"汤一介先生学术思想研讨会"发言（2015.10.27）

健顺中和,永不停息

张学智[*]

汤老师是我终生感恩的人,因为我能留在北京大学哲学系工作,汤老师给了我很大帮助,可以说是汤老师把我引到了毕生从事哲学研究这条路上。研二时,汤老师给我们开《佛教哲学著作选读》课,读《般若心经》《华严金狮子章》和《坛经》。在课堂讨论中,大概他觉得我头脑比较清晰,原文解析比较到位,能够指出前人翻译、解释中不准确的地方,以后或许能够从事中国哲学的研究和教学工作,所以在毕业时,就提名把我留在哲学系了,以后一路走下来。从留校到现在,我一直很感谢汤先生。另外,我想谈谈我对汤先生思想和人格的认识。

汤先生具有健顺这两方面的品质。健的方面,表现在他永不停息的创新精神,任何时候都伫立在时代的潮头。从他步入学界到20世纪50年代中国哲学大讨论,再到改革开放以后每一个中国哲学发展的节点,汤老师都站在时代的前列。比如,魏晋玄学是汤老师的研究领域,他是"文革"以后最早用新的学术观点讲魏晋玄学课的人,思想开阔,哲学性强,所以听课的人很多,换了几次教室都不够大,几百人的教室挤得满满当当。汤老师讲课突破了以前的解释框架,注重概念范畴的分析和玄学家精神境界的诠释,表现出较高的创新意识。再如后来中国哲学范畴的讨论、儒释道三教关系的讨论、中国哲学中真善美的讨论、如何创建中国解释学的讨论等,都体现出汤老师一贯倡导的哲学精神和方法,那就是:不但要做哲学史,还要做哲学;在中国哲学史的研究中,突出哲学分析,加

---

[*] 张学智(1952—),北京大学哲学系教授,主要研究方向为宋明理学。

强思想解释的分量。他力图站在时代的潮头，提出话题，引起讨论，推动中国哲学向前发展。汤老师之所以能够时时站在时代前列，首先是因为他宏阔的眼光。宏阔的眼光不是容易达到的，首先要感谢他家学渊源，几代人传承的国士担当精神。其次还要感谢乐黛云先生，因为乐先生跟汤老师研究的学问不同，哲学与中文可以互相刺激，迸发出新的思想火花。注重把握时代脉搏，找出时代发展需要解决的哲学问题，提出自己的见解，这一点是汤老师最可贵的品质，表现出健的一面。

顺，是要和健配合，体现"一阴一阳之谓道"的精神。汤老师的顺，主要在根据创新精神，开发出学术上的创造。汤老师是一个关心社会、关心时代的人，但是他把自己的时代关怀落实在踏踏实实的学术创造上。汤老师的学术深受家学影响，他父亲汤用彤先生是一个严谨的学者。汤用彤先生的《汉魏两晋南北朝佛教史》和《魏晋玄学论稿》是典范之作，有考证，有义理，把两者很好地结合起来。汤老师的魏晋玄学研究，继承了家学，又有创新，他的《郭象与魏晋玄学》在当时学术界打开了一个新的局面。前人写魏晋玄学，是以哲学史的写法为主，但汤老师以一个哲学家的眼光来分析郭象，把郭象思想体系产生的条件、接触到的问题、可以从中引申出的哲学思想等，都在书中有阐发。后来在这本书的基础上，他专门就郭象的哲学范畴体系写了一篇文章，发表在《中国社会科学》上。这篇文章和《郭象与魏晋玄学》对整个中国哲学研究都是引领风气的著作。还有《魏晋玄学讲义》，最早是为我们那一级学生讲课的讲义，后来经过几次修改，特别是在兰州大学的那次讲课，课时长，内容很充分，讲稿经过多次打磨，才正式出版。再如《魏晋南北朝时期的道教》(后补充、修订为《早期道教史》)，也延续了这种风格，就不详细说了。

汤老师的思想建基于严格的学术训练之上，不像现在一些人，做着当哲学家的梦，却不愿意老老实实去看书。打不好哲学史的功底，可能会成为"野狐禅"式的哲学家。汤老师属北大的学术传统，与清华的传统不同。过去常听老一辈学人说，清华的学风是"思而不学则殆"，北大的学风是"学而不思则罔"。意思是，北大偏重德国方法，是通过哲学史来讲哲学，而清华则偏重美国方法，哲学史是哲学史，哲学是哲学，而且哲学多为实在论。汤先生既有哲学史也有哲学，他的哲学建基于哲学史之上，是通过哲学史来讲哲学，所以既重视古代思想，又能从中阐发出新的内容，打开新的局面。

总的说，汤老师的学问和人格突出体现在"健""顺"这两个字上，"健""顺"是一个和谐整体的两面。具有比较典型的儒家精神。"健""顺"在汤老师的人格上，表现为他身上体现出的粹美之气、冲和之气，这是不容易达到的。除了禀气的原因外，可说是积学所致。中国学问讲"变化气质"，"变化气质"就是通过真积力久的学习、体验，形成对人格的养成、塑造。汤老师是一个努力实践"横渠四句"的人。他的哲学创造就是"为天地立心"，他的时代关怀、文化教育实践就是"为生民立命"，而编《儒藏》、建构中国解释学就是"为往圣继绝学"，这三者加起来目的就是"为万世开太平"。他的既有担当精神，又将之落实在本职工作上，化作哲学思想的创造的精神品质，特别值得我们后辈学习。

刚才几位汤老师的弟子说到因为老师的引路之功才奠定了自己学问的基础，这对我也是一样。除了以上说的因汤老师的提名我才得以留在北大外，还有一件事，就是我的第一本专著《贺麟》的写作。这本书是汤老师主持的项目《中国现代哲学》的产品之一。没有这个项目，也不会有写这个题目的机缘。在此要顺便感谢一下乐黛云老师，这部书稿是乐老师带到台湾，在台湾的东大出版社出版的。接触到贺麟对我后来研究王阳明影响很大，起了很好的刺激作用。贺麟有深厚的西学素养，他的学术根底是黑格尔和新黑格尔主义。我把贺麟所讲的黑格尔和新黑格尔思想用来开发王阳明研究，收到了意想不到的效果。这也是汤老师提倡的中西哲学比较的方法。我研究王阳明的时候，经常思考的是，王阳明建立那么大的功劳、取得了那么高的成就靠的是什么？研究贺麟时，新黑格尔主义的一段话对我启发很大：绝对精神是一个战将，当他走到我们跟前，已经遍体鳞伤，但是它身上积聚了人类的全部坚韧、勇气，全副的精神命脉都在他身上。用这个观点研究王阳明，我觉得非常契合。王阳明的良知先是以道德意识为主，后来发展出一个"大良知"概念，他实际上把良知当作整个精神的总体，包括意志的、理性的、情感的、直觉的各种要素。王阳明的一生，是各种精神要素不断整合、发展的过程。所以他认为自己的"致良知"任何人都可以做，上自公卿大夫，下到孩童都是这套工夫。我写王阳明主要突出的就是这一点：以道德为主干，各种精神要素融合于其中作为辅翼，整合成为一个大的"致良知"体系，用以应对具体问题。他的思想特质是实践中的活智慧。这一点，我曾在人大版《明代哲学史》后记中交代过。汤老师对我研究心学的兴趣与方法间接起到了诱发作用，今天特别提出来，和大家一起缅怀汤老师的学问和人格，感谢他的引路之功。

汤老师逝世时，我曾写了两幅挽联，现过录于此，以表悼念之情：

三藏缺典，廿载修补，事岂避难；
四学有间，八秩继述，义何逃责。

儒者重负，身膺旧邦新命；
国士深心，胸怀继往开来。

"汤一介先生学术思想研讨会"发言（2015.10.27）

关于推进汤一介先生思想研究的想法

干春松[*]

按理说胡军老师和张耀南老师以及在座的诸位都比我更有资格谈论如何来研究汤一介先生的思想，因为他们跟汤老师学习和一起工作的时间更长。

不过，既然点到我，我就冒昧地说点自己的想法。

中国学术史中有一个很有特点的传统，就是基于血缘而产生的学术世家问题。古代我们不论，就是近代我们也可以发现许多类似的学术世家，比如梁启超和梁思成、钱基博和钱钟书等等。而中国哲学界也有兄弟一起成为大家的，比如张申府和张岱年兄弟。河北师范大学成立了二张思想研究中心，我觉得对于推进张申府和张岱年思想有很大的促进，他们定期出版杂志、举办学术会议，很有规划性。那么对于汤先生，我觉得也可以有汤用彤和汤一介思想的综合研究，是否也可以有"二汤思想"这样的名义，都值得大家思考。

我觉得如果把汤用彤先生和汤一介先生放到一起的话，有很多值得期待的内容可以展开。第一，汤用彤先生和汤一介先生的研究领域有一定的重合性，这有助于我们从他们的学术研究的发展去理解中国现代学术，特别是佛教和道家思想研究的线索。第二，我们可以从文化世家的角度，去研究汤一介先生光先裕后的思想发展路径，探讨汤先生的家风和家学渊源。第三，可以团结更多的研究者。汤用彤先生担任过北京大学的副校长，汤一介先生也长期在北

---

[*] 干春松（1965— ），北京大学哲学系教授、北京大学儒学研究院副院长，主要研究方向为儒家思想研究和近现代思想文化研究。

大教书，他们的生活经历业已成为人们的研究对象，由此可见，从连续的角度来体会汤用彤、汤一介父子的生活和思想，都是很有必要，并有很大的研究空间的。

从具体的研究机构的设立方面，刚才也是因为听了大家的想法，有很多个办法：一个就是在某一个大学里面设一个研究会；还有一个办法就是在中华孔子学会下面设一个二级委员会，类似于中哲史协会里面有二张思想研究，我们可以在中华孔子学会下面设立一个二级的委员会。那么现在我觉得这个从机构的设置上，实体性的机构我们先不说，就是从学会的性质上，可以放在中华孔子学会下面来做一个二级委员会的那个工作。

还有两个事，因为中间跟乐老师通过邮件，我自己也要说一下。一个是现在大家都在编各种各样的书，现在出了一个《汤一介学记》，这个学记跟以往我们熊十力先生的学记和汤用彤学记的一个最大的差别，多是回忆性的文章，对汤先生的思想的评述内容比较少。乐先生有一个想法，就是在明年，比方说汤先生去世两周年出一个来评述他的思想的学记。

其实现在的纪念文章和研究文章逐渐有了，我觉得可以确定一个框架，我们如果在某些方面缺什么样的文章，我们可以专门来邀请。这样有助于我们更为全面地去总结汤先生的思想。

现在有很多学者或机构希望编汤先生的这个书，包括什刹海书院也要启动一个导师的文库。我觉得可以有各自不同的方式来编，但是我上次跟乐老师提供了一个想法，因为有一次汤先生的追思会上，就是一介讲坛那一次，王中江和李存山老师都特别强调了汤老师的文化哲学那一部分。那么找到合适的编者来编辑汤先生的文化哲学方面的作品就很有必要。不同的人编的书可以体现各自对汤先生不同的理解，因为在座的诸位都是对汤先生比较了解或者特别了解的，然而各自了解的角度也是不一样的。我刚才跟杨浩说我们可以编出一个试图可以让读者能从多个角度进入汤老师想法的书。

如此多的人想编辑汤一介先生的作品，也从一个侧面说明社会上对之的需求很大。我们如果有一个机构来做这样的统筹的话，有的时候可以避免撞车，就比如两处完全编的一样，那的确是没有意思。因为汤老师提出的思想的角度比较多，这个恰好可以又有一个高度，又有多角度进入的可能，这样我觉得最大的一个好处就是让后面那些不能亲耳听到汤老师想法的人可以从不同的角度来思考。总之，希望通过一定的积累，真正地把汤一介先生的哲学思想传承好。

"汤一介先生学术思想研讨会"发言（2015.10.27）

汤先生把我引上知识论的研究道路

胡军[*]

大家聚在一起，缅怀汤先生，解读汤先生的思想，这是一件很有意义的事情。我是汤先生的学生，而且是最早的博士。汤先生对我的影响非常大，我主要谈两个方面。

第一方面，是我 1985 年进入北京大学哲学系跟随先生读硕士学位，开始上了两年课，到了第四学期要确定选题，当时我的一个主观兴趣是禅宗的顿悟，即便是现在也一样，还在研究直觉，还担任了中国创新战略委员会的主任，这个委员会原本挂靠在中科院院士局，现在挪到了北京大学。那时汤先生建议我，让我做金岳霖哲学思想研究，慢慢地将我引导上了"知识论"的研究道路。当时看金岳霖的《论道》，觉得很难，尤其相对于冯友兰先生的新理学。后来看了十几遍，写出了硕士论文，博士也接着做金岳霖思想研究，写了二十多万字的博士论文，基本上是采取批判的立场，而不是跟着走，金岳霖的学生基本上也都认同我的观点。这次金岳霖学术奖颁奖会（2015）主题是分析哲学，我是评奖委员会的主任。其实，我的学术立场是从知识论的角度来理解中西哲学的差异的。比如马克思的《资本论》，我十五六岁就读过，第一章都能背出来，我认为资本运作是资本主义社会的表象而非核心，像必要劳动、剩余劳动等都没有涉及现代社会的核心问题。从知识论的角度看，核心问题有两个：第一是爱因斯坦说过的，古希腊所形成的知识理论体系，例如物理学、力学、动力学等分科之学；第二是从文

---

[*] 胡军（1951—），哲学博士，北京大学哲学系教授，主要研究方向为中国现代哲学、知识论。

艺复兴以后兴起的可控的精确实验,通过实验寻找因果关系的现代科学体系。从工业革命到现代社会,一直到现在的计算机革命,其实都是先有漫长的知识理论体系的形成并以此为前提,因为首先是有相对明确的问题意识,有了明确的对象,才能进行论证;完全明确没有,但可以通过分科治学、论证方法,获得比较明确、逐渐明确的对象,这样才能不断取得进步。每个研究者都应该使用论证方法,而论证方法的使用又是对内在思维能力的培养,所以第二点又是从第一点分科治学演绎而出的,即研究知识论,必须先了解、研究逻辑学。汤先生正是了解我的个人的兴趣、爱好并据此给予我选题方向上的指导。因为我在农场劳动的时候、在地方大学读本科的时候,已经主动学习了温公颐的《逻辑学》,本科四年做了上千道逻辑题,对于后来研究知识论、读《论道》起了很大作用。第二方面,汤先生曾主编了一套很大的丛书——《20世纪西方哲学东渐史》,讲西学东渐的历史,给我的任务就是撰写分析哲学在中国的发展,因为他比较认可我对金岳霖的批判、分析,后来我就写了一本《分析哲学在中国》。20世纪90年代汤先生还主持编撰了《中国儒学文化大观》,我也参与其中,写了三十万字讨论儒学的文化、传统。

因此,可以说我现在走的学术道路和汤先生的引导密切相关,没有汤先生的引导我可能就走到另一条路上去了;在我的研究过程中,汤先生让我负责了很多很好的课题,如分析哲学在中国、儒家文化大观等等,对我的学问有促进作用。我对自己学术方向的总结是"不中不西",我希望沿着这条道路走下去。因为"不中不西"也有好处,我在北大念书的时候主要学习中国传统文化,儒释道三家都学过,后来走上西方的知识论、逻辑研究,可以反过来看中国文化,有可能看得更清楚一些,当然也有可能更模糊了。比如关于"真"的问题,客观事物能够被认识到吗?这是很重要的问题,一般而言"眼见为实,耳听为虚",我的分析的结果是眼见不实,耳听也不实。这里涉及很多问题,我们的眼睛首先是晶体,晶体后面是视网膜,视网膜后有内侧神经,内侧神经将感知传给大脑,大脑通过语言转述我看到的东西,我们的眼镜,如墨镜、近视眼镜、望远镜、显微镜等等,实际上都是对眼睛的晶体的模仿。但我们对晶体的研究还很不够。那么"真"能不能达到?我对最后的思考结果也深感困惑。我们现在比较倾向一种知识主义、现象主义观点，在我讨论知识论的书里讲过，但我对西方哲学史认识论的东西也有很多批判。到底什么叫"真"？什么是"善"？什么是"美"？回答这些问题，还需要有科技史方面的知识，需要一种论证严谨的推究，短期内很难解决，但只要我们不断努力奋斗，就能以此把中国文化推向新的高度。

总之，我主要讲两点，由衷感谢汤先生把我指引上了一条知识论的研究道路，也可能汤先生对我有更高的要求，希望我走上中西结合的道路，但我现在结合得不好，有些不中不西；由衷感谢汤先生让我做分析哲学在中国、儒家传统文化这些方面的解读，进一步促进了我的研究。

最后，作为汤先生的学生，我以为对汤先生最好的纪念就是把学问做好。我将坚守我的信条：老老实实做人，认认真真做学问，以无愧于先生。

"汤一介先生学术思想研讨会"发言（2015.10.27）

继续做好道教研究工作

强昱[*]

汤先生生前对中国哲学史的研究希望做两件事：一是要研究魏晋玄学到隋唐五代哲学的发展过程，另一个考虑就是从隋唐哲学研究宋明理学兴起的根源。这是两个相互联系的重要问题，和汤先生对中国哲学史的学科整体应该如何建设，具有紧密的关系。我在自己的研究过程中，也是按照汤先生的指导与建议，一方面把他的思想贯穿于我对中国哲学史的解释分析中，一方面从历史发展的前后线索，尽可能地勾勒思想演变的过程。

汤先生在北大建校100周年的纪念文章里，曾经做过回顾。第一，指导了一些学生做《老子》注释的研究，从先秦一直做到了近现代，形成了完整的研究系列。第二，是关于西学东渐的问题，最终也形成了系列的研究成果。汤先生曾感慨地说，没想到学生们能做出这么好的成绩，超出了他的预期。当然我觉得这是汤先生对学生们的鼓励。汤先生在私下里对我说过一句话，他要求我研究唐代的名相的政治哲学，而且给我点了几个人的名字，如权德舆、张说、姚崇等等。

我现在指导学生的研究方向，主要集中在两个阶段。一是六朝，由于六朝哲学对于未来哲学的影响非常深远，因此需要予以特别的关注。当然绝不仅仅是单纯的对道家、道教的研究，而不涉及其他方面，还必须包括对佛学与儒学研究。希望能够在两代汤先生的研究的基础之上争取有所推进。原因在于汤先生当初做

---

[*] 强昱（1964—），哲学博士，北京师范大学哲学学院教授，主要研究方向为道家道教哲学、佛教华严学、陆王心学。

道教史的研究时，对三洞经典还没有充分的涉及。如果我们对三洞经典的研究缺乏整体的深度的把握，那么必然会对那个时代的思想发展变化，特别是道教怎么消化佛学、催生或者推动中国化佛学的发展，就会产生认识的不足。二是宋金元，作为儒学研究的热点领域的宋明理学，根据我最近几年的阅读体会，感觉一直存在着对当时的儒道互动的问题考虑不够的欠缺。可是回归特定的历史语境中，就会发现有非常多的老庄注释存世。于是目前的工作，一方面是由前往后推，从北宋初年向后延伸至宋金元之际；另一方面则是从两晋到隋唐反向追溯，道教的创立与魏晋玄学兴起的思想背景。两个方面的研究，都是按照汤先生给我的指导进行。因为他说过，研究历代的《老子》注对中国哲学具有至关重要的意义。

当然，在此期间我也有过一个迂回。因为受香港道教学院的邀请，受命进行《刘处玄学案》的撰写，做了八年的全真道研究。不利之处是几乎中断了对隋唐五代道教哲学的处理，好处自然是让我更加清楚地看到了宋金元时期多元化的思想发展变化的情况。现在重新回到隋唐五代阶段，更加强烈地感觉到以往的研究只是一个初步的开始。同时我特别希望有更多的后辈学者，投入到对两晋南北朝与隋唐五代的佛教与道教的研究之中以全面客观地评估佛教与道教的认识贡献。过去胡适评价汤用彤先生的学术成就，说他把最难的即两晋南北朝一段打通了，具体是指著名的《汉魏两晋南北朝佛教史》建立起来的不朽范式。遗憾的是，汤用彤先生的《汉魏两晋南北朝佛教史》基本结束于齐梁，未能全面覆盖南北朝。因为那时适逢战乱，汤老先生为了以学术研究报效国家，为了时代的需求，先付印了整体研究的部分成果。至于我们今天所见的余下的那些篇章，大多是汤用彤先生的讲稿。

因此，我带着学生首先把六朝道教的核心材料梳理一遍，并由六朝一直往下贯通。其次就是以更多的精力，关注宋元以来保留在《道藏》里面的老庄列的注释。令我们惊讶的事实是，几乎都是完整的作品，而且又是以儒者的注释占据着主导的地位。当简单通读之后，不免产生强烈的印象，宋元儒者的学术建构几乎都有一个老庄学的背景作为支持。但是我们现在的研究倾向是，不考虑他的家世与信仰。例如典型的代表人物陆佃，是大诗人陆游的爷爷，当时的名家之一。他曾是王安石的同僚，后来因为政见不同而反目。陆游既然出生于世代的道教之家，精神生活当然不能与道教信仰无关。再如陆象山，祖上是晚唐的著名哲学家陆希声，先辈则是东晋大名鼎鼎的陆修静。家族内部世代的天师道传承，绵延不绝。朱熹做过《周易参同契》考订，王安石父子做过《老子》注、《庄子》注。此外司马光也有完整的《老子》注释，成一家之言。而苏辙的一系列论著，老庄学特色更加鲜明。通过细致的研究与深入的发掘，我们将会对宋元时期思想的多元化变化，形成更明确的把握判断，避免把哲学家的理论思考与时代思潮割裂。

受到汤先生教诲的激励，自己的道教研究既有一得之见的喜悦，又留下了许多值得反省的教训。因为集中于对老庄注释的哲学认识的分析说明，因此隋唐道教哲学的精神收获日益为学术界肯定。记得博士学位论文刚刚完成，汤先生审阅后高兴地对我说：以往我们只知道隋唐的许多和尚是大哲学家，现在可以确定，许多的道士也是了不起的大哲学家。而自己的一点成绩，正是遵循汤先生的教导，以较为严格的逻辑思考方法分析各家文本得失得出的认识判断。可是在另一方面，由于对道教的实践问题关注不足，导致了对道教的理论与实践之固有的内在统一关系的把握较为薄弱，产生了实践与理论相互游离的倾向。而中国的本土宗教——道教呈现的独特气质个性，实际上强烈地表现在彻底释放生命的创造精神的方面。因此未来对道教的社会角色与思想关切的发掘，必然需要在更高的层次上，实现宗教与哲学两者的会通。

以上各方面工作的开展无疑得自汤先生的耳提面命，将会继续不断地努力完成。因为教学的客观需要，迫使我不得不从整体上了解道教的前世今生。随着研究涉及范围的逐步拓展，道教的神学历史观以及与少数民族的关系等问题，受惠于国内外诸位同行的认识成果，因此成为了思考中华民族的凝聚力与向心力的重要资源。对道教认识的逐步丰富，使我对中国哲学的理论形态的体会，摆脱了成见与教条的束缚。而日后更加期待的研究目标是，能够更多地把汤先生对中国哲学的基本看法，融会在自己的探索之中，特别是把他对真善美、自由等问题的洞见，成为揭示核心哲学问题内涵的纲领。坚定地追随汤先生创立的中国解释学的思路与方法原则，落实在工作的各个方面。道教的解释学的尝试性建构，显然是重点的学术方向。

"汤一介先生学术思想研讨会"发言（2015.10.27）

Book Review | 著作介述

《山东文献集成》易籍提要续录[*]

胡士颖[**]

《山东文献集成》[1]是近百年来山东文献整理的里程碑,在地方学术文献整理与文化史研究方面具有典范性,自编辑出版以来引起广泛关注,载誉学界。笔者自2008年有幸在山东大学哲学系研习易学,曾亲炙于杜泽逊先生学习文献学,尝试撰《〈山东文献集成〉易类提要》,并由杜先生推荐发表了部分内容[2]。近十年来,随着学界研究深入与新材料见刊,笔者随见随续,增删有之,臆其或有助于学者,故不揣鄙陋,就教方家。

一、《周易注》十二卷

汉郑玄撰,清孔广林辑,山东大学图书馆藏清光绪十六年山东书局刻本。孔广林《通德遗书所见录》十八种之一。《山东文献集成》(第一辑)据以影印。郑玄,字康成,生于汉顺帝永建二年,卒于献帝建安五年。山东高密人。桓帝建和元年,玄造太学受业,师第五元先,又从学于张恭祖,其后游学于幽、并、兖、

---

[*] 本文为2019年度国家社科基金一般项目"浙东学派黄宗羲、黄宗炎易学文献整理与思想研究"(项目编号:19BZX061)阶段性成果。
[**] 胡士颖(1983—),哲学博士,中国社会科学院哲学研究所副研究馆员,主要研究方向为易学哲学、俱舍学、早期全真教历史、数字人文等。
[1] 山东文献集成编纂委员会:《山东文献集成》,山东大学出版社,2011年。
[2] 胡士颖:《〈山东文献集成〉稀见易籍提要》,《周易研究》2012年第6期。

豫之域。延熹二年，郑玄师扶风马融。永康元年，客耕东莱。建安五年，袁绍令子袁谭逼玄随军，至元城而不进，病笃而卒。事见《后汉书》《郑康成年谱》等书。康成"但念述先圣之玄意，思整百家之不齐"，毕生讲习，遍注群经。《唐会要》引玄之言曰："至元城乃注《周易》。"郑玄《易》注熔铸了今古文传统，发展了卦气说、爻辰说、易数说等象数思想，采用融象数、义理于一体，并兼顾训诂的易学诠释方法，推天道以明人事，对两汉易学加以总结和整合，形成了闳通博大的易学体系。《四库全书总目》言："《隋志》载郑玄《周易注》九卷，又称郑玄、王弼二注，梁陈列于国学，齐代惟传郑义。至隋王注盛行，郑学浸微，然《新唐书》著录十卷，是唐时其书犹在，故李鼎祚《集解》多引之。宋《崇文总目》惟载一卷，所存者仅《文言》《序卦》《说卦》《杂卦》四篇，余皆散佚，至《中兴书目》始不著录。"宋代王应麟，清代惠栋、丁杰、张惠言、袁钧、黄奭等皆有辑补本。孔广林，字丛伯，号幼髯，生于乾隆十年，卒年不详。山东曲阜人。乾隆年间廪贡生，乾隆三十六年署太常寺博士。孔氏博雅好古，专治郑学，年二十六即绝意进取功名，阮元尝谓海内之人，无其专勤。此本钤有"渠丘曹愚盦氏藏书""拥书权拜小诸侯""招安经畲堂王氏藏书"等印。

二、《周易说略》八卷

清济阳张尔岐撰，康熙五十八年泰山徐志定真合斋磁版印本。《山东文献集成》（第一辑）据以影印。张尔岐，字稷若，又字蒿庵，号汗漫道人，济阳县邑南乡人。生于明万历四十年，卒于清康熙十六年。尔岐为明季诸生，国变后绝意仕进，教授乡里。当时及后世知尔岐者，莫不推崇，"盖其学广大精微，尽见之于文；如但赏其锻炼之纯，气味之古，犹未足以知先生也"。事见《山东通志》《清史稿》等书。《周易说略》又名《易经说略》。张氏认为天下之人物与人物之一切动静变化不可胜穷，皆寓于《易》之六十四卦，三百八十四爻，只是不可质言详说；他看到，朱子《周易本义》但依贴卦辞，销释凝滞，宁为略不为详，不利初学之人使用。"予自四十读《易》时，取以授子侄门人，每病俗说之陋，而《本义》又不易读，乃本其说，稍为敷衍，名曰《说略》，以便童蒙。"（《周易说略序》）徐志定《周易说略序》言，该书"因象析义，销融偏滞，非不言事而言事之理，非不言理而言理之象。迹其不占占指事略矣，而理无不包；不斤斤辨理略矣，而象无不该。此其宁为略而不为详者，正乃所以为详而恐涉于略也。又何至如时说之言事则挂一漏万，言理则泛举失旨者之真为略哉！读之者，诚依以为揲策，可不失宓羲、周文、孔子之本义；而依以为文章，即天下事物繁赜之状亦多能核其真，占法、制艺庶几两得之矣"。《四库全书总目》载此书为《周易说略》四卷，曰尔岐"笃守朱子之学，因作此书以发明《本义》之旨。内惟第四卷分为二，故亦作五卷。李焕章作《尔岐传》云八卷者，误也"。焕章所言或不误，应属传抄不同之故。该书磁版印本为中国磁版印刷二种印本之一，弥足珍贵。此本钤有"乃乾毓英共读"（乃乾即陈乃乾，毓英即陶毓英）、"慎初堂"（陈乃乾）之印。陈乃乾，浙江海宁人，清藏书家陈鳣之后，版本目录学家。齐鲁书社曾于1993年出版周立升点校本《周易说略》。

三、《子夏易传遗文》一卷

清鱼台马星翼辑，山东省立图书馆钞本。《鱼台马氏丛书》之一。《山东文献集成》（第一辑）据以影印。马星翼，字仲张，号东泉，山东鱼台人。生于乾隆五十三年左右，卒于道光二十一年之后。嘉庆十八年举人。道光十五年，官乐陵教谕。马氏言，从唐代陆德明《经典释文》、李鼎祚《周易集解》中所引用《子夏易传》情况来看，坊刻丛书的《子夏易传》当为伪托之书，故而胪列陆、李二人所引《子夏易传》之文以备研《易》之需。《子夏易传》的作者历来说法不一，马氏认为按照《儒林传》的说法，梁邱易五鹿君弟子有沛人邓彭祖，字子夏。近世所传《子夏传》或邓子夏作，非卜氏《易传》，不可混同一谈。

四、《简易秘传》十五卷

清诸城丁耀亢撰,湖南李文辉增删,山东省博物馆藏清康熙李文辉辑钞本。《山东文献集成》(第二辑)据以影印。丁耀亢,字西生,号野鹤,又号紫阳道人,别号何野航、野航居士,自称橡栩山人、木鸡道人、漆园游鹦等,室名煮石草堂,山东诸城人。生于万历二十七年,卒于康熙八年。顺治五年,充任镶白旗教习。顺治八年,授直隶容城教谕。顺治十六年,授福建惠安知县,辞而不就。康熙四年,因其作《续金瓶梅》而被告讦入狱,年底获释。《简易秘传序》称卜易之道乃四大圣人之心法,推详四十余年而知其"实先贤之所未传,须宜通前彻尾,细心详悟,自然巧夺天工。欲参天地之化育,测鬼神之隐微而不难矣"。李穆堂称此书堪称后学津梁,"惟以理合数,因数证理。其词极平,其理实深,较之他书,大相悬绝!因循其论断,凡事占之,无不其应如响"(《增删卜易跋》)。当代易学家刘大钧亦多赞而引之,如对"爻值月建旺相当谓逢空不空,逢伤不伤,古有此说,余试不然"和"在旬内者,毕竟为空"之论,刘大钧评论道:"笔者敬佩《增删卜易》作者在当时的历史环境下,能有这种不迷信盲从古人,通过认真实践研究提出个人见解的精神,故本文对《增删卜易》多所援引。然而此之'空',毕竟与真'旬空'不同,或空中有实,或空中有变,故占者需详察之。"[1]《增删卜易》应为李文辉增删后之名,《简易秘传》或为本名,然缺乏相关史料,考证亦难。该书长期广布于民间,抄本众多,刻本亦不乏见。今《丁耀亢全集》本即据"青州藏书家李文藻过录的乾隆抄本"。

五、《周易本义析疑》不分卷

清潍县刘以贵撰,山东省图书馆藏清钞本。《山东文献集成》(第二辑)据以影印。刘以贵,字沧岚,卒年六十五岁。山东潍县(今潍坊)人。刘氏十岁遍诵经史,康熙二十六年中举人,康熙二十七年进士及第,官广西苍梧县知县,在当

---

[1] 刘大钧:《纳甲筮法》,齐鲁书社,1995年,第31页。

地革除陋习，营建茶山书院，以诗书为教，年四十告归，杜门著述。刘氏治学崇汉学，多有维护康成之言，然并不以汉学废宋学，认为朱子之《周易本义》是依照古文《周易》而作，与《启蒙》互发而能薪传圣人之意，故学《易》者不可寻常而观。刘氏强烈批判明朝纂修《大全》时割裂朱子原本《周易本义》以附列《程氏易传》的燔乱之举，指出："《大全》捃摭易说，涂首尾，纰缪字句，或拦截文辞捏作答辞，或溷收数条强作一条，篇章不伦，脉络不贯，何以佐佑《本义》乎？其于引用《启蒙》亦然。宋元诸儒姓氏舛误又无论矣。"后人对此多不明所以，以致对《周易本义》颇有误解，故而刘氏作《周易本义析疑》，其意"非析《本义》之疑，析人之疑于《本义》也"（《周易本义析疑序》）。刘氏之《析疑》，广采历史上论《易》之言，汇集众说，于疑难处提出自己意见；亦遵从朱子"《易》为卜筮之书"之言，甄选卜筮之例以备参考。但该书所采用的《周易本义》之本，亦非朱子经传分编的原本，而是经传混编之本。刘氏书前有诸城郑爰居跋，言："是书向无刻本，而中多涂改增删之处，当为先生原稿本，惜阙《系辞》上半及《自序》上半，俟见他本钞补之。"书前又有王献唐题跋，言郑爰居将此书赠予山东省图书馆。爰居名时，藏书家。此本钤有"郑□盦藏书""爰居珍玩""献唐"等印记。

六、《序卦图说》三卷

清安丘王范撰，山东省图书馆藏清道光间稿本。《山东文献集成》（第二辑）据以影印。王范，字模山，山东安丘人。道光二十一年进士。其学以六经为本，尤深于《易》。王氏幼年学《易》时，即对《序卦》之说心存不解，在数十年的研《易》过程中，着意探讨，撰得此书。他认为孔子作《序卦》时取卦名而不及卦体，以至于后人不能体会其意，以为《序卦》不具圣人之蕴，或谓非圣人之精，这一问题在后世一直没有得到很好的解决。"汉唐诸儒，第究卦、爻、十翼之辞，《序卦》之义曾莫之及。自宋以来，濂、洛、关、闽大儒迭兴，始能索解于文辞之外，而所以发明乎河洛先后天之秘者，固已精且详矣。独于《序卦》，朱子不及为说，而诸儒虽杂然献疑，终无的解。盖易理精深，良不容以臆测也。"

王氏以为易理固然深奥，然条理具在，圣人亦非秘藏其意，"但于具中沉潜反复，参互考证，以求具说，则亦不必索于文辞之外，而旨意已现于前矣"（《易卦图说序》）。该书列诸儒之说于前，附己见于后；说理本之于周孔之义，条理秩然，立义深远，是非分辨，不屈从前人之见，诚为研易之专门之学，于《序卦》之研究大有功也。此本钤有"孝陆"（赵录绩）、"赵氏模郮阁收藏图籍书画印"等印记。赵录绩，字孝陆，山东安丘人，藏书家，藏书处名模郮阁。

七、《易翼与能》十卷

清安丘刘象升撰，山东省博物馆藏清钞本。《山东文献集成》（第三辑）据以影印。刘象升，字仲阶，山东安丘人。象升乃刘川南仲子，与刘耀椿为同高祖兄弟。六岁而孤，弱冠入庠，为诸生，中年因家计日促而弃科举之业，专习岐黄之术，以行医为生。刘氏于天文地理、医卜星相之学，无不殚心研究，发其义蕴。曾从胶州法镜野（坤宏）、昌乐阎怀庭（循观）、潍县韩公复（梦周）三先生游，学者多器重之。象升认为，汉儒之易学能核故实却疏于法象，宋儒则多主人道而略于天文。他受到胡煦《周易函书》的启发，作《易翼与能》十卷，该书序文曰有发凡篇第一、源流统论篇第二、性道统论篇第三、第一象篇第四、第二象篇第五、第三象与第四象合篇第六、上下经传注第七第八、《大象》《序卦》《杂传》合篇第九、古文篇第十。书后另附备考《占辞考》《天象考》两篇。刘庄年（即刘耀椿）序文说："其书笃信十翼，主于以传释经，不为方伎、术数之说，至其见多创获，别为异说，主持太过。"书前有云崔跋文，刘贲园、刘耀椿序文。钞本多用带框稿纸，中缝印有"济南府书院""泺源书院"，书后有"张李杏华"字样。

八、《周易介》五卷

清高密单维撰，山东省图书馆藏清嘉庆二十一年半山亭刻本。《山东文献集成》（第三辑）据以影印。单维，字宗四，一字宗泗，号潍邨，山东高密人，卒年六十三岁。幼笃行谊，尤重实学，于经史子学悉探奥蕴，后任德州司训，迁濮州学正。事见《高密县志》。单维之孙单程在跋文中言：单维"任德州司训时汇辑之书，原以拣别众说，故以'介'名。脱稿未几而迁濮州学正，竟以疾终。是编犹凌乱箧笥，未及亲订也"。该书卷一至卷四释上下经，卷五释《系辞》《说卦》《序卦》《杂卦》等。单氏释经，文简义明，多采先儒之意，亦多有自家体认之语。尚秉和先生在其《易说评议》中认为单氏"以宋儒义理为宗，而间及于象。然汉儒所用易象，十不能举二三，疏略已甚，且误者甚多"[1]，"统观全书，病在袭用程传太多。程传不论象，不拘易理，自演其所谓圣功王道之学。虽以朱子之尊信，晚年尚悟其非。不加捡择，而尽从之，故歧误如此也"[2]。尚先生素有尊汉之意，故其说亦仅一家之言，其曰"今观其书，只释上下经，《系辞》《说卦》《序卦》《杂卦》皆无注"[3]，实尚氏误解，乃所见之书不全之故也。此本钤有"正气堂印""孙逢元印"等印记。

九、《研经堂周易显指》四卷

清高密单铎撰，山东大学图书馆藏清乾隆刻本。《山东文献集成》（第三辑）据以影印。单铎，字木斋，山东高密人。雍正元年举人，官铜梁知县。书前有沈廷芳序文，云："（单氏）尝画卦几上，研究及日，亡食与寝。心有所得，辄以前人之论证之，融会其说以成，务期义达而后已。盖以理求象，以象玩辞，而因辞得象，因象明理，四圣人之蕴与先哲之解，其隐以显，其指以昭矣，因名曰《显指》。该书于各卦首列《序卦传》，复诠错综之义于卦下，余悉仍王弼本，凡四卷。又别释朱子论《易》语为《释要》一卷、《答问》三卷。"单氏认为："古今注《易》数千家，其说类人人殊，求其中正而明畅者，盖罕！今木斋能岩居冥索，以道自盟，勤乎此而得其要，殆即《易》所云'履道坦坦，幽

---

[1] 尚秉和：《易说评议》，光明日报出版社，2006年，第98页。
[2] 同上，第99页。
[3] 同上，第98页。

人贞吉'者耶。"黄寿祺先生指出此书大旨"在阐明义理，故其注释，颇尚简明，综合前人成说，而不标举其名"，然其中征引、注释不无谬误者，为此书之病。[1]此本有圈改、句读痕迹，序文后有木记曰"沈廷芳盥蒙室""隐拙斋学人"。

十、《读易例言图解》一卷附一卷

清平度孙廷芝撰，山东省图书馆藏清道光十二年潍县韩逢恩刻本。《山东文献集成》（第三辑）据以影印。孙廷芝，一作庭芝，字铜池，号尚山，山东平度人。事见民国《平度县续志》。孙氏尝在潍县刘氏学馆任教师，授《易》时集先儒之象数诸图，汇为一册。是书按图详解，凡二十九例，如阴阳九六奇偶图解、交重单拆解、老少阴阳图解、八卦取象图解、卦象解等等，书后附有《祠堂后产异草记》《同人赠诗》。还有张丰、刘玉澄所作序文两篇。孙氏序文说，理由象数而生，不明象数而空言易理，如同入室而不知由户，"后儒不识易学源流，言理者鄙象数为务，言象数者视理学为迂谈，理与数遂歧为两途"，其书"按图详解，俾学者朝夕观玩，逐一研究，庶不至歧理数为二，而天地万物之情与四大圣人之心传或可窥其万一云尔"。孙氏立意颇深，然其书所释浅近，以至于多未能详言其中历史变更及所蕴之理，亦有失考之处，故尚秉和先生多有批评之辞。详参《续修四库全书提要·读易例言图解》。

十一、《周易析义》六卷

清济宁冯继聪撰，山东省图书馆藏清咸丰八年家刻本。《山东文献集成》（第三辑）据以影印。冯继聪，字作谋，号易泉，山东济宁人。嘉庆二十一年举人，官教谕。另有《易泉诗钞》四卷存世。冯氏言《易》，奉汉郑康成为经神，以为王弼之注、孔颖达之疏不免牵强。书前有李联堉序文，云："吾济冯易泉先生撼

---

[1] 黄寿祺：《周易显指提要》，《续修四库全书提要》，中华书局，1993年，第91页。

诸家之易说，衍四圣人之传，彙为成书，颜曰《周易析义》，显易明白，开示来兹，固信乎其取义为析也尤嘉；其参互证明，博引史传以为确据，俾爻象之理不蹈于空，与王弼、程子之书若合符节。"今观其书，乃采用经传合编形式，注释之文辞简明而义理该要，或采前人之论《易》之辞，或注以己意，亦多引证史实以阐发卦爻之义，旨在推天道以明人事，详经学以教人伦。此本为宝德堂藏板，序文后有"李联堉印""相庭"等木记。

十二、《易经札记》全卷

清费县李景星撰，山东省图书馆藏民国十六年山东官印刷局排印本。《屺瞻草堂经说》之一。《山东文献集成》（第三辑）据以影印。李景星，字紫垣，又字晓篁，山东费县人。生于光绪二年，卒于民国二十三年。事见《四史评议·李景星小传》（岳麓书社1986年版）。李氏偏嗜于《易》，凡数十年，朝夕观玩，手不释卷。他认为《易》言天道而人事备，学《易》者应求之于实、求之于近。"学《易》者不求之于实而求之于虚，不求之于近而求之于远，易道于是乎始晦，正流既塞，支派泛滥而一切占卜术数之书附之以起，周孔之心法微矣。"是书乃景星日积月累之所得，亦是摘取其要编撰而成。王景禧《屺瞻草堂经说序》说：景星"在近世学者中所谓由经训而深通经义者也，沉潜博洽，诸经皆有发明，而于《易》《书》《诗》三者致力尤深"，其说《易》，"本之天道，征之人事，而大旨归于尽人以合天，所谓洁静精微而不失之贼也"。

十三、《周易解》九卷

清滋阳牛运震撰，清乾隆嘉庆间空山堂刻本。《空山堂全集》之一。《山东文献集成》（第三辑）据以影印。牛运震，字阶平，号空山，山东滋阳（今兖州）人。雍正十一年进士。乾隆三年授甘肃秦安知县，后调平番知县。因诬劾罢官，留讲皋兰书院。东归后，闭门治学，曾主持晋阳、河东两书院。事见《清史稿》《清史列传》、孙星衍《平番知县牛君运震墓表》等。运震说《易》，不拘于经传通释之例，而能针对卦辞、爻辞、传文及所涉及之关键问题、疑难之处条分缕析，在吸取他人解说的同时，还时常提出自己独during之见解。其中最为突出的是，他以"象"中心，解释卦、爻、传之取象，并由此探得其中蕴含之理，有熔铸汉宋、会同今古之意。该书或亦题名曰《空山易解》，曾收入《四库全书存目丛书》，有提要云："是编务在通汉、晋、唐、宋为一，然大旨主理不主数，故于卦气值日及虞翻半象、两象等说皆排抑之，是仍一家之学，不能疏通众说也。"[1]此本为清李泳、李莹、李澍刻本。

十四、《周易解》三卷首一卷

清乐陵贾声槐撰，中共山东省委党校图书馆藏清道光十四年刻本。《山东文献集成》（第四辑）据以影印。贾声槐，字艮山，山东乐陵人。赐同进士出身，诰授中宪大夫分巡浙江温处兵备道加二级，历任前南汝光道，署河南按察使，礼科掌印给事中等职。曾任河南按察使、温处道等职。贾氏认为《易》之为书，广大悉备，"康节学以象数发明图象，伊川《易传》则主义理，朱子《本义》以《周易》原为卜筮之书，发明卦辞爻辞皆言占，恰合传中所言观象玩辞、观变玩占，深得易旨，传之后世，无易言矣。故后之阐发亦有多家，而皆以遵朱注为得《易》之正路也"（《周易述传序》）。其书卷首概言易说，释三易之义、河图、洛书、太极、两仪、四象、先天八卦、后天八卦、错综、卦象、卦体、卦德、卦变、卦主、刚柔等等，语简义明。卷一、卷二主要论述上下经之内容，卷三释论《系辞传》《说卦传》《序卦传》。其解《易》多综括前人之意，兼采前人之说，或以己意发明之，虽时而参杂无根之谈，犹可备一家之言以俟读者。

十五、《周易揭主遵孔录便解》四卷

清新城张允朴撰，中共山东省委党校图书馆藏清光绪宝兴堂刻本。《山东

---

[1]（清）永瑢等：《四库全书总目》，中华书局，1965年，第82页。

文献集成》（第四辑）据以影印。张允朴，字莓石，又字素翁，号素村，晚年自称湄东老人，山东济南新城人。生于嘉庆十一年。张氏认为孔子作《易传》以解《易》，并示人读《易》之法，后之论者未能明见孔子观思之要旨而每无专主。"孔子传说卦训诂也，彖爻传顺讲也，《系辞传》析讲而兼以凡例也，曰观象、曰思半，则又例言中特为认取主爻而重示学者以知要也，他如言时物则为位象，言杂物则为互卦；爱恶攻取，更于乘承比应；旁通之当否，示人详辨既有典常，唯变所适。观此，则孔子教人看《易》之法备矣。是编原本孔说，抄既成，因命之曰《揭主遵孔录》云。"该书卷首有"凡例"十条、《周易》按后天八卦对取主爻图，经传释文中以"卦象说""爻主说""析解""总论""析理"标示其说，卷四为"周易图说"，附莓石新绘诸图。该书书眉亦列有对应之释文。徐寿基序文说：张君治《易》有年矣，"于汉宋两家之学靡所不窥，要非钩深致远，融会贯通，安能如是之深切而著明也？"今观此书，其固守《易传》，有强解经文之病，然梳理之明、钩沉之功不可抹杀，其于《易传》之说颇有所思所得，从中归纳诸多重要方法以解《易》，亦有参研之价值。此本刻有"徐寿基印""贵宝"等木记。

十六、《周易要义》十卷

清潍县宋书升撰，山东省博物馆藏稿本。《山东文献集成》（第四辑）据以影印。宋书升，字晋之，一字贞阶，号旭斋，又号初篁，山东潍县人。生于道光二十七年，卒于民国四年。光绪十八年进士。宋氏不持汉宋门户，以经术为根据，于考据、词章、经史、诸子、山经、地志、医卜、星历等等，无不钻研。其学《易》尤深，钩沉汉易诸家，折中求是，上溯远古，中萃汉宋，下采清代毛、惠、张、焦诸家之说，认为《易》最重时位，亦强调"占易用变""易占贵变"，"卦爻之变"等等。宋氏博学多识，间以钟吕和干支解《易》，兼采近代科学和天文学知识以为说。该书内容有上下经、《卦象传》上下篇、《彖象传》上下篇、《爻象传》上下篇、《文言传》《系辞传》上下篇、《说卦》篇、《序卦》篇、《杂卦》篇，书后有《附说》列图表数十幅。该书稿为蝇头草书，勾画修改处很多，书封面有宋书升亲笔信一封,书末钤有"宋书升印""晋之"等印记。齐鲁书社曾于1988年出版张雪庵校点本。

十七、《周易浅说》二卷

清宁阳曹伯恩撰,山东省图书馆藏清宁阳王恩澍钞本。《山东文献集成》(第四辑)据以影印。曹伯恩,字子泽,山东宁阳人。曹思珍第四子。光绪岁贡。曹氏认为《易》以吉凶祸福明义理,君子用之则吉而有福。"阳虽多吉,亦有凶处。阴虽多凶,亦有吉处。其中有义理存焉。义理明,始可与言《易》,始可与言吉凶祸福也。"(《周易浅说·易序解》)据王恩澍序文所言,曹氏于读本中随笔注释,晚年研《易》以自娱,并示学中诸生,卒时亦未能修订完成。后经王恩澍细寻章节头绪,依式抄录,题曰《周易浅说》。"意以解《易》者,每以深而易晦,此独以浅而益明也。卷中用图者并图绘入,用卦者亦并卦缮附,其后则依章节次第类列,其节目或有不备具者,观者正之可也。"该书内容多为曹氏平日所思所记,言简意赅,每有隽永深味之语。是书于释文说理外,亦附考诸图,可备后之学者参详为用。

十八、《周易系辞》二卷·《周易翼注》四卷

清章丘辛尔藻撰,山东省图书馆藏民国二十二年章丘辛葆鼎排印本。《山东文献集成》(第四辑)据以影印。辛尔藻,字春华,山东章丘人。贡生,授候选同知。[1] 卒于宣统元年。《周易系辞》分上下两卷,释辞简要而义理可观,有对仗之文列于书眉。《周易翼注》共四卷。辛氏序文称,《易》本为圣人之作,然后世之注多训释烦琐,为教授童蒙之需要而择其易晓者,辑而成书,其间亦"于昔人对仗工稳之句积之,分为类典,以便使用,又选用时文专用《易》典者以为样式",尽可能在研《易》过程中,寓用于学。辛葆鼎序文介绍说,辛尔藻生平

---

[1] 辛建笙:《我所知道的祖公辛铸九》,《章丘文史资料(辛氏三代)》第10辑,1993年。

嗜《易》数十年,"凡错综变互刚柔动静贞悔往来之义,靡不洞其奥蕴",中年摒弃科举之业,而后"肆力于各家注疏,博采广搜,参以己意,以为藏洗之具。其间且有异人传授"。又曰:"是书所谓注者,就各家注释择其精当而尤易晓者,汇集而成。外注则得之于口授者,追录之,以存其异。当是时国家以科举取士,故又取昔人语录,撮其精华,载之书眉,以为临文之注,要皆以便蒙学也。"此外,书前还有赵新儒、任方同跋文两篇。

CONTENTS

Academic Speech
Xin Deyong, *Spring is the Day for Reading*

Xueheng Seminar
Gu Jiming, *Huidong's Study of Confucian Classics History and His Position in the Study of Confucian Classics*
Wang Zheng, *The Kongfu in Pre-qin Confucianism*

Study of Confucian Classics
Zhu Lei, *On the Revolutionary Moment of Confucius : An Interpretation to the Story of Acquisition of Spritual Animal Qi Lin*
Lv Xiangguo, *Integration or Innovation ? ——on Kong Yingda's Zhouyi Zhengyi*
Zhang Kebin, *On Zhixu's Interpretation of YI (Book of Changes) from the Perspective of Zen*
Zhang Pei, *The Internal Logic and External Reasons of Qianjia Academic Formation*
Xu Daowen, *On the Confucian Classical Masters in the Strict Sense of the Qing Dynasty*
Wang Cheng, *The Book of Songs and the Analects by a Korean Scholar Kin Zerong*

Academic Frontier
Yang Shaohan, *On the Origin, Outline and Content of "the Edition of Zhongyong Jishi"*
Ren Lirong, *The Publication of Official Confucian Classics in Qing Dynasty and Its*

Values

Cui Wenqian, *A Preliminary Study on the Western Research of Chinese Logical Thought*

Mao Zhu, *Vantican Codex and the Problem of Spinoza's Ethics*

Research Articles

Peng Rong, *The Treatment of the Terms Taixu（太虚）, Taiji（太极）and Taihe（太和）in the work of Zhang Zai（张载）*

Zhong Zhiguo, *A Comparison between Zhuxi' Jieju（戒惧）and Shendu（慎独）and Zou Shouyi' Jieju（戒惧）*

Zhao Meng, *A Phenomenological Analysis of Language——Taking Husserl's Logical Investigations as A Case*

Shang Wenhua, *On Love: From Plato to Zweig——An Investigation on the Conceptual History of Love*

Biography

Yang Hao, *A review of Tang Yijie's Philosophical Thoughts*

Yue Daiyun, *A Talk at the Tang Yijie Philosophy Seminar*

Jin Chunfeng, *Follow in Tang Yijie's Footsteps*

Zhang Yaonan, *On Tang Yijie Philosophy's Three Directions and Six Dimensions: From a Perspective of "In-Between"*

Zhang Xuezhi, *Be Strengthening, Agreeable and Harmonious, as well as Never Stop*

Gan Chunsong, *Thoughts on Advancing the Research of Tang Yijie Philosophy*

Hu Jun, *A Memory of Tang Having Introduced Me to the Path of Epistemology*

Qiang Yu, *Continue to Do a Good Job of Daoist Studies*

Book Review

Hu Shiying, *Continued Synopses of the Yi-related Rare Documents in the Collected Literature of Shandong*

编后记

20世纪20年代，一战初定，余波翻涌。世界范围内的思想界发生着剧烈变化。远在东亚大陆的中国，同样也处在持续的震荡、蜕变过程之中。一时之间，学界众声喧哗，各张其帜。吴宓、胡先骕、梅光迪、刘伯明、柳诒徵等人创办的《学衡》杂志，是相当有代表性的一支力量。《学衡》创自1922年，迄1933年终刊，历时凡十有二年。虽然在此期间，杂志停刊过，人事上也变动过，但民国"学衡"及其遗产永远留存于历史之中，岁月推迁，久而愈酣。与其相关的人物、事件、学说、著述等等都已成为后世学人不断整理、解读、省察的对象。

早在1989年，乐黛云先生发表《世界文化对话中的中国现代保守主义》一文，阐述学衡派在世界文化对话中的独特地位。该文在学界影响很大，观点与分析多被学者沿用，是新时期重新评价学衡派的奠基性、代表性文章。2000年前后，汤一介、乐黛云两位先生发表多篇文章，从文化转型、文化哲学与学人学术等多个方面阐述了"学衡派"的历史意义、文化贡献、学术品格、思想内涵，扭转长期以来把"学衡派"作为"新青年派"对立面的固化认知，揭示"学衡派"的核心学术主张、宗旨、方法及其历史延续对一般学术研究所具有的普遍性意义。特别是，放在世界文化史的视野之中，此一省察的价值，尤为昭著。

受汤、乐两位先生的启发，及学界诸多学者研究成果的鼓舞，我们认为"学衡"仍可绍其先轨，再行于世。《学衡》宗旨已广被学人所知，自有其不可磨灭之价值，其"论究学术，阐求真理"是学者、学人之本职，"昌明国粹，融化新知"乃是对中外、古今之文化进行深度融通和弘扬光大，实现创造性转化和创新性发展，而"以中正之眼光，行批评之职事"当为服务学术者客观公正、自重学诚的操守。此外，学衡派对本民族文化的深切认同与自信，厚殖于对人类历史文化的潜心研究，故其切实工夫、精确研究、深窥底奥、兼收并览等是普适的研究方法，也是对浮躁、偏狭、虚假学风所开的对症良方。

2013年，我们向汤先生当面汇报初步想法，得到先生肯定，但条件尚缺，因缘未足，故而沉潜至今。此间，我们欣喜地看到，《新学衡》《后学衡》相继面世，南京大学设立"学衡研究院"，还有一些青年学者在繁重的研究之余，通过微信公众号、网站、讲座等形式推陈出新，体现了青年学人的学术活力、奉献与担当。

本书能够面世，首先得益于乐黛云先生的倾力支持。乐先生一生教书育人，将青年学生的学问进益、人生发展以至生活日常皆系于心，对新出《学衡》关怀备至，对本书的筹划、栏目设置、用稿情况、出版进度等等皆密切关注、指导。我们深切感受到：乐先生至诚为学，对中国文化发展、中外文化对话忧思不已；乐先生一心促进中国学术事业发展，无论是对国家、单位、组织、学者的学术事业，都尽可能提供最大的帮助；在生活上，乐先生不但自己积极乐观，对他人特别是对晚辈尤加呵护。古人所谓言传身教，今见之于乐先生矣！

当然，最要感谢本书的作者们。承蒙不弃，垂念于区区《学衡》的草创，在学术体制发表"高级"刊物的压力之下，割爱赐稿。参与学衡讲座的老师和嘉宾们，每次也都精心准备、尽情切磋。此外，衷心感谢各界师长、朋友们的关心，感谢北京联合出版公司的支持。由于我们自身的水平有限，在工作中常有失误、不足，恳请学界同仁不吝批评、指正。

胡士颍　潘静如

2019年12月30日

图书在版编目（CIP）数据

学衡.第一辑/乐黛云主编；胡士颍,潘静如分册主编.—北京：北京联合出版公司，2020.3
ISBN 978-7--5596-3916-5

Ⅰ.①学… Ⅱ.①乐…②胡…③潘… Ⅲ.①学衡派—文集 Ⅳ.① I206.6-53

中国版本图书馆 CIP 数据核字（2020）第 007267 号

学　衡（第一辑）

主　　　编：	乐黛云
分册主编：	胡士颍　潘静如
出 品 人：	赵红仕
责任编辑：	张永奇
书籍设计：	黄晓飞
出版发行：	北京联合出版有限责任公司
	北京联合天畅文化传播有限公司
社　　　址：	北京市西城区德外大街83号楼9层
邮　　　编：	100088
电　　　话：	（010）64243832
印　　　刷：	固安县云鼎印刷有限公司
开　　　本：	787mm×1092mm　1/16
字　　　数：	320千字
印　　　张：	22.50
版　　　次：	2020年3月第1版
印　　　次：	2020年3月第1次印刷

ISBN 978-7-5596-3916-5
定　　　价：68.00元

文献分社出品
未经许可，不得以任何方式复制或抄袭本书部分或全部内容
版权所有，侵权必究